FOLIO POLICIER

Jørn Lier Horst

Le dossier 1569

Une enquête de l'inspecteur Wisting

Traduit du norvégien
par Céline Romand-Monnier

Gallimard

Titre original :

SAK 1569

Né en 1970, Jørn Lier Horst est un ancien officier de police. Les enquêtes de William Wisting, traduites en quarante langues, ont fait de lui un des auteurs les plus populaires de Scandinavie, avec plus de dix millions de livres vendus et de nombreux prix à la clé (le *Glass Key* Award, le Riverton Prize, le Martin Beck Award ou encore le Swedish Academy of Crime Writers Award).

1

Une mouche se posa sur le bord du verre. Wisting la chassa d'un geste de la main tout en s'installant à l'ombre du parasol. Il but la moitié de l'eau, puis consulta son application : pas encore midi et déjà près de quatre mille pas. La plupart avaient été comptabilisés quand il tondait sa pelouse. Pendant ces congés d'été, il avait pour objectif d'en effectuer dix mille par jour, mais sa moyenne plafonnait pour l'heure au-dessous de huit mille.

Quelques années avant la mort d'Ingrid, Thomas leur avait offert pour Noël des podomètres numériques, qui se fixaient à la ceinture et enregistraient les mouvements de la hanche comme des pas. Au début, l'appareil avait suscité une émulation entre Ingrid et lui, mais passé les premières semaines, il avait relégué le sien dans un tiroir. Son téléphone, en revanche, il l'avait sur lui en permanence.

Il se connecta à Internet. Les yeux plissés, il parcourut la presse en ligne. On parlait d'Agnete Roll. Personne ne l'avait vue depuis le jour de son départ, mais elle n'avait été portée disparue que quarante-huit heures plus tard. Les premiers papiers publiés traitaient de l'opération de recherche, ensuite, chaque nouvel article avait dessiné une affaire ressemblant de moins en moins à une disparition ordinaire et de plus en plus à quelque chose qui ne lui était pas totalement inconnu.

Désormais, les informations ne se limitaient plus à une énumération des zones fouillées, on était passé à une autre étape, ce n'était plus le chef des opérations qui s'exprimait, mais Nils Hammer, dont le journal local rappelait trois fois dans le même article qu'il était directeur par intérim du service d'investigation.

Chaque fois que Wisting prenait sa tablette, il s'attendait à ce que l'une des deux choses suivantes se soit produite : que l'on ait découvert le corps d'Agnete Roll ou alors que son mari ait été arrêté et mis en examen.

Il reposa l'iPad, se désaltéra encore, étira ses jambes et renversa la tête en arrière. Au-dessus de lui, un goéland volait en cercles.

Si les vertus du journal format papier restaient pour lui inégalables, Wisting n'avait pas la patience d'attendre jusqu'au lendemain pour connaître les dernières nouvelles. À plus forte raison quand il y avait de nouveaux développements. Il aimait y avoir accès quand et où il le souhaitait. Et puis il éprouvait une certaine satisfaction à sentir qu'il maîtrisait les technologies contemporaines, les façons actuelles d'acquérir des informations et des connaissances.

Il n'était pas habitué à suivre une potentielle affaire de meurtre depuis le banc de touche, sans participer activement à l'enquête en cours. Au vu des éléments connus, les incohérences ne manquaient pas. Le mari d'Agnete Roll n'était pas nommé, mais une recherche sur les médias sociaux lui avait révélé son identité : Erik Roll. D'un an son aîné, il travaillait dans une entreprise d'informatique locale. Et il avait attendu deux jours avant de déclarer sa disparition... Le tableau n'avait rien d'exceptionnel.

Si toute affaire de disparition était compliquée, Wisting n'en voyait pas moins comment lui aurait organisé l'enquête. Il fallait ratisser large et sonder en profondeur. Ratisser large pour tout englober, sonder en profondeur pour identifier les traits saillants et être ainsi en mesure de décider quelle direction prendre.

Nils Hammer et les autres s'y employaient, il le savait. Ils creusaient autour de la personnalité d'Erik Roll.

Il aurait pu se connecter au système d'information interne de la police pour lire les documents relatifs à l'affaire, mais y avait volontairement renoncé. Bientôt, il lui faudrait s'habituer à rester à l'écart, l'âge de quitter le commissariat pour de bon approchait.

Pour autant, la curiosité le tiraillait. Presque toujours, la solution de ces affaires résidait dans les paroles et les actes des jours précédant la disparition.

Un bruit le tira de sa rêverie. Côté rue, le couvercle de sa boîte aux lettres claquait.

Il attendit que le facteur poursuive sa tournée pour se lever, rentrer et traverser le salon, puis le vestibule, avant de ressortir de l'autre côté. Un chat gris allongé dans l'ombre du garage bondit sur ses pattes et s'élança vers la maison voisine.

Wisting coula un regard vers chez sa fille en se rappelant qu'il avait promis de relever son courrier. Elle était partie depuis cinq jours.

Il ouvrit d'abord sa propre boîte : une collection de

publicités, mais aussi une lettre. Enveloppe blanche, adresse soigneusement écrite en lettres capitales noires.

Sans nom d'expéditeur au dos.

La boîte de Line abritait les mêmes publicités, mais pas de courrier. Il balança la réclame dans la poubelle à papier et rentra chez lui, curieux de lire sa missive.

La correspondance se faisait rare désormais, surtout les lettres de ce genre. C'est à peine s'il recevait des factures ; elles étaient adressées directement à sa banque en ligne.

Le graphisme de l'adresse était singulier, on l'aurait presque dite imprimée, et les W de William et de Wisting quasiment identiques suggéraient un courrier publicitaire, cependant les I légèrement différents les uns des autres portaient la marque d'une écriture manuscrite.

Il prit un couteau pointu dans un tiroir de la cuisine et décacheta l'enveloppe, révélant une feuille simple, pliée en quatre. La page semblait avoir été froissée puis lissée, au milieu était inscrit un numéro : 12-1569/99.

Comme les lettres de l'adresse, les chiffres tracés méticuleusement étaient bien droits, raides.

Il resta debout, la feuille à la main, sachant ce qu'il regardait, mais ne le comprenant pas.

Cette référence était un numéro d'affaire, obéissant au protocole de ses débuts dans la police. On avait désormais adopté un référencement à huit chiffres, mais autrefois, les références étaient informatives. Le dernier membre, après la barre oblique, indiquait l'année : 1999. Les deux premiers chiffres représentaient le district dont relevait l'affaire : le 12 désignait l'ancien commissariat de Porsgrunn. 1569 était le numéro de l'affaire proprement dite. La cote était attribuée dans l'ordre chronologique de création des dossiers.

Tout cela ne l'éclairait nullement.

Il posa la feuille sur la table de la cuisine, l'observa.

Incluant aussi le poste de police de Bamble, le district 12 jouxtait le sien, mais il n'y avait jamais travaillé. Avec ses cinquante mille habitants, il était de taille équivalente, ouvrait à peu près le même nombre annuel d'affaires pénales, autour de trois mille. L'affaire 1569 devait donc dater du milieu de l'année, de l'été 1999.

Elle remontait à si loin qu'elle avait dû être purgée des archives électroniques. Il ne la trouverait dans aucun système informatique, mais elle devait toujours exister dans des archives physiques.

Il tenta de fouiller dans sa mémoire, de chercher les faits notables de l'été 1999. En vain. Line et Thomas, son frère jumeau, avaient célébré leurs seize ans en juin avant d'entrer au lycée l'automne suivant. Étaient-ils partis en vacances ? Il n'en avait pas souvenir. Line avait un job d'été chez un marchand de glaces de Stavern. À moins que ce n'ait été l'année suivante ? Thomas travaillait au port.

Laissant la lettre, Wisting ressortit sur la terrasse et s'empara de sa tablette pour se pencher sur l'année 1999. Les grands quotidiens étaient déjà en ligne à l'époque, mais retrouver les articles d'alors était une gageure. Il existait toutefois des sites recensant les événements importants de chaque année. Le triple meurtre à la ferme Orderud commis le 23 mai, la démission de Boris Eltsine en Russie, le séisme qui avait fait 15 000 morts en Turquie, les élections municipales en Norvège et la visite de Bill Clinton à Oslo.

En tapant « Porsgrunn » et « 1999 » dans la barre de recherche, il obtint des résultats pléthoriques. Certains avaient trait à la police, mais aucun ne le mettait sur la voie.

L'affaire 1569 n'avait pas nécessairement été médiatisée. Toutefois, l'expéditeur anonyme avait forcément un but en lui envoyant ce numéro, sans doute avait-il un lien quelconque avec ce dossier.

Ou non…

Au cours de sa carrière de policier, Wisting avait reçu un certain nombre de lettres anonymes, en règle générale longues et truffées d'hypothèses complotistes et d'affirmations décousues. Certaines s'inscrivaient dans le cadre de dossiers sur lesquels il travaillait personnellement, d'autres avaient atterri sur son bureau parce qu'il était enquêteur, sans pour autant le concerner directement.

Il retourna dans la cuisine, examina la formation des lettres ; un trait d'environ un millimètre d'épaisseur, sans doute réalisé au feutre noir. L'enveloppe était timbrée, le cachet de la poste remontait à la veille, mais ne laissait apparaître aucune mention de lieu d'expédition.

Si elle ne contenait aucune menace, recevoir une telle lettre avait néanmoins une dimension intrusive, désagréable, inquiétante. Il l'interprétait comme un avertissement que cela ne s'arrêterait pas là.

Il détacha deux sachets de congélation d'un rouleau et, à l'aide d'une fourchette, poussa la lettre dans le premier et l'enveloppe dans le second.

Toute cette histoire commençait à l'agacer. Il ne

parvenait pas à en faire abstraction et allait être obligé de déterminer de quelle affaire il s'agissait.

Porsgrunn avait perdu son commissariat, mais avec un peu de chance, le dossier avait fait partie du déménagement vers le nouveau commissariat de Skien et il pourrait peut-être obtenir une réponse dès aujourd'hui. Dans le pire des cas, il avait échoué aux archives nationales et l'attente pourrait durer quelques jours.

Il téléphona à Bjørg Karin au bureau d'archivage. Si elle occupait des fonctions administratives, son poste était toutefois un rouage essentiel de l'institution. Elle travaillait dans la police depuis plus longtemps que lui et en connaissait tous les dédales. Il se tournait toujours vers elle pour trouver à quel interlocuteur s'adresser dans l'organisation. Elle saurait très certainement qui contacter pour une recherche dans les archives du comté voisin.

Avant d'en venir au fait, il dut lui raconter ses vacances jusqu'alors, échanger quelques réflexions sur le temps qu'il faisait et exposer ses projets pour le reste de l'été.

Il ne mentionna pas la lettre anonyme, se contenta d'expliquer que son appel se rapportait à une vieille affaire du district policier voisin.

« Pourrais-tu me demander le dossier ? »

Elle ne posa aucune question.

« J'appelle Eli. Comme ça, il sera là à ton retour. »

Cette fameuse Eli occupait sans doute un poste équivalent au sien à Skien.

« J'aimerais bien qu'il soit envoyé aussi vite que possible.

— Je comprends », fit-elle, et pourtant son ton

vague suggérait le contraire. « Le courrier interne sera livré demain à midi.

— Ce serait bien de l'avoir à ce moment-là, oui », répondit-il, avant d'ajouter au moment de raccrocher : « Tu pourrais te renseigner auprès d'Eli sur la nature de l'affaire et me communiquer l'information ? »

Il perçut une certaine surprise dans la voix de Bjørg Karin de le voir requérir le dossier d'une enquête qu'il ne connaissait pas, mais elle s'abstint de tout commentaire.

Il regagna sa terrasse, se remit à surfer sur sa tablette. Une demi-heure plus tard, Bjørg Karin le rappela.

« J'ai eu Eli, déclara-t-elle avant de marquer une pause. Se pourrait-il qu'il s'agisse d'une affaire de meurtre ?

— J'imagine que oui. J'ai seulement le numéro de dossier.

— Elle nous l'envoie. Nous l'aurons demain, à l'heure du déjeuner.

— Parfait. »

Il se leva, s'appuya contre la balustrade, contempla la ville à ses pieds.

« Qui est la victime ? demanda-t-il.

— Tone Vaterland. »

Le nom ne lui disait rien. Il se le répéta, sans succès.

« Alors je te vois demain ? Tu passes au bureau ? poursuivit Bjørg Karin.

— On se voit demain. »

2

4 juillet 1999, 20 h 48

Tone Vaterland enfourcha son vélo. Chaque coup de pédale se doublait d'un frottement contre le garde-chaîne. Le bruit devint franchement dissonant lorsqu'elle commença à prendre de la vitesse. Tout cela datait de sa chute dans un fossé à l'automne précédent. Le frein avant ne marchait plus très bien non plus. Qu'à cela ne tienne, bientôt, elle n'en aurait plus besoin. Dans six semaines, elle fêterait ses dix-huit ans et son moniteur lui avait fait espérer qu'elle pourrait passer son permis de conduire début septembre. Elle hériterait alors de la voiture de sa mère.

Le souffle d'un camion qui la dépassait lui fit perdre l'équilibre, elle le retrouva, continua d'avancer.

Elle n'avait aucune autre possibilité que de rouler sur l'E18. C'était son troisième été de travail au snack de Norheimsletta. La première année, elle s'y faisait conduire par l'un de ses parents, sa mère, en règle générale, mais cette fois, ils étaient partis en vacances dans le Nord et elle était seule à la maison pour quatre semaines.

Ce tronçon fréquenté ne s'étirait que sur deux ou trois kilomètres et par de belles journées comme celle-ci, elle avait coutume de s'arrêter au lac de Stokke pour se tremper et laver ses cheveux de leur odeur de friture avant d'enfiler des vêtements propres. C'était le pire aspect de son job : l'odeur de graillon. Elle imprégnait tout. Tone gardait donc dehors, à côté de son vélo, un sac à dos contenant des vêtements de rechange. Pour le reste, elle ne trouvait rien à redire à cet emploi. Bien payée, elle n'était pas débordée, tout en ayant suffisamment à faire pour que le temps passe vite. La plupart des gens qui s'arrêtaient étaient des vacanciers en transit, mais la clientèle comptait aussi quelques habitués. Certains, ignobles, se fendaient de commentaires salaces qu'elle avait appris à ignorer. Il y avait aussi Rolf-la-Mobylette, qui ne prononçait jamais un mot, si ce n'est « numéro huit avec un Coca ». Le numéro huit étant une formule composée d'un steak et d'une boisson de cinquante centilitres. Rolf-la-Mobylette se rendait systématiquement aux toilettes avant et après son repas. Parfois, il y restait un quart d'heure. Elle ne l'avait pas vu depuis plusieurs jours.

Entre les arbres sur la droite, elle voyait scintiller le lac.

Elle quitta l'E18, s'engagea sur Gamleveien, l'ancienne route, et laissa son vélo au début du sentier.

Il n'y avait aucune autre bicyclette et pas un bruit ne venait du lac, elle allait sans doute pouvoir en profiter seule.

Son sac à dos sur une épaule, elle courut jusqu'au rocher U-berget. On devinait aux quelques taches mouillées que quelqu'un était passé tout récemment.

Elle regarda autour d'elle. Un canoë avançait en face, près de la rive. Sinon, personne.

Elle enleva son T-shirt violet du Bamblegrill, ses chaussures, son pantalon.

Deux soirs plus tôt, elle s'était baignée nue.

Envisageant de recommencer à présent, elle balaya les environs du regard. Le canoéiste se dirigeait vers la direction opposée. Le sentier était désert. Le seul bruit était la lointaine rumeur de l'E18.

Elle étala sa serviette sur le bord, posa son flacon de shampoing à côté, afin de les garder à portée de main. Puis elle se déshabilla en vitesse, glissa ses sous-vêtements sous son sac et se positionna pour plonger.

Elle se sentait si libre, et elle savoura quelques instants cette sensation. Bientôt dix-huit ans. Seule à la maison pendant tout l'été. Gagnant son propre argent. Et ce n'était pas tout, car enfin son histoire avec Danny était terminée.

Elle fit un pas de plus vers l'eau, leva les bras en l'air, joignit ses mains au-dessus de sa tête. Puis elle rebondit légèrement sur ses pieds et plongea. Les yeux fermés, elle glissa plusieurs mètres sous la surface avant de remonter.

L'eau était encore meilleure que la veille. Ses longs cheveux se plaquèrent contre son visage, elle les écarta d'une main tout en guettant la rive. Toujours aucun signe de présence humaine.

Après quelques mètres sur le dos, elle pivota pour nager la brasse. Au-dessus de la surface, au-dessous. Elle trouva un rythme.

Elle allait travailler le lendemain, mais ensuite elle aurait deux jours de libres. Maria et elle allaient prendre le bus pour Langesund. Peut-être parviendraient-elles à entrer au Tordenskiold, Maria connaissait un videur.

À vingt mètres du bord, elle fit demi-tour. Elle retrouva pied et tituba sur le fond de galets pour attraper le shampoing.

Des oiseaux s'envolèrent d'un arbre. Le calme régnait.

Elle emplit le creux de sa main de shampoing et l'étala sur son cuir chevelu, laissant le flacon flotter sur l'eau. Puis, les yeux sur le sentier, elle se redressa à demi et se savonna le corps avec le reste du shampoing. Elle refit ensuite quelques brasses, plongea sous l'eau et se rinça avant de remonter, de se sécher rapidement et de se rhabiller.

Il était moins une, car elle entendit alors quelqu'un arriver sur le sentier.

3

Comme de coutume, Wisting se réveilla quelques minutes avant 4 heures du matin. Il se leva, se dirigea vers les toilettes en pilote automatique, sans allumer la lumière, afin de favoriser son ré-endormissement ensuite.

Ses pensées engourdies allèrent à l'affaire de 1999, qui, la veille, l'avait taraudé jusqu'au soir et lui avait causé quelque insomnie.

Affaire 12-1569/99.

Peu prolifique sur le sujet, Internet l'avait tout de même renseigné sur le fait qu'elle avait été élucidée. D'après ce qu'il avait lu, tout paraissait évident. Au bout de seulement trois jours, un homme avait été arrêté, avant d'être condamné par la suite à dix-sept ans d'emprisonnement.

Le jet d'urine maigrelet atteignit l'eau du fond de la cuvette.

Ce qui le préoccupait le plus était la lettre. De toute évidence, quelqu'un souhaitait attirer son attention sur cette vieille enquête et c'était chose faite, simplement, il ne comprenait pas pourquoi.

Sa besogne achevée, il se rendit à l'évidence que le

sommeil ne reviendrait pas tout de suite. Il descendit dans la cuisine, remplit un verre d'eau.

L'enveloppe et la lettre étaient toujours sur le plan de travail. Il prit le sachet contenant la lettre et le leva vers la lumière au-dessus de l'évier. Dans certaines affaires sur lesquelles il avait enquêté, l'expéditeur d'une lettre avait pu être démasqué notamment grâce à l'empreinte de ce qui avait été écrit sur d'autres feuilles de la même pile, mais rien de tel n'était visible ici. Certes, une analyse du papier aurait pu permettre d'en identifier le fabricant et de trouver les points de vente, mais affecter des ressources à cela n'était pas d'actualité. Qui plus est, le papier, sous n'importe quelle forme, était désormais produit en masse. Lui-même avait très probablement le même type de feuilles et d'enveloppes dans ses tiroirs.

Apparemment, on savait aussi relever sur le papier des empreintes microscopiques et en déduire le modèle d'imprimante utilisé, mais cette feuille-ci n'était passée par aucune imprimante. Bien que caractérisée par une certaine rigidité et une définition particulièrement nette, l'écriture était manuscrite.

Il reposa la lettre, ranima son iPad et consulta les journaux en ligne tout en buvant son verre d'eau. Rien d'intéressant. D'après *VG*, la principale information de la nuit était la publication d'un nouveau rapport sur l'alimentation. Il continua néanmoins de fixer l'écran allumé. Une idée l'avait traversé, une possibilité qu'il voulait tester avant de remonter se coucher.

Dans la chambre qui avait été transformée en bureau, il choisit parmi ses stylos et crayons un feutre noir, puis glissa son iPad dans une enveloppe.

La lumière de l'écran traversant le papier, il put lire le titre de l'article, qu'il décalqua : *La consommation de viande doit diminuer de moitié.*

L'écriture de l'enveloppe aurait pu se confondre avec des lettres d'imprimerie.

Oui, l'expéditeur de la missive avait pu procéder de la sorte et se servir d'un écran d'ordinateur comme d'une table lumineuse pour obtenir une écriture manuscrite dépourvue de signes particuliers.

Abandonnant le résultat de son expérience sur le bureau, il regagna sa chambre à coucher. La fenêtre était entrebâillée. Il écarta le rideau, jeta un coup d'œil dehors. Quelques insectes voletaient dans la lumière de la lanterne au-dessus de la boîte aux lettres.

Cela n'allait pas s'arrêter là, d'autres lettres suivraient.

4

5 juillet 1999, 11 h 17

C'était sa troisième tentative pour la joindre, mais cette fois non plus, elle n'obtint pas de réponse.

Oda Vaterland reposa le combiné. Son trouble s'était mué en inquiétude, en un sentiment insidieux que quelque chose clochait.

Tone était seule à la maison depuis près de trois semaines et elles s'étaient parlé au téléphone tous les jours ; Tone avait promis d'appeler chaque soir après le travail, mais la veille, elle ne l'avait pas fait.

C'était déjà arrivé à la faveur d'une soirée vidéo tardive chez Maria, elle n'avait pas voulu les réveiller, mais le lendemain matin, elle avait répondu au téléphone. L'appareil était dans le couloir, juste devant sa porte. Aussi fatiguée soit-elle, elle ne pouvait pas ne pas l'entendre.

Oda se tourna vers son mari. C'était lui qui avait proposé qu'ils montent seuls à Beisfjord en laissant leur fille seule à la maison.

« Elle ne répond pas. Je devrais peut-être appeler Maria ? »

Arne acquiesça en mordant dans sa tartine.

La mère de Maria décrocha, Oda lui expliqua la situation et elle lui passa sa fille.

« Tu as eu Tone ?

— Pas depuis hier. Elle fait le service du soir en ce moment. »

Les aiguilles de l'horloge murale derrière Arne indiquaient bientôt 11 h 30. Sa fille devait se présenter au snack à 14 heures.

« Je n'arrive pas à la joindre, tu comprends.

— Je lui dirai que vous avez essayé quand je la verrai, si vous voulez. »

Oda hésita.

« Tu crois qu'elle pourrait être chez Danny ? »

La réponse fut catégorique.

« Non. C'est tout à fait terminé. »

Oda ne pouvait que s'en réjouir, elle n'avait jamais aimé ce garçon. En même temps, cela lui fit un coup au cœur. Logiquement, elle ne s'expliquait l'absence de Tone que par la possibilité qu'elle soit avec lui.

« Tu sais si elle a rencontré quelqu'un d'autre ?

— Rien de sérieux. À ma connaissance, en tout cas.

— Bon, merci beaucoup. »

Elle conclut l'appel. Arne s'était levé.

« Tu crois que je devrais contacter Danny ? » Puis elle eut une autre idée. « Je pourrais appeler Erna et Torfinn... »

Il approuva.

Erna et Torfinn étaient leurs voisins. Retraités, ils avaient gardé Tone quand elle était petite. Oda connaissait leur numéro par cœur.

Elle tomba sur Torfinn.

« Quelque chose ne va pas ? s'enquit-il. Vous ne rentrez que la semaine prochaine, non ?

— Oui, c'est exact… » Oda ne savait plus comment présenter les choses, elle inventa. « Je me demandais simplement si notre téléphone ne serait pas mal raccroché , Tone ne répond pas.

— Je vois, grommela-t-il. Je peux y aller.

— Tu sais où est la clé, n'est-ce pas ? Au cas où elle n'ouvrirait pas la porte. »

La clé était sous le toit du carport. Les étés où Tone les avait accompagnés dans le Nord, Erna et Torfinn s'étaient occupés de la maison, avaient relevé le courrier, arrosé les plantes.

« Donne-moi donc votre numéro et je te rappellerai. »

Perturbée, elle eut besoin de l'aide d'Arne pour dicter les chiffres dans le bon ordre.

Ensuite, ils attendirent sans rien dire. Oda desservit la table. Arne se tenait à la fenêtre et grattait de la peinture sur ses doigts, attendant l'appel avant de reprendre ses travaux dehors. La maison de Beisfjord était sa maison d'enfance. Ils avaient parlé de la vendre, mais le projet ne s'était jamais concrétisé. Sans doute faute d'acheteurs intéressés.

Dix minutes plus tard, ils furent saisis d'appréhension en entendant le téléphone sonner.

« Pas de problème, le combiné était bien raccroché, annonça Torfinn.

— Tone était à la maison ?

— Non. »

Arne se retourna vers elle.

« Demande-lui si son vélo est là.

— Son vélo est là ? répéta Oda. En général, elle le laisse juste devant.

— Il n'y est pas, affirma Torfinn.

— Quand l'as-tu vue pour la dernière fois ? »

Il toussota dans son oreille.

« Il faut que je vérifie auprès d'Erna. »

Elle les entendit discuter.

« Erna l'a vue il y a deux jours, dimanche, rapporta-t-il. Mais nous allons la guetter. Je peux lui dire de vous rappeler quand elle reparaîtra. »

Oda le remercia. Elle parvint à garder la maîtrise de sa voix, mais le désespoir faisait trembler sa main.

Elle reposa le combiné d'un geste maladroit. Elle avait un tel sentiment d'impuissance, ils étaient si loin. Le trajet en voiture leur avait pris deux jours, même sans s'arrêter le soir pour dormir, il leur faudrait plus de vingt-quatre heures pour rentrer.

« Tu as le numéro du snack ? Elle a peut-être échangé son tour de service avec quelqu'un », suggéra Arne.

C'était une possibilité, bien entendu, et cela aurait expliqué bien des choses. Tone se serait couchée tôt la veille et levée tôt ce matin.

Oda feuilleta son carnet d'adresses, trouva le numéro et tendit le calepin à Arne.

« Appelle, toi. »

Il se présenta, demanda si Tone était là. La réponse fut brève.

« Je vois. Mais elle était au travail hier soir ? »

Oda perçut le tour que prenait la conversation. Elle s'assit.

« Appelle Danny. Il se pourrait… »

Elle vit qu'il rechignait, mais il prit le numéro.

Le téléphone sonna longtemps.

Danny vivait chez sa mère. Jamais mariés, ses parents s'étaient séparés juste après sa naissance. Il avait un an de plus que Tone. Ils avaient formé un beau couple, mais ce n'était pas quelqu'un de bien pour elle. Après le collège, il avait suivi deux ans de formation de mécanicien et travaillait parfois dans l'atelier de son oncle, mais pas à titre permanent. Oda avait entendu des histoires de soirées et de bagarres. On avait parlé de haschich et elle savait que Danny s'était fait prendre à voler au centre commercial. Elle n'était pas au travail quand cela s'était produit, mais n'en avait pas moins été mal à l'aise la première fois que Tone l'avait amené à la maison. Bien que ce soit un garçon poli, la communication n'était pas facile.

« Danny est là ? »

Réponse courte. Ce devait être la mère du jeune homme. Oda comprit qu'il dormait.

« Nous n'arrivons pas à joindre Tone », poursuivit Arne.

Des paroles furent échangées.

« Je sais, fit Arne, mais je me demandais simplement s'il ne pouvait pas être au courant de quelque chose. »

Oda se leva, s'approcha de lui.

« Elle va le réveiller », précisa-t-il.

Aussitôt après, la mère de Danny reprit la conversation. Oda était suffisamment proche pour entendre ce qu'elle disait.

« Il l'a vue avant le week-end, mais pas depuis. Désolée », conclut-elle avant de raccrocher.

« Parfois, elle va se baigner. En rentrant du travail. Seule. »

L'idée couvait depuis longtemps dans l'esprit d'Oda, comme des braises.

« Il est peut-être arrivé quelque chose. Un accident, ajouta-t-elle.

— Attendons 14 heures, suggéra Arne. Si elle n'est pas au travail, on appellera la police. »

5

Le facteur n'était pas passé, mais par acquit de conscience, Wisting vérifia la boîte de Line aussi.

Il monta ensuite dans sa voiture, effectua le court trajet vers Stavern, traversa la petite ville et entra dans Larvik. Deux véhicules de pompiers arrivaient, un véhicule de transport des équipes suivi d'un gros camion-échelle. Wisting se rangea sur le côté pour lui faire de la place. À l'avant, les pompiers se préparaient, fermaient leurs vestes, attachaient leurs casques. En repartant, il lança un regard dans son rétroviseur, mais ne vit de fumée nulle part.

Dans la cour du commissariat, on avait l'embarras du choix pour se garer et il opta pour une place tout près de l'entrée du personnel.

Il salua deux remplaçants d'été au sous-sol, il avait oublié leurs noms. Dans les étages, le silence régnait. Rien ne suggérait de percée ou d'avancée majeure dans l'affaire de disparition.

Il s'arrêta pour saluer Bjørg Karin.

« Ton dossier est arrivé. Il est chez toi. » Elle désigna son bureau d'un signe de tête. « Quant à moi, j'ai du café tout frais dans ma thermos. »

Il la remercia en souriant, alla chercher une tasse. Elle le servit.

« Comment ça va ici ?

— On s'en sort, assura-t-elle. Christine Thiis est en arrêt maladie. Elle n'était pas là hier non plus, donc nous sommes dépourvus de substitut du procureur.

— C'est grave ?

— Je ne pense pas. Le médecin lui a dit de prendre quelques jours de repos. Et si tu voulais parler à Hammer, il est en rendez-vous à Drammen.

— Je viens pour regarder cette vieille affaire. »

Elle se rassit, lança un regard sur son écran.

« Tu sais où ça brûle ? lui demanda-t-il.

— C'est la maison Kleiser.

— Encore ? »

Changeant de fenêtre, elle fit apparaître la main courante du centre de commandement.

« On nous a informés il y a vingt minutes. Le feu a dû couver longtemps. »

L'incendie chez Antonia Kleiser était la dernière affaire qu'il avait eue avant les vacances. La maison était ancienne et les techniciens pensaient à un défaut de l'installation électrique, mais ils n'avaient pas encore remis leur rapport. L'incendie avait débuté dans la nuit. Antonia Kleiser, veuve de quatre-vingt-deux ans, avait été retrouvée inanimée, gisant par terre, au pied de son lit.

Wisting remercia Bjørg Karin pour le café et rallia ses quartiers, qui étaient aussi bien rangés qu'à son départ, si l'on exceptait le grand carton sur son bureau.

Il en ôta le couvercle et en retira un total de cinq chemises vertes, fermées par des élastiques moisis. Sur chacune était inscrit le nom de l'accusé. Le patronyme en lettres capitales, suivi des prénoms. MOMRAK, Dan Vidar.

Elles étaient numérotées en chiffres romains, de I à V.

La II regroupait les renseignements concernant la victime, y compris la *déclaration de disparition d'un individu*, qui était le formulaire déclenchant l'enquête. La III concernait les examens techniques, la IV, les déclarations des témoins, et la V, tout ce qui était relatif à l'accusé.

Dans la chemise I, se succédaient diverses autorisations, marquant chaque étape du passage de l'affaire dans le système. D'abord plusieurs signatures du substitut du procureur local, qui saisissait le juge d'une demande de détention provisoire, puis la réponse positive du juge. Le dossier envoyé au procureur contenait une proposition de mise en examen s'appuyant sur un résumé de l'affaire assorti d'une présentation des preuves. Quand on se penchait sur une affaire classée, cette partie était souvent la plus intéressante à lire, car le récapitulatif était en général ordonné et permettait une entrée en matière rapide.

Après les signatures venaient les décisions du tribunal de première instance et de la cour d'appel. Il consulta directement la fin du document pour voir le verdict et la peine décidée.

L'accusé a manifesté un clair mobile de vengeance et semble aujourd'hui n'éprouver aucun repentir. Son acte apparaît comme particulièrement égoïste et a été commis avec une agressivité tout à fait cynique. L'explication de l'accusé ne paraît nullement crédible et rien ne semble pouvoir suggérer des circonstances atténuantes. Le ministère public a requis une peine de dix-sept ans d'emprisonnement avec déduction des cent soixante-huit jours effectués en détention provisoire. La cour l'a suivi.

Il s'était attendu à ce que l'expéditeur de la lettre anonyme attire son attention sur une affaire non résolue ou, au moins, laissant planer le doute sur la culpabilité de l'accusé, mais ce jugement semblait consciencieux, clair, sans ambiguïté.

Dix-sept ans. Cela signifiait que Dan Vidar Momrak était maintenant libre. Les fichiers informatiques pouvaient indiquer où il se trouvait et ce qu'il faisait actuellement.

Wisting alluma son ordinateur. Du coin de l'œil, il nota une présence dans l'encadrement de la porte. Il se tourna, sourit à Maren Dokken.

« De retour ?

— De passage », rectifia-t-il.

Elle avait été transférée de la brigade mobile après avoir été grièvement blessée dans une explosion. Elle en gardait une cicatrice à la joue gauche, contre l'oreille, qu'elle cachait avec ses cheveux quand elle les détachait. Son épaule gauche avait particulièrement souffert et sa mobilité du bras réduite la rendait inapte au travail opérationnel. Elle s'était trouvée réorientée vers un poste d'enquêtrice par un pur hasard de la politique de personnel, un hasard bienvenu, car en ces temps de restructurations, qui les vidaient de leurs ressources, cette réaffectation dans leur service tombait à point nommé. Qui plus est, Maren était douée. Plus de trente ans auparavant, Wisting avait travaillé avec son grand-père et elle présentait les mêmes qualités que lui. La patience et l'exactitude, auxquelles s'ajoutaient de la hauteur de vue dans les affaires complexes, le sens du détail, une capacité à déceler des liens.

« C'est l'affaire de disparition ? »

Il esquissa un signe de tête vers les papiers qu'elle tenait.

Elle acquiesça.

« On travaille tous dessus.

— Ça part dans quelle direction ?

— Vers son mari.

— Et vous avez quoi ?

— Rien de concret, mais quelque chose ne colle pas. »

Wisting s'appuya contre le dossier de sa chaise pour signaler qu'il souhaitait en savoir plus.

« Il s'est expliqué à trois reprises. La première à la patrouille qui s'est rendue chez lui quand il a déclaré la disparition de sa femme, les deux autres quand il a été entendu au commissariat. Même déclaration chaque fois. »

Wisting ne voyait pas où le bât blessait. Le premier signe de culpabilité était pourtant que le suspect se mette à modifier ses explications.

« Mot pour mot, j'entends, précisa-t-elle. Souvent, quand on raconte encore et encore la même histoire, des nuances apparaissent, certains détails sont omis, d'autres les remplacent. On formule ses phrases un peu différemment, on emploie d'autres adjectifs, d'autres concepts. "Autour de 10 heures" devient "sur le coup des 10 heures". Ce genre de choses. Erik Roll, lui, s'en tient à une déclaration strictement identique, comme s'il avait appris un texte. »

Il voyait ce qu'elle voulait dire. Répéter une histoire inventée était un exercice difficile. Un menteur

Le pompier le dévisagea.

« On a consulté votre centre de commandement, précisa-t-il en lançant un regard vers les deux policiers qui avaient été dépêchés sur le site. Les techniciens ont terminé leur expertise et conclu à un défaut de l'installation électrique. La maison n'a aucune valeur résiduelle, l'assurance ne formulera aucune objection à ce que nous la laissions brûler. Au contraire.

— Il y a d'autres aspects à prendre en compte. »

Wisting sortit son téléphone pour éviter de fournir davantage d'éclaircissements.

Le commandant des pompiers l'observa sans comprendre, mais fit néanmoins venir l'un de ses collègues, auquel il adressa de nouvelles instructions. Le générateur du camion-échelle changea de régime. L'équipe se dirigea vers les lances à incendie et les orienta vers les flammes. Le bois grésilla. L'air s'emplit de vapeur grise.

Wisting s'éloigna en portant son téléphone à son oreille.

Au bout du fil, Maren Dokken décrocha.

« Je suis devant chez les Kleiser, commença-t-il.

— Ah oui, il paraît que le feu est reparti ?

— Sais-tu quelle est la distance de chez Agnete Roll ? »

Il y eut un blanc.

« Tu crois qu'Agnete Roll pourrait y être ? »

Wisting répondit à sa propre question.

« En passant par les bois, ça ne doit pas faire tellement plus de cinq ou six cents mètres.

— Les équipes de recherche ont examiné les lieux. Enfin, en tout cas, elles sont allées dans la forêt, alors elles ont dû inspecter la maison aussi.

— Un examen approfondi ?
— Je ne sais pas. Il faudrait que je parle avec les gens qui étaient sur place.
— N'importe comment, ça remonte à plusieurs jours. Elle a pu y être amenée après. »
L'un des véhicules de pompiers se rapprocha, sur son toit, le canon à incendie s'activa. Le jet forma un large rideau d'eau.
« Le feu devrait être complètement éteint d'ici une heure, poursuivit Wisting. Tu vas pouvoir examiner le site de l'incendie dans le courant de la soirée. »
Percevant une hésitation de la part de Maren Dokken, il regretta de n'avoir pas plutôt appelé Nils Hammer. Maren était inexpérimentée, elle avait l'habitude d'obéir aux ordres plutôt que de prendre des décisions et de mettre les autres à l'œuvre.
« Je vais demander à la patrouille qui est ici de boucler le périmètre dès que les pompiers auront terminé. Et puis vous aviserez à ce moment-là.
— Je vais prévenir les techniciens. »
Maren parlait d'un ton plus assuré.
Après avoir raccroché, Wisting fit le tour de la maison, en passant par l'extérieur des barrières. Si ce n'est que l'herbe était trop haute, le jardin contrastait vivement avec l'habitation ravagée par le feu. Il était luxuriant, entretenu, ponctué d'allées et de sculptures.
Une grille en fer forgé noir l'entourait. De la pointe de sa chaussure, Wisting poussa un portail entrebâillé. Les gonds émirent une plainte douloureuse. De l'autre côté, un sentier envahi par la végétation avançait dans la forêt. Wisting envisagea de l'emprunter, mais se ravisa et rejoignit sa voiture.

Il se leva, sentit mille idées sur la suite de l'enquête l'assaillir.

« Nils est là ? se renseigna-t-il.

— Il vient d'arriver.

— Je viens, moi aussi. »

9

6 juillet 1999, 10 h 14

L'opération de recherche de Tone Vaterland était dirigée depuis le parking d'une jardinerie au bord de l'E18. La policière chargée de l'enquête fit venir le responsable de la Croix-Rouge. Ninni Skjevik braqua son objectif sur eux. Deux ombres grises mal définies apparurent dans le viseur. Elle tourna la bague de mise au point.

Elle ne savait rien de cette policière en tenue, si ce n'est qu'elle s'appelait Kathe Ulstrup. L'homme de la Croix-Rouge, en revanche, était le père d'un garçon qui avait été dans sa classe. Il portait un nom simple. Tom ou Tore, un nom comme ça.

Dans le cadre, les deux personnages examinaient une carte dépliée sur le capot de la voiture de police. N'ayant plus que trois vues sur sa pellicule, elle attendit pour appuyer sur le déclencheur qu'Ulstrup fasse un geste de la main, afin d'avoir du mouvement dans son image.

Le film se rembobina automatiquement. Il était

rempli de photos de l'opération de recherche. Ninni le sortit, l'étiqueta et en installa un autre dans l'appareil.

Les photos ne devaient paraître que dans l'édition du lendemain, mais si elle voulait en inclure dans l'édition du soir, qui partait sous presse moins d'une heure plus tard, il allait falloir que quelque chose se passe bientôt.

Les recherches de l'hélicoptère au-dessus du lac de Stokke semblaient terminées, il fit un demi-cercle au-dessus d'eux et elle parvint à l'immortaliser avant qu'il ne disparaisse à l'est.

Le soleil était haut dans le ciel. Elle se dirigea vers sa voiture, but un peu d'eau et prit quelques fraises dans la barquette sur le siège passager.

Une voiture entra sur le parking, s'arrêta légèrement à l'écart, un homme d'une quarantaine d'années en descendit. Il regardait autour de lui, l'air désorienté.

Ninni s'approcha.

« Bonjour ! »

Elle se présenta, lui tendit la main.

« Je suis journaliste au *Porsgrunns Dagblad*. Vous savez quelque chose sur l'affaire de disparition ?

— Je crois l'avoir vue. Elle pédalait sur la route. »

Il montra la direction.

Elle hocha la tête. La police avait signalé plusieurs témoignages similaires.

« Quand ça ?

— Vers 20 h 30, répondit l'homme.

— Donc vous pourriez être la dernière personne à l'avoir vue en vie ? »

Il lui lança un regard.

« Je ne veux pas être dans le journal. »

Elle ignora sa remarque. En le travaillant un peu, elle pouvait le faire changer d'avis.

« Vous êtes d'ici ? »

Il acquiesça.

« Vous la connaissiez ? Ou vous connaissez sa famille ?

— Tout le monde connaît tout le monde, ici. »

Quelque chose se passait du côté de la voiture de police. À bord, Ulstrup parlait dans sa radio.

Ninni leva son objectif, zooma sur elle. Ulstrup raccrocha l'émetteur sur son support et sortit d'un bond. Puis elle échangea quelques mots avec l'homme de la Croix-Rouge avant de replier la carte et de remonter en voiture. Elle démarra dans un nuage de poussière, alluma sirène et gyrophare, et se faufila dans la circulation de l'E18.

Ninni envisagea de la suivre, mais à la place, elle alla trouver l'homme de la Croix-Rouge, qui parlait dans un talkie-walkie. Elle l'entendit rappeler l'équipe de recherche.

« Que se passe-t-il ? » l'interrogea-t-elle.

Il l'observa, se demandant visiblement s'il ne serait pas mieux avisé de garder le silence.

« Ils l'ont trouvée. »

Elle tourna le regard dans la direction où était partie la voiture.

« En vie ? » fit-elle doucement.

L'homme en face d'elle secoua la tête.

10

6 juillet 1999, 11 h 38

Ils avaient dépassé le lac Mjøsa. En fond sonore, la radio diffusait un reportage entrecoupé d'intermèdes musicaux. Oda Vaterland lança un regard à son mari. Elle avait la nausée, mal au ventre.

« Il faut que j'aille aux toilettes », dit-elle.

Il acquiesça d'un signe de tête, regarda dans le rétroviseur.

Ils avaient roulé toute la nuit. Ils s'étaient relayés au volant, mais ni l'un ni l'autre n'avait beaucoup dormi.

Ce n'était pas seulement l'appel de la nature. Oda ressentait le besoin de contacter la police, avec laquelle ils n'avaient pas eu de contacts depuis plus de deux heures, au début de la deuxième journée de recherches.

Elle avait imaginé différents scénarios. La veille, sa grande peur était que Tone se soit noyée. Elle nageait bien, mais avait pu se cogner la tête contre une pierre ou se prendre les pieds dans des racines de nénuphar. On disait la mort par noyade agréable. Oda ne voyait pas comment, ce devait être épouvantable, au contraire. Retenir son souffle et arriver ensuite à court d'air pour finalement respirer de l'eau. La panique. L'angoisse mortelle. Savoir qu'on allait mourir.

Mais on ne l'avait pas trouvée dans le lac.

Il y avait aussi la possibilité qu'elle se soit fait écraser, pousser hors de la route par un véhicule qui ne s'était pas arrêté. Un gros camion, par exemple. Oda avait alors nourri l'espoir que Tone soit évanouie dans un fossé. Elle ne portait jamais de casque.

Mais on ne l'avait pas trouvée au bord de la route non plus.

Arne bifurqua vers une station-service. Oda se tourna vers lui.

« Tu téléphones ? »

Il hocha la tête.

« Je vais d'abord faire de la monnaie. »

Ils entrèrent ensemble dans la station-service. Arne se dirigea vers la caisse, Oda, vers les toilettes, devant lesquelles se trouvait un téléphone public.

À l'intérieur, le ménage n'avait sans doute pas été fait depuis un certain temps. La poubelle débordait, le lavabo était sale.

Oda arracha quelques feuilles de papier toilette et les disposa sur la lunette avant de s'asseoir.

Elle avait des gaz, une réaction de stress.

Son ventre se contracta. La douleur monta jusque dans sa poitrine. Entendant des bruits de l'autre côté de la porte, elle comprit qu'il y avait quelqu'un, mais peu importait. Elle laissa échapper l'air en poussant un petit gémissement.

Ce devait être Arne. Elle perçut qu'on décrochait le combiné et glissait des pièces dans la fente. Elle avait un peu recadré Danny. Il avait changé, cessé de sortir jusqu'au petit matin. Il ne faisait plus la fête le week-end. Tone et lui restaient tous les deux, souvent ils louaient un film et s'installaient dans la chambre de Danny au sous-sol.

Il ne l'avait pas informée de leur rupture. Les parents de Tone étaient dans le Nord et il avait passé beaucoup de temps chez elle quand elle ne travaillait pas, mais pas ces derniers jours.

Il refusait d'aborder le sujet de la disparition de Tone. Le journal indiquait qu'on ne l'avait pas vue depuis le dimanche soir. Danny ne lui avait pas parlé depuis jeudi. Esther n'avait rien pu tirer d'autre de lui.

L'attente était pénible. Elle pouvait toujours descendre nettoyer sa chambre, pour qu'elle soit bien rangée à son retour, ou si jamais d'autres gens voulaient y entrer.

À la place, elle décida de préparer une pizza que Danny et elle pourraient déguster ensemble ce soir. Elle avait tous les ingrédients nécessaires et sortit le robot du placard pour pétrir la pâte. La voiture banalisée de la police de Bamble arriva pendant qu'elle dosait la farine dans le verre gradué. Les portières s'ouvrirent, un homme et une femme sortirent du véhicule.

Esther Momrak ne comprenait pas. Danny n'était pas avec eux.

Elle resta à la fenêtre, les vit approcher de l'entrée, mais n'alla ouvrir qu'au second coup de sonnette.

« Oui ? »

Les deux officiers de police se présentèrent : Kathe Ulstrup et Vidar Tangen. Elle leur répondit d'un signe de tête. Elle savait qui ils étaient.

« On peut entrer ? fit Tangen.

— Bien sûr. »

Elle les précéda dans la cuisine.

« Où est Danny ?

— Au poste. Il est mis en examen pour faux témoignage », répondit Ulstrup.

Esther Momrak resta sans voix.

« J'ai ici un mandat judiciaire qui nous autorise à perquisitionner la maison, poursuivit la policière. Avant tout sa chambre, mais aussi d'autres endroits où il a séjourné. »

Esther Momrak fit un pas en arrière, s'appuya contre le plan de travail.

« Je ne comprends pas… »

La policière lui tendit le document.

« Nous pensons que votre fils ne dit pas la vérité concernant le décès de Tone Vaterland. »

suis pas tellement allé sur des lieux de sinistre dans cette partie du district.»

Wisting hocha la tête. Avant la réforme qui avait abouti à un nouveau découpage administratif, le commissariat de Larvik avait eu son propre spécialiste de scène de crime; désormais, toute l'expertise technique était regroupée en un même lieu, à l'autre bout de la circonscription. Cela favorisait bien sûr la compétence et le professionnalisme de ce service, mais en conséquence, on finissait par enquêter sur une même affaire sans se connaître.

«Vous avez quoi?» demanda Hammer au jeune technicien.

Ce dernier poussa un soupir, comme pour les avertir qu'il n'avait pas grand-chose, et s'exprima avec les précautions de langage d'usage.

«Nous supposons qu'il s'agit d'une femme.»

Wisting jeta un coup d'œil au cadavre. Soumise à une forte chaleur, la peau racornissait, tout comme les organes. Les tendons et les muscles étant desséchés, les bras et les jambes se tordaient et le corps se recourbait en position fœtale. Ainsi, l'entrejambe se trouvait protégé des plus graves lésions par le feu et le sexe était par conséquent le seul élément dont on puisse tirer des informations sur un cadavre incendié.

«Elle porte un anneau au majeur droit, poursuivit David Eikrot.

— Une alliance? suggéra Maren.

— Probablement. Nous ne l'avons pas encore enlevé et n'avons donc pas pu voir s'il y avait une inscription.

— Mettez la priorité là-dessus», proposa Hammer.

Wisting observa le lieu de la découverte. Un théâtre

d'incendie n'était pas comme les autres scènes de crime. Le feu détruisait, et son extinction provoquait son lot de dégâts aussi.

« À quel niveau de la maison se trouvait-elle ? »

Là encore, Eikrot répondit avec la prudence coutumière des techniciens de scène de crime.

« Probablement au rez-de-chaussée. Nous travaillons en descendant par couches successives dans les ruines. Nous avons enlevé des restes du toit et de la chape de l'étage, mais nous ne sommes pas encore arrivés à la chape du rez-de-chaussée. » Il se tourna vers les décombres. « On pourrait penser qu'elle était à l'intérieur d'un placard. En tout cas, les fragments que nous avons autour d'elle le suggèrent. Des gonds, des bouts de cintres. Ce sera plus facile d'en dire plus quand nous connaîtrons le plan de la maison et la répartition des pièces. »

Wisting jaugea les distances, évalua l'emplacement du corps. D'après ses souvenirs, ce devait être à peu près là qu'on avait trouvé Antonia Kleiser. Elle était sur le sol de la chambre à coucher, juste devant la porte. Une rangée de penderies bordait un mur.

« La personne qui l'a placée ici a dû passer par la partie incendiée de la maison. » Il se tourna vers Maren. « Vous devriez récupérer les chaussures du mari d'Agnete Roll, examiner les semelles pour voir s'il y a de la cendre et de la suie. »

Elle fit un signe de tête, elle y avait déjà pensé.

« Ça aurait peu de valeur comme preuve. Quand il a signalé sa disparition, il a expliqué qu'il l'avait cherchée par ses propres moyens et s'était notamment rendu à la maison des Kleiser. »

Hammer cracha et débarrassa sa lèvre supérieure de son *snus*[1].

« Un type pas très fiable », commenta-t-il.

Wisting enfonça ses mains dans ses poches. Les insectes commençaient à se masser autour des projecteurs.

Maren rompit le morne silence.

« Et la cause du décès, vous pouvez nous en dire quelque chose ?

— Non. Il faudra attendre l'autopsie. »

Le jeune technicien se dirigea vers son véhicule pour y prendre un sac mortuaire noir. Une fois revenu sur le site du sinistre, il en déchira l'emballage en plastique et se fit aider de ses collègues pour le déplier et le positionner, puis ils transférèrent le corps raide dessus.

Une bourrasque traversa le sommet de l'arbre feuillu le plus proche. On approchait de 23 heures. Wisting s'attarda encore quelques instants, puis il regagna sa voiture.

1. Le *snus* est une spécialité tabagère suédoise, qui se glisse sous la lèvre. Elle est vendue, telle quelle ou conditionnée en sachets, dans de petites boîtes rondes. *(N.d.T.)*

13

6 juillet 1999, 20 h 11

Le téléphone sonnait au rez-de-chaussée.

Cristian Bohrman contempla le petit visage sur l'oreiller à côté de lui. Son souffle était régulier. Elle s'était endormie.

Sa femme Torill décrocha. Il n'entendit pas ce qu'elle disait, mais comprit qu'elle priait son interlocuteur d'attendre.

Il referma le livre, le posa sur la table de chevet et se leva.

Une mouche emprisonnée derrière le rideau cognait contre la fenêtre. Il écarta les rideaux opaques entre ses doigts. Ce n'était pas une mouche, mais un gros et vilain insecte muni de quatre ailes. Il bascula la fenêtre vers l'extérieur et le chassa dans la pénombre.

Les marches du bas de l'escalier grincèrent.

« Cristian ? »

Il ne répondit pas tout de suite, mais éteignit la lumière, sortit de la chambre sur la pointe des pieds et referma la porte.

« Elle dort, annonça-t-il en souriant à Torill.

— Téléphone pour toi. C'est la police. »

Il possédait un téléphone mobile, un Nokia 8210 flambant neuf, mais souvent, le soir, il l'éteignait. En règle générale, si on cherchait vraiment à le joindre, on y parvenait. Comme maintenant.

« Cristian Bohrman, j'écoute.

— Sten Kvammen à l'appareil, je suis de la police. »

Bohrman n'avait pas besoin de cette précision, il savait très bien que Kvammen occupait un poste de direction dans le service d'enquête criminelle du commissariat de Porsgrunn.

« Je suis au poste de Bamble, poursuivit l'enquêteur. Nous avons ici un client qui aimerait vous parler.

— De qui s'agit-il ?

— Dan Vidar Momrak. »

Bohrman s'assit. Il avait défendu Momrak à deux reprises, surtout parce que c'était le fils d'une femme qu'il avait aidée, d'abord pour une histoire d'héritage un peu compliquée impliquant plusieurs enfants d'un mariage précédent, puis lorsque la banque avait voulu saisir sa maison. Il avait rencontré Esther Momrak à l'école, ils étaient dans la même classe. Lors d'une retraite de préparation à la confirmation, ils étaient sortis ensemble et l'idylle avait duré jusqu'à la rentrée suivante.

« Il est inculpé de quelque chose ? » s'enquit-il.

Sa première rencontre avec Danny s'était produite lors de son arrestation alors qu'il roulait à mobylette sur un sentier piéton, sans casque, un passager sur son porte-bagages. C'était juste avant sa majorité, il venait d'acheter une vieille Mazda qu'il retapait. Bohrman lui avait évité plusieurs années d'interdiction de passer le permis de conduire. La seconde fois, il s'agissait d'un vol. Danny s'était fait prendre par un agent de sécurité et une plainte avait été déposée, mais celle-ci était formulée avec tant de maladresses et de lacunes que Bohrman n'avait eu aucun mal à obtenir le non-lieu. Tout cela remontait à plus d'un an.

« Infraction à l'article 163 du Code pénal », répondit Kvammen.

Bohrman esquissa un haussement de sourcils, il se doutait que ce n'était pas tout.

« Faux témoignage ? Ça ne peut pas attendre demain ?

— Il demande à vous parler ce soir, avant la reprise des interrogatoires.

— Pour quelle raison ? Sur quelle affaire s'est-il expliqué avec inexactitude ?

— Sur la disparition de Tone Vaterland. »

Cristian Bohrman sentit dans sa poitrine une palpitation qui lui coupa le souffle.

« Je vois. Où est-il ?

— Ici, au poste de Bamble. »

Bohrman se leva.

« Je peux y être dans vingt minutes. »

Il raccrocha, se rendit dans la chambre à coucher, où il revêtit le costume et la chemise qu'il avait portés ce jour-là au bureau, mais renonça à la cravate.

Torill apparut sur le seuil.

« C'était quoi ?

— Tone Vaterland. Ils ont arrêté un homme qui veut que je le représente.

— Dans une affaire de meurtre ? Mais tu n'en as jamais eu. »

Il s'abstint de rectifier son propos en précisant que, officiellement, il ne s'agissait pas d'une affaire de meurtre, car ce n'était probablement qu'une question de temps avant que le motif de mise en examen de Danny Momrak change.

Cette perspective le fit sourire. La disparition avait déjà généré des gros titres, y compris dans la presse nationale. Cela pouvait être bon pour sa carrière.

Torill lui rendit son sourire, l'embrassa sur la joue et l'accompagna à la porte d'entrée.

Le trajet en voiture ne prit que dix minutes. Les fenêtres étaient allumées dans tous les bureaux du poste de police et les places de parking les plus proches de l'entrée étaient occupées.

La portière d'une voiture s'ouvrit, une jeune femme descendit du véhicule. Il la reconnut : Ninni Skjevik, journaliste au quotidien local.

Il ralentit le pas, le raccourcit, laissant à la journaliste le temps de lever son appareil et de le prendre en photo.

« Vous êtes ici pour Tone Vaterland ? » l'interrogea-t-elle.

Bohrman conserva un masque impassible.

« Je vais voir un client.

— Danny Momrak ? »

Il lui adressa un bref signe de tête. Manifestement, elle était bien informée. Peut-être s'était-elle trouvée sur ce parking au moment où on l'avait amené.

« Il est soupçonné de meurtre ? » poursuivit-elle.

L'avocat posa la main sur la large poignée de porte. Il avait envie de souligner que pour l'instant rien ne confirmait que Tone Vaterland avait été tuée, mais il savait qu'au début d'une affaire il était sage d'en dire le moins possible.

« Pas de commentaire », déclara-t-il en tirant la porte.

À la réception, il fut accueilli par Sten Kvammen et un enquêteur plus jeune qui portait son badge autour du cou. Il leur serra la main.

« Vous avez des documents pour moi ?

— Je vous en ai photocopié un jeu. »

Kvammen saisit un dossier derrière le comptoir.

« Vous voulez les consulter d'abord ou voir Momrak tout de suite ? »

Bohrman soupesa l'ensemble.

« Donnez-moi une demi-heure. Vous avez un endroit où je peux m'asseoir ? »

Kvammen hocha la tête et le jeune enquêteur conduisit l'avocat dans un bureau vide.

Simple collection de papiers rangés dans l'ordre chronologique de leur production, les documents n'obéissaient à aucun système.

En premier se trouvait la mise en examen. Bien que déposant sous serment dans l'enquête sur la disparition de son ex-petite amie, Danny Momrak s'était expliqué de façon inexacte sur ses déplacements. Le document ne contenait aucun autre renseignement.

Bohrman le mit de côté et passa ensuite sur la déclaration de disparition de Tone Vaterland, ainsi que sur les témoignages de ses collègues de travail et les conversations introductives avec les autres membres de son entourage, qui ne l'intéressaient pas non plus pour le moment.

Il parcourut en vitesse le compte rendu de la première patrouille qui avait été envoyée sur le lieu de la découverte, partant du principe qu'il trouverait plus loin un rapport circonstancié et des photos. Puis il s'occupa de la première déclaration de Danny Momrak. Datée de la veille, elle se déployait sur cinq pages. Les trois premières traitaient de sa relation avec Tone, les deux dernières de ses déplacements le jour de sa disparition. Bien qu'il n'ait pas fait grand-chose de sa journée, l'exposé était relativement détaillé. Momrak indiquait les horaires, les endroits où il était allé, les personnes qu'il avait vues.

L'audition suivante avait commencé ce jour, quatre heures auparavant. Globalement, Danny Momrak avait réitéré sa déclaration de la veille. On lui avait alors fait savoir que des enregistrements de caméras de surveillance le montraient dans sa voiture à une station-service, à une heure où il disait s'être trouvé à Langesund. Comme il ne pouvait l'expliquer, l'audition avait été interrompue et on l'avait mis en examen pour faux témoignage.

Plus loin dans le dossier, Bohrman trouva de piètres photocopies en noir et blanc d'images extraites d'un enregistrement vidéo. Sur l'une d'entre elles, on pouvait déchiffrer une plaque d'immatriculation, mais on ne voyait pas le conducteur. Rien de très utile. Danny avait déjà affirmé s'être trouvé à Langesund, en voiture, au moment en question.

Revenant au rapport sur la découverte du corps, l'avocat comprit qu'à vol d'oiseau, l'endroit ne se situait qu'à quelques centaines de mètres de la station-service où Danny avait été filmé. L'horaire se situait dans la fourchette où il était raisonnable de penser que quelque chose était arrivé à Tone Vaterland. Danny Momrak était acculé.

Bohrman rassembla les documents, glissa le dossier dans sa sacoche et écarta sa chaise de la table.

Le jeune enquêteur qui l'avait accueilli apparut à

la porte et l'accompagna au bureau où l'attendait Danny.

Ils l'avaient autorisé à fumer. Devant lui, une tasse à café était remplie de mégots. L'air était saturé de tabac.

Bohrman en fit abstraction.

« Bonjour, Danny, dit-il en lui tendant la main. Je viens t'aider avec cette histoire. »

Danny lui serra la main, mais resta assis. Bohrman se tourna vers l'enquêteur.

« Nous avons besoin d'un peu de temps tous les deux.

— On dit une demi-heure ?

— Ça prendra le temps que ça prendra », répondit Bohrman, destinant cette démonstration d'autorité à Danny.

La porte fut refermée. Bohrman s'assit. Danny l'observa brièvement, mais ne dit rien.

« Comment va ta maman ?

— Bien.

— Elle doit s'inquiéter en ce moment. Je pourrai lui téléphoner tout à l'heure, si ça te va. »

Danny acquiesça.

« J'ai cru comprendre que tu avais une Ford Escort maintenant. Qu'est devenue la Mazda ?

— Je l'ai revendue. »

Bohrman hocha la tête, sortit son calepin et, évitant d'aborder le sujet de Tone Vaterland, posa quelques questions anodines pour établir une certaine confiance.

« Tu as vu les images de la station-service ? » demanda-t-il ensuite.

Danny Momrak croisa son regard.

« Je ne l'ai pas fait », déclara-t-il.

Sans commenter, Bohrman produisit la photocopie des images de surveillance.

« Ils vont te demander si c'est toi qui étais au volant.

— J'avais oublié que j'y étais passé.

— Ils veulent savoir ce que tu fabriquais là-bas.

— Rien. Je suis resté dans ma voiture. J'ai fumé une clope. Je n'avais rien d'autre à faire. Et ensuite, je suis rentré chez moi.

— C'est tout ? Réfléchis bien. Si d'autres informations surgissent dont tu n'as pas parlé, ils s'en serviront contre toi.

— Quel genre d'informations ?

— La police va établir une chronologie. » Bohrman montra l'indication horaire au coin de l'image : 20 h 32. « Si tu es rentré aussitôt après, les voisins ou des passants ont pu te voir te garer devant la maison vers 20 h 45, mais si jamais tu t'es arrêté ailleurs, c'est important de le dire, au cas où les voisins ne t'auraient vu que plus tard. »

Danny fit courir son doigt sur la table, dessinant des motifs invisibles.

« J'ai peut-être fait un tour d'abord.

— As-tu vu des gens, fait plusieurs arrêts ?

— Non, pas que je me souvienne.

— Si tu ne te souviens pas, ou si tu n'es pas sûr, c'est important de le dire aussi. »

Il se pencha en avant pour inviter à la confidence.

« Ce n'est pas facile de se souvenir des horaires. La plupart des gens se trompent quand ils réfléchissent à l'heure à laquelle ils ont fait quelque chose. Dis-toi bien que mieux vaut indiquer une plage horaire plutôt qu'une heure précise ; par exemple, tu peux suggérer que tu es rentré entre 21 et 22 heures plutôt que d'affirmer qu'il était 21 h 30. »

Danny acquiesça, puis il regarda vers la porte.

« Vous pensez qu'ils me laisseront rentrer chez moi après ? Quand j'aurai présenté les choses comme elles sont ?

— C'est difficile à dire, Danny. Ils auront peut-être besoin de vérifier et de contre-vérifier certains éléments. Je pense qu'il faut te préparer à devoir rester ici au moins jusqu'à demain.

— Ici ?

— Ils vont sans doute te conduire à la maison d'arrêt de Porsgrunn. »

Danny Momrak se redressa sur sa chaise, recula contre le dossier, l'air paniqué à la perspective d'une nuit en garde à vue.

« Mais ce n'est pas une certitude, Danny. Quoi qu'il en soit, je vais faire mon possible pour t'aider.

— Vous pensez que ça va aller ? »

Bohrman toussa dans sa main pour camoufler un sourire.

« Il est trop tôt pour affirmer quoi que ce soit », répondit-il.

Il savait néanmoins comment cela allait se terminer. L'explication de Danny Momrak n'était pas crédible. À moins que de nouveaux éléments orientent les enquêteurs dans une autre direction, on se dirigeait vers une accusation de meurtre.

14

Les documents de l'affaire visant Danny Momrak l'attendaient sur la table de la cuisine. Dehors, la nuit s'était densifiée. Wisting alluma le plafonnier, tira une chaise, s'attarda quelques instants les deux mains sur le dossier. Ses vêtements étaient imprégnés de l'odeur du site de l'incendie, Agnete Roll hantait ses pensées depuis qu'il en était parti.

Avant de reprendre sa lecture, il parcourut ses notes. À l'heure où Tone Vaterland rentrait chez elle à vélo, Danny Momrak avait indiqué effectuer une livraison de haschich à Langesund. Le nom de l'acheteur, un copain de son âge, était précisé : Jonas Haugerud.

Wisting le retrouva dans la liste des témoins. Entendu tôt le lendemain matin, il n'avait pu confirmer la transaction. Certes, il avait vu Danny Momrak le 4 juillet, mais l'après-midi. De toute façon, il niait lui avoir acheté de la drogue et ne pouvait donc pas lui fournir d'alibi.

Les témoins se répartissaient en deux catégories principales : ceux qui avaient fait une observation le jour du meurtre et ceux qui connaissaient la victime ou le suspect et étaient en mesure de s'exprimer à leur sujet. Un tableau détaillé des événements se dessinait. Plusieurs personnes avaient aperçu Tone Vaterland à vélo sur la route, un sac sur le dos, elle avait aussi été vue bifurquant vers Gamleveien. Un canoéiste avait remarqué une personne seule sur le rocher U-berget, où elle s'était souvent baignée après le travail. Tout portait à croire que Tone Vaterland s'était fait agresser alors qu'elle regagnait son vélo au bord de la route, par quelqu'un qui l'attendait ou qui était tombé sur elle par hasard.

Wisting ressortit le dossier iconographique du lieu de la découverte. Une photo montrait un total de cinq boutons. C'était tout ce qu'on avait retrouvé de ses vêtements. Des restes du fil blanc des boutonnières suggéraient que son chemisier lui avait été arraché.

Si la plupart des témoignages de l'entourage de la victime et du suspect ne présentaient aucun intérêt, ils orientaient au moins vers un personnage important : Maria Strand. Témoin dit secondaire, à savoir pouvant s'exprimer au nom d'une personne qui ne pouvait plus le faire elle-même, la meilleure amie de Tone Vaterland depuis l'école primaire était sa confidente, celle avec qui elle parlait de tout. Sa déclaration avait permis d'éclairer de nombreux points restés dans l'ombre, notamment la rupture entre Tone et Danny. Il faisait usage de contrainte. Danny exigeait qu'ils regardent des films pornographiques et se livrent ensuite aux ébats auxquels ils avaient assisté sur le petit écran. Il était brutal et lui faisait faire des choses dont elle n'avait pas envie. Par exemple, le masturber ou lui prodiguer une fellation pendant qu'il conduisait. Un jour, ils avaient aussi eu un rapport sexuel dans la voiture sur un parking où ils auraient pu être découverts, pour le frisson du risque. Après sa rupture avec Danny, Tone s'était rendue chez Maria et lui avait exposé la situation. Ses parents étant absents, lui avait-elle expliqué, Danny était venu dormir chez elle : ils avaient la maison pour eux tout seuls. Danny avait proposé qu'ils couchent ensemble dans la chambre parentale, car il pouvait l'y attacher aux montants du lit. Tone n'était pas d'accord, mais il avait obtenu ce qu'il voulait. Le lendemain matin, il s'était glissé dans la salle de bains pendant qu'elle se préparait et lui avait imposé un rapport sexuel sous la douche. Après quoi les choses avaient dégénéré en dispute, Tone lui avait annoncé qu'elle le quittait et il était parti, furieux.

Maria brossait le portrait d'un Danny obsédé sexuel, agressif, violent et jaloux, qualificatifs qui revenaient dans les déclarations de plusieurs amies de Tone.

Sentant la piqûre d'un moustique, Wisting se claqua la nuque et constata qu'il avait écrasé la bestiole. Derrière lui, le réfrigérateur se mit à bourdonner.

Il repoussa la pile des déclarations qu'il n'avait pas lues. À quoi bon continuer ? On n'avait tout de même pas attiré son attention sur Danny Momrak pour qu'il se livre à une chasse aux erreurs de procédure, si ? Momrak avait été jugé coupable et il avait purgé sa peine. S'agissait-il de cela, justement ? Un tueur était libéré. Si oui, il devenait intéressant de déterminer où Danny Momrak se trouvait actuellement et ce qu'il faisait.

Wisting alla se servir un verre d'eau, il n'en but que deux gorgées avant de le reposer, dans l'espoir de ne pas avoir à se relever au milieu de la nuit.

Il resta devant la fenêtre. L'éclat des lampadaires projetait l'ombre des arbres dans les jardins voisins. La maison de Line était dans le noir. Amalie et elle seraient absentes pendant encore quatre jours.

Il avait mis quelque temps à comprendre que Line s'engageait dans cette nouvelle relation, qui durait depuis maintenant six mois. Cederik Smith avait deux ans de moins qu'elle, mais était déjà divorcé et père d'une fille de l'âge d'Amalie. Ils s'étaient rencontrés dans le cadre d'un projet de documentaire. Il vivait dans la banlieue ouest de la capitale, mais il avait invité Line et Amalie dans la maison de vacances de ses parents sur la rive est du fjord d'Oslo.

Le premier jour, Wisting avait reçu des photos sur son téléphone. D'abord Amalie sous une tente de jeu sur un carré de pelouse, puis elles deux au bord de l'eau, sur une plage, et enfin tous les quatre autour d'une table.

Wisting n'avait rencontré Cederik Smith qu'en deux occasions, quand il rendait visite à Line. Le plus souvent, c'était elle qui allait chez lui, confiant Amalie à son grand-père.

N'ayant pas eu le loisir de lui parler en tête à tête, il n'avait pas eu la possibilité de se faire une impression précise, mais il semblait être quelqu'un de dynamique et de réfléchi. Physiquement, il n'était pas sans rappeler les autres hommes que Line avait eus dans sa vie. Cheveux foncés, yeux marron. Elle avait la trentaine passée, il était compréhensible qu'elle souhaite se poser, qu'elle soit en quête d'une relation potentiellement durable.

Le bruit d'une voiture en haut de la rue lui fit tourner la tête. L'intensité lumineuse des phares baissa. Il suivit le véhicule du regard jusqu'à ce qu'il disparaisse à l'autre bout de Herman Wildenveys gate.

En ce qui le concernait, il lui fallait bien admettre qu'il serait bientôt trop tard pour trouver quelqu'un avec qui partager sa vie. Cet été marquait les dix ans de la mort d'Ingrid. Six ans plus tôt, il avait rencontré une femme qui dirigeait un café à Stavern. Il y avait cru, mais leur relation n'avait finalement rien donné. Et voilà tout. Ces cinq dernières années, il s'était couché seul le soir.

Il vida le reste de son verre dans l'évier et lança un dernier regard sur les documents avant d'éteindre la lumière et de monter faire sa toilette.

Dans la chambre, il entrebâilla la fenêtre pour aérer pendant la nuit. Dehors, les arbres bruissaient. La météo annonçait un changement de temps le lendemain. Pluie et températures en chute.

Sa piqûre de moustique le démangeait. Il s'allongea sur le flanc, il ne parvenait pas à trouver de position confortable. Il entendit alors un bruit devant la maison. Un claquement sec métallique. Le couvercle de la boîte aux lettres qui retombait.

Son corps se crispa. Il resta l'oreille tendue. Rien. Il était 0 h 17.

Il redescendit dans la cuisine pour regarder par la fenêtre. Personne. En réagissant plus vite, il aurait peut-être pu voir qui c'était, si tant est, naturellement, que ses oreilles ne lui aient pas joué de tour.

Il revêtit un pantalon, chaussa des sabots en bois et sortit torse nu.

L'air était frais et humide, l'herbe, ponctuée de rosée.

Dans une rue perpendiculaire, une voiture démarrait.

Il repensa à celle qu'il avait remarquée avant de se coucher. Sa partie de la rue n'était pas très fréquentée, elle traçait une courbe avant de déboucher sur Signalveien et personne n'y transitait ; quand on l'empruntait, on arrivait chez les riverains et nulle part ailleurs. Il n'avait pas identifié le véhicule, sachant seulement qu'il s'agissait d'un break aux feux rectangulaires.

Il ouvrit sa boîte, aperçut une enveloppe blanche au fond.

Il la contempla longuement, regarda autour de lui, puis l'attrapa entre deux doigts.

Les mêmes lettres capitales raides, mais seulement son nom, cette fois. Ni timbre ni adresse.

À l'intérieur, il enfila une paire de gants de vaisselle jaunes et sortit un couteau.

La lettre précédente et l'enveloppe étaient toujours dans les sachets en plastique sur le plan de travail.

Il décacheta cette nouvelle missive. Le contenu était similaire, une feuille pliée avec un numéro de référence.

11-1883/01, cette fois.

Dans l'ancien système, la région policière numéro 11 était la sienne. L'affaire en question datait de 2001, soit deux ans après le meurtre de Tone Vaterland. D'après le numéro, le dossier avait été ouvert en fin d'été, vers la mi-août.

Août 2001.

Ce ne pouvait être qu'une seule affaire, et il en avait eu la responsabilité.

15

Le vendredi 17 août 2001, Pernille Skjerven, dix-sept ans, avait disparu. Deux jours plus tard, on l'avait retrouvée violée et tuée. Au terme de quatre intenses journées d'enquête, Jan Hansen avait été arrêté, pour être condamné six mois plus tard.

Wisting coula un regard vers les documents sur la table. Il existait des points communs avec l'affaire 1569. Pernille Skjerven aussi circulait à vélo sur une route très passante quand elle avait disparu. Comme presque tous les jours, elle rentrait de l'écurie de Pauler, qui ne se trouvait qu'à un quart d'heure de son domicile, à Veldre, en périphérie immédiate du centre de Larvik, et s'était fait ramasser à un arrêt de bus sur une route qui, en l'occurrence, était celle que Tone Vaterland avait empruntée deux ans auparavant. C'était encore à l'époque la route principale pour rejoindre le Sørlandet. En continuant sur trente kilomètres vers le sud, on arrivait à l'endroit où Tone Vaterland avait été découverte.

Son torse nu se hérissant de chair de poule, Wisting envisagea de monter chercher un pull, mais il n'en prit pas le temps. Une idée s'insinuait en lui, il commençait à percevoir la signification de ces lettres anonymes.

Il s'assit à la table, ouvrit le dossier des témoignages. Les noms étaient inscrits sur la chemise même, au recto et sur les deux faces intérieures, dans l'ordre des auditions. Wisting avait papillonné de l'un à l'autre, cherchant ceux qui étaient cités dans d'autres témoignages et qui lui paraissaient intéressants. Cette fois, il fit courir son doigt le long de la liste.

Sur la cinquième ligne de la dernière page, il trouva ce qu'il cherchait : *HANSEN, Jan.*

Ce nom de famille était l'un des plus répandus de Norvège. Il pouvait s'agir d'un simple homonyme de l'assassin de Pernille Skjerven, mais Wisting en doutait. Ces lettres ne lui avaient pas été adressées sans raison.

Sur le procès-verbal de l'audition, il put vérifier que la date de naissance et l'adresse correspondaient, de même que le nom de l'employeur. C'était bien lui.

Quand il avait enlevé et tué Pernille Skjerven, Jan Hansen travaillait comme livreur-monteur pour une entreprise spécialisée dans les meubles de créateur. L'entreprise se situait à Larvik, mais desservait tout l'Østlandet. L'après-midi du 17 août 2001, il rentrait d'un chalet de Kragerø, où il avait livré un ensemble canapé-table basse.

Lors de la disparition de Pernille, deux témoins étaient devenus prépondérants. Le premier était un automobiliste qui roulait derrière Jan Hansen. Il se souvenait qu'ils avaient l'un et l'autre dépassé la jeune cycliste et que, peu après, l'utilitaire avait décroché vers un arrêt de bus. Un autre témoin avait vu un homme parlant avec une jeune femme à l'arrêt en question. Il s'était dit que l'homme lui demandait son chemin. Il n'y avait aucun témoin de la scène, mais quand l'enquête les avait finalement mis sur la piste du camion caisse conduit par Hansen, il était clairement apparu que l'arrière avait été le théâtre d'un viol et d'un meurtre. Hansen y avait probablement gardé à la fois Pernille et son vélo pendant le week-end, avant de se débarrasser du corps dans un endroit reculé. Tout comme Tone Vaterland, elle était nue. Ses vêtements avaient été retrouvés une semaine plus tard, avec le vélo.

Jan Hansen n'avait jamais avoué, mais les preuves avaient fini par devenir accablantes. Des cheveux et des empreintes digitales de Pernille Skjerven à l'arrière de son véhicule s'étaient ajoutés aux traces de son sperme prélevées dans le corps de la victime.

Et voilà donc que, deux ans plus tôt, Jan Hansen avait été entendu dans une autre affaire de meurtre. Avec les systèmes électroniques actuels, l'information aurait été relevée, mais à l'époque rien n'avait permis de faire le lien entre les deux affaires. Quand les policiers de Bamble avaient parlé à Jan Hansen, il avait un casier judiciaire vierge. Son nom était intervenu dans l'affaire parce qu'il passait souvent au snack en rentrant du travail. Le jour du meurtre de Tone Vaterland, il figurait parmi les derniers clients qu'elle avait servis. Il avalait sa commande, au volant de son camion caisse, quand elle avait enfourché son vélo. Quelques minutes plus tard, il l'avait rattrapée sur la route et doublée. On l'avait identifié parce qu'il avait payé par carte. Le paiement avait été enregistré à la fin du service de Tone. La dernière heure et demie avant la fermeture étant moins chargée, il n'y avait qu'un seul employé.

Jan Hansen n'avait rien relevé de particulier et n'avait aucun renseignement à apporter. Il avait été entendu par Kathe Ulstrup, la policière qui avait ouvert le dossier de disparition et dirigé l'opération de recherche. Quand le cas s'était transformé en affaire de meurtre, on l'avait manifestement reléguée à des tâches plus banales. La déclaration de Jan Hansen avait été glissée dans la grosse pile de papiers pour ne plus jamais en ressortir.

Wisting se demandait quelles étaient les chances que le meurtrier de Pernille Skjerven ait pour ainsi dire été présent deux ans auparavant, lors du meurtre d'une autre jeune femme du même âge, dans des circonstances similaires.

Cela changeait tout.

Les preuves accablant Danny Momrak restaient les mêmes. C'était un homme éconduit, au tempérament sanguin et violent. Des témoins et des enregistrements vidéo le situaient près de la scène de crime au moment du meurtre. Il avait menti en interrogatoire et changé sa déposition, et surtout, une trace d'ADN l'incriminait.

Mais cela changeait le point de vue…

Dans le sillage du meurtre de Pernille Skjerven, ils avaient élucidé un cas d'agression sexuelle. Suivant la procédure habituelle, l'ADN de Jan Hansen avait été enregistré dans le fichier, qui avait révélé une correspondance avec un dossier datant de cinq ans plus tôt. Si ceux qui enquêtaient sur le meurtre de Tone Vaterland avaient su que l'une des dernières personnes à l'avoir vue en vie était un violeur brutal, l'enquête aurait pu prendre un autre tour. Si l'avocat avait eu connaissance de cette information, le procès n'aurait pas été le même.

Pendant la détention provisoire de Jan Hansen, six affaires d'agression non élucidées avaient été rouvertes, mais on n'avait pu le relier à aucune d'entre elles. Quoi qu'il en soit, les deux affaires pour lesquelles il était mis en examen avaient suffi à le condamner à la peine la plus sévère.

Wisting se gratta de nouveau la nuque.

Jan Hansen était le genre de criminel qui ne s'interrompait pas de lui-même, il fallait le stopper, sans quoi il ne ferait que s'adapter et continuer de rôder, tel un prédateur affamé. En 2001, un frein avait été mis à son action et la peine avait été suffisamment lourde pour qu'il n'ait pas le temps de nuire à d'autres personnes. L'année précédente, il était mort en prison. La question qui se posait désormais était de savoir quels autres actes il avait eu le temps de commettre avant que Wisting ne l'arrête.

16

Juste avant 3 heures, il se mit à pleuvoir et Wisting s'endormit. À son réveil, l'inquiétude sourde qui l'avait taraudé la veille subsistait. Dans l'affaire visant Danny Momrak, demeurait une zone inexplorée : des renseignements dont ni les enquêteurs, ni son avocat, ni la cour n'avaient eu connaissance en 1999, des informations que seul le temps pouvait faire apparaître.

Un coup d'œil dehors lui indiqua qu'il pleuvait toujours. Un mince voile de brouillard recouvrait le sol.

Ce qui le troublait était que la personne qui avait découvert la possibilité qu'ouvraient ces informations manquantes opérait incognito. À l'évidence, son but était de l'inciter à réexaminer le dossier et il trouvait déplaisante cette forme de manipulation subtile.

L'expéditeur anonyme était sans doute quelqu'un qui ne serait pas pris au sérieux s'il passait par les canaux habituels, quelqu'un qui avait des motivations personnelles, mais ne disposait pas de la crédibilité nécessaire pour être entendu. Ce ne pouvait être que Danny Momrak lui-même.

Wisting tenta de le trouver sur Internet, mais ne

dénicha que quelques vieux articles dans lesquels il était nommé comme meurtrier de Tone Vaterland. Aucun renseignement dans l'annuaire, ni adresse ni téléphone. Aucune présence sur les réseaux sociaux. Ayant écopé d'une peine de dix-sept ans, il avait dû être libéré depuis plusieurs années déjà, mais il n'avait laissé aucune trace électronique.

Avant de prendre son petit déjeuner, Wisting fit un tour d'horizon de la presse. La découverte du corps dans la maison Kleiser était désormais connue et les journaux faisaient le lien avec la disparition d'Agnete Roll, dont le chef de service par intérim Nils Hammer confirmait qu'elle était désormais traitée comme une affaire criminelle, précisant toutefois que la police ne disposait d'aucun élément nouveau par rapport à la veille.

Tous étaient probablement bien occupés au commissariat. Tant mieux. Il n'avait pas l'intention de les déranger. Il avait ses propres sujets sur lesquels il souhaitait enquêter sans intervention extérieure.

Avant de prendre sa voiture et de se rendre dans le centre-ville, il ouvrit sa boîte aux lettres. Elle était vide.

Il alluma la ventilation à fond pour éliminer la buée du pare-brise. La pluie jaillissait des pare-boue.

Devant le commissariat, un homme traversait la rue, sa veste remontée sur la tête. Wisting se gara dans la cour. Il passa ensuite par le parking souterrain pour rejoindre les archives. Les néons du plafond clignotèrent plusieurs fois en bourdonnant, puis leur lumière blanche stérile descendit sur les rayonnages.

Il trouva l'année 2001. Les affaires étaient classées chronologiquement et rangées au nombre de dix par boîte, à l'exception de certaines qui avaient une boîte dédiée, voire plus, quand elles étaient particulièrement importantes. L'affaire 1883 s'en était vu attribuer un total de six, soit trop à monter en une fois à son bureau. De toute façon, dans un premier temps, il souhaitait simplement s'assurer que les dossiers étaient toujours dans leurs archives.

Les boîtes prenaient la poussière, personne n'y avait touché depuis longtemps. De la première, il sortit les différentes signatures de l'information judiciaire. Aucune activité n'était documentée après l'exécution de la décision de justice. Personne n'avait regardé l'affaire au cours des quinze dernières années.

Il prit une autre chemise, feuilleta les documents introductifs.

Informé de la mort de Jan Hansen par un enquêteur d'Oslo, Wisting avait relayé la nouvelle auprès des parents de Pernille Skjerven, afin qu'ils n'aient plus à songer au jour où l'assassin de leur fille serait libéré.

Pendant sa détention, Jan Hansen s'était vu diagnostiquer un cancer de la prostate, déjà propagé aux os et aux ganglions lymphatiques. Il avait effectué de multiples passages à l'hôpital et un séjour de longue durée dans la section médicalisée de la prison avant que l'administration pénitentiaire ne décide sa libération conditionnelle pour le transférer aux soins palliatifs de l'hôpital d'Ullevål. Il y était mort peu après. Le décès était intervenu l'été précédent. À cette occasion, Wisting avait appris que Jan Hansen avait une petite amie, qui lui avait régulièrement rendu visite au cours des dix dernières années. Il ignorait qui elle était et ne savait pas non plus comment les tourtereaux s'étaient rencontrés, mais il n'était pas surpris. Le phénomène ne lui était pas inconnu. Certaines femmes étaient attirées par les criminels, les détenus purgeant des peines longues. On aurait parfois pu croire que plus le crime était grave et médiatisé, plus l'attirance était forte. Cela portait un nom en psychologie : l'hybristophilie. Ce qui finalement parlait de soi : l'hybris était une notion issue de la mythologie grecque désignant l'arrogance des humains qui cherchent à transgresser les limites imposées par les dieux.

Wisting rangea tout à sa place. Il n'y avait pas de retour en arrière possible pour lui. L'affaire visant Danny Momrak s'était révélée être une boîte de Pandore. En ouvrant le dossier, il avait libéré ce qui s'y trouvait. Il était impliqué.

Des pas rapides claquèrent sur le sol du couloir. Aussitôt après, une voiture quitta le parking souterrain, compte-tours emballé et sirènes allumées.

Wisting ressortit de la pièce et croisa deux agents prêts à partir en intervention.

« Accident de la route », l'informèrent-ils quand il voulut savoir de quoi il retournait.

Il monta au service d'investigation, au premier étage, et passa devant le bureau de Nils Hammer. Lequel était assis et parlait avec Maren Dokken, qui était restée debout sur le seuil. Il leva les yeux vers la porte, Maren se retourna.

Wisting fut obligé de s'arrêter.

« Du nouveau ? demanda-t-il.

— Peut-être », répondit Nils Hammer en lançant un regard à Maren.

Cette dernière consulta sa montre.

« Nous venons de recevoir l'appel d'un homme qui

va venir dans une demi-heure, expliqua-t-elle. Ole Lind. Son fils tond la pelouse dans les jardins du quartier, notamment chez Agnete et Erik Roll. Il a quinze ans, c'est un boulot d'été. Mais dans la situation actuelle, avec la disparition d'Agnete, il n'avait pas très envie d'aller chez eux. L'herbe commençait à être haute et on annonçait de la pluie, donc hier, son père a décidé de s'en charger à sa place. »

Wisting jeta un coup d'œil dans le couloir et fit un pas en avant.

« Après avoir tondu la moitié de la pelouse, il a voulu remplir le réservoir de la tondeuse, mais il n'a pas trouvé de bidon dans l'abri de jardin. Il n'était pas enclin à parler à Erik, mais s'est tout de même dirigé vers la maison pour lui demander s'il avait de l'essence. Erik n'était pas là.

— Quand était-ce ?

— Le matin. Vers 11 heures.

— L'incendie de la maison Kleiser a été signalé à 11 h 23 », commenta Hammer.

Wisting hocha la tête. Il avait croisé les pompiers à peu près à cette heure.

« Ole Lind est repassé chez lui pour chercher de l'essence et finir de tondre. Plus tard dans la journée, il en a parlé avec son fils, qui lui a dit que, d'habitude, le jerrycan était dans l'abri de jardin avec la tondeuse.

— Vous allez avoir besoin d'autres éléments pour convoquer Erik Roll, il va falloir trouver une faille dans sa déclaration », déclara Wisting.

Nils Hammer acquiesça sans rien dire.

« Et toi, que viens-tu faire ici ? demanda Maren.

— J'ai juste un truc à régler, répondit Wisting. Je ne vais pas m'attarder. »

Il se rendit dans son bureau, referma la porte derrière lui. Sans allumer la lumière, il s'installa sur sa chaise, tendit la main pour allumer son ordinateur et attendit pendant le démarrage.

La pluie battait la fenêtre. Seul navire visible sur l'eau grise, un porte-conteneurs quittait le fjord.

Ces dix dernières années, l'essentiel de ses journées de travail s'était déroulé devant son ordinateur. Surtout pour y entrer des informations, mais aussi pour en chercher.

Quelques minutes plus tard, il lut que Danny Momrak avait été libéré deux ans auparavant après avoir purgé l'intégralité de sa peine à la prison d'Ullersmo. L'adresse enregistrée à sa libération se situait à Oklungen, près de Porsgrunn, personne d'autre n'était donné comme y vivant aussi. D'après le fichier des employeurs, il avait travaillé quelque temps dans un atelier de mécanique, mais n'avait pas d'emploi fixe depuis six mois. Pas d'inscription dans le fichier des véhicules motorisés. Le dernier document qu'il consulta était le casier judiciaire. Après sa libération, Danny Momrak n'avait fait l'objet d'aucune enquête pour de nouvelles infractions.

La seule chose que Wisting nota fut son adresse. Tôt ou tard, il devrait lui parler.

17

6 décembre 1999, 8 h 51

La porte latérale s'ouvrit. Menottes aux poignets, Danny Momrak fut amené dans la salle d'audience. D'abord, le silence se fit, puis les murmures se répandirent comme une vague dans l'assistance.

Cristian Bohrman se leva pour l'accueillir. Teint blême, regard fuyant, Danny marchait d'un pas traînant, la tête baissée. Quelqu'un cria quelque chose. Bohrman ne comprit pas quoi, mais se tourna vers la salle comble : les parents de Tone Vaterland, nuque courbée ; derrière eux, des gens qui devaient faire partie de leur cercle d'intimes, des curieux aussi, sans doute, et puis presque tout au fond, la mère de Danny, en pull gris. Il espérait que son fils la verrait.

Les bancs de la presse étaient bondés. Ayant accepté des interviews pendant toute la période de détention provisoire de son client, il avait été en contact avec plusieurs de ces journalistes. Certains lui semblaient être des alliés, et il avait fait une croix sur d'autres, qu'il percevait comme étant du côté de la police.

Il attendit que les menottes de son client lui soient

enlevées, puis le salua d'un bon geste, rassurant, faisant durer la poignée de main et resserrant sa prise pour donner à Danny le sentiment que tout allait bien se passer.

« Tu es prêt ? »

Danny Momrak le confirma dans un murmure.

Bohrman sourit, lui adressa un signe de tête et lâcha sa main. Il se rassit, coula un regard vers le procureur de l'autre côté de la salle. Il essayait de garder en tête le commentaire d'un collègue plus âgé quand il avait perdu son premier procès : pour un avocat, il ne s'agissait que d'une seule personne, son client ; le procureur, lui, représentait le peuple et avait de plus lourdes responsabilités, d'où l'expression « charge de la preuve ». C'était le pivot du procès. Il devait mettre le paquet pour affaiblir les preuves ; être critique, poser suffisamment de questions pour instiller le doute à leur sujet et les transformer en allégations. S'il voulait élargir sa clientèle et obtenir davantage d'affaires comme celle de Danny Momrak, il devait se positionner comme un défenseur actif, jugé pugnace et offensif.

L'attente dura encore trois minutes. L'horloge sonna 9 heures. Une autre porte s'ouvrit et le juge entra, suivi de deux juges assesseurs. Bohrman fut l'un des premiers à se lever et l'un des derniers à se rasseoir après qu'on les avait invités à le faire.

Le juge déclara la séance ouverte, présenta les parties, se présenta lui-même, et énonça les règles concernant les conflits d'intérêt.

« L'accusé veut-il bien se lever ? »

La chaise de Danny racla le sol. Bohrman resta assis. Son client vivait à présent l'instant le plus solitaire des débats. Il devait se tenir seul devant le juge, tous les regards braqués sur lui. Ils en avaient parlé au préalable. Danny Momrak était au courant du déroulement de l'audience, il savait ce qui allait se passer, mais Bohrman voyait que ses genoux tremblaient.

Le juge lui demanda de décliner son nom complet, sa date de naissance, son adresse et sa situation professionnelle, puis il pria le procureur de lire l'acte d'accusation.

Danny Momrak resta les mains jointes devant lui. Le procureur se leva, remonta son pupitre et s'éclaircit la gorge. Cristian Bohrman avait le document sous les yeux et suivait chaque mot prononcé. Les chefs d'accusation furent décrits en termes sobres. Le procureur parlait d'une voix monocorde, sur un ton constant, à un rythme régulier. Cela ne prit pas plus d'une minute. Il conclut par une brève inclinaison de la tête et se rassit.

« Vous avez entendu l'accusation, poursuivit le juge. Vous déclarez-vous coupable, non coupable ou partiellement coupable des faits dont on vous accuse ? »

Danny Momrak répondit d'une voix étonnamment assurée : « Non coupable. »

18

Wisting détourna le regard de l'écran. Une bourrasque projeta violemment la pluie sur la fenêtre, on aurait dit des cailloux.

Il avait aussi fait une recherche sur l'avocat de Danny Momrak. Cristian Bohrman avait perdu en première instance et en appel, mais le meurtre de Tone Vaterland avait marqué pour lui le début d'une lucrative carrière de pénaliste. Bien qu'il ait forcément prévu le résultat, il s'était illustré comme un défenseur actif, qui avait passé beaucoup de temps à chercher des preuves supplémentaires, avait consulté des experts, et s'était servi des médias pour exprimer sa défiance envers toute forme d'autorité. Son cabinet comptait désormais dix-huit employés spécialisés dans le droit pénal et la protection de l'enfance. Bohrman lui-même travaillait dans le bureau principal, à Skien, mais son équipe était présente à Tønsberg et à Oslo. Deux ans plus tôt, il avait beaucoup fait parler de lui en obtenant la relaxe d'un client à Fredrikstad. À la faveur d'une interview portrait, on lui avait demandé s'il avait personnellement connu des affaires s'étant soldées par une condamnation alors qu'il était convaincu de l'innocence de son client. Il avait répondu que tout avocat en avait au moins une, sans préciser à laquelle il pensait concrètement.

Sten Kvammen aussi avait fait carrière après l'affaire Tone Vaterland. Déjà, à l'époque, il œuvrait comme directeur de service d'investigation, mais il chapeautait aujourd'hui une mission de coopération internationale au sein de Kripos. En chemin, il avait passé l'examen de la magistrature, suivi une formation de directeur et occupé des postes de chef de brigade puis de commissaire. Il était pressenti comme directeur de la compétence policière, l'un des postes les plus élevés de la Direction générale de la police.

Wisting avait trouvé son numéro de téléphone. Il éprouvait le besoin de discuter de ses découvertes et le plus logique était de s'adresser à l'enquêteur qui avait occupé la place la plus centrale de l'affaire.

Avant qu'il ait le temps de composer le numéro, on frappa à sa porte. Maren Dokken entra, un ordinateur portable et une liasse de documents à la main.

« Tu es encore ici ? constata-t-elle.

— Et toi ? Tu en es où avec l'homme à la tondeuse ?

— Quelqu'un est en train de s'entretenir avec lui en ce moment, répondit Maren. Moi, je cherche la faille. »

Il se cala sur son siège.

« Et je l'ai peut-être trouvée, poursuivit-elle. Tu as cinq minutes ? »

Il l'invita à raconter. Elle rapprocha la chaise visiteur et posa son ordinateur sur le bureau pour qu'ils puissent tous deux voir l'écran.

« Nous avons des images de caméras de surveillance d'Agnete puis d'Erik Roll qui quittent le pub, annonça-t-elle en lui montrant les captures d'écran. Elle part à 23 h 52, lui, une demi-heure plus tard, à 0 h 24. »

Elle cliqua sur une autre image. Sur un trottoir étroit marchait une femme en longue robe d'été, la tête baissée, les bras croisés sur la poitrine. Les tons de gris ne permettaient pas de distinguer nettement les traits de son visage, mais les vêtements semblaient être les mêmes que ceux d'Agnete sur la photo où elle partait du pub.

« Il y a peu de caméras dans les rues de Stavern et nous n'avons trouvé Agnete sur aucun enregistrement. Cette image-ci vient de la caméra embarquée d'une voiture qui était garée sur Brunlaveien. L'enregistrement est déclenché chaque fois qu'il y a un mouvement dans son champ. C'est à mille cent mètres du pub. Elle est en train de rentrer chez elle. »

Il regarda l'écran en plissant les yeux. La photo avait été prise à 0 h 04. Si les horloges étaient synchrones, elle avait mis douze minutes pour parcourir cette distance.

« C'est une vitesse de marche normale, déclara Maren, comme si elle lisait dans ses pensées. J'ai moi-même emprunté ce tronçon hier soir. À ce rythme et sans faire de détour, elle devrait être chez elle en un quart d'heure. »

Il désigna l'écran.

« Quelqu'un la suit ?

— Non. Sur le cliché suivant on voit un taxi, deux minutes plus tard.

— Et son mari ? Il a été filmé ?

— C'est là que se trouve la faille. »

Maren lui montra l'image suivante. Au même

endroit, un homme marchait les deux mains dans ses poches. Il portait une chemise aux manches retroussées, comme Erik Roll sur la photo du pub.

« 0 h 49 », nota Wisting en faisant le calcul dans sa tête.

Erik Roll avait mis deux fois plus longtemps que sa femme pour effectuer le trajet.

« Il n'est pas rentré directement chez lui ?

— Il a expliqué qu'il était resté une ou deux minutes devant le pub à parler avec une connaissance, pour le reste, il n'a parlé à personne. Il ne s'est pas non plus arrêté à un snack pour s'acheter une pomme de terre garnie ou un hot dog ni rien de tel. Ça, nous aurions pu le vérifier. »

Elle tourna les pages de la déclaration, trouva l'information qu'elle cherchait.

« Il ne se rappelle pas quand il est parti du pub, mais pense être rentré vers 1 heure du matin.

— Il a pu traîner. Satisfaire un besoin naturel, s'asseoir sur un banc pour clarifier ses pensées. Quelque chose comme ça.

— Il ne mentionne rien de tel.

— On lui a posé la question ?

— Non. Mais on parle ici de près de douze minutes. C'est long pour une pause pipi au bord de la route. »

Wisting dut lui donner raison.

« Mais rappelons qu'il était derrière elle, ces douze minutes, il n'a donc pas pu les employer pour l'agresser.

— Quoi qu'il en soit, j'aurais bien aimé savoir ce qu'il a fabriqué », conclut Maren.

Elle se leva en rabattant le capot de son ordinateur.

« C'est une faille, en effet, dit Wisting. Il faut que tu creuses, que tu trouves ce qui s'y cache. »

Elle se dirigea vers la porte.

« Je suis désolée. Je ne voulais pas te voler ton temps. »

Wisting sourit.

« Aucun problème, n'hésite pas à recommencer. »

Elle referma la porte en sortant. Wisting composa le numéro qu'il avait noté. Sten Kvammen répondit presque aussitôt.

« Il s'agit d'une ancienne affaire, expliqua Wisting après s'être présenté. Qui date de l'époque où vous travailliez comme enquêteur.

— Quelle affaire ?

— Le meurtre de Tone Vaterland. »

Il y eut un silence au bout du fil, comme si son interlocuteur avait besoin de temps pour réfléchir. Ce qui paraissait peu probable.

« Danny Momrak, finit par dire Kvammen. Ça remonte à loin. Pourquoi l'affaire redevient-elle d'actualité ?

— J'ai reçu une ou deux demandes la concernant. Il se pourrait que vous n'ayez pas eu connaissance de certaines circonstances.

— Lesquelles ?

— De nouvelles informations. Qu'il vous aurait été impossible de connaître en 1999.

— L'affaire visant Danny Momrak a été éclairée sous tous les angles possibles. C'est l'un des jugements les plus limpides qu'il m'ait été donné de voir.

— Il ne s'agit pas d'éléments qui modifient directement les preuves. Ce dont je voudrais discuter avec vous serait plutôt la manière dont j'ai su tout cela.

— Ah bon ?

— C'est difficile d'en parler au téléphone. Il faudrait que je vous montre. Pourrions-nous nous voir ?

— Quand ça ? Je suis en vacances.

— Vous êtes parti quelque part ?

— Oui. Enfin, je suis à mon chalet. À Bamble.

— Je pourrais venir vous y retrouver. Je peux y être dans deux heures. »

Kvammen hésita. Wisting le comprenait. Se rencontrer signifiait s'impliquer. L'affaire visant Danny Momrak était révolue. S'il y avait eu des erreurs ou des lacunes dans l'enquête, Kvammen souhaitait s'en tenir à distance. Néanmoins, la curiosité l'emporta.

« Bon. 13 heures. Je vous envoie l'itinéraire. »

19

8 décembre 1999, 12 h 30

« Jurez-vous de dire la vérité, toute la vérité, rien que la vérité ? »

À la barre des témoins, Sten Kvammen leva la main droite.

« Je le jure sur mon honneur et sur ma conscience. »

Le juge fit un signe de tête.

« Vous pouvez vous rasseoir. »

Kvammen coula un regard vers Danny Momrak, tira sa chaise et s'assit. Au tribunal, il était toujours dans un certain état de tension. Il avait le sentiment de passer un examen, de devoir donner les bonnes réponses. Tout ce qu'il disait serait soupesé, évalué, par les juges, par l'avocat de la défense, par les médias. Il avait devant lui un classeur contenant ses notes et les principaux rapports, mais il produirait une impression plus convaincante s'il parvenait à s'en passer.

Le procureur eut la parole et commença par quelques questions convenues sur le parcours de Kvammen, sur les qualifications requises pour son poste, puis il enchaîna en l'invitant à rendre compte de l'information judiciaire, de la déclaration de disparition de Tone Vaterland à l'incrimination de Danny Momrak. Ils avaient passé en revue les questions la veille. Kvammen répondait habilement, en restant bien concentré, s'exprimait avec concision, clarté, en vue d'être bien compris. Au bout d'une heure vingt, le procureur déclara avoir terminé.

Le juge finit de prendre ses notes avant de lever le nez et de se tourner vers le banc de la défense.

« Maître Bohrman. Avez-vous des questions pour le témoin ? »

Kvammen observa l'avocat.

« Oui, s'il vous plaît », répondit Bohrman.

Après avoir temporisé quelques instants en consignant une dernière remarque, il s'adressa au policier.

« À quel moment de l'enquête le nom de Dan Vidar Momrak est-il apparu ? » interrogea-t-il en faisant tourner son stylo entre ses doigts.

Kvammen hésita, il était préparé à ce qu'on lui tende des pièges sémantiques.

« C'était l'ex-petit ami de la défunte. Ils avaient rompu trois jours plus tôt. »

Bohrman reposa son stylo.

« Ça, nous le savons. Ce que je vous demandais, c'est quand son nom a été introduit dans l'enquête. »

Kvammen ramena ses pieds sous sa chaise.

« Si vous voulez une date ou un horaire, je ne peux pas vous répondre de mémoire. »

Il y eut quelques rires dans l'assistance.

Bohrman sortit une feuille.

« N'est-il pas exact que la mère de la défunte a communiqué son nom lors de la déclaration de disparition ?

— C'est sans doute le cas, oui.

— C'est écrit ici. » Bohrman agita la feuille avant de regarder le juge. « Puis-je citer ce qui est écrit ? »

Le juge acquiesça.

Bohrman chaussa une paire de lunettes et lut : « La déclarante a éprouvé des inquiétudes concernant les rapports que sa fille entretenait avec Danny Momrak, qui est âgé d'un an de plus qu'elle. Sa fille a mis un terme à leur relation le 1er juillet, mais la déclarante craint qu'il ait repris contact avec elle et n'ait pas accepté la rupture. »

Il ôta ses lunettes, observa le témoin.

« Cela vous dit quelque chose, Kvammen ?

— Oui.

— Donc dès le départ, dès qu'on vous a contactés par téléphone pour la première fois, dans le premier procès-verbal qui a été rédigé, le nom de mon client a été mentionné ? »

Kvammen bougea encore ses pieds sous sa chaise. Le coup de la désignation prématurée d'un coupable présumé qui avait fait écarter d'autres possibilités ! Rien de plus facile pour discréditer une enquête.

« C'est un élément de l'affaire », répondit-il.

Bohrman agita le rapport de police.

« D'autres noms sont-ils mentionnés ? Comme éléments de l'affaire ? »

Kvammen rapprocha son classeur, sans toutefois l'ouvrir.

« Il me semble me souvenir que la mère avait expliqué avoir parlé à ses voisins et à des amies de la victime avant de contacter la police.

— C'est exact, confirma Bohrman. Erna et Torfinn Klausen. Leurs voisins retraités. Et Jenny, avec qui elle travaillait au Bamblegrill. Ce sont les noms mentionnés dans la déclaration, en plus de celui de Danny Momrak. »

L'avocat marqua une pause.

« Quelles autres personnes se sont révélées intéressantes pour vous ?

— À quel point de vue ?

— Je m'interroge sur l'envergure de vos recherches. De combien d'autres personnes avez-vous vérifié l'alibi, par exemple ?

— Nous avons entendu près de trois cents personnes. Les examens techn… »

Il n'eut pas le temps de terminer, Bohrman brandissait un classeur.

« Je les ai ici ! scanda-t-il. Toutes les auditions ! Deux cent quatre-vingt-quatorze témoins ! »

Il reposa le classeur dans un claquement abrupt.

« Qu'avez-vous fait des renseignements qui sont apparus ? »

Kvammen commençait à avoir le dos moite.

« Il s'agissait essentiellement d'observations concernant Tone Vaterland effectuées par des automobilistes ou des clients. Elles ont été enregistrées et répertoriées, mais à un moment donné, ce qui était une opération de recherche est devenu une affaire criminelle.

— Je vois. » Bohrman chaussa de nouveau ses lunettes. « Cinq témoins ont expliqué avoir vu un homme avec un sac à dos marchant au bord de l'E18 au moment où Tone Vaterland a disparu. Avez-vous fait quelque chose pour l'identifier ?

— Cela faisait partie des tâches qui ont été données.

— Il a été identifié ?

12

« Il ne fallait pas venir, tu es en vacances ! » l'admonesta gentiment Maren Dokken.

Wisting lui adressa un petit sourire malicieux.

« Ça m'évite d'avoir à suivre l'affaire dans le journal. »

Deux techniciens vêtus de combinaisons intégrales et équipés de masques de protection respiratoire travaillaient dans les décombres de l'incendie. Wisting s'était familiarisé avec le plan de la maison lors du premier incendie. Les hommes en blanc œuvraient actuellement dans une chambre à coucher du rez-de-chaussée, qui était désormais complètement effondrée.

La nuit était tombée et on avait installé des projecteurs sur deux côtés des ruines. Il régnait une odeur de cendre mouillée et, çà et là, de la vapeur s'élevait encore du bois calciné. Seules une cheminée et une partie d'un mur subsistaient, tout le reste s'était écroulé vers le sous-sol.

Wisting et Dokken rejoignirent Nils Hammer près des vestiges des fondations. À trois ou quatre mètres de distance, les agents de la police scientifique et technique avaient retiré plusieurs épaisseurs de matériaux brûlés, révélant les restes distordus d'un corps humain. Tout ce qui était peau et vêtements avait été dévoré par le feu, le crâne semblait fendu.

« Savons-nous si les gens de l'équipe de recherche avaient fouillé la maison ? se renseigna Wisting.

— Oui. Ils ont cherché sur le sentier, dans la forêt. » Hammer désigna la zone en question. « Tout le pourtour de la maison était bouclé par des barrières et des rubalises, mais deux hommes sont entrés. Ils ont regardé partout, sauf au sous-sol et à l'étage, puisque les escaliers avaient été détruits lors du premier incendie. Cela étant, ils n'ont pas non plus cherché en se disant qu'elle pouvait être cachée.

— Si ça se trouve, elle était ici depuis le début, nota Maren. Ou alors son corps a été apporté avant l'incendie criminel.

— L'acte volontaire a été constaté ? voulut savoir Wisting.

— Juste avant ton arrivée, un chien pompier a marqué un produit accélérateur d'incendie à plusieurs endroits. Des échantillons ont été prélevés pour analyse », répondit Maren.

L'un des techniciens prenait des photos. Hammer le fit venir. Attentif à l'endroit où il posait le pied, il avança tant bien que mal dans les décombres, releva son masque et se hissa sur les fondations. Le jeune homme ôta son gant pour lui serrer la main.

« David Eikrot. »

Wisting se présenta à son tour, en soulignant qu'ils ne s'étaient jamais vus.

« J'ai pris mes fonctions l'hiver dernier, mais je ne

songea que l'incertitude allait prendre fin, espéra que les nouvelles seraient rassurantes.

Arne se présenta, elle l'entendit demander Ulstrup, la policière. On le priait manifestement de patienter. Oda s'avança sur la lunette, baissa la tête, fixa son regard sur une fissure du carrelage.

Puis la voix d'Arne revint. Les mots étaient plus difficiles à saisir. Il semblait expliquer où ils se trouvaient et dans combien de temps ils seraient à la maison. Il y eut une pause, la personne au bout du fil parlait.

Arne parla aussi, mais sa voix craqua et il dut reprendre.

Oda fit tourner le rouleau de papier toilette, elle cherchait à faire du bruit pour ne pas entendre Arne, mais saisit tout de même qu'il raccrochait.

Elle resta la tête entre ses mains, les paupières closes.

Quelques instants s'écoulèrent, il toqua à la porte en prononçant son nom. Sa voix chevrotait.

Oda ne put se résoudre à lui répondre.

Il attendit, tapa encore.

« Tu es là ? »

Elle ne bougea pas, elle ne voulait pas exister.

11

6 juillet 1999, 19 h 53

Esther Momrak se tenait devant la fenêtre de la cuisine. Danny était parti au poste de police quatre heures plus tôt. Il avait promis de rentrer dès que ce serait fini.

Une voiture roulait au pas dans la rue. C'était Johnsen. Il se tourna sur son siège pour regarder chez eux.

Esther Momrak recula hors de vue et son regard tomba sur le journal posé sur la table. Leur maison se situait à la toute fin de la tournée du livreur et, l'été, il semblait la commencer plus tard que le reste de l'année. Aujourd'hui, il avait glissé le quotidien dans la boîte à près de 16 h 30.

La photo de Tone était en une : juste avant 13 heures, on avait trouvé une femme, qui n'avait pas été identifiée, mais les recherches de Tone Vaterland étaient arrêtées. On n'en savait pas plus. Le reste de l'article traitait de l'opération de recherche, des plongeurs du lac de Stokke et de la chaîne humaine dans la forêt au bord de l'E18.

Elle appréciait Tone, une fille bien, raisonnable, qui

4 juillet, entre 20 h 30 et minuit. Suivait une description des différentes blessures : la plus grave était une fracture à l'arrière du crâne, soulignée d'innombrables fissures, mais aucune lésion cérébrale interne n'était mentionnée. La cause du décès était la strangulation.

L'autopsie avait révélé des traces de sperme dans le vagin. Wisting progressa dans sa lecture : l'ADN du sperme était identique à celui des échantillons de tissu prélevés sur Dan Vidar Momrak, l'ex-petit ami de la victime.

L'affaire semblait pourtant limpide. Pourquoi vouloir qu'il la regarde ? Elle était passée par deux tribunaux ; si jamais des irrégularités avaient échappé à la vigilance d'autres enquêteurs, Wisting allait avoir besoin de davantage qu'un numéro de dossier.

Il débarrassa le couvert avant de reprendre son examen chronologique des preuves matérielles. Un dossier iconographique comprenait des photos détaillées du lieu de la découverte et, au tout début, deux cartes.

La première était une carte de Bamble, qui montrait les villages de Langesund et de Stathelle, et le hameau de Rugtevdt, où vivaient Tone et Danny. L'E18 tirait un trait au cordeau à travers la carte. Elle arrivait du nord, traversait le pont de Brevik vers Stathelle, puis la montagne par le tunnel menant à Rugtvedt, avant de continuer vers le sud, en direction de Kragerø.

Section agrandie de la précédente, la carte suivante situait le lieu de la découverte par rapport au snack. La distance entre les deux points était inférieure à deux kilomètres.

Ensuite, un document récapitulait les examens de la voiture de Danny Momrak saisie après son arrestation, une Ford Escort rouge. Le plus intéressant aurait été qu'on y trouve des traces de caoutchouc ou d'autres éléments pouvant aller dans le sens d'une collision avec le vélo de la victime. Ce n'était pas le cas. Des cheveux et des empreintes digitales de Tone Vaterland avaient été prélevés dans l'habitacle, mais cela n'avait pas valeur de preuve, car une chronologie indiquait qu'elle était montée en voiture avec lui trois jours avant sa disparition. La Ford n'avait pas été nettoyée, ni extérieurement ni intérieurement, et rien ne suggérait que la victime avait pu y être transportée après sa mort.

Le dossier contenait en outre un compte rendu de la fouille de la chambre de Danny Momrak, qui vivait chez sa mère. On avait saisi un peu de haschich, ainsi qu'un téléphone portable et un autoradio dont le vol avait été déclaré deux semaines auparavant.

Tone Vaterland, quant à elle, ne possédait pas de téléphone portable, bien que leur usage ait commencé à se généraliser à la fin des années 1990. Wisting avait eu son premier appareil de service en 1997.

Un autre rapport regroupait des listes des communications de Danny Momrak, de ses contacts et de ses déplacements, mais à ce stade, Wisting disposait d'une connaissance trop parcellaire de l'affaire pour consacrer du temps à ces informations.

Il s'attarda encore une heure sur les examens forensiques. Les policiers avaient notamment effectué des prélèvements de boue sur les semelles de Momrak, sans parvenir à déterminer si la terre était celle de la scène de crime. On avait par ailleurs retiré des fragments de verre d'un pneu de sa voiture, sans pouvoir affirmer s'il s'agissait du même verre que les éclats sur la chaussée de Gamleveien. Le long de ce tronçon de

Une audition le soir du 6 juillet avait vu le statut de Danny Momrak changer de « témoin » à « mis en examen ». On lui avait présenté les images des caméras de la station-service. Il n'était mis en examen que pour faux témoignage, mais la police disposait ainsi d'un motif pour le placer en garde à vue au commissariat, saisir sa voiture et perquisitionner sa chambre.

L'avocat Cristian Bohrman était commis à sa défense. Danny Momrak avait oublié que, avant de rentrer chez lui, il avait fait un saut à la station-service, histoire de tuer le temps et de voir s'il connaissait du monde. Il n'était pas au courant des horaires de travail de son ex-petite amie et ignorait qu'elle allait passer à vélo à peu près à ce moment-là. Quoi qu'il en soit, il ne l'avait pas vue.

Avant la troisième audition, le lendemain, la police avait manifestement reçu le témoignage de quelqu'un qui avait aperçu une voiture rouge sur Gamleveien. L'horaire correspondait avec l'heure du meurtre. Danny Momrak expliquait qu'il connaissait tout à fait Gamleveien ; quand il était petit, il y jouait avec ses copains dans un ancien garage, mais il n'y était pas retourné depuis longtemps. Sa mise en examen avait été requalifiée, le fait reproché était le meurtre et il avait été placé en détention provisoire.

Une semaine plus tard, on l'avait de nouveau interrogé. Dans le sillage de la médiatisation de l'affaire, d'autres témoins s'étaient fait connaître ; ils avaient, eux aussi, vu une voiture rouge sur Gamleveien le soir du meurtre, plusieurs d'entre eux pensaient qu'il s'agissait d'une Ford Escort et qu'il y avait un homme seul dedans. En parallèle, plusieurs voisins de Danny croyaient savoir que, contrairement à ce qu'il avait dit, il était rentré chez lui non pas à 19 heures, mais plutôt vers 21 h 30. En outre, l'analyse des données de son téléphone portable le situait clairement sur la scène de crime à l'heure présumée du meurtre.

Danny Momrak avait alors changé sa déclaration une deuxième fois et reconnu avoir roulé sur Gamleveien. Il avait cinquante grammes de haschich cachés dans l'ancien garage pour lesquels il avait un acheteur. Avant de récupérer la marchandise, il avait fumé une cigarette dans sa voiture à la station Shell. Il nommait l'acheteur et confirmait qu'en effet, il était probablement rentré chez lui après avoir livré la drogue.

Deux jours plus tard, nouvel interrogatoire. Manifestement, les résultats d'analyse d'ADN étaient arrivés. Les policiers avaient informé Danny Momrak que son ADN avait été relevé sur un mégot de cigarette de Gamleveien ; selon lui, cela ne faisait que confirmer sa dernière explication, le fait qu'il était allé y chercher le haschich.

Quand on lui avait ensuite fait part de la présence de son sperme dans le vagin de la victime, il n'avait pas su l'expliquer et s'était contenté de dire que cela ne pouvait être exact.

Wisting serra fort les paupières à une ou deux reprises et se frotta la racine du nez entre le pouce et l'index avant de reprendre sa lecture. À 21 heures, il en était au quart des documents. Rien ne pointait vers un autre coupable, rien ne plaidait en faveur de l'innocence de Danny Momrak.

Il prit sa tablette pour faire une petite pause. Au même instant, son téléphone sonna. C'était Maren Dokken.

« Tu avais raison. Il y a un corps dans les décombres. »

trois cents mètres, on avait également recueilli et analysé un total de sept mégots de cigarettes, dans l'idée que l'un d'entre eux pouvait provenir de Momrak, et, en effet, il y avait une concordance d'ADN.

Le dossier contenait par ailleurs des photos extraites des enregistrements des caméras de surveillance d'une station Shell. Wisting s'y était arrêté quelques fois quand il descendait dans le Sud. Sur la carte, il constata qu'elle se trouvait à environ trois cents mètres à vol d'oiseau du lieu de la découverte.

Les caméras semblaient avoir été positionnées en premier lieu pour filmer les pompes et les numéros d'immatriculation des voitures qui prenaient de l'essence. La piètre résolution permettait néanmoins d'identifier la Ford Escort rouge de Danny Momrak. À 20 h 13, il avait longé l'aire de ravitaillement, puis s'était arrêté sur une place de stationnement, où il était resté près de dix minutes sans quitter son véhicule. Tant géographiquement que temporellement, cela le situait fort près de la scène de crime, à tout le moins si c'était lui qui conduisait la voiture.

L'élastique de la chemise se rompit quand Wisting voulut la refermer après y avoir rangé les documents. Son survol suggérait que de nombreux éléments pointaient dans la direction de Danny Momrak, mais la seule preuve matérielle était la présence de son ADN sur la scène de crime.

Repoussant la chemise, il consulta sa tablette. *Østlands-Posten* parlait de l'incendie de la maison Kleiser. Il semblait acquis que le feu était né des braises de l'incendie mortel de la semaine précédente. Les flammes étaient de nouveau éteintes.

L’affaire de disparition ne faisait l’objet d’aucun nouvel article.

Wisting se leva, se servit un verre d’eau, puis s’attaqua au dossier marqué du chiffre romain V et de la mention « Accusé ».

Le témoignage de Danny Momrak avait été recueilli le jour où Tone Vaterland avait été portée disparue. En introduction, il dépeignait leurs relations, la formation de leur couple, leur séparation. Ils se connaissaient depuis toujours, avaient fréquenté la même école primaire, le même collège, le même lycée, où il était dans la classe au-dessus de la sienne. L’été précédent, ils étaient sortis ensemble, à une soirée. Ni l’un ni l’autre n’avait eu de relation sérieuse auparavant. Finalement, elle avait mis un terme à leur histoire. À l’enquêteur qui l’interrogeait, Momrak avait été bien en peine d’expliquer pourquoi et n’avait pu que lui fournir l’argument de Tone : ils n’allaient plus ensemble. À sa connaissance, elle ne sortait avec personne d’autre. La dernière fois qu’il l’avait vue était le matin du 2 juillet, le jour où elle l’avait quitté.

Ensuite, il répondait aux questions d’usage sur ses déplacements le jour de la disparition de Tone Vaterland. Rien de très substantiel. Il avait dormi jusqu’à 1 heure de l’après-midi et était resté chez lui jusqu’à 16 heures. Il s’était ensuite rendu en voiture à Langesund pour voir des copains, il était resté avec eux jusqu’aux environs de 19 heures, après quoi il avait regagné ses pénates et terminé la journée dans sa chambre, devant la télé. Sa mère n’était rentrée que vers 23 heures, il n’était pas sûr de l’heure exacte, mais il pensait que le voisin le plus proche pourrait être plus précis.

8

Wisting se gara devant chez lui. Il posa le carton d'archives sur le toit de sa voiture le temps d'ouvrir la boîte aux lettres. Elle était vide.

Il entra dans la maison, se défit de son colis sur le plan de travail de la cuisine.

Pour le dîner, il avait prévu de griller une côtelette de porc au barbecue sur sa terrasse, mais le plus simple restait de la saisir vite fait à la poêle.

Pendant la cuisson, il mit le couvert dans la cuisine, dénicha dans le réfrigérateur une salade de pommes de terre et quelques condiments, et ajouta sur la table les cinq chemises de l'affaire 1569. À un certain stade de l'enquête, la responsabilité en avait été transférée à l'inspecteur principal Sten Kvammen, qu'il avait croisé épisodiquement au cours des années 2000, dans le cadre de formations et de conférences. Si ses souvenirs étaient bons, Kvammen était parti travailler chez Kripos quelques années après ce meurtre.

La viande était cuite. Il la déposa sur son assiette, s'attabla et prit le dossier regroupant l'ensemble des examens forensiques de 1999. Il souhaitait commencer par le rapport sur la scène de crime. Pièce fondamentale de toute affaire de meurtre, le document décrivait les traces techniques qui, ultérieurement, pouvaient relier le coupable à l'affaire et le faire condamner.

La découverte du corps avait été signalée le 7 juillet à 11 h 30, soit environ vingt et une heures après la déclaration de disparition et près de quarante heures après que la victime avait été vue pour la dernière fois.

Trois gamins l'avaient découverte, nue dans un fourré, sur une dérivation de la route principale. Elle avait une fracture à l'arrière de la tête et plusieurs éraflures sur le dos, les bras et les jambes. La police avait prélevé du sang sur la chaussée, où le coupable l'avait probablement violée et tuée avant de tenter de cacher son corps. Au même endroit, on avait ramassé cinq boutons, des bouts de fil à coudre et des fibres textiles déchirées. Son vélo était sur le bas-côté, mais on n'avait jamais retrouvé ses vêtements ni le sac à dos qu'elle emportait toujours au travail.

Le rapport sur le vélo suggérait qu'une voiture avait pu rouler dessus par-derrière, car la roue arrière était abîmée, mais aucune trace de peinture ne corroborait l'hypothèse.

Wisting coupa un gros morceau de côtelette et le mastiqua en feuilletant le compte rendu de la section dactylotechnie. Les empreintes relevées sur le vélo étaient celles de Tone Vaterland et d'un enfant de dix ans qui faisait partie du petit groupe qui avait trouvé le corps.

Son repas terminé, Wisting repoussa son assiette et écarta plusieurs documents avant de s'arrêter sur le rapport d'autopsie. En comparant les divers renseignements, on avait estimé que le décès datait du la trouvaille en la poussant contre la paroi latérale, mais la perdit avant d'atteindre la surface.

« Il faut que tu l'interceptes », ordonna-t-il à Stian avant de recommencer l'opération.

Ce dernier s'allongea à plat ventre sur le sol crasseux. Le tronc de bouleau ploya sous le poids de ce qui brisait maintenant la surface.

C'était une vieille doudoune. Stian l'attrapa et la balança par terre, toute ruisselante.

« Ça fait longtemps qu'elle y est », constata Ida.

Fredrik mania encore sa perche mais, ne trouvant rien d'autre, l'abandonna finalement dans la fosse.

« On se casse », décréta-t-il.

Ils enfourchèrent leurs vélos en levant les yeux. Au loin, ils entendaient un hélicoptère. Ils ne le voyaient pas entre les arbres, mais le bruit de ses pales qui battaient l'air chaud approchait.

« Ils la cherchent en hélicoptère aussi », nota Stian.

Le staccato brutal du rotor se renforça, puis l'appareil les survola à basse altitude. Fredrik le suivit. Il cabra son vélo sur la roue arrière et fit quelques mètres ainsi avant de se laisser retomber.

Ida fut la première à le voir : un guidon dépassait d'un talus qui longeait la route. Il était presque entièrement dissimulé par des branches, elle ne l'aurait pas remarqué si le soleil n'avait pas fait scintiller le métal.

Elle appela les autres.

« Ça pourrait être le sien, oui », commenta Stian.

Fredrik posa sa propre bicyclette sur l'asphalte et alla observer la découverte.

« C'est un vélo de femme, conclut-il.

— Une épave... »

Ida le rejoignit et regarda autour d'elle pendant que

Fredrik s'évertuait à dégager le guidon. Il finit par y parvenir, mais l'opération lui fit perdre l'équilibre et il tomba. Quand il se releva, Ida lui donna un coup de coude, pointa l'index.

dirigé une entreprise de transport. Lors du changement de tracé de l'E18, la Direction des routes lui avait attribué un nouveau terrain, où il avait construit un garage plus grand. L'ancien était resté en l'état.

Les murs n'étaient plus d'aplomb, la plupart des fenêtres étaient brisées et celles qui restaient intactes étaient ternies par la poussière et les fientes d'oiseaux.

Fredrik descendit de son vélo.

« Elle est peut-être là-dedans ? »

Les rayons de soleil obliques filtraient à travers le feuillage en créant des jeux de lumière sur la façade du bâtiment. Derrière la forêt, on entendait la rumeur de la route.

« Peut-être, répondit Stian. Ça pourrait être dangereux ici. »

Ils y étaient tous trois entrés par le passé, mais cela remontait à loin. La première fois, des planches pourries avaient cédé sous le pied de Stian et il avait évité de justesse la chute dans une ouverture remplie d'eau, une fosse d'inspection dans laquelle Pettersen descendait pour travailler sous les véhicules.

Laissant son vélo, Ida se dirigea vers l'arrière du garage, où l'on pouvait entrer par une fenêtre cassée recouverte d'un panneau en bois. Il n'était fixé qu'au sommet et, quand on l'écartait du mur, l'ouverture était suffisante pour s'engouffrer à l'intérieur. Au-dessous, des moellons formaient comme un escalier.

À côté de la fenêtre, une porte métallique, qui avait toujours été verrouillée, se révéla ouverte quand Fredrik appuya sur la poignée.

« Quelqu'un est venu », murmura-t-il.

Il ouvrit grand la porte. La lumière traça un rectangle sur le sol en ciment lézardé.

Ils regardèrent à l'intérieur depuis le seuil. Fredrik chassa une mouche. Étant le premier, il devait ouvrir la voie.

Dedans, il faisait froid, humide, moite, et il régnait une odeur âcre très déplaisante.

La salle était presque entièrement vide. Un établi contre le mur, des pneus empilés dans un coin.

Fredrik leva les yeux. Il y avait plusieurs trous au plafond. Des chaînes pendaient à une poutre.

Au fond du garage, se situait le secrétariat où Pettersen faisait autrefois sa paperasse. Le bureau n'avait pas bougé, des bougies étaient posées directement dessus, quelques bouteilles parsemaient le sol. Ils s'approchèrent, les murs renvoyant l'écho de leurs pas.

Stian voulut partir.

« Elle n'est pas là ! »

Il mit le cap sur la sortie.

« Il faut qu'on vérifie dans la fosse », insista Fredrik.

Ils se rassemblèrent autour. Certaines planches restaient en place, mais la fosse était presque pleine.

Fredrik ramassa un petit morceau d'enduit et l'y lança. Plouf, il disparut dans l'eau sombre.

« Trouvez un bâton ! »

Ida s'exécuta et revint avec une branchette.

La jugeant trop petite, Fredrik sortit, suivi de ses acolytes. Il cassa un jeune bouleau, l'ébrancha et rapporta le tronc à l'intérieur. Sous les regards d'Ida et de Stian, il le plongea au fond de la fosse et le fit bouger dans l'eau.

« Il y a quelque chose. »

Il se servit de sa perche improvisée pour remonter

7

6 juillet 1999, 9 h 08

« Ils cherchent le corps. La fille qui est morte », précisa Fredrik pour s'assurer que ses deux camarades comprenaient.

Les bras repliés sur le guidon de leurs vélos, ils observaient les membres de l'équipe de recherche qui marchaient côte à côte sur l'autre bord de la route, certains munis d'un bâton, d'autres d'un talkie-walkie. L'un d'eux tenait un chien en laisse. Tous portaient des combinaisons rouges, ils devaient être près d'une centaine. La chaîne humaine commençait sur le bas-côté et disparaissait entre les arbres.

« Ils ne vont pas la trouver ici. Elle s'est noyée, affirma Ida.

— Ils ont déjà cherché dans le lac avec des plongeurs, et elle n'y était pas », rétorqua Fredrik.

Un camion passa avec fracas dans un nuage de poussière, le souffle fit battre leurs vêtements.

« Maman la connaît, déclara Stian quand le véhicule se fut éloigné. Elle l'a eue comme élève. »

Pendant quelque temps, aucun membre du trio ne s'exprima vraiment.

Puis Fredrik suggéra qu'ils se lancent dans la recherche, eux aussi.

« Où ça ? » voulut savoir Ida.

Fredrik se redressa sur sa selle.

« Sur Gamleveien. »

Il se mit à pédaler dans la direction opposée au groupe de la Croix-Rouge.

La nouvelle route était construite depuis plus de vingt ans, mais une partie de l'ancien tracé tortueux de l'E18 subsistait. Ils s'y étaient rendus maintes fois à vélo. Le tronçon s'étirait sur trois cents mètres tout au plus et ne menait nulle part, il s'interrompait brusquement au niveau d'un fossé.

Les mauvaises herbes prospéraient dans les fissures et les nids-de-poule de l'asphalte gris, la route était bordée d'arbres et d'arbustes, à certains endroits, les branches formaient une voûte et on aurait cru pédaler dans un tunnel de verdure.

Ils convinrent que Fredrik et Ida chercheraient du côté droit, tandis que Stian prenait le gauche. Il fallait veiller à ne pas rouler sur les bouteilles cassées et les éclats de verre.

Un jour, sur Gamleveien, Stian et Fredrik étaient tombés sur des jeunes qui taguaient la chaussée et une autre fois, ils avaient vu un couple d'amoureux qui s'embrassaient dans une voiture, mais la plupart du temps, il n'y avait personne.

Au milieu du tronçon s'élevait le garage Pettersen, un vieil établissement gris, avec deux grandes portes d'accès à l'atelier. Olaf Pettersen habitait à deux maisons de chez Fredrik. Aujourd'hui retraité, il avait

6

Il vit la fumée de loin. Un mince filet blanc, comme une flèche indicatrice se découpant sur le ciel bleu pâle. La colonne s'élevait tout droit avant de s'étioler dans l'air statique. Lors du premier incendie, il avait aperçu la fumée depuis chez lui. Elle était sombre et épaisse. Les pompiers avaient été appelés juste avant 6 heures du matin. Le feu brûlait depuis déjà une heure quand il s'était réveillé et avait ouvert ses rideaux.

Cela ne faisait qu'une semaine qu'il avait emprunté ce vieux chemin de terre. Du vivant d'Ingrid, ils se promenaient parfois dans ce coin et longeaient la maison Kleiser. Juste à côté, une ferme proposait de la vente en direct de produits de son jardin d'herbes aromatiques. Ingrid y achetait souvent des tisanes, des assaisonnements, des vinaigres aromatisés.

Demeure en bois au milieu d'un vaste jardin, la maison Kleiser comprenait un sous-sol, un rez-de-chaussée et un étage, avec toutes sortes de balcons et autres vérandas. Le domaine, situé dans une zone forestière, appartenait à la famille depuis des générations. À l'époque où Antonia et Georg Kleiser avaient bâti leur villa, elle était totalement isolée, puis, dans les années 1990, un promoteur immobilier avait persuadé ce couple sans enfants de diviser une grande partie du terrain et y avait construit un lotissement. La vieille maison demeurait toutefois à l'abri des regards.

À l'arrivée de Wisting, les badauds étaient massés en petits groupes. Il se gara derrière une voiture de police. Le premier incendie n'avait laissé que la moitié de l'édifice, désormais il n'en subsistait plus rien : le toit entier s'était effondré, seule la façade sud tenait encore debout.

La dernière fois, le périmètre avait été bouclé par des barrières qui étaient maintenant disposées en tous sens, leurs barreaux entourés de reliquats de rubalises de la police.

Les flammes continuaient de sévir, sans pour autant que les pompiers ne travaillent à les éteindre.

Il se dirigea vers leur commandant pour un point de situation.

« La maison était embrasée quand on est arrivés, expliqua ce dernier. L'autre jour, on a essayé de sauver ce qu'on pouvait, mais aujourd'hui, on fait une combustion contrôlée.

— Le dernier incendie date d'une semaine. Le feu aurait pu repartir ?

— Très probablement. »

Le dernier mur tombait lentement vers l'intérieur. La charpente en bois grinça, puis finit par céder dans un violent craquement. Un étendard de fumée noire se déploya. Soulevées par l'air chaud, des étincelles fusèrent vers le ciel.

Wisting se passa la main dans les cheveux.

« Je voudrais que vous l'éteigniez. Aussi vite que possible. »

s'attachait souvent à exposer un déroulé des événements qui ne varie pas d'un iota. Cela compliquait la tâche de l'enquêteur qui voulait attaquer sa déposition, mais il fallait un bon talent de comédien pour être crédible.

« Sur quoi portait leur différend ? » Wisting faisait référence à ce qu'il avait lu dans le journal. « Qu'est-ce qui a fait qu'elle est rentrée à la maison avant lui ?

— L'argent. Ça a commencé par une discussion sur qui allait régler l'addition au bar avant d'évoluer en dispute généralisée sur les finances familiales, qui sont précaires. »

Il s'agissait souvent de cela : l'argent ou la jalousie.

Un téléphone sonna plus loin dans le couloir.

« C'est le mien », déclara Maren en partant répondre.

Wisting se concentra sur sa pile de papiers et prit le premier document, la déclaration de disparition. Il était toujours intéressant de voir où une affaire commençait.

Le rapport, bref, avait été rédigé par une policière de Bamble, Kathe Ulstrup. Il ne la connaissait pas. La déclaration faisait suite à un appel des parents de Tone Vaterland. D'après ce qu'ils avaient pu établir, elle n'avait pas été vue depuis 20 h 30 la veille. Quand le rapport avait été enregistré, il s'était écoulé dix-sept heures.

Les premières auditions confirmaient que la jeune femme avait dû disparaître sur le tronçon de trois kilomètres entre le snack où elle servait et le domicile familial de Damstien. Des collègues de travail affirmaient qu'elle était partie comme d'habitude, mais aucun voisin ne l'avait vue rentrer.

Dans la phase initiale de l'enquête préliminaire,

l'hypothèse principale semblait avoir été la noyade. Selon les renseignements qui n'avaient pas tardé à venir, elle avait l'habitude de faire une étape baignade sur le chemin. On n'avait rien trouvé au bord du lac, ni ses vêtements, ni son sac à dos, ni encore son vélo. Néanmoins, la police avait ouvert une enquête. Deux jours plus tard, on avait découvert son corps et il était devenu clair qu'il s'agissait d'un meurtre.

Wisting avait de la peine à se concentrer. Il était préoccupé. Son regard glissa vers la fenêtre. Un vieux gréement entrait dans le fjord.

Il repoussa sa chaise, se leva et alla trouver Bjørg Karin.

« Les pompiers ont éteint l'incendie ? »

Elle changea d'onglet sur son écran.

« La main courante indique que le feu est maîtrisé. C'est tout. »

Il la remercia d'un signe de tête avant de regagner son bureau, où il referma les dossiers qu'il avait lus, les entoura d'un élastique et les rangea. Puis il repartit le carton sous le bras.

— Non.

— A-t-on signalé dans les médias que la police cherchait à le joindre ?

— Non.

— Pourquoi ?

— Cela ne semblait pas pertinent.

— Comment cela ?

— À ce moment-là, la priorité était sur d'autres éléments.

— Ne serait-il pas juste de dire qu'à ce moment-là, la priorité était sur Danny Momrak ? »

Agacé, Kvammen éprouvait l'envie de laisser Bohrman se perdre dans son verbiage.

« La première fois que nous l'avons entendu, Momrak a fait une fausse déclaration. Nous étions obligés d'assurer un suivi.

— Une fausse déclaration ou une déclaration inexacte ?

— Pardon ?

— Danny Momrak a-t-il livré une fausse déclaration ou une déclaration inexacte ?

— Il a été mis en examen pour fausse déclaration.

— Ce n'est pas pour cela qu'il est poursuivi, souligna Bohrman.

— La mise en examen a été requalifiée en meurtre, rétorqua Kvammen.

— Mais vous connaissez la différence entre faux et inexact, n'est-ce pas ? »

Comprenant qu'il se faisait entraîner dans une bataille sur les mots, Kvammen garda le silence.

« Une fausse déclaration implique que ce qui est dit est fabriqué et remplace ce qui s'est réellement passé, poursuivit l'avocat. Tandis qu'une déclaration inexacte peut signifier simplement qu'on s'est trompé d'heure ou d'endroit, qu'on ne se souvient pas bien. Cela vous est-il déjà arrivé ? »

Kvammen se tortilla, attendit que le procureur fasse objection.

Bohrman insista.

« Vous êtes-vous déjà trompé, Kvammen ? »

Le procureur toussota et s'adressa au juge.

« Monsieur le juge, il ne s'agit pas ici du témoin… »

Bohrman leva la main, comme pour s'excuser.

« Je vous demande pardon. Revenons à notre affaire. Quatre témoins vous informent qu'ils ont vu un homme en tenue de camouflage, n'est-ce pas ? »

Kvammen poussa un soupir involontaire. L'imprécision de la description l'exaspérait. On aurait dit que quelqu'un s'était caché dans les bois.

« En veste militaire, rectifia-t-il. C'est exact. »

Bohrman plongea dans ses papiers et lut l'un des témoignages.

« Une veste d'allure militaire dans des tons de vert et de marron, un pantalon vert et des bottes noires. » Il releva le regard. « Ça évoque des vêtements de camouflage. Presque comme si quelqu'un voulait ne pas être vu. »

Kvammen crispa ses mâchoires. Sa réponse avait donné à l'avocat la possibilité d'en rajouter une couche.

« Il pourrait s'agir de l'homme qui a été vu avec un sac à dos. »

L'avocat hocha exagérément la tête, presque dans une courbette.

« Il *pourrait* s'agir, fit-il. Mais nous ne le savons pas

avec certitude, si ? Car vous ne l'avez jamais identifié, n'est-ce pas ? »

Kvammen ne répondit pas. Il pressentait la manœuvre suivante.

« Plusieurs témoins déclarent avoir vu un homme avec un appareil photo dans la zone où Tone Vaterland a disparu et a plus tard été retrouvée morte. Savez-vous qui était ce photographe ?

— Non.

— Qu'avez-vous fait pour le retrouver ? »

Kvammen avait la gorge sèche. Un verre et une carafe se trouvaient devant lui, mais se servir de l'eau aurait révélé un besoin de se raccrocher à quelque chose.

« Nous avons effectué un travail d'investigation traditionnel, répondit-il.

— Rien dans les médias ?

— Non.

— N'aurait-il pas, pourtant, été extrêmement intéressant d'entrer en contact avec la personne qui avait pris des photos dans la zone environnante autour de l'heure du meurtre ? »

Kvammen ne put que répondre par l'affirmative. Il saisissait parfaitement à quel manège l'avocat se livrait.

« Nous avons donc au moins trois hommes inconnus qui se trouvaient à proximité du lieu du crime au moment du meurtre, récapitula l'avocat.

— Si vous lisez attentivement les dépositions et les descriptions, vous verrez qu'il s'agit très probablement d'une seule et même personne, souligna Kvammen.

— *Très probablement*, reprit Bohrman d'un ton acerbe. Pourquoi n'avez-vous pas fait plus d'efforts pour la trouver, afin de déterminer s'il y avait une seule personne ou trois ? »

Kvammen saisit l'occasion pour amener sur le tapis un sujet qui ne serait sans doute pas du goût de l'avocat.

« Nous nous sommes concentrés sur les indices matériels relevés sur la scène de crime, déclara-t-il en prenant son verre d'eau. Les deux traces d'ADN qui correspondaient à Dan Vidar Momrak. »

Il but en levant les yeux sur le juge, mais put voir du coin de l'œil que le procureur était satisfait de cette esquive.

« Précisément. Les deux traces d'ADN... » Bohrman fouilla dans ses papiers. « Dans le bordereau des pièces à conviction, il s'agit des rapports du laboratoire. » Il leva les yeux. « Vous les avez sous les yeux ? »

Kvammen prit le dossier.

« Oui », confirma-t-il.

L'avocat s'adressa au juge.

« La cour a-t-elle les rapports sous les yeux ? Ce sont les preuves 7 et 8 : analyse d'un coton-tige avec un frottis vaginal de la victime et analyse d'un mégot de cigarette trouvé à environ cent mètres de la victime. »

Le juge ouvrit le dossier devant lui et enjoignit aux deux assesseurs de l'imiter avant de faire signe à Bohrman de continuer.

« Qui a effectué ces analyses ? demanda l'avocat.

— L'institut forensique d'Oslo, répondit Kvammen. Ce sont des analyses du sperme trouvé dans le corps de la victime et des cellules de peau prélevées dans la salive sur la cigarette.

— Oui, merci, précisa Bohrman en levant la main

pour l'interrompre. Je voulais dire quel employé de l'institut forensique. »

Kvammen lança un regard vers le juge.

« Si la question est pertinente, il faut que je cherche la réponse. »

Le juge fit un petit signe de tête et Kvammen consulta les deux rapports d'analyse.

« Regine Mefjord, lut-il.

— Les deux analyses ? » demanda Bohrman.

Kvammen vérifia.

« Oui.

— Quand ont-elles été effectuées ? »

Kvammen vérifia encore.

« Le 7 juillet.

— Donc la même laborantine a analysé les deux échantillons le même jour ?

— C'est exact.

— D'autres analyses d'ADN ont-elles été effectuées ?

— Oui.

— De quoi donc ?

— Il y avait notamment plusieurs mégots de cigarettes et quelques bouteilles vides trouvés sur la scène de crime et aux alentours.

— Quel était le résultat ?

— Négatif.

— Négatif, répéta Bohrman. Ce qui signifie ?

— Que les échantillons ne contenaient pas suffisamment de traces pour obtenir un profil ADN ou alors que le profil était inconnu.

— Un profil ADN inconnu… N'est-il pas exact que l'analyse de ces échantillons de la scène de crime et des alentours a révélé l'ADN de deux hommes inconnus ? Sur une bouteille de bière et sur une cigarette ? »

Kvammen ne put que le confirmer.

« Donc il se pourrait que trois autres hommes se soient trouvés sur la scène de crime ? demanda Bohrman. Trois hommes inconnus ?

— Sûrement pas au même moment. Il n'est pas possible de situer ces pièces dans le temps. La bouteille comme la cigarette pourraient s'être trouvées à cet endroit longtemps avant qu'il ne devienne une scène de crime.

— Et être donc des objets que n'importe qui aurait pu jeter n'importe quand ?

— Oui.

— Mais alors je ne comprends pas... Le ministère public a présenté l'ADN du mégot de Danny Momrak comme preuve qu'il aurait tué Tone Vaterland. Sa cigarette n'aurait-elle pas pu y être depuis longtemps, elle aussi ? »

L'enquêteur se tortilla, ne dit rien.

« N'est-ce pas probable, même ? insista l'avocat. Danny Momrak a expliqué et reconnu qu'il stockait de la drogue dans l'ancien garage de Gamleveien. N'a-t-il pas pu jeter cette cigarette en allant à sa cachette à haschich ou en en revenant ?

— Il faut évaluer cela en conjonction avec les autres preuves, répondit Kvammen, en notant son propre ton excédé.

— Je suis d'accord. Essayons donc de tout évaluer en conjonction avec le reste. »

L'avocat chercha encore dans ses papiers.

« Vous avez examiné la voiture de Danny Momrak...

Des analyses ADN ont-elles été effectuées dans ce contexte ?

— Oui. »

Bohrman l'observa, attendant la suite. Kvammen commençait à voir où il voulait en venir.

« On a notamment analysé une serviette de bain, répondit-il.

— Mon client s'est-il expliqué à ce sujet en interrogatoire ? A-t-il précisé dans quel contexte la serviette avait été utilisée ?

— Dans le cadre de rapports sexuels avec Tone Vaterland dans sa voiture.

— Quand ils étaient en couple ?

— Oui.

— La serviette avait-elle été utilisée une fois ou plusieurs ?

— Plusieurs. »

Le procureur intervint.

« Je ne vois pas le but de cette… »

Le juge s'adressa à Bohrman.

« Y a-t-il un but à cette discussion ?

— J'y viens, monsieur le juge, assura l'avocat en produisant une feuille. J'ai ici un rapport d'analyse. Il s'agit du document 4/56. »

Kvammen nota que le procureur ouvrait un dossier. Lui-même n'avait pas d'exemplaire du document.

« J'en ai une copie », proposa Bohrman.

Le juge acquiesça d'un signe de tête. Un greffier apporta le rapport à Kvammen.

« Quelle était la conclusion de l'analyse ? » demanda Bohrman.

Kvammen n'eut pas besoin du papier pour répondre.

« Que l'ADN de Dan Vidar Momrak avait été trouvé dans du sperme sur la serviette.

— Où l'analyse a-t-elle été effectuée ?

— À l'institut forensique.

— Qui s'en est chargé ? »

Kvammen trouva le nom.

« Regine Mefjord.

— Quand l'analyse a-t-elle été effectuée ?

— Le 7 juillet. »

Le stylo dans la bouche, Bohrman médita quelques instants.

« Donc les analyses du frottis de la victime, du mégot de Gamleveien et de la serviette de la voiture ont été effectuées par la même personne, au même endroit, au même moment ? »

Kvammen acquiesça et précisa :

« La commission médico-légale n'a émis aucune critique ni à propos des résultats ni de la manière dont les analyses avaient été effectuées.

— Connaissez-vous le risque de pollution et de contamination de l'ADN ?

— Oui.

— Inutile que vous l'expliquiez. Je peux l'illustrer pour la cour par une affaire qui nous vient des États-Unis. La police avait relevé sous les ongles d'une victime de viol et de meurtre des traces qui correspondaient à un ancien condamné. Un seul problème : le suspect avait été victime d'un accident de la route et était à l'hôpital au moment des faits. On a fini par découvrir que le personnel d'ambulance avait transporté le blessé du lieu de l'accident à l'hôpital, et était ensuite allé chercher la victime de meurtre. L'ADN du blessé s'était retrouvé sur le cadavre. »

Le procureur se leva à demi de sa chaise pour protester.

« Nous ne sommes pas aux États-Unis. Et ce n'est pas le moment de faire de la procédure.

— J'ai seulement une dernière question, glissa Bohrman avant que le juge ait le temps de parler. Je songe au fait que l'histoire montre la fragilité des traces d'ADN comme preuves dans les affaires pénales.

— Je vous en prie, dit le juge. Posez votre question.

— Merci, monsieur le juge. »

Bohrman s'avança au-dessus de la barre.

« Nous savons donc qu'une serviette de bain tachée de sperme se trouvait dans le même laboratoire que les preuves 7 et 9. N'existe-t-il pas une possibilité qu'il y ait eu contamination d'ADN lors des analyses ? »

Kvammen prit son verre. Cristian Bohrman avait obtenu exactement ce qu'il voulait, mais montrait ainsi qu'il n'était qu'un amateur. Aucun des trois juges ne se laisserait influencer par ses conjectures. Un avocat chevronné n'aurait pas abattu ses cartes en première instance, mais attendu l'appel, où la question de la culpabilité devait être décidée par un jury de citoyens, chez qui ces interrogations auraient sans doute suffi à semer le doute.

Ils savaient désormais sur quoi Bohrman allait construire sa défense. En cour d'appel, ils seraient préparés, auraient leurs réponses, peut-être même de nouvelles analyses.

Il but, reposa son verre et plongea son regard dans celui de l'avocat.

« Je ne suis pas plus qualifié que vous pour avoir une opinion sur le sujet », répondit-il.

Le juge attendit quelques instants avant de demander à Bohrman s'il avait d'autres questions.

« Non, monsieur le juge. »

Le procureur déclina la possibilité de poser des questions complémentaires. Le juge observa les deux assesseurs, ni l'un ni l'autre n'avait quoi que ce soit à ajouter.

« Alors nous remercions l'inspecteur principal Kvammen et la cour prend dix minutes de pause avant le témoin suivant. »

20

La roue avant creusa une dépression dans le chemin, de la boue gicla sur le côté. Wisting s'était trompé à deux reprises, mais il pensait cette fois avoir trouvé le bon itinéraire. Kvammen lui avait expliqué que le chemin montait avant de serpenter en direction de la mer, puis de bifurquer. À gauche, se dressait un écriteau d'accès interdit : « Propriété privée ». C'était là qu'il devait aller.

Dans un creux abrité, tout au bord de l'eau, le chalet blanc aux volets bleus ressemblait à une ancienne maison de capitaine.

Kvammen l'attendait devant. On aurait dit qu'il venait lui-même d'arriver. Il ouvrit le hayon d'un tout-terrain Mercedes et en libéra un chien noir au poil lisse, qui vint s'asseoir docilement à ses pieds. Ce devait être un chiot. Sa cage était bien trop vaste pour lui, mais il appartenait visiblement à une race de grande taille.

Wisting roula jusqu'à la maison, prit la pochette en plastique dans laquelle il avait rangé les lettres anonymes et descendit d'un bond énergique.

La pluie avait cessé, mais le brouillard, dense le

long du rivage, rendait le paysage gris, les contours flous.

« Vous avez trouvé », commenta Kvammen.

Wisting hocha la tête en souriant.

« Je suis navré de cette intrusion pendant vos vacances. »

Kvammen balaya ses excuses.

« Je ne suis jamais complètement en vacances. Il se passe toujours quelque chose. »

Ils contournèrent la maison et gravirent les marches d'une terrasse couverte, côté mer. Le temps humide rendait le bois huilé glissant.

Le chien fila aussitôt à l'intérieur par une porte coulissante entrouverte et se coucha.

« Installons-nous dehors. » Kvammen désigna des meubles de jardin. « Je vais aller chercher du café. »

Wisting resta debout. L'air était saturé de brume et de sel marin. De petites vagues battaient la terre.

De la terrasse, un escalier descendait jusqu'à un ponton où mouillait un dériveur, dont l'amarre grinçait chaque fois qu'il se hissait sur les flots.

Kvammen rapporta une thermos et des tasses ; il les servit alors qu'ils prenaient place autour de la table.

« Dites-moi tout. Vous vouliez parler du meurtre de Tone Vaterland. Qu'est-ce qui vous pose question ? »

Wisting croisa son regard, comprit que Kvammen était un homme habitué à diriger et à mener une conversation. Quant à lui, il n'avait pas réussi à trouver d'autre moyen de présenter sa requête qu'en la formulant directement :

« Existe-t-il une possibilité que le coupable soit quelqu'un d'autre ? »

Kvammen saisit sa tasse et secoua vigoureusement la tête tout en buvant.

« Le dossier était solide. Nous avions de l'ADN, des images vidéo, des données sur ses communications, des témoins. Tout désignait Danny Momrak. Il avait un mobile, le temps, la possibilité et la force de volonté de le faire. »

Sa tasse claqua contre la table quand il la reposa.

« Aujourd'hui, l'exigence en matière de preuve est plus forte que par le passé. L'envergure des traces électroniques est plus importante, les analyses ADN se sont améliorées. On peut remettre en question le travail effectué dans de nombreuses affaires anciennes, mais pas dans celle-ci.

— Je vois », fit Wisting en contemplant la petite baie.

Le brouillard s'étalait comme une couverture sur la surface de l'eau. Un couple de cygnes approchait du ponton, suivi de cinq petits.

« Pourquoi vous posez-vous cette question ? »

L'un des cygnes becqueta sous son aile.

« Eh bien, ça a commencé mardi. J'ai reçu une lettre anonyme. »

Il sortit l'enveloppe et la première lettre. Toutes deux sous plastique.

Il les fit passer à son interlocuteur, qui s'avança.

« Elle ne contenait rien d'autre qu'un numéro de dossier. L'enquête sur le meurtre de Tone Vaterland en 1999. »

Le chien se leva en émettant un grondement sourd. Kvammen lui ordonna de se taire.

« Aujourd'hui, j'en ai reçu une autre. Encore un numéro de dossier. »

Il présenta la lettre.

« C'est une de mes enquêtes de 2001. Jan Hansen a été condamné pour le meurtre de Pernille Skjerven. Les similitudes sont nombreuses.

— Les meurtres à caractère sexuel présentent souvent des similitudes. Des adolescentes qui se font agresser, violer et tuer.

— Quoi qu'il en soit, cela m'a encouragé à jeter un coup d'œil sur ces affaires. Il se trouve que Jan Hansen est indiqué comme témoin dans la disparition de Tone Vaterland. C'est l'une des dernières personnes à l'avoir vue en vie. »

Wisting expliqua que Jan Hansen avait été un client du snack et qu'il était parti à la suite de Tone Vaterland quand elle avait terminé son service.

Sten Kvammen secoua encore la tête. Était-ce parce qu'il ne se souvenait pas de ces détails ? Parce qu'il trouvait ces informations étonnantes ?

« D'où tenez-vous cela ?

— Du dossier.

— Et où l'avez-vous obtenu ?

— Quand j'ai reçu la première lettre, je l'ai demandé aux archives. »

Kvammen haussa les sourcils.

« Vous avez lancé une nouvelle enquête de votre propre initiative ? Sur une affaire jugée ? »

L'air humide lui piquant la gorge, Wisting toussa au creux de son épaule.

« Je me suis livré à quelques recherches.

— Vous n'avez rien d'autre à faire ? Vous avez un cas de disparition qui est requalifié en affaire de meurtre, non ? Je viens de lire ça dans la presse.

— En réalité, je suis en vacances, moi aussi. Ces lettres me sont parvenues à mon adresse personnelle. »

Kvammen le scruta entre ses paupières plissées.

« Qu'avez-vous découvert ?

— Jan Hansen est mort. Il a développé un cancer pendant sa détention et y a succombé l'été dernier. »

Kvammen but un peu de café.

« Donc vous traquez un fantôme ? Vous ne pouvez pas avancer avec ça, si ? »

Wisting se pencha en avant pour reprendre ses lettres.

« Certains pensent que si, de toute évidence.

— Jan Hansen n'est plus un problème. Il ne peut plus faire de mal à personne.

— Danny Momrak a purgé sa peine de dix-sept ans. »

Kvammen pointa l'index sur les lettres.

« Il a eu dix-sept ans pour manigancer tout cela, affirma-t-il. C'est lui qui vous a envoyé ça.

— C'est possible.

— Qui d'autre ? Vous vous êtes fait manipuler. S'il pense que le jugement n'est pas juste, qu'il consulte son avocat. Nous avons des procédures. Ils n'ont qu'à saisir la Cour de révision et de réexamen. En tout état de cause, vous devriez oublier cette histoire. Vous êtes déjà allé trop loin, vous avez outrepassé votre domaine de compétence. »

Dans la brume, un navire actionna sa corne : il entrait dans le fjord. Kvammen termina son café. Wisting n'avait pas goûté le sien.

Tout contre le ponton, le plus grand cygne tendit le cou, battit des ailes et promena un regard inquisiteur autour de lui.

Kvammen se leva, se dirigea vers la balustrade, serra les mains autour de la rambarde.

« Que fait Momrak à présent ? s'enquit-il.

— Il a travaillé comme mécanicien. Il a peut-être suivi une formation en prison.

— Où habite-t-il ?

— À Oklungen. Son nom ne figure dans aucune autre affaire. »

Sten Kvammen se tourna vers lui, désigna les lettres.

« Vous savez à quoi nous devons cela, je suppose ? Pourquoi cela apparaît maintenant ? »

Le chien vint rejoindre son maître, qui cette fois le laissa agir à sa guise.

Wisting ne répondit pas.

« C'est le nouveau décret, expliqua Kvammen. Sur l'indemnisation des victimes d'erreurs judiciaires. Momrak aurait droit à un minimum de mille cinq cents couronnes par jour pour couvrir le manque à gagner. Combien cela fait-il ? Près de dix millions. En plus, il pourrait obtenir la même chose en dommages et intérêts. »

Le navire corna encore. Le bruit lourd et monotone s'éleva avec lenteur dans la brume avant de s'évanouir.

« Vous avez eu des contacts avec les parents de Tone Vaterland ? demanda Wisting. Après le procès ? »

Kvammen sembla trouver la question singulière. Wisting pensa aux parents de Pernille Skjerven. Il ne leur avait pas reparlé après leur avoir annoncé la mort du meurtrier de leur fille.

« Donc vous ne savez pas s'ils ont été avertis de la libération de Momrak ?

— J'ai changé de fonctions, je suis parti travailler pour Kripos, j'étais en service à l'étranger. »

Wisting rangea les lettres dans son dossier.

« Quand la nomination doit-elle intervenir à la Direction ? demanda-t-il, pensant au poste de directeur de la Compétence policière.

— À la fin de l'été. Il y a plusieurs très bons candidats. »

À cet instant précis, l'incertitude autour de la question de la culpabilité dans l'une de ses anciennes affaires était probablement la dernière chose que souhaitait Kvammen.

Il jeta un coup d'œil sur sa montre. Wisting saisit le signal que la conversation était terminée. Il se leva et repoussa au centre de la table la tasse à laquelle il n'avait pas touché. Le café était froid.

21

Wisting regrettait son entrevue avec Sten Kvammen. Elle n'avait mené à rien. Il était passé à l'aller devant le Bamblegrill, le snack existait toujours ; au retour, il s'y arrêta.

Deux hommes en tenue de travail se tenaient devant le comptoir. Quand son tour arriva, Wisting commanda un burger à une femme suffisamment âgée pour avoir travaillé au snack à l'époque où Tone Vaterland avait été tuée.

Il s'installa à une table de pique-nique libre, derrière le snack, d'où il voyait la porte de service. Il imaginait le vélo de Tone Vaterland contre le mur, l'utilitaire de Jan Hansen en stationnement.

La viande était insipide. Il l'ingéra en pensant à ce qui s'était passé en 1999. L'apparition du nom de Jan Hansen ne faisait pas automatiquement de lui un suspect. Les preuves avaient été suffisamment solides pour faire tomber Danny Momrak. Kvammen avait peut-être raison d'affirmer qu'il s'était laissé entraîner à lancer sa propre enquête. À strictement parler, il n'y avait d'ailleurs rien sur quoi enquêter, toutefois il était tombé sur quelques éléments, un commencement, et il avait besoin de connaître le reste de l'histoire, c'était sa nature. À tout le moins, il avait envie de savoir qui lui avait envoyé les lettres anonymes. Il n'avait pour l'heure aucun autre candidat que Danny Momrak.

Wisting avait vu d'autres hommes clamer leur innocence, à partir de leur arrestation, pendant leur procès et au cours de leur détention, mais dès la seconde de leur libération, ils allaient de l'avant. Ils acceptaient la manière dont la société avait réglé ses comptes avec eux, mettaient tout cela derrière eux aussi vite que possible, enterraient le passé, laissaient le chapitre se clore. Certains changeaient de nom et s'installaient dans une autre région ou alors ils partaient dans une grande ville pour se fondre dans la masse.

Tout portait à croire que Danny Momrak était coupable, mais la seule personne qui pouvait le savoir avec certitude, c'était lui-même. Et s'il était coupable, pourquoi aurait-il ramené l'affaire à la lumière ? Faire remonter à la surface l'histoire ancienne ne pouvait rien apporter de bon, sauf bien sûr s'il savait qu'il en ressortirait blanchi.

Wisting s'essuya la bouche, se leva et lança la serviette en papier dans une poubelle.

Si Danny Momrak était innocent, une autre personne avait évidemment su la vérité : le véritable coupable. Mais Jan Hansen était mort.

La porte de service s'ouvrit. La femme lui sourit, alla jeter un sac dans une benne à ordures et retourna à l'intérieur.

Il monta dans sa voiture, s'engagea sur la route, roula dans la direction où Tone Vaterland avait circulé à vélo.

De part et d'autre de la route, les sapins étaient

nimbés de brouillard. Soudain, l'été était terminé. Ou au moins mis sur pause. Ce ne devait pas être très sympa là où se trouvait Line.

D'un appel de phares dans son rétroviseur, une voiture lui intima d'accélérer. Il conserva la même allure. Peu après, il trouva la sortie vers Gamleveien.

Les arbres qui avaient poussé sur les côtés rétrécissaient la chaussée. Des racines avaient soulevé et fissuré le revêtement ; plus loin, un arbre tombé barrait le passage. Wisting s'arrêta, descendit. Des oiseaux s'envolèrent.

Juste devant lui, un sentier partait sur la droite. Se demandant s'il menait là où Tone Vaterland s'était baignée, il l'emprunta, chipant au passage quelques baies sur les framboisiers qui le bordaient. Ses soupçons se confirmèrent : une serviette oubliée indiquait que les habitants des environs venaient nager là.

Il remonta en direction de sa voiture, marcha sur la route envahie par la végétation. Les bas-côtés étaient jonchés de détritus. Parfois, du verre brisé craquait sous ses semelles.

L'ancien garage mentionné dans les rapports n'avait pas bougé, il était entouré de grands feuillus. Le toit était à moitié effondré et les murs gris s'effritaient sous le lierre et la mousse. Une partie du portail était détruite. L'entrée exiguë rappelait une grotte.

Sans les photos et la carte du dossier iconographique de l'affaire, il avait de la peine à se repérer, mais pensait avoir identifié la butte derrière laquelle on avait retrouvé Tone Vaterland. Écartant quelques branches, il la gravit et contempla le fourré de l'autre côté. La vieille scène de crime ne lui disait rien. La nature l'avait reprise depuis belle lurette.

Il sentit qu'il aurait dû faire un tour aux toilettes quand il était au snack. Ne souhaitant pas uriner sur la butte, il se rendit un peu plus loin dans les bois.

Recevant une notification, il termina ce qu'il avait à faire et sortit son téléphone de sa poche. Line lui envoyait une photo. Un petit crabe vert dans la main, Amalie avait l'air exaltée, elle était ainsi saisie dans un instant de joie mêlée de peur. Il répondit qu'elle était bien courageuse, mais devait prendre garde à ce que le crabe ne lui pince pas le nez.

Avant de regagner son véhicule, il prit à l'aide de son téléphone quelques photos de la vieille scène de crime et du garage.

Un nouveau message arriva.

On rentre demain. Il fait un temps pourri, écrivait Line.

Le message était suivi d'un dessin de petit parapluie et d'un nuage sombre avec un éclair. Wisting s'était habitué à ces petits symboles, il lui répondit par un smiley et un pouce levé.

Une branche griffa le flanc de sa voiture quand il recula hors de Gamleveien. Il fit demi-tour, mais avant de repartir, il s'arrêta pour chercher dans ses notes le numéro de l'avocat qui avait défendu Danny Momrak en 1999.

Cristian Bohrman répondit promptement.

Wisting se présenta, expliqua qu'il était policier.

« Je suis en vacances, déclara Bohrman avant que Wisting ait le temps de poursuivre. Je vais vous donner notre numéro d'urgence.

— Vous êtes en voyage ?

— Comment ça ?

— Il s'agit d'une de vos anciennes affaires. J'espérais vous rencontrer pour discuter d'un nouvel élément.

— De quelle affaire s'agit-il ?

— Danny Momrak. »

Il y eut un blanc.

« Je vois.

— Pourrions-nous nous rencontrer dès aujourd'hui ?

— Je suis chez moi, répondit l'avocat. Vous avez mon adresse ?

— Oui. Je peux y être d'ici une demi-heure. »

Autre blanc.

« À vrai dire, je m'attendais à ce que quelqu'un m'appelle un jour ou l'autre, dit l'avocat. C'est lancé maintenant, si je comprends bien. »

22

10 décembre 1999, 13 h 30

Elle n'avait plus d'encre. La phrase se termina en un sillon incolore creusé sur la feuille de son calepin. Ninni Skjevik fouilla dans son sac, y dégota un autre stylo. Elle couvrait son premier procès. Elle n'avait manqué aucune séance au tribunal et avait abondamment discuté de ce qui se disait avec les autres journalistes. Tous semblaient convaincus de l'issue : Danny Momrak était coupable.

Pour sa part, elle n'en était pas si sûre. Enquêteurs, experts et divers spécialistes s'étaient succédé à la barre des témoins, mais certaines questions demeuraient sans réponse. Elle s'en était ouverte à ses confrères, c'était tombé dans l'oreille de sourds.

Danny Momrak avait les preuves ADN contre lui, mais cette histoire d'ADN était difficile à comprendre. Par exemple, combien de temps un spermatozoïde pouvait-il survivre ? Et la contamination génomique était-elle si fréquente que ça ? Ninni ne parvenait pas non plus à visualiser clairement les événements. Au début de l'affaire, elle avait essayé d'établir une chronologie et d'y situer les déplacements de Danny Momrak, mais à ce moment-là, on n'avait pas encore établi quand Tone Vaterland avait été tuée. Au moins trente-six heures s'étaient écoulées avant qu'on la trouve et ce délai avait singulièrement compliqué le travail d'autopsie : l'heure du décès était évaluée entre 20 h 30 et 4 h 30, soit une fenêtre de huit heures. Danny Momrak avait un alibi pour la majeure partie de cette période de temps.

La journaliste regarda autour d'elle. En ce dernier jour d'audience, l'assistance était encore plus nombreuse que précédemment. La mère de Danny Momrak était présente ; seule, au fond de la salle.

Le juge donna la parole à Me Bohrman. Pour la première fois depuis le début du procès, celui-ci se leva. Jusque-là, aussi bien lui que le procureur avaient parlé assis, sans effets de manche ni confrontations verbales. Alors que Ninni s'était imaginé un tout autre spectacle, un avocat et un procureur arpentant le prétoire, notamment, le calme et l'ordre avaient régné. Le juge était ferme, mais aimable. Le procureur et l'avocat de la défense, maîtrisés, polis.

Bohrman rajusta sa robe noire et remonta son pupitre pour présenter sa plaidoirie finale. Il était le seul à avoir évoqué les trois inconnus aperçus dans la zone. Un homme avec un sac à dos, un photographe et un homme en tenue de camouflage. Elle en avait parlé dans le journal et même obtenu d'y consacrer un article à part, dans lequel ces hommes étaient invités à se faire connaître. Personne n'avait donné suite, du moins personne n'avait pris contact avec elle ni avec le journal.

« Monsieur le juge, commença Bohrman. Les

affirmations du ministère public dans cette affaire peuvent paraître convaincantes, cependant on reste surtout frappé par les manquements de l'enquête. La police a fait peu d'efforts pour éclairer certains aspects tout à fait centraux de l'affaire. Elle s'est volontairement abstenue de suivre certaines pistes qui ne s'inscrivaient pas dans ses hypothèses. Par conséquent, le procureur n'a pu présenter à la cour qu'un tableau partiel. »

Ninni Skjevik lança un regard vers le juge. Il était calé au fond de son siège, les mains jointes sur le ventre, le visage inexpressif.

« Permettez-moi de récapituler ces points faibles, poursuivit Bohrman. Commençons par la preuve principale. L'accusation présente à répétition l'ADN comme une preuve déterminante, mais pouvons-nous être sûrs des analyses effectuées ? »

Il exposa les éléments qu'il avait fait ressortir en interrogeant les divers témoins. Le point principal était la publication de nouvelles consignes destinées à empêcher la contamination d'ADN dans le laboratoire. Il était question de séparation des objets à examiner et d'utilisation de matériel jetable. Les analyses de l'affaire visant Danny Momrak précédaient ces nouvelles consignes.

Deux jours plus tôt, le ministère public avait été obligé d'appeler une cheffe de service du laboratoire à la barre des témoins. Elle avait expliqué que ces consignes ne faisaient que reprendre par écrit des protocoles suivis depuis déjà longtemps. Elle assura que les analyses avaient été effectuées dans de bonnes conditions et défendit les résultats obtenus. Ninni trouvait malgré tout que Bohrman était parvenu à instiller le doute.

L'avocat enchaîna sur le problème des trois hommes que la police n'avait pas réussi à localiser.

« L'instruction contre Dan Vidar Momrak a été ouverte parce que la police n'a trouvé aucun de ces trois hommes, parce qu'elle n'a pas réussi à trouver le véritable coupable. »

Pendant son discours, sa voix s'était affaiblie, elle était devenue rauque. Il avait de l'eau à sa disposition, mais n'y toucha pas.

« À la barre des témoins, nous avons entendu des amies et connaissances de la victime, du même âge qu'elle, présenter des rumeurs et des allégations sur Danny Momrak. Des choses qu'elles avaient entendu dire. Certaines accusations étaient très graves. La police n'a enquêté sur rien de tout cela, elle n'a nullement tenté d'identifier l'origine de ces rumeurs, n'a pas vérifié leur véracité, et elles sont donc restées des ouï-dire sans fondement, des déclarations auxquelles on ne peut en aucun cas attribuer une valeur de preuve. »

Le procureur était assis en face de lui, à l'autre bout de la pièce. Ninni le voyait de profil. Il avait l'air parfaitement indifférent à la critique de l'avocat.

Lequel approchait de sa conclusion.

« La somme de ces faiblesses laisse de la place au doute », affirma-t-il.

Il énuméra différents articles de loi, indiqua comment ils avaient été utilisés dans d'autres affaires, et rappela que le bénéfice du doute devait être accordé au prévenu.

« Je demande donc l'acquittement de Dan Vidar Momrak », conclut-il.

Il se rassit. L'assistance était silencieuse. Une singulière atmosphère régnait. Rien de visible ni d'audible, mais comme un parfum dans l'air.

Le juge avança le buste.

« Merci, maître. » Il toussota. « Le procureur souhaite-t-il présenter une réplique ? »

Le procureur déclina en secouant la tête, comme si les propos qu'il venait d'entendre ne présentaient aucun intérêt.

« L'usage veut que le prévenu puisse avoir la parole pour conclure, continua le juge. Est-ce souhaité ? »

Cristian Bohrman se pencha vers son client, lui chuchota quelques mots à l'oreille. Ils eurent un échange à voix basse au terme duquel Danny Momrak se leva.

La voix atone, le visage éteint, il demanda à être cru. Ses dernières paroles furent à peine audibles.

« Ce n'est pas moi qui l'ai tuée. »

23

La moitié de la façade de la maison de Cristian Bohrman était fraîchement repeinte, d'un blanc éclatant qui tranchait sur le gris terni. À côté de l'entrée trônait un échafaudage à roulettes sur lequel personne ne travaillait.

L'avocat avait entendu Wisting arriver en voiture. Il l'attendait à la porte. Des taches de peinture dans sa chevelure brune révélaient qu'il avait accompli le travail lui-même.

« J'aime peindre. Avec la peinture, contrairement à nombre de mes autres activités, on voit constamment ses progrès, le résultat apparaît tout de suite. Enfin, là, le temps m'oblige à m'interrompre », expliqua-t-il en guidant son visiteur vers une grande pièce de travail au sous-sol.

Des classeurs, des livres et des piles de papiers recouvraient le bureau et les étagères, les stores vénitiens baissés plongeaient la pièce dans la pénombre et l'espace évoquait une caverne. Ils s'installèrent dans un coin salon, sur des fauteuils disposés autour d'une table basse.

« Avez-vous eu des contacts avec Danny Momrak ces derniers temps ? demanda Wisting.

— Pas depuis un an. Même un peu plus.

— Vous disiez que vous vous attendiez à ce que quelqu'un vous contacte comme je l'ai fait ?

— Oui. Je pensais que quelque chose se passerait, mais j'imaginais plutôt recevoir une lettre. »

Wisting était déconcerté, il avait l'impression qu'ils se parlaient sans s'écouter.

« Cela ne ferait sans doute pas plaisir à tout le monde que l'affaire ressorte, poursuivit Bohrman. Je pensais recevoir une forme quelconque d'admonestation parce que j'avais communiqué les documents de l'affaire.

— Vous parlez du meurtre de Tone Vaterland en 1999 ? » s'assura Wisting.

L'avocat eut un geste d'incompréhension, mais confirma qu'ils parlaient de la même affaire.

« J'y réfléchis souvent. J'ai toujours pensé que quelque chose ne cadrait pas, mais je n'ai jamais trouvé le bon moyen ou le bon moment de m'y attaquer. Mieux valait laisser cela à d'autres, à quelqu'un qui aurait un regard neuf.

— Qui ça ? »

Bohrman pinça les lèvres.

« Je suis navré. Je prenais pour acquis que c'était la raison de votre présence, que la journaliste avait pris contact avec la police.

— Je ne suis pas au courant. Je suis ici de ma propre initiative. Je suis tombé sur des renseignements qui n'étaient pas inclus dans l'enquête initiale et qui seraient susceptibles d'apporter un autre éclairage sur l'affaire. Je cherche à savoir comment cela s'inscrit dans l'image que vous en avez. Vous êtes probablement la personne qui connaît le mieux le dossier. »

Bohrman se redressa.

« Quels renseignements ?

— Parlez-moi d'abord de la journaliste.

— Donc vous ne lui avez pas parlé ?

— Non.

— Elle s'est présentée à mon bureau l'hiver dernier. Ninni Skjevik. Elle est pigiste. D'autres journalistes se sont parfois adressés à moi à propos d'affaires que nous avions eues. Qu'il s'agisse d'écrire un livre, des articles de presse, une série télévisée ou de préparer un podcast, tout le monde désire travailler sur le *true crime*. Mais Ninni Skjevik est d'ici, elle était personnellement investie. Je me souviens d'elle à l'époque. Elle était jeune, peut-être un peu naïve. Les journalistes chevronnés se moquaient d'elle quand elle disait que certains éléments suggéraient que Danny pouvait être innocent, mais elle suivait l'enquête de près, était présente à chaque audience. Et comme moi, elle a toujours pensé que nous n'avions pas obtenu de réponses à toutes nos questions. »

Un téléphone sonna dans la maison. Wisting entendit une voix féminine au loin, mais ne put comprendre aucune parole.

« Elle connaissait bien l'affaire, continua Bohrman. Nous avons parlé des points principaux et je l'ai laissée prendre les documents.

— Les documents de la police ?

— Vous pouvez les qualifier ainsi, mais ils n'appartiennent pas à la police. Elle a obtenu mes exemplaires des documents de l'affaire. Je les avais conservés. Six classeurs. »

Wisting hocha la tête. Cela correspondait aux six boîtes qu'il avait chez lui. Qu'une journaliste ait consulté les mêmes documents ouvrait la possibilité d'un autre expéditeur des lettres anonymes.

« Les semaines qui ont suivi, elle m'a appelé quelques fois, mais je ne lui ai pas parlé depuis. Qu'est-ce qui a éveillé votre intérêt pour cette affaire ? Vous ne travailliez pas dessus en 1999, si ? »

Wisting n'avait pas envie de parler des lettres, mais il était bien obligé de donner quelque chose à l'avocat.

« J'ai eu une affaire en 2001. Une jeune femme, de l'âge de Tone Vaterland, qui avait été enlevée, violée et tuée. Le coupable s'appelait Jan Hansen. Vous connaissez ce nom ?

— Je devrais ?

— Jan Hansen est mort l'été dernier, avant d'avoir fini d'exécuter sa peine. Apparemment, il avait été entendu comme témoin en 1999. C'était l'une des dernières personnes à avoir vu Tone Vaterland en vie. »

Bohrman se redressa sur son fauteuil.

« Vous êtes en train de me dire qu'un témoin de l'affaire s'est transformé en tueur dans une affaire similaire après la condamnation de Danny Momrak ? »

Wisting le confirma. Il voyait Bohrman frétiller devant l'existence potentielle d'une explication alternative aux événements.

« Existe-t-il une description de cette personne ? »

Wisting ne saisissait pas tout à fait la question.

« Pas dans le dossier, répondit-il. Enfin, il avait trente-quatre ans à l'époque, mesurait environ 1,80 mètre, était de corpulence normale. Quand nous l'avons arrêté, il avait des cheveux courts blonds, mais c'était deux ans après votre affaire.

— Et ses vêtements ? Portait-il une veste de camouflage ?»

Wisting comprenait maintenant où il voulait en venir. Des témoins avaient décrit plusieurs hommes qui n'avaient jamais été identifiés.

« Je ne crois pas que ce soit indiqué dans l'interrogatoire, il faudrait que je regarde. »

Bohrmann avait saisi un stylo et une feuille sur laquelle il nota quelque chose.

« Non, ce n'est pas indiqué, je l'aurais vu. »

Il nota encore, leva les yeux.

« Que voulez-vous faire maintenant ? »

Wisting bougea sur son fauteuil.

« Je ne sais pas si je peux faire grand-chose de plus. Ce que j'ai fait jusqu'ici, c'étaient des recherches officieuses. Il revient à d'autres de décider si ceci doit devenir une enquête officielle. Quoi qu'il en soit ça ne dépendra pas de moi. J'ai présenté ce que j'avais découvert à la personne qui était en charge de l'affaire à l'époque.

— Sten Kvammen ? »

Wisting acquiesça.

« Et puis à vous, donc, ajouta-t-il.

— Kvammen ne va rien faire, affirma Bohrman. Ça ruinerait sa carrière. Il est pressenti comme directeur de la Compétence à la Direction générale de la police. Le processus de recrutement est en cours. »

Bien qu'il soit d'accord avec lui, Wisting s'abstint de réagir.

Trois candidats étaient en lice pour le poste, mais sur le papier Kvammen était le mieux qualifié. Selon toute vraisemblance, il n'allait rien entreprendre qui puisse le placer sous un jour défavorable.

« Et vous ? Qu'allez-vous faire ? »

Bohrman secoua la tête, comme s'il ne savait pas encore.

« Il faut que je contacte la journaliste, qu'elle me dise ce qu'elle a découvert. Pour savoir si elle a quelque chose qui, en conjonction avec l'information que vous m'avez apportée, pourrait conduire à un réexamen. »

Wisting se prépara à partir.

« Il n'en reste pas moins que Tone Vaterland a été retrouvée violée et tuée avec l'ADN de votre client dans le corps.

— Nous avons démontré lors du procès que les échantillons avaient pu être contaminés.

— Tout pointe dans la direction de Danny Momrak.

— Vu l'atmosphère générale et la situation à l'époque, il aurait été condamné de toute façon. Une trace d'ADN positive parlera toujours en faveur de la culpabilité, et l'absence d'ADN ne disculpe pas, on l'explique par le fait que la police n'a pas réussi à trouver d'indices. »

Wisting ne fit pas de commentaire. Au tribunal, la mission de l'avocat de la défense était de rendre plausible l'innocence de son client, mais pour obtenir la réouverture de l'affaire, il fallait convaincre la cour de réexamen qu'il n'était pas coupable. Cela requérait bien davantage, cela nécessitait de nouveaux éléments, mais il avait une nette intuition que ce n'était pas fini, que d'autres allaient venir.

24

20 décembre 1999, 12 h 38

L'édition du jour était partie à l'imprimerie et allait bientôt être distribuée aux abonnés et aux marchands de presse. Elle avait un article en une sur un vieil homme d'Eidanger dont la clôture avait été détruite par un chasse-neige, ainsi qu'un papier sur un concert de l'Avent et un autre sur les plus grosses ventes des librairies avant Noël. Pour le lendemain, elle avait déjà écrit un article sur une femme qui travaillait depuis quarante ans dans le même magasin. C'était ça, la presse régionale, les petites nouvelles côtoyaient les grandes.

Elle quitta son bureau et alla frapper à la porte du rédacteur en chef, qui lui cria d'entrer.

Leif Grini écrasa son mégot en levant les yeux vers elle.

« Le jugement de l'affaire Danny Momrak va être prononcé demain », annonça-t-elle en s'asseyant.

Il hocha la tête.

Tout était prêt. Le jugement serait lu à 10 heures du matin. Ils avaient retenu la une et les pages quatre et cinq. Elle serait au tribunal avec Geir Inge. Lui allait écrire le compte rendu du jugement proprement dit tandis qu'elle recueillerait les commentaires des parties.

« J'ai écrit un article de commentaire », annonça-t-elle en agitant un document imprimé.

Le rédac chef lui fit signe de le lui donner.

« Juste au cas où », précisa-t-elle en le lui tendant.

Le titre était *Un homme libre*.

Il fronça les sourcils et s'arrêta après avoir lu seulement les premiers paragraphes.

« Tu aurais pu t'épargner cette peine, fit-il en secouant la tête. La question n'est pas de savoir si Danny Momrak va être condamné, mais de combien d'années il va écoper. »

Dans son papier, elle avait mis en avant les faiblesses de l'enquête et récapitulé les éléments pouvant conduire à un acquittement. Elle critiquait la police et témoignait de la sympathie à la fois envers les parents et proches de Tone Vaterland, qui se retrouvaient sans réponse, et envers Danny et sa famille, qui avaient été entraînés dans le système judiciaire, avec toutes les difficultés que cela impliquait.

Lars Grini se leva et lui rendit le document sans l'avoir lu jusqu'au bout.

« Dans ce journal, nous employons notre temps à écrire sur ce qui s'est passé, pas sur ce que nous aimerions qu'il se passe. Nous parlons de faits. De façon objective et impartiale. Tu es déjà allée très loin pour présenter l'affaire sous plusieurs angles. Si ce journal doit avoir une opinion, c'est moi qui l'exprime, et mon opinion est que Danny Momrak est coupable. C'est un tueur de sang-froid, cynique. Voilà ce que j'ai prévu d'écrire dans mon éditorial quand le jugement aura été prononcé. »

25

Il se remit à pleuvoir alors que Wisting rentrait chez lui. Il se gara devant la maison, coupa le contact et resta dans sa voiture à contempler la pluie qui striait le pare-brise.

Si Line rentrait le lendemain, il devait passer s'occuper de ses plantes. Elles survivraient sûrement un jour de plus, mais il n'avait arrosé qu'une seule fois pendant son absence.

Une trépidation inattendue le saisit alors qu'il se dirigeait vers la boîte aux lettres. Un sentiment d'attente ou d'espoir.

Il souleva le couvercle. Des prospectus, des brochures, des publicités. Il prit la pile en se disant qu'il y jetterait un coup d'œil plus tard, mais il aperçut alors le coin d'une enveloppe blanche. Une nouvelle lettre. Son nom inscrit avec les mêmes capitales anguleuses. Ni timbre ni adresse.

Quelques gouttes de pluie l'atteignirent et furent absorbées par le papier de l'enveloppe. Il la glissa sous les publicités et s'empressa d'entrer.

Elle ne contenait qu'une feuille, qui avait été froissée, puis lissée, comme les deux lettres précédentes.

Cette fois, en revanche, il y avait deux lignes. Une lettre et un nombre sur la première, et sur la seconde ce qui semblait être une adresse Internet.

G-11

L2W.no / vi8

Bien que curieux de voir ce qu'était cette adresse, il s'attarda sur la référence. Il pouvait s'agir d'un numéro de scellé. Toutes les traces et preuves potentielles d'une affaire étaient enregistrées et numérotées dans l'ordre d'apparition. Chaque lieu où étaient prélevés des scellés était associé à une lettre. Le A était souvent la scène de crime, le B pouvait signifier que l'objet avait été trouvé sur le suspect, C qu'il avait été saisi dans la voiture, D dans un appartement, et ainsi de suite.

Le dossier était toujours sur la table de la cuisine. Wisting sortit le bon rapport. La lettre G concernait tout ce qui avait été saisi dans le cadre de l'examen médico-légal de Tone Vaterland. G-11 était le coton-tige du frottis.

C'était la preuve principale, le sperme de Danny Momrak.

La batterie de sa tablette était presque vide. Il se hâta de taper la première partie de l'adresse Internet. L2W.no était un site raccourcissant les longues adresses.

L'adresse complète l'envoya sur un site américain d'informations médicales. L'article qui s'ouvrit traitait de la durée de vie des spermatozoïdes dans le corps d'une femme : tout dépendait de la qualité du sperme. Des études avaient montré qu'ils pouvaient survivre jusqu'à huit jours après un rapport sexuel.

Wisting ne lut pas l'article jusqu'au bout. Il prit la

feuille sur laquelle il avait tracé sa chronologie. Tone Vaterland avait disparu le 4 juillet et on avait découvert son cadavre deux jours plus tard.

Il consulta le rapport d'autopsie : le prélèvement G-11 avait été effectué le mercredi 7 juillet. Cela faisait trois jours.

Il s'empara d'un autre dossier, chercha la déclaration de la meilleure amie de Tone. Maria Strand expliquait que cette dernière avait rompu avec Danny le 2 juillet. Ils avaient couché ensemble le dernier soir et eu un rapport sexuel sous la douche le matin de la rupture. Ce qui faisait cinq jours. Cinq jours entre le rapport sexuel et la découverte du sperme.

La trace d'ADN pouvait avoir une explication toute naturelle. L'avocat n'y avait pas pensé et les enquêteurs avaient écarté cette possibilité, car elle impliquait que l'auteur du viol n'avait pas laissé de trace.

Wisting relut l'article. Alors que les spermatozoïdes qui échouaient sur un drap, un tapis, du papier ou autre se desséchaient dès qu'ils étaient exposés à l'air, le bas-ventre moite, chaud et sombre de la femme constituait un environnement idéal pour survivre. Mais quand bien même les spermatozoïdes seraient morts, l'ADN aurait survécu et on aurait pu extraire un profil, comme on le faisait en présence de cellules mortes de la peau ou du sang.

L'écran devint noir, l'iPad s'éteignit. Il le reposa, se rendit dans la salle de bains, leva le couvercle des toilettes. Son urine lui paru plus foncée que d'ordinaire et la douleur était revenue. Une faible brûlure qui se mua en démangeaison quand il eut terminé. Son médecin était en vacances, mais lundi, il faudrait qu'il appelle le cabinet pour parler avec l'un de ses confrères.

Le chargeur était dans le salon, il le brancha et s'assit, la tablette sur les genoux.

La référence du coton-tige contenant l'ADN de Danny Momrak était un détail qui, à vrai dire, était perdu dans les documents de l'affaire. En même temps, il s'agissait d'une preuve centrale, on ne pouvait exclure que Danny Momrak l'ait retenue, alors que n'importe qui d'autre aurait eu besoin d'accéder aux documents pour être en mesure de livrer une indication si précise.

Ninni Skjevik ne fut pas difficile à trouver sur Internet. Elle avait trente-neuf ans, vivait à Oslo. Les photos présentaient une femme au visage rond, aux yeux bleus et au nez droit. Ses cheveux étaient de longueur, de coupe et de couleur variables. De nombreux résultats renvoyaient à des articles qu'elle avait écrits pour différents médias. Elle semblait avoir travaillé comme pigiste, avec un rattachement à un moment donné à *Dagbladet* et plus tard à une antenne locale de NRK. Elle couvrait visiblement toutes sortes de sujets, et avait signé quelques papiers sur des affaires criminelles. À présent, elle travaillait de toute évidence pour une société de production télévisuelle, même si Wisting ne trouvait pas de programmes auxquels elle ait participé. Line la connaîtrait peut-être. Œuvrant dans le même secteur, il n'était pas exclu qu'elles aient écrit pour les mêmes magazines.

Il avait envie de la confronter à l'histoire des lettres anonymes. Son numéro de téléphone figurait sur Internet, mais à part lui demander si elle était venue mettre du courrier dans sa boîte, il n'avait pas grand-chose d'autre à lui dire. Pour l'instant.

Il écarta cette idée et consulta la presse. Il n'y avait aucun développement dans l'affaire Agnete Roll. Le corps avait été autopsié, mais il était trop tôt pour se prononcer sur la cause de la mort.

Le journal local publiait une photo du site du sinistre le soir de la découverte du corps. Elle avait été prise après le départ de Wisting. Maren Dokken était en conversation avec un technicien.

Il repensa à la caméra embarquée dans la voiture garée. Il avait vu des enregistrements similaires dans d'autres enquêtes. Ces dashcams étaient petites et compactes, il ignorait en revanche combien elles pouvaient coûter. Une recherche lui indiqua qu'il y en avait à tous les prix, à partir de mille couronnes. S'il en montait une dans sa voiture, il pourrait filmer sa boîte aux lettres.

Il se décida impulsivement. Le magasin d'électronique le plus proche était ouvert jusqu'à 20 heures. Il en ressortit avec un modèle plus cher que prévu, mais doté des fonctions requises. Il l'installa aussitôt, sur le parking du magasin, pour le cas où il aurait besoin de l'aide d'un vendeur. On recommandait de la fixer à droite du rétroviseur, or l'emplacement était occupé par son badge de télépéage, mais cela n'entravait pas sa visibilité de positionner la caméra à côté du badge.

Le montage se révéla simple, l'usage l'était aussi. Les images étaient stockées sur une carte mémoire. À l'arrière de la caméra se trouvaient les boutons de commande et un écran sur lequel visionner les enregistrements. Le seul aspect malcommode était l'alimentation électrique, le câble se branchait sur la prise de la console centrale. Cependant, une fois la caméra chargée, elle disposait d'une autonomie de vingt-quatre heures.

Elle s'activait automatiquement dès que la voiture roulait. En stationnement, une fonction permettait l'enregistrement en cas de mouvement dans le champ. On recommandait d'y recourir afin d'empêcher d'éventuels conducteurs indélicats qui auraient occasionné des dommages sur le véhicule en reculant ou en se garant de se soustraire à leurs responsabilités.

Il démarra et ne tarda pas à s'apercevoir que la caméra était en outre munie d'un indicateur de vitesse de déplacement du véhicule.

Il pianota sur le volant, satisfait de son achat, et content d'avoir réussi l'installation.

26

Le fabricant de mobilier pour lequel avait travaillé Jan Hansen existait toujours, il avait déménagé et s'était agrandi. En rentrant du magasin d'électronique, Wisting passa devant les nouveaux locaux. Jan Hansen avait eu un cercle de relations restreint. Parfois il était accompagné pour les livraisons lourdes et volumineuses ; son auxiliaire habituel, un homme d'origine polonaise, était sans doute la personne qui le connaissait le mieux. Peut-être serait-il en mesure de s'exprimer sur son comportement au moment où Tone Vaterland avait été tuée ? Wisting essaya de se remémorer son nom, en vain.

Il aurait pu se rendre au magasin pour demander s'il était là, mais préféra le commissariat. Sur le parking, de nombreuses places réservées au personnel étaient encore occupées. Il y avait aussi quelques véhicules de fonction d'autres commissariats, on avait sans doute appelé en renfort des enquêteurs pour contribuer à l'investigation du meurtre.

Il glissa son badge dans le lecteur, composa son code, emprunta ensuite les couloirs du sous-sol vers la salle des archives. Il sortit l'affaire de 2001.

Le nom qu'il cherchait était Adam Dudek. Jan Hansen avait été entendu comme témoin dans l'affaire de disparition de 1999, cela avait dû être un sujet de conversation entre collègues dans la cabine de l'utilitaire, Dudek devait se souvenir de l'épisode.

Après avoir envisagé une seconde de rapporter les dossiers chez lui, Wisting se contenta de photographier le rapport contenant le nom et les coordonnées de l'auxiliaire polonais.

Alors qu'il espérait repartir incognito, une porte s'ouvrit derrière lui. Maren Dokken l'appela.

Il pivota sur ses talons, fit quelques pas vers elle.

« J'ai cru comprendre que l'autopsie était terminée, fit-il avant qu'elle puisse lui demander ce qu'il faisait là. Ont-ils pu s'exprimer sur la cause de la mort ?

— Elle avait des blessures à la tête, probablement des coups répétés.

— Vous avez avancé ?

— Pas vraiment, mais j'ai peut-être découvert où Erik Roll se trouvait pendant le laps de temps sur lequel nous nous interrogions.

— Où était-il ?

— Nous avons les données détaillées du téléphone d'Agnete, mais pas celles d'Erik Roll, qui n'est pas un suspect officiel. En revanche, nous disposons des données de trafic dans la zone et elles incluent son téléphone. »

Wisting répondit d'un hochement de tête. Éplucher les données de trafic permettait d'identifier qui s'était trouvé au sein de la zone concernée au moment des faits.

« Comme il l'a expliqué, nous voyons que samedi Erik Roll se met à téléphoner à droite à gauche à des amis communs et à des connaissances pour leur demander s'ils ont vu Agnete. J'ai examiné la liste. L'une des personnes qu'il a appelées se nomme Benedikte Lindhjem, or Agnete n'a eu aucun contact téléphonique avec elle, du moins au cours des trois derniers mois, qui sont la période pour laquelle nous détenons des informations, et elles n'ont pas non plus été en contact sur Facebook ou sur d'autres réseaux sociaux. Erik Roll n'a aucune raison de penser qu'elle pourrait savoir où se trouve sa femme.

— Bien bossé ! commenta Wisting, tout en devinant que cela ne s'arrêtait pas là.

— Il apparaît que Benedikte Lindhjem et Erik Roll sont collègues de travail. Elle a un an de moins que lui et a divorcé il y a deux ans, mais le plus intéressant est qu'elle vit sur le tronçon de route entre le centre de Stavern et le lieu où la dashcam a effectué l'enregistrement.

— Il a donc pu passer chez elle sur le chemin du retour », résuma Wisting.

Elle acquiesça.

« Il n'y a pas forcément de fondement à cette supposition, mais quoi qu'il en soit, je m'apprête maintenant à aller parler avec Benedikte Lindhjem. »

Wisting regagna sa voiture et rentra chez lui. Il se gara en marche arrière, légèrement en biais pour que la boîte aux lettres se retrouve au milieu du champ. Il l'ouvrit, mais elle était vide.

Il termina la soirée devant son téléviseur. Incapable de suivre le film pour lequel il avait d'abord opté, il zappa jusqu'à tomber sur un reportage consacré à un prêteur sur gage de Las Vegas. Suivit un documentaire historique sur George Washington. À la fin, il songea qu'il avait oublié de consulter le compteur de pas de son téléphone. 3616. Comment cela fonctionnait-il ? D'une manière ou d'une autre, l'application devait utiliser le GPS intégré.

Il envisagea de sortir faire un tour, mais il se faisait tard.

Avant de monter se coucher, il vérifia encore une fois la boîte et s'assura que la caméra fonctionnait. Dans son lit, ensuite, il écouta malgré lui les bruits extérieurs. Vers minuit, la pluie augmenta. À 0 h 45, il alla aux toilettes. La dernière fois qu'il regarda son réveil, il était 1 h 23.

27

Wisting fut réveillé par un fort besoin de tousser. L'air de la chambre était humide et il sentait sa poitrine encombrée.

Il était bien plus tard qu'il ne le pensait. Presque 9 heures.

Il toussa encore, se leva et sentit le sol froid sous ses pieds. Le rideau remuait dans le courant d'air. Ciel de traîne, toujours gris.

Wisting referma la fenêtre et se dirigea pieds nus vers la salle de bains. Uriner demeurait douloureux, mais moins que la veille.

Sitôt cette tâche nécessaire accomplie, il s'habilla et sortit de la maison.

Sa boîte était vide.

Il monta dans sa voiture, démarra et vérifia si la caméra s'était déclenchée pendant la nuit. Suivant les recommandations du mode d'emploi, il laissa son moteur tourner pendant toute l'opération afin de ne pas vider la batterie.

La caméra avait fonctionné. À 0 h 32, un chat tout mouillé avait couru sur la route. En mode nuit, les images étaient tournées en noir et blanc, le chat apparaissait donc gris. Une heure plus tard, il réapparaissait.

À 03 h 37, une voiture surgissait. Elle venait de la gauche, passait devant chez Wisting et continuait plus bas. Il visionna encore une fois l'enregistrement, déplaça son regard dans la direction où était partie la voiture. Des arbres bloquaient la vue.

Il descendit de voiture, regarda du côté de chez Line. C'était sa voiture. Elle était rentrée au milieu de la nuit.

Une pensée soucieuse surgit. Le dernier ferry traversant le fjord d'Oslo partait juste avant minuit, donc elle ne l'avait sans doute pas pris et avait probablement contourné le fjord par le tunnel. Sans doute s'était-il produit quelque chose et elle n'avait pas voulu attendre, elle avait quitté le chalet en pleine nuit.

Il pouvait toujours aller la voir, mais elle devait dormir.

Les trois autres enregistrements montraient tous des goélands, qui au petit matin étaient arrivés du Sud et s'étaient posés sur des piquets de la clôture avant de reprendre leur vol.

Dans la cuisine, il nota qu'il frissonnait et dut enfiler un chandail. Il n'avait pas envie de café, mais il s'en prépara un malgré tout et le but debout pendant qu'il lisait les journaux en ligne. Rien de nouveau. Même topo du côté du ciel, le temps ne changerait pas.

Au cas où Line viendrait, il remballa les documents de l'affaire 1569. Il se sentit fatigué. Renonçant à son projet de rendre visite à Adam Dudek pour voir s'il avait quelque chose à raconter sur Jan Hansen l'été 1999, quand ils travaillaient ensemble, il s'allongea sur le canapé. Il songea qu'il avait oublié d'arroser les plantes de Line. Il avait mal partout. Il se tortilla, porta la main à son front, il avait de la fièvre. Ce pouvait être une intoxication alimentaire ou alors il était en train de s'enrhumer. Il prit un plaid replié sur l'accoudoir, se drapa dedans.

Il avait dû s'assoupir, car il fut réveillé par la porte d'entrée qui s'ouvrait. Des petits pas d'enfants traversaient la pièce.

« Grand-cœur ! »

Il se mit d'abord en position assise, puis se leva en se passant la main dans les cheveux.

« Salut toi ! s'écria-t-il en prenant sa petite-fille dans ses bras. Vous êtes rentrées ?

— Oui ! »

Line apparut. Wisting consulta sa montre. Près de midi. Il avait dormi pendant deux heures.

« Vous êtes arrivées quand ?

— Tôt, répondit Line. Amalie se réveille avant 7 heures, ce n'était pas la peine de traîner. »

Wisting envisagea de préciser qu'il avait vu sa voiture, mais il se retint. Cela ne le regardait pas.

« Alors, ces vacances ? s'enquit-il à la place.

— On a fait un tour de l'autre côté de la frontière. On t'a rapporté ça. »

Elle avança en brandissant une bouteille de calvados. Il remercia Line en souriant.

Celle-ci le dévisagea.

« Tu es malade ? Tu es pâle.

— Je n'exclus pas d'être en train de couver un petit rhume d'été, oui. »

Amalie montra à son grand-père une égratignure qu'elle s'était faite au genou.

« Bon, je n'ai pas envie qu'elle tombe malade, précisa Line.

— Non, bien sûr que non. »

Il commençait à avoir mal à la tête.

Line tendit la main vers sa fille.

« En fait, je venais chercher mon courrier.

— Il est dans la cuisine. Tes plantes ont survécu ? J'avais prévu de les arroser aujourd'hui.

— Je crois que ça a été. »

Il la suivit dans la cuisine. Line trouva le sac dans lequel il avait rassemblé le courrier.

« Tu en sais plus sur cette Mme Roll ? demanda-t-elle. J'ai entendu dire qu'on l'avait retrouvée.

— Je suis allé sur le site.

— Tu n'es pas en vacances ?

— J'étais en voiture, j'ai fait un crochet. »

Il posa la bouteille sur la table de la cuisine et prit appui sur le dossier d'une chaise.

« J'étais en charge du premier incendie, expliqua-t-il. Quand je suis arrivé sur le site le mercredi soir, ils venaient de la retrouver, au milieu des décombres.

— Assassinée ? »

Wisting sourit. Parler avec Line de ces choses-là était plus facile maintenant qu'elle ne travaillait plus pour *VG*.

« Je tiens principalement mes informations de ce que je lis dans la presse, je ne sais pas grand-chose de plus, mais tout porte à croire que le corps a été apporté dans la maison et que l'incendie était destiné à effacer les traces.

— Ce doit être son mari. »

Il haussa les épaules. Prenant Amalie par la main, Line se dirigea vers l'entrée.

« Préviens-moi si tu as besoin de quelque chose. »

Il les raccompagna à la porte.

« Au fait, tu connais une journaliste du nom de Ninni Skjevik ?

— Je sais qui c'est. Pourquoi ? »

Wisting se toucha le front, il était moite.

« Elle a envoyé une demande à propos d'une ancienne affaire. »

Ce n'était probablement pas si loin de la vérité.

« Je me demandais simplement si elle faisait du bon boulot. Si on peut lui faire confiance, tu vois ce que je veux dire.

— Quelle affaire ?

— Je ne sais pas exactement ce qu'elle veut. Il s'agit du meurtre de Pernille Skjerven en 2001.

— Jan Hansen, fit Line. Et donc ?

— Je crois qu'elle veut simplement regarder le dossier, pour voir si c'est un sujet exploitable. Encore du *true crime*, quoi. On reçoit pas mal de sollicitations de ce genre.

— D'accord. Je ne la connais pas, mais je peux tout à fait jeter un coup d'œil sur ce qu'elle a fait par le passé.

— Non, non. Oublie tout ça. De toute façon, je suis en vacances en ce moment. »

28

Wisting passa le reste du samedi sur son canapé. Parfois, il se levait pour chercher quelques documents de l'affaire et trouver la réponse à une question qui surgissait dans son esprit.

Il n'avala rien hormis du paracétamol. Des élancements profonds dans le bas du ventre renforçaient sa suspicion d'intoxication alimentaire. Il avait mangé une viande qui n'était pas de première fraîcheur, mais ce repas remontait à plusieurs jours, donc il fallait plus probablement incriminer le hamburger du Bamblegrill. Il n'avait pas l'habitude de consommer ce genre de nourriture et son estomac s'était fragilisé avec le temps.

Le soir, il essaya de regarder la télévision. Juste avant le journal, il reçut un message de Line l'informant qu'elle lui avait envoyé un e-mail à propos de Ninni Skjevik.

Il l'ouvrit. Le sujet était *Ninni Skjevik et le* true crime. Line était abonnée à un service d'archives médiatiques, comprenant des journaux et magazines de toute la Scandinavie et offrant ainsi un éventail d'articles particulièrement vaste, elle lui en faisait suivre plusieurs qui étaient signés de Skjevik. Elle ajoutait en outre un lien vers un documentaire sur le service de streaming de Discovery, précisant ses identifiants pour lui permettre de se connecter. *C'est de bonne facture*, commentait-elle.

Toujours allongé sur le canapé, il regarda le documentaire sur sa tablette. Cela faisait partie d'une série de reportages sur des personnes, des milieux, des lieux auxquels on n'avait communément pas accès. Il en avait vu certains lors de leur diffusion à la télévision. En ligne, tous les épisodes étaient regroupés sur une même page.

Celui-ci, qui datait de quelques années, avait été tourné dans la prison d'Ullersmo. Wisting se redressa. Danny Momrak et Jan Hansen y purgeaient leur peine au moment de sa réalisation. Le résumé indiquait que le documentaire emmenait les téléspectateurs dans un voyage à l'intérieur de l'univers carcéral, mais aussi de l'univers mental des détenus. Ninni Skjevik était donnée comme cheffe de production. Wisting ne savait pas ce que cette fonction recouvrait, mais cela impliquait qu'elle se trouvait quelque part derrière la caméra.

Accompagné de son équipe de tournage, le présentateur habituel allait à la rencontre de divers détenus. Certains indiquaient leur nom complet et se laissaient filmer, d'autres étaient floutés.

Au bout de dix minutes, il apparut. Son visage était flouté quand il était filmé de face. En bas de l'image il était présenté comme *Dag (33 ans). Peine : 17 ans.*

Dan Vidar Momrak. Ce devait être lui.

Cela ouvrait la porte à d'autres possibilités. Ninni Skjevik avait vu Danny Momrak en prison.

Il travaillait comme garçon de couloir, dénomination des détenus qui aidaient le personnel pénitentiaire, notamment pour le ménage. L'extrait en question le montrait nettoyant et rangeant un parloir familial dans lequel un codétenu avait passé un moment avec les siens. Quant à lui, il recevait rarement des visiteurs. N'ayant ni voiture ni permis de conduire, sa mère ne venait qu'une ou deux fois par an.

Pendant cinquante minutes d'interviews nuancées, qui faisaient ressortir les multiples facettes de la détention, les détenus racontaient leur histoire, ce qu'ils avaient fait, leur vie entre quatre murs. Il était question de souffrir de l'absence de ses proches, d'être hanté par les regrets et le repentir, de nourrir des rêves et des espoirs. La tonalité des entretiens avec Danny Momrak était différente. Il n'abordait pas les problématiques de culpabilité et d'innocence, mais on sentait constamment chez lui une amertume sous-jacente. Vers la fin, il mettait des mots là-dessus aussi.

L'impuissance a failli avoir raison de moi, mais l'amertume m'a maintenu debout.

Malgré l'image floutée, on distinguait qu'il inclinait profondément la tête.

Enfin, amertume, ce n'est pas un mot assez fort. C'est plutôt de la haine, contre tout le système et tous les gens qui ont gâché ma vie, y compris moi-même.

Wisting essaya d'interpréter ses propos à la lumière de ce qu'il savait. De vifs sentiments de haine survenaient quand quelqu'un était victime d'une grave injustice, mais cette déclaration étant sans doute extraite de nombreuses heures d'enregistrements, il restait malaisé de déterminer s'il s'agissait de paroles sans fondement ou d'une question à creuser.

Jan Hansen ne participait pas au documentaire. Il était certes détenu dans la même prison que Danny Momrak, mais pas forcément dans la même section. D'ailleurs, ils n'étaient peut-être même pas au courant de l'existence l'un de l'autre.

Wisting avait chaud, il écarta son plaid, mais resta couché, réfléchissant à ce qu'il venait de voir, formant des hypothèses. La plus intéressante était que Ninni Skjevik ait pu rencontrer à la fois Danny Momrak et Jan Hansen lors de la sélection de détenus qui conviendraient pour le tournage. Peut-être les avait-elle d'abord recensés, puis interviewés, obtenant des informations sur les affaires pour lesquelles ils avaient été condamnés et discernant ainsi le potentiel qu'ils dégageaient.

Bientôt, il grelottait de nouveau et dut s'enrouler dans sa couverture. Telle fut la teneur de sa soirée. Il avait tantôt chaud, tantôt froid, mais ne ressentait par ailleurs aucun symptôme caractéristique d'un rhume.

Vers 23 heures, il sortit inspecter sa boîte aux lettres. Elle était vide. Moteur allumé, il s'assura que la dashcam fonctionnait toujours.

Il existait un modèle encore plus coûteux, avec connexion sans fil à Internet, qui permettait de regarder les images enregistrées ou de les suivre en direct depuis chez soi. Il regrettait de n'avoir pas dépensé ces quelques milliers de couronnes supplémentaires.

Pendant la majeure partie du dimanche, il se terra

au fond de son lit. D'après les journaux, la police effectuait de nouveaux examens dans le domicile d'Agnete Roll. Sur une photo figurait Maren Dokken, en discussion devant la maison avec deux techniciens en blanc.

À la mi-journée, Line vint lui apporter un plat mijoté, qu'il mangea. Le soir, il se sentait un peu mieux. Il fit un tour à la boîte aux lettres, regarda un moment la télévision.

Le lundi, la maladie semblait révolue. Il appela néanmoins le cabinet médical pour prendre rendez-vous. Pendant la nuit, il s'était levé à deux reprises et l'exercice avait été tout aussi douloureux les deux fois. Un remplaçant pouvait le recevoir dès le lendemain.

À 11 h 20, le facteur arriva. Ce fut un hasard s'il le vit, il était dans la cuisine quand la camionnette rouge s'arrêta devant chez lui, dans la rue. Dès qu'elle fut repartie, Wisting se précipita.

Deux publicités et une lettre qui semblait officielle. Une enveloppe à fenêtre, avec son nom et son adresse, affranchie à la machine. Pas d'expéditeur. Et l'un de ces autocollants bleus *Prioritaire* qu'il pensait réservés aux envois à l'étranger. Ce devait être urgent.

Il attendit d'être rentré pour la décacheter.

La lettre venait du Service de protection des données personnelles de la police. Wisting ignorait jusqu'à l'existence d'un tel organisme.

C'était un avertissement pour non-respect des règles de déontologie.

Les services communs de la police rapportent que vous vous êtes livré à des recherches dans les fichiers centraux qui pourraient être en violation de la loi sur les fichiers de la police. Les recherches dans les fichiers centraux de la police ne peuvent être entreprises qu'en réponse à des besoins intervenant dans le cadre du service et à des fins énoncées par la loi. Toute recherche effectuée en violation du règlement peut, après évaluation du cas concret, être considérée comme relevant du non-respect de la déontologie policière, (cf. Code pénal article 171), et être passible d'une contravention ou d'une peine allant jusqu'à deux ans d'incarcération.

Wisting cligna des yeux, serra les paupières avant de les rouvrir. Il sentait l'agacement le gagner. Cette accusation de violation de la loi s'était fichée dans ses entrailles et le rendait nauséeux. Ce n'était pas indiqué noir sur blanc, mais il s'agissait bien sûr de ses recherches sur Danny Momrak. Il cligna encore des yeux et, bouche bée, poursuivit sa lecture.

Votre accès aux fichiers centraux est désormais bloqué. En cas de besoin d'une nouvelle autorisation, veuillez prendre contact avec votre supérieur hiérarchique immédiat.

Il reposa la lettre.

Les règles de consultation des fichiers étaient strictement encadrées, mais c'était dans le but de prévenir les recherches sur des collègues, sur des membres de sa famille, sur des amis et connaissances, ou encore sur des célébrités. Avant la mise en place de cette loi, il s'était lui-même connecté sur le casier judiciaire pour procéder à des recherches sur un petit ami de Line et il lui était arrivé de se servir du registre de l'état civil pour trouver les adresses de parents éloignés, mais il ne s'agissait pas ici de ce genre de choses.

La missive était signée par Eva Styrk. Elle avait le titre de conseillère juridique. D'après la mention en bas de page, le Service de protection des données personnelles était rattaché à Kripos, c'était un maillon dans sa mission d'entretien, d'assurance qualité et de surveillance des différents fichiers électroniques. La lettre se présentait comme un courrier standard, mais Wisting doutait qu'elle soit le fruit d'examens de routine. Tout cela provenait de quelqu'un qui ne souhaitait pas le voir étudier de plus près le dossier incriminant Danny Momrak. Auquel cas l'avertissement agissait contre son but. Manifestement, certains aspects de l'affaire ne toléraient pas la lumière du jour et la personne qui avait le plus intérêt à faire l'obscurité était l'ancien enquêteur principal : Sten Kvammen.

Il replia la lettre, la remit dans l'enveloppe et sentit sa motivation redoubler.

29

Les prévisions météo s'avérèrent justes. La température chuta de quelques degrés supplémentaires et la journée d'été se poursuivit sous des averses. Wisting la consacra à revoir l'affaire 1569. On affectait souvent aux affaires le nom de la victime ou du lieu où s'était produit l'acte criminel, et il s'était mis à envisager celle qu'il avait sous les yeux comme l'affaire Momrak. Après son rendez-vous médical du lendemain matin, il faudrait qu'il fasse un saut au commissariat pour renvoyer les documents aux archives de Skien. Si jamais quelque chose devait ressortir de ses investigations, il n'aurait qu'à passer plutôt par les canaux traditionnels pour les obtenir de nouveau.

Il ne discernait aucune faute patente dans l'enquête de 1999, mais il portait cette fois un regard différent sur les documents. À la lumière de ce qu'il avait appris ces derniers jours, on voyait aisément que le travail avait été effectué avec des œillères. L'avocat de la défense avait raison : tout ce qui avait été entrepris était dirigé contre Danny Momrak. Les enquêteurs n'avaient cherché aucune autre possibilité.

Cela lui évoqua Antonia Kleiser, la vieille dame

qui avait brûlé dans sa chambre. Elle avait de toute évidence cherché à sortir, car on l'avait retrouvée par terre, juste devant sa porte qui était fermée, mais pas verrouillée. Bien qu'ayant vécu dans cette maison presque toute sa vie d'adulte, la panique l'avait rendue aveugle au fait que la porte s'ouvrait sur l'intérieur. Antonia Kleiser avait dû lutter désespérément pour l'ouvrir. Elle aurait pu échapper aux flammes si elle ne s'était pas limitée à la solution la plus évidente et était parvenue à en envisager d'autres, comme passer par la fenêtre.

La sonnette de l'entrée retentit.

Wisting se leva, s'approcha de la fenêtre de la cuisine. Un break gris était garé dans la rue.

Il n'attendait pas de visite.

Il ramassa en vitesse les dossiers, les rangea dans la boîte.

Nouveau coup de sonnette.

« J'arrive ! » cria-t-il.

Il prit le carton sous le bras et le glissa dans une penderie de l'entrée.

La personne à laquelle il ouvrit sa porte était une femme aux cheveux constellés de gouttes de pluie. Son visage lui était vaguement familier, mais il n'arrivait pas à la situer.

Elle le salua en souriant avant de tendre la main.

« Je m'appelle Ninni Skjevik. Je suis journaliste et je prépare un documentaire sur une vieille affaire criminelle. »

Il ne parvint pas à dire quoi que ce soit.

« C'est Cristian Bohrman qui m'a donné votre nom. En revanche, il ne m'a pas communiqué votre numéro de téléphone. J'ai cru comprendre que vous étiez en vacances, donc je suis navrée si ma visite tombe mal, mais j'ai quelques questions. C'est surtout par intérêt personnel, et dans un premier temps, pour clarifier certains aspects.

— Je vois. »

Lui-même avait quelques questions.

« Entrez. »

Ninni Skjevik ne bougea pas.

« Ça ne vous dérange pas si je prends ma caméra ? »

Wisting regarda par-dessus l'épaule de la journaliste, vers sa voiture grise.

« Ayons d'abord une conversation.

— D'accord, répondit-elle. Je demandais au cas où. »

Il la guida vers la cuisine et tira une chaise en face de sa place attitrée à la table.

« Café ? proposa-t-il.

— Avec plaisir. »

Wisting prépara les tasses et les capsules. Pendant que la machine bourdonnait, Ninni Skjevik posa son calepin sur la table.

« Bohrman m'a dit que vous étiez tombé sur des informations intéressantes… »

Il apporta les cafés, en poussa un vers elle. Il n'avait pas envie d'être celui qui parlait le premier, mais supposait que Bohrman lui avait transmis le nouveau renseignement.

« Ce pourrait être une simple coïncidence. En 2001, j'ai enquêté sur une affaire qui avait de nombreux points communs avec le meurtre de Tone Vaterland. Il se trouve que le coupable est inscrit comme témoin dans l'affaire Vaterland. Il était passé au Bamblegrill à peu près au moment où elle en partait.

— Jan Hansen.

— C'est ça. À mon sens, il s'agit d'un élément intéressant à explorer, mais il n'est pas question d'une nouvelle enquête ni d'investigations officielles.

— Qu'avez-vous découvert ?

— En fait, c'est tout. J'ai parlé avec Bohrman et avec l'un des enquêteurs de 1999.

— Kvammen ?

— Oui.

— Que pensez-vous de l'affaire ? Selon vous, les preuves tiennent ?

— Elles ont tenu dans deux instances juridiques », rappela-t-il.

Il but une gorgée de café, vit que la journaliste ne se satisfaisait pas de sa réponse.

« Je suis de Bamble, expliqua-t-elle. J'écrivais sur l'affaire pour le journal local en 1999. J'ai suivi l'enquête, le procès, j'ai parlé avec d'autres personnes que celles qui ont été entendues par la police. L'impression produite au cours des audiences était que Danny Momrak avait un sale caractère, qu'il était violent, obsédé sexuel. Personne n'a demandé pourquoi Tone était tombée amoureuse de lui. Personne n'a dit qu'elle le trouvait bon, gentil, sociable, et que c'étaient ces qualités qui avaient fait de lui son premier amoureux. Tout le monde était braqué contre lui, ne faisait que mettre en avant ses côtés négatifs, ce qui collait avec l'image d'un monstre.

— Il y avait des preuves matérielles, souligna Wisting. Et il a menti en interrogatoire, et modifié ses explications. »

Ninni Skjevik ne le niait pas.

« Mais, chacun des éléments à charge s'explique,

dit-elle. La somme globale paraît incriminer le prévenu, mais si on les prend isolément, ils peuvent tous trouver une justification plausible.

— Justification plausible ! On pourrait aussi parler de noyer le poisson. Son avocat a tenté de présenter tout cela à la cour.

— Personne ne l'a écouté. La volonté de voir d'autres solutions n'y était pas, le climat ambiant n'était pas propice. La société avait besoin de vengeance, souhaitait rétablir l'équilibre. »

Wisting garda le silence. Les preuves n'étaient pas différentes aujourd'hui, mais Ninni Skjevik avait raison, le temps avait fait son œuvre, de nombreuses blessures s'étaient refermées. Les émotions étaient mises de côté, il était plus facile de voir clair. Vingt ans plus tôt, la confiance dans la police, dans le ministère public, dans la justice, était plus solide. Depuis 1999, les erreurs judiciaires avaient été nombreuses et aujourd'hui, on admettait plus facilement l'idée qu'elles puissent survenir.

« Et puis l'avocat de Momrak avait beau présenter des explications alternatives, il lui manquait quelqu'un à désigner, poursuivit la journaliste. L'avocat n'avait pas d'autre coupable.

— Jan Hansen », fit Wisting.

Elle soupira, baissa les yeux en secouant légèrement la tête.

« Il ne cadre pas dans mon tableau, dit-elle.

— Non ? »

Pour la première fois, elle porta son café à ses lèvres. Après avoir bu, elle reposa la tasse en la fixant pensivement.

« Juste après le procès, j'ai perdu ma mère. Trois

ans plus tard, j'ai quitté Bamble. À l'époque, les gens avaient arrêté de parler du meurtre. La plupart avaient oublié Danny et Tone.»

Elle s'arrêta, comme si elle ne savait pas vraiment comment poursuivre.

«Mais pas vous?

— Si, mais Tone Vaterland est enterrée tout près de ma mère. Je passe devant sa tombe chaque fois que je vais remplir l'arrosoir. Je n'y vais pas aussi souvent que je devrais, mais c'est un rappel constant.»

Elle but encore.

«Sa tombe a toujours été bien entretenue, et l'est encore, d'ailleurs. Un jour, j'ai pris contact avec ses parents dans l'idée d'écrire un article sur le deuil, l'absence, ces choses-là, mais ça ne les intéressait pas.»

Wisting la laissa parler sans l'interrompre.

«Quand je vais à Bamble, je vois parfois d'anciennes copines. Vous savez, on se raconte ce qui s'est passé depuis la dernière fois, quelques ragots, qui a quitté qui, ce genre de trucs. L'été dernier, on a parlé de la fille Kronborg, Janne. Je ne sais plus exactement comment le sujet est arrivé sur le tapis, je pense qu'on parlait du frère d'une de mes copines qui venait d'acheter la maison où Janne avait grandi. Son père, atteint de démence sénile, avait été placé dans une maison de retraite, sa mère s'était installée dans un appartement. Toujours est-il que je savais que Janne s'était suicidée, en 2001, quand elle n'avait que dix-sept ans, mais je n'avais pas la moindre idée de pourquoi. Et à ce rendez-vous entre copines, j'ai appris qu'elle avait été violée quelques années plus tôt et que c'était la cause de son suicide.»

Le récit commençait à éveiller l'intérêt de Wisting.

« Quelques années plus tôt ?

— En 1999. Un jeune Américain de dix-huit ans, qui faisait un échange dans le cadre de Lions Clubs. Le père de Janne était président du club local. L'été 1999, le garçon vivait chez eux. Il était censé y rester un an, et aller au lycée, mais subitement, il est reparti dans sa famille. Apparemment, l'histoire a été étouffée, mais il paraît que c'est parce qu'il avait violé Janne. Il n'y a pas eu de plainte, rien. Ils l'ont simplement renvoyé aux États-Unis. Ce qui a piqué mon intérêt est que ça s'est passé le jour où Tone Vaterland a disparu.

— Le 4 juillet ?

— Oui, enfin, d'après ce que je sais, on est venu le chercher le lendemain et il a été mis dans le premier vol transatlantique. L'agression aurait eu lieu dans la nuit. »

Wisting situa ces informations dans sa chronologie.

« Est-il plausible qu'il ait d'abord violé et tué Tone Vaterland pour ensuite violer la fille de la maison, seulement quelques heures plus tard ?

— Le viol de Tone Vaterland n'a jamais été confirmé, objecta Ninni Skjevik. Elle avait quelques lésions gynécologiques mineures, mais la conclusion de viol repose sur le fait qu'elle était nue quand on l'a trouvée.

— Et sur l'ADN », souligna Wisting.

Elle esquissa un sourire.

« Seulement si nous pouvons nous fier aux analyses. »

Il s'abstint de commenter que la découverte d'ADN pouvait aussi s'expliquer d'une façon plus simple, par le fait que Danny Momrak était la dernière personne à avoir eu des rapports sexuels avec elle.

« Quoi qu'il en soit, il y a des raisons de croire que le meurtre avait un mobile sexuel, poursuivit Ninni Skjevik. Et si l'Américain avait voulu violer Tone Vaterland sans y parvenir et était rentré à la maison pour y terminer sa besogne en violant Janne Kronborg ? »

Wisting était dubitatif.

« Ce n'est pas très solide comme hypothèse…

— C'est en tout cas ce qui m'a incitée à me pencher sur cette histoire. J'ai un oncle qui est membre du même Lions Club que Terje Kronborg. Il ne l'était pas à l'époque des faits, mais il l'est actuellement. J'ai obtenu de l'aide pour mener mon enquête et tout m'a été confirmé. »

Elle tira une pochette en plastique de son dossier.

« Il s'appelait Curtis Blair », dit-elle en sortant ce qui ressemblait à une copie de minutes d'une réunion.

Wisting la prit. Tous les membres du conseil d'administration avaient été présents lors d'une réunion extraordinaire faisant suite à l'information que Curtis Blair avait eu un comportement répréhensible et contraire à l'esprit et aux objectifs du club. Il était hors de question de le placer dans une autre famille d'accueil norvégienne et, après avoir conféré avec le club jumeau dans le Connecticut, tous étaient convenus qu'il fallait au plus vite renvoyer le garçon dans son pays. Le conseil d'administration avait donc alloué à cet effet la somme de sept mille cinq cents couronnes pour l'achat d'un billet d'avion, et un membre du conseil, dont le nom était précisé dans le compte rendu, s'était chargé de le conduire à Gardermoen.

« Mon oncle a parlé avec l'homme qui avait conduit

Curtis Blair à l'aéroport. Ce qui s'est passé à l'époque est devenu une espèce de secret officiel au sein du club. »

Wisting allait arguer que tout cela n'était pas très substantiel, que le soupçon contre le lycéen américain était bien ténu, mais son interlocutrice le précéda.

« Je me suis procuré quelques photos. Elles ont été prises lors d'un barbecue de bienvenue quand Curtis Blair est arrivé à Bamble, mais n'ont jamais été publiées nulle part. »

Elle les posa devant lui. Elles avaient été prises dehors, au début du printemps. Il n'y avait pas encore de feuilles aux arbres. Autour d'un feu de camp, des hommes et des femmes, des adultes et des enfants faisaient griller des saucisses.

« C'est Janne Kronborg », expliqua Ninni Skjevik en pointant l'index sur une fille blonde qui se tenait debout, une bouteille de boisson gazeuse à la main.

Elle montra ensuite un garçon un peu plus âgé, vêtu d'une veste de treillis, aux motifs marron et vert.

« Et ça, c'est Curtis Blair. »

Il fixa la photo quelques instants avant de proférer une évidence :

« La veste de camouflage.

— Elle appartenait au frère de Janne. Il l'empruntait souvent. »

Elle lui présenta d'autres photos, toutes prises en cette même occasion. Sur l'une d'elles, Curtis Blair avait un appareil photo équipé d'un téléobjectif.

« Il aimait la photo. Il avait apporté son matériel et photographiait la nature norvégienne, la faune. »

Wisting hocha la tête.

« Il n'aurait pas été inutile pour la police de le savoir

à l'époque, mais je doute que ça aurait aidé Danny Momrak. Les enquêteurs auraient pu vérifier certains témoignages et l'avocat aurait eu moins d'arguments au tribunal, ça n'aurait certainement pas fait acquitter Momrak. »

Elle rassembla les photos.

« J'en suis consciente. »

Il songea au documentaire de la prison d'Ullersmo.

« Vous avez parlé de tout cela avec Danny Momrak ? »

Elle le considéra avec surprise, comme si elle n'était pas sûre de ce qu'elle était censée dire. Sa réponse fut hésitante.

« Je l'ai rencontré il y a quelques années, admit-elle, pendant le tournage d'un documentaire en prison.

— Avant d'être au courant pour le garçon américain ?

— Ça devait être trois ans avant. Il lui restait un an et demi à purger.

— Vous aviez parlé de son cas ?

— Oui, mais dans le documentaire, on n'a pas mis l'accent là-dessus. Notre angle était la détention proprement dite. Enfin, forcément, je ne pouvais pas ne pas l'informer que j'avais écrit sur l'affaire et que je l'avais suivie au tribunal.

— Qu'a-t-il dit ?

— Qu'il ne l'avait pas fait, mais presque tous les détenus que nous avons interviewés se prétendaient innocents. On coupait, par égard pour les victimes, mais surtout parce que ça ne s'inscrivait pas dans le propos du documentaire. »

Wisting plongea son regard dans le sien.

« Vous avez rencontré Jan Hansen ?

— Non. Je n'avais jamais entendu son nom avant hier. »

Elle détourna le regard.

« J'ai sûrement lu sa déposition, mais ça ne m'a pas marquée.

— Il était incarcéré à Ullersmo. Il y était quand vous avez rencontré les détenus. »

Elle haussa les sourcils.

« Il est mort maintenant, si j'ai bien compris. »

Il le lui confirma.

« Qu'avez-vous fait des renseignements sur Curtis Blair ? »

Elle s'appuya contre le dossier de sa chaise.

« J'ai essayé de le joindre. Je voulais savoir ce qu'il avait à dire, mais ça n'a pas été facile, je n'ai jamais réussi à retrouver sa trace. »

Elle fouilla dans son sac, y trouva une copie de coupure de presse.

« En fait, tout ce que je sais de lui vient de là. C'est un vieux numéro de la revue du club, un article qui présentait les six jeunes participants du programme d'échange. »

Elle poussa un soupir.

« Pour avancer, il faudrait sans doute que j'aille aux États-Unis.

— Qu'est-ce que vous pensez faire , à part aller aux États-Unis ? »

Elle referma son calepin, posa son stylo dessus.

« Nous sommes dans une phase de préproduction. La suite dépend entièrement de la vente ou non du projet. À l'heure actuelle, nous avons une ou deux chaînes de télévision intéressées. L'objectif n'est pas de prouver l'innocence de Danny, mais de montrer qu'il y a des lacunes dans l'enquête, que certaines circonstances auraient dû être explorées pour qu'il bénéficie d'un procès juste. Nous espérons pouvoir nous lancer dans le courant de l'automne. Notre plan est de reconstituer le déroulement des événements et d'interviewer les personnes impliquées à l'époque. »

Elle reprit son stylo.

« Et vous ? Pourriez-vous participer en nous parlant de Jan Hansen ? »

Wisting se leva, porta sa tasse dans l'évier, afin de signaler qu'il considérait la visite terminée.

« Ça ne dépend pas seulement de moi, répondit-il, sentant qu'il préférait éviter tout cela. Il faudra que je vous recontacte ultérieurement. »

Ninni Skjevik se leva aussi.

« Cet été, je vis chez mon père à Bamble pendant que je travaille sur l'affaire. Quand pensez-vous en apprendre plus ?

— En tout cas pas avant la fin des vacances. »

30

Lorsque Ninni Skjevik repartit, il était près de 17 heures. La coupure de presse était restée sur la table de la cuisine, Wisting s'assit pour examiner la photo de Curtis Blair et lire la légende qui le présentait, puis il fit le point sur ce qu'il avait appris au cours de cette visite.

Dix minutes plus tard, Line et Amalie arrivèrent. Amalie se précipita dans le salon, où elle se rua sur la caisse de jouets, Line resta appuyée contre l'encadrement de la porte.

« Tu es guéri ? »

Wisting rangea la coupure de presse dans un tiroir où se trouvait aussi la lettre du Service de protection des données personnelles.

« Je vais bien mieux, en tout cas.

— Je me demandais si tu pourrais garder Amalie pendant quelques heures. Je dois aller à Oslo.

— Maintenant ?

— Oui. Il faut que je parle avec Cederik. Sans elle », ajouta-t-elle en désignant sa fille.

Il sentit l'inquiétude s'éveiller en lui.

« Ça ne se passe pas bien ? »

Elle secoua la tête.

« Je vais chercher le reste de mes affaires.

— Elle peut rester ici, bien sûr. Seulement, il est déjà tard, tu ne crois pas qu'elle devrait plutôt dormir ici ?

— Ce serait aussi bien, oui. »

Il se souvint de son rendez-vous chez le médecin.

« J'ai un rendez-vous demain à 11 heures. »

Elle acquiesça d'un sourire.

« Tu as eu de la visite ?

— C'était cette journaliste.

— Qu'est-ce qu'elle voulait ?

— Il s'agissait d'une série documentaire. Ils en sont au tout début du travail.

— Elle avait besoin de venir chez toi ? Tu es en vacances. »

Amalie apparut tenant un petit cheval, qu'elle fit galoper sur la cuisse de son grand-père puis sur la table.

« Tu as des contacts avec son père ? » se renseigna Wisting, tournant les yeux vers la petite.

Line suivit son regard. Il voyait qu'elle n'appréciait pas la question. John Bantam, le père d'Amalie, travaillait au FBI et vivait à Minneapolis. Une enquête de Wisting ayant des ramifications aux États-Unis l'avait amené à Larvik accompagné de deux collègues. D'après la compréhension que Wisting en avait, la brève relation entre Line et lui n'avait rien signifié pour eux. Ni l'un ni l'autre ne voulait traverser l'Atlantique et ils s'étaient séparés en convenant qu'il ne ferait pas partie de la vie de l'enfant.

« Non, déclara Line. Pourquoi tu me demandes ça ? »

Il secoua la tête. Il savait qu'ils avaient eu des contacts épisodiques.

« Désolé. Ce n'était pas à ça que je pensais. J'essaie de trouver un Américain qui a séjourné en Norvège il y a vingt ans.

— Qui ça ?

— Un témoin potentiel qui n'a jamais été entendu.

— Pour le meurtre de Pernille Skjerven ? C'est une information de la journaliste ?

— Oui. Il était paraît-il venu dans le cadre d'un programme d'échange, répondit Wisting sans entrer dans les détails.

— Tu ne peux pas contacter Maggie Griffin ? »

Il y avait songé. C'était elle qui dirigeait l'équipe du FBI et c'était avec elle qu'il avait entretenu la collaboration la plus étroite.

Il hocha la tête.

« Tu as besoin de quelque chose ? s'enquit Line. Amalie vient de dîner.

— Non, c'est bon. »

Elle le remercia, prit congé de sa fille et se volatilisa par la porte.

Wisting prit son ordinateur portable. Il était resté en relation avec Maggie. Elle l'avait plusieurs fois invité à lui rendre visite et cette année, avant l'été, il avait été tout près d'accepter. Après son séjour en Norvège, elle avait été mutée à deux reprises et travaillait désormais dans les bureaux de New York. C'était le matin là-bas. Si elle était au bureau, il pourrait avoir une réponse dans la soirée.

Il commença son e-mail, adoptant un ton à la fois amical et formel. Il expliqua clairement que sa demande concernait des investigations préliminaires autour d'un meurtre sur lequel l'enquête avait été conclue en 1999. Il disposait d'informations limitées, mais savait que Curtis Blair avait dix-huit ans cette année-là. Dans la revue de Lions Clubs, il était écrit qu'il venait de Waterbury dans le Connecticut. Ce devait être suffisant pour permettre à Maggie de retrouver sa trace.

Peu d'activités amusaient autant Amalie que de construire de hautes tours à l'aide de cubes en bois pour ensuite les démolir. Ils s'y livrèrent pendant une demi-heure, puis elle voulut qu'il lui lise une histoire. Elle mangea deux tartines en regardant la télévision et vers 21 heures, elle s'endormit devant le poste.

Wisting la porta dans l'ancienne chambre de Line et la coucha.

En redescendant, il ouvrit sa boîte e-mail, conscient qu'il était un petit peu optimiste d'espérer une réponse de Maggie si vite, d'autant plus qu'il lui demandait précisément ce qui lui avait valu un avertissement écrit : aller fouiner dans les fichiers.

Les journaux en ligne s'intéressaient principalement à la couleur du ciel. On prévoyait un retour de l'été d'ici une semaine.

À 22 h 30, il monta s'assurer qu'Amalie dormait bien avant de sortir. Il ne pleuvait pas, mais l'air était humide.

La boîte aux lettres était vide.

Il regarda vers la maison de Line. Sa voiture n'était toujours pas là. Si elle faisait un simple saut à Oslo, elle n'allait pas tarder à rentrer.

De retour à l'intérieur, il consulta encore ses e-mails. Maggie lui avait répondu.

« Appelez-moi », lui écrivait-elle.

Pas un mot de plus.

Elle avait dû obtenir des résultats, mais ne voulait rien envoyer par écrit. L'échange international d'informations était encadré par tout un ensemble de règles. Wisting les avait déjà enfreintes.

Il calcula mentalement qu'on approchait de 18 heures à New York. Maggie avait dû finir sa journée de travail. Il gagna la salle de bains, se regarda dans le miroir, constata qu'il aurait dû se raser.

Les fois où ils s'étaient parlé, leur entretien avait pris la forme d'une conversation vidéo sur Skype, tout simplement parce qu'un coup de fil conventionnel entre la Norvège et les États-Unis coûtait près de trois couronnes la minute.

Il s'installa devant son ordinateur, se connecta. Il sentit qu'il était content de la voir, son regard rayonnant de chaleur lui faisait du bien. Elle avait la même coupe courte, les mêmes cheveux foncés qui rebiquaient en pointes souples. Le même sourire doux.

« Bonjour ! le salua-t-elle. C'est sympa de vous voir. Comment allez-vous ?

— Bien, et vous ?

— Ça va, merci. J'ai beaucoup de travail, surtout du travail de routine. »

Ils bavardèrent quelques instants. Wisting parla du temps chez lui, Maggie raconta la vague de chaleur qui sévissait chez elle.

« Je crois que j'ai trouvé la personne que vous cherchez, annonça-t-elle ensuite. De quel genre d'affaire s'agit-il ? »

Wisting lui parla des deux enquêtes, sans mentionner les lettres anonymes qui l'avaient incité à se pencher dessus.

Le sourire de Maggie s'effaça et son front lisse se creusa d'une ligne soucieuse.

« Le Curtis Blair que j'ai trouvé est au centre correctionnel de Hartford.

— C'est-à-dire ?

— Il est en prison, condamné pour meurtre. »

Wisting s'approcha de l'écran, reprit son souffle en une ou deux inspirations superficielles.

« Quel genre de meurtre ?

— Je n'ai pas de détails, mais ça s'est passé il y a quatorze ans. »

L'idée avait été présente dans son esprit. C'était la raison pour laquelle il avait pris contact avec Maggie. Curtis Blair avait violé une fois et s'en était sorti. Il pouvait avoir recommencé.

« Vous êtes sûre que c'est lui ?

— J'ai besoin de davantage de renseignements pour le vérifier, mais il me faudra alors passer par des canaux officiels. Serait-ce un problème ?

— Je ne sais pas. Je ne sais pas exactement comment procéder avec cette histoire. »

31

Wisting commença sa journée en recueillant un échantillon de son urine.

Lorsque Amalie se réveilla, il l'emmena au fond du jardin, où poussaient quelques fraisiers. Il avait gardé un œil sur les fruits, avant le week-end, ils étaient presque mûrs et, malgré la grisaille, il pensait que certains seraient prêts à la consommation.

C'était en effet le cas. Ils arrachèrent quelques tiges d'herbe rigides et y enfilèrent plusieurs douzaines de fraises. Ensuite, dans la cuisine, ils enrobèrent leur récolte de sucre et l'étalèrent sur deux petits pains que Wisting avait dégelés au micro-ondes. Amalie mangea les deux. Wisting avait envie de l'interroger sur le petit ami de sa mère, mais il s'abstint.

Lorsqu'ils eurent desservi la table, il sortit faire son petit tour habituel à la boîte aux lettres. Elle était vide.

La voiture de Line était garée à sa place. Wisting monta dans la sienne et visionna les images de sa caméra : elle n'était rentrée qu'à près de 2 heures du matin.

Il remit la caméra en mode enregistrement, retourna

dans la maison. Une heure plus tard, Line vint chercher Amalie.

« C'est fini entre vous ? » demanda-t-il.

Elle eut l'air agacée.

« Je ne sais pas. »

Il aurait voulu la questionner davantage, savoir ce que cela impliquait pour elle professionnellement. Line n'avait pas d'emploi fixe, tandis que Cederik Smith occupait un poste de direction. Wisting n'aimait pas la voir malheureuse, mais cette rupture signifiait aussi qu'il n'avait plus à craindre qu'elle et Amalie ne déménagent.

Une fois seul, il monta dans la salle de bains pour se préparer avant son rendez-vous médical.

Le remplaçant du médecin était une jeune femme. Au bout de vingt minutes de rendez-vous, elle put l'informer que les premiers résultats d'analyse de son urine indiquaient une infection.

« Ah bon ? s'étonna-t-il. Je pensais pourtant que les hommes ne pouvaient pas avoir d'infection urinaire.

— C'est rare, oui. »

Une cure d'antibiotiques le guérirait très probablement d'ici une semaine.

Il était soulagé. Une recherche Internet sur ses symptômes lui avait révélé les pires causes concevables.

« Comment l'ai-je contractée ?

— C'est bactérien. Elle a pu être transmise par voie sexuelle. »

Il hocha la tête, tout en sachant que, dans son cas, ce n'était pas possible.

« Il pourrait aussi s'agir d'une maladie sous-jacente. Votre dernier examen de la prostate remonte à loin ?

— Oui. »

La vérité étant qu'il n'en avait jamais subi.

Ce fut vite fait.

« Tout est parfaitement normal. »

Il se rassit.

« Si les antibiotiques restent sans effet, il faudra revenir et nous vous prescrirons un uroscanner. Il pourrait aussi être nécessaire de vous vider la vessie avec un cathéter pour voir si nous trouvons de vieilles urines, qui seraient le signe d'une rétention urinaire. »

Elle se tourna vers son ordinateur.

« Je peux vous délivrer un arrêt maladie.

— Non, merci, je suis en vacances.

— Vous travaillez dans la police, pour l'État. Si vous êtes malade pendant vos vacances, vous avez droit à des vacances supplémentaires.

— Tant que je suis guéri quand je reprends le travail, ça ira.

— Bon, alors je vous fais l'ordonnance d'antibiotiques. Vous devriez noter une amélioration d'ici quarante-huit heures. En principe, dans une semaine, vous serez comme neuf. »

Wisting la remercia et régla la consultation sur l'automate de paiement.

Le cabinet médical se trouvait au premier étage du centre commercial de Fritzøe Brygge, qui abritait aussi une pharmacie. Il passa y chercher les médicaments et acheta ensuite une boisson pour prendre tout de suite son premier comprimé.

L'étape suivante était le commissariat. Avant de se rendre en ville, il avait refermé d'un ruban adhésif le carton de l'affaire Momrak et inscrit où il fallait le renvoyer. Bjørg Karin n'étant pas là, il le posa sur son bureau et lui laissa un message sur un post-it.

Nils Hammer n'était pas là non plus, mais Maren Dokken était présente. L'entendant la saluer, elle abandonna les papiers qu'elle avait entre les mains.

« Vous vous rapprochez d'une solution ? »

Elle sourit.

« Je pensais que tu te tenais au courant de chez toi, que tu te connectais sur le réseau interne.

— Non, j'ai un problème qui fait que je ne peux pas me connecter. »

Ce n'était pas faux.

« En plus, je suis en vacances.

— J'avais en tout cas raison à propos des douze minutes de décalage que nous avons constatées sur les enregistrements de la dashcam. Il est passé chez sa collègue, Benedikte Lindhjem. Je l'ai entendue : ils ont eu une liaison, qui s'est terminée il y a six mois, mais il est venu la trouver quelques fois après. Notamment l'autre soir. Elle était couchée, ils ont simplement parlé par la fenêtre.

— Que voulait-il ?

— Entrer chez elle. Elle lui a dit de retourner chez lui. »

Wisting s'installa sur une chaise.

« Vous avez demandé à Erik Roll ce qu'il avait à dire sur le sujet ?

— Hammer était d'avis que nous attendions. Il y a là un mobile potentiel : sa femme a pu constituer un obstacle à une autre relation.

— Dans des situations pareilles, le plus habituel reste tout de même de divorcer, non ?

— De toute façon, je pense que c'est bien d'attendre. Jusqu'à ce que notre dossier le concernant s'épaississe.

— Vous avez aussi le bidon d'essence manquant. »

Maren acquiesça.

« Nous ne l'avons pas interrogé à ce sujet non plus. Pas encore.

— Vous avez d'autres éléments ? demanda-t-il. J'ai vu que vous étiez allés chez lui.

— Nous avons saisi ses chaussures. Il y a de la cendre sur le pourtour, mais il nous a dit avoir inspecté la maison des Kleiser à la recherche de sa femme avant le deuxième incendie, donc ça n'a aucune valeur de preuve.

— Autre chose ? »

Elle sourit encore.

« Un témoin s'est manifesté. Un témoin secondaire.

— Qui ça ?

— Une amie d'Agnete Roll. Elle est en vacances en France, mais elle a téléphoné hier. Agnes lui avait confié qu'elle avait une liaison avec un autre homme.

— Vous savez qui ?

— Jarle Schup. Il habite à Stavern. »

Wisting ne connaissait pas ce nom.

« Ça ne nous disait rien non plus. Ils auraient été en contact sur Snapchat, ce qui fait qu'il n'est pas apparu sur nos listes de télécommunications.

— Il a un alibi ?

— Nous prévoyons de le convoquer cet après-midi pour l'interroger. »

Il acquiesça de la tête et, soulignant qu'il était en effet capital d'explorer d'autres possibilités, de ne pas se limiter à la plus évidente, rappela que Mme Kleiser était morte étouffée devant la porte de sa propre chambre.

Maren saisissant un stylo-bille, Wisting se leva.

« Je ne vais pas te déranger plus longtemps.

— Tu ne me déranges jamais », assura-t-elle.

Il lui sourit, se dirigea vers la porte. Il s'attarda quelques instants sur le seuil en cherchant des paroles encourageantes, mais les seules qui lui vinrent à l'esprit furent : « Tiens bon. »

Après quoi, il se rendit aux archives. La fois précédente, il n'avait pas voulu prendre les dossiers de l'affaire et s'était contenté de noter les coordonnées du Polonais qui accompagnait parfois Jan Hansen en livraison. Au cours du week-end, il était parvenu à la conclusion qu'il lui fallait compulser tous les documents pour voir si des éléments l'aiguillaient vers 1999. Un travail approfondi lui prendrait certainement une semaine, mais après tout, il s'agissait de son affaire. Il en avait eu la responsabilité alors et il l'avait encore aujourd'hui. Il n'aurait pas de mal à expliquer pourquoi il l'avait ressortie.

La pièce resta un instant dans l'obscurité avant que les néons ne s'allument. L'un d'eux clignotait.

Wisting se dirigea directement vers le rayon, mais s'arrêta dans ses pas.

Les six boîtes de classement n'y étaient plus. Une trouée de cinquante centimètres s'ouvrait dans la rangée.

Parfois, les gens qui prenaient des dossiers laissaient un post-it sur l'étagère, mais ce n'était pas le cas en l'espèce. Il lança un regard circulaire, dut constater que tout ce qui concernait Jan Hansen était parti.

Le réseau était mauvais au sous-sol, mais il devait

essayer d'appeler Bjørg Karin. La connexion s'établit, le téléphone sonna longtemps. Elle ne répondit pas.

Il resta l'appareil à la main. Un nœud se forma dans les profondeurs de ses entrailles, là où avaient tendance à se rassembler l'inquiétude et les mauvais pressentiments.

32

La radio diffusait une chanson de Shirley Bassey, mais Wisting n'écoutait pas.

Avant le week-end, il trouvait difficile de concevoir que deux meurtriers aient pu se trouver sur les lieux au moment où Tone Vaterland avait été tuée. Danny Momrak et Jan Hansen. À présent, un Américain condamné pour meurtre était devenu un troisième candidat.

Les preuves accablant Danny Momrak pesaient toujours lourd et le seul élément pointant vers Jan Hansen et Curtis Blair était leur présence sur le lieu du crime, mais les informations qui avaient émergé dévoilaient la piètre qualité des investigations effectuées en 1999 et suffisaient amplement à jeter le doute sur la direction de l'enquête, sur le discernement de Sten Kvammen.

Si c'était très certainement par une manœuvre de ce dernier qu'il avait perdu son accès aux fichiers centraux, Wisting l'imaginait mal requérir l'affaire visant Jan Hansen ; cependant, il ne voyait pas d'autre explication et craignait de s'être fait prendre dans les turbulences d'une lutte de pouvoir. Sten Kvammen était en lice pour l'un des principaux postes de l'administration policière norvégienne ; quand on était directeur de la Compétence, on n'était qu'à une étape de diriger le corps de police tout entier.

Il essaya d'appeler Bjørg Karin à deux reprises pendant qu'il conduisait, mais n'obtint pas de réponse.

En s'engageant dans sa rue, il croisa la camionnette du facteur. Un peu plus loin, une voiture était garée le long du trottoir, devant sa maison. Un break gris, véhicule typique de la fonction publique.

La voiture était vide et il ne voyait personne aux alentours.

Il se gara devant sa porte, positionna sa caméra et essaya d'appeler Bjørg Karin encore une fois avant de sortir.

Un homme remontait la rue. Il semblait venir de chez Line. Wisting le reconnut. C'était Adrian Stiller, de l'unité des *cold cases* de Kripos. D'anciennes affaires non élucidées les avaient réunis par le passé et Wisting se doutait que cette visite inopinée n'était pas le fruit du hasard. De son côté, Line avait effectué quelques missions pour lui, prenant des photos pour des publications internes de Kripos et documentant plusieurs reconstitutions.

Stiller le salua d'une main levée.

Il répondit d'un signe de tête tout en se dirigeant vers sa boîte aux lettres. Elle contenait les publicités coutumières, mais aussi une enveloppe blanche. La même écriture singulière. Simplement son prénom et son nom, ni timbre ni adresse, mais le pli était légèrement plus épais que les trois précédents.

« Vous travaillez… »

Wisting montra d'un geste la voiture de fonction grise.

« J'étais dans le coin, répondit Stiller. Vous avez deux minutes ? »

Wisting glissa l'enveloppe sous les publicités.

« Entrez donc. »

Stiller prit une sacoche dans sa voiture et lui emboîta le pas. Wisting le considérait comme un enquêteur ambitieux. Sous un mince vernis de jovialité, c'était un homme calculateur qui n'hésitait pas à tromper les gens si cela pouvait faire avancer son affaire, mais il était efficace et Wisting ne détestait pas ses méthodes souvent décriées. Après tout, son travail différait du travail policier ordinaire, il n'y avait pas de scène de crime, seulement des dossiers et des boîtes d'archives.

« Vous parlez d'un été… », commenta Stiller en s'asseyant à la table de la cuisine.

Wisting posa son courrier et s'attela à la préparation du café.

« Le temps va s'arranger la semaine prochaine, répondit-il en sortant des tasses. Qu'est-ce qui vous amène par ici ? »

Stiller joignit les mains devant lui sur la table.

« On m'a demandé de regarder d'anciennes affaires. »

Wisting s'adossa au plan de travail, attendit la suite.

« Lesquelles ? »

Stiller sourit.

« Vous l'avez sans doute compris. L'une d'elles était la vôtre, le meurtre de Pernille Skjerven en 2001, l'autre datait de deux ans plus tôt, c'est le meurtre de Tone Vaterland.

— Pourquoi ? Qui vous l'a demandé ?

— Mon directeur.

— Mais enfin, pourquoi? Ces deux affaires sont élucidées, jugées. Pas de celles sur lesquelles vous vous penchez habituellement. À moins d'avoir une raison tout à fait particulière.

— Je suppose que les personnes qui m'ont confié cette mission avaient une bonne raison de le faire. Et vous, pourquoi vous y êtes-vous intéressé?»

Wisting ne répondit pas, apporta les tasses. Se souvenant que Stiller aimait accompagner son café d'un verre d'eau, il en remplit deux.

«Vous avez laissé des traces derrière vous, électroniques et autres. Quand j'ai demandé l'affaire Vaterland aux archives de Skien, on m'a répondu qu'on venait de vous la transmettre.

— Je l'ai renvoyée.

— Qu'avez-vous découvert?»

Wisting garda le silence. Ils se livraient à un petit jeu dans lequel il s'agissait de ne pas trop révéler les cartes qu'on avait en main.

«Si vous passez au commissariat avant midi, vous aurez le temps de prendre le carton avant qu'il ne parte avec le courrier interne.»

Stiller acquiesça, but une gorgée d'eau. Wisting saisit sa tasse.

«Vous avez sorti l'affaire visant Jan Hansen?

— Elle est dans ma voiture.

— Quand vous a-t-on confié cette mission?

— Vendredi dernier.»

Wisting s'était rendu chez Sten Kvammen le jeudi, la veille. Cela pouvait cadrer, mais seulement si Stiller disait la vérité. Au fil de leurs collaborations successives, Stiller avait dévoilé sa stratégie d'investigation : au lieu de réexaminer les anciennes preuves, il essayait de provoquer du nouveau. En ayant souvent recours à des méthodes peu orthodoxes.

Wisting but du café.

« Donc vous n'êtes pas l'auteur des lettres ?

— Quelles lettres ? »

Wisting le jaugea du regard avant de secouer la tête, comme pour balayer ce qu'il venait de dire.

Stiller comprit qu'il n'obtiendrait pas de réponse.

« Y a-t-il un lien entre les deux affaires ? À part les similitudes extérieures ?

— On ne vous a donné aucune information ? s'étonna Wisting. On vous a simplement envoyé ici pour me parler ?

— Disons plutôt que cela s'est passé de la façon suivante : vous avez probablement fait une découverte qui a eu des répercussions. Des gens se sont parlé. Ce qui s'est dit a dû être suffisamment intéressant pour qu'ils jugent nécessaire d'ouvrir une enquête officielle. C'est à moi qu'on l'a confiée.

— Vous comprenez qu'on vous instrumentalise, n'est-ce pas ?

— Vous pensez au poste de directeur de la Compétence policière ? Les candidats réellement en lice sont au nombre de deux. Vous avez Thore Kvande, qui occupe le poste par intérim, et puis Sten Kvammen. Kvande incarne l'ordre établi, la présence rassurante. Kvammen peut s'enorgueillir du meilleur CV, il est favorable au développement et au changement, et c'est lui qui aura le poste si tant est que rien n'apparaisse qui puisse le discréditer.

— J'ai vu Sten Kvammen en fin de semaine dernière. Si quelqu'un a parlé avec quelqu'un d'autre, c'est lui, mais il ne gagnerait rien à ce que l'on revoie l'affaire et il est probable qu'il souhaite faire le moins de vagues possible.

— Il n'y est pas parvenu. Il a pris des dispositions pour vous empêcher d'entreprendre quoi que ce soit, et une personne défendant d'autres intérêts s'en est rendu compte… »

Wisting hocha la tête. Cela correspondait à sa perception des manœuvres qui avaient dû se produire en coulisse.

« Quoi qu'il en soit, nota Stiller, pour vous et moi, il ne s'agit pas d'amasser un tas de saloperies sur Sten Kvammen, mais de trouver la vérité. Est-ce une entreprise à laquelle nous pouvons collaborer ? »

Ça ne pouvait se passer qu'ainsi, songea Wisting. Lui-même n'avait aucune légitimité pour faire rouvrir l'affaire Momrak, qui ne relevait pas de sa région policière. S'il voulait poursuivre ce qu'il avait commencé, ce devait être avec un pied dans l'unité des *cold cases*.

« Il n'existe aucun lien direct entre les deux affaires, répondit-il, mais Jan Hansen était présent en 1999. »

Il expliqua que le tueur de 2001 avait été entendu comme témoin dans l'affaire de 1999, mentionna les faiblesses des preuves contre Danny Momrak. Dans un premier temps, il choisit de passer sous silence l'investissement de Ninni Skjevik et de ne pas mentionner l'Américain qui était détenu aux États-Unis.

« Qu'est-ce qui vous a incité à regarder tout cela ?

— J'ai reçu une lettre.

— De qui ? »

Wisting se leva, ouvrit le tiroir qui abritait les trois lettres.

« Je ne sais pas. »

Stiller se redressa.

« J'ai d'abord reçu celle-ci, envoyée par la poste, puis ces deux-là, qui ont été glissées directement dans ma boîte.

— Qu'est-ce que c'est que G-11 et l'adresse Internet ? »

Wisting lui résuma l'article médical susceptible de justifier la présence de sperme dans le corps de la victime, qui était la preuve principale.

« J'en ai trouvé une autre aujourd'hui, conclut-il en regardant le plan de travail. Je ne l'ai pas encore décachetée. »

33

Wisting posa la quatrième lettre sur la table.

Stiller se leva.

« Je pourrais demander une recherche d'empreintes », proposa-t-il.

Wisting enfila les gants de vaisselle, prit un couteau dans le tiroir et ouvrit l'enveloppe.

Elle contenait des coordonnées géographiques sur une feuille et une photo.

N 59o2'27.6''

E 9o40'38.9''

Le cliché semblait avoir été développé sur une borne numérique.

À première vue, la scène était parfaitement insignifiante. On voyait un mur gris couvert de mousse, pris à environ deux mètres de distance. Une plaque de métal colorée par la rouille y était appuyée. Autour poussaient des orties et autres mauvaises herbes.

Stiller avait déjà trouvé son téléphone et tapé les coordonnées. Wisting devinait où cela allait les mener.

« C'est le lieu du crime, expliqua-t-il quand Stiller lui montra la carte. Là où Tone Vaterland a été tuée. Il y a un vieux garage.

— C'est la façade du garage qu'on voit ?

— Je le suppose. »

Wisting scruta l'image plus attentivement.

« On dirait que quelque chose est gravé sur la plaque », ajouta-t-il.

Il alla chercher une loupe dans son bureau et s'approcha de la fenêtre de la cuisine pour examiner la photo à la lumière du jour.

« Non, en fait, ça ressemble plutôt à des éraflures.

— Il y a peut-être une inscription derrière, suggéra Stiller avant de se concentrer de nouveau sur la carte. C'est à seulement une demi-heure d'ici, on peut prendre ma voiture. »

Wisting regarda dehors. Il s'était remis à pleuvoir.

« J'ai un autre rendez-vous.

— Ah bon ? Avec qui ?

— Un Polonais. Adam Dudek. C'était toujours lui qui accompagnait Jan Hansen dans son utilitaire. Ils travaillaient déjà ensemble en 1999. Je dois le voir à l'entrepôt à 14 heures. Il faut que nous nous occupions de ça d'abord.

— Très bien. »

Wisting sortit le rouleau de sachets de congélation, en détacha trois, y rangea l'enveloppe, la lettre et la photo.

« Ce que nous faisons là, c'est exactement ce qu'il souhaite, soupira-t-il.

— Qui ça ? Danny Momrak ?

— Si c'est lui l'expéditeur, oui. Il nous montre ce qu'il veut que nous trouvions. C'est de la manipulation. Je n'aime pas ça.

— Si c'est lui l'expéditeur ? Vous voulez dire que vous n'êtes pas sûr que ce soit lui, derrière cette opération ? On notera cependant qu'il a eu largement le temps de la planifier.

— Certes. Simplement je ne vois pas comment tout cela concorde. Ça me paraît inutilement sophistiqué. S'il pense pouvoir être innocenté, il devrait en toucher deux mots à son avocat et constituer une demande de réexamen, au lieu de se cacher dans les coulisses pour tirer les ficelles.

— Il n'a pas la crédibilité nécessaire pour qu'on prête attention à ses propos. En l'état actuel des choses, il a fait en sorte de mobiliser votre pleine attention et il a obtenu que vous et moi ayons des doutes sur la procédure judiciaire qui a conduit à sa condamnation. Parlez de manipulation si vous voulez, mais il a réussi son coup. »

Wisting acquiesça, son raisonnement avait été le même.

« Et puis, qui d'autre pourrait-ce être ? Quelqu'un qui veut du mal à Sten Kvammen ? interrogea Stiller en rassemblant les sachets. Je vais les apporter au labo ce soir. Nous devrions avoir le résultat demain dans le courant de la journée. »

Wisting prit dans le tiroir le sachet qui contenait la coupure de presse de la revue de Lions Clubs.

« Demandez-leur d'examiner ça aussi. »

Stiller parcourut le texte.

« Qui est Curtis Blair ? »

Wisting lui parla de Ninni Skjevik et de l'Américain qui était actuellement incarcéré pour meurtre.

« Les empreintes de la journaliste. Faites-les comparer à celles qui seront relevées sur les lettres. »

Stiller débordait de questions.

« De quel genre de meurtre est-il question ?

— Je ne sais pas. »

Wisting lui rapporta sa conversation avec Maggie Griffin du FBI.

« Je n'aurai pas de détails avant que nous ouvrions une enquête officielle, mais je suppose que c'est désormais chose faite, non ? »

Ils sortirent de la maison, rejoignirent la voiture de Stiller. Une petite pluie grise persistait dans le ciel.

« Qui que soit l'individu qui a manigancé tout cela, il a dû vous surveiller, commenta Stiller quand ils montèrent dans le véhicule. Vous avez reçu la première lettre mardi dernier, elle a dû être postée le lundi, voire pendant le week-end. La ou les personnes qui l'ont envoyée devaient savoir que vous n'étiez pas parti. »

Il activa les essuie-glaces, quitta son stationnement.

« Tout le reste a l'air soigneusement réfléchi et préparé. On a dû vous observer, passer en voiture devant votre maison, peut-être même vous regarder ouvrir votre boîte. »

Adhérant à son hypothèse, Wisting lui parla de la voiture qu'il avait aperçue le soir où il avait reçu la deuxième lettre.

« Je doute que la dactyloscopie soit concluante. Je pense que ces lettres ont été écrites avec une tablette, le texte aura été décalqué en plaquant la feuille sur l'écran, mais bon, les doigts laissent toujours un grand nombre de cellules sur un écran, il se pourrait que certaines aient collé au papier.

— En effet. L'analyse ADN prend un peu plus de temps, mais je vais en commander une aussi. »

Lorsque Stiller se gara devant l'entrepôt de meubles, ils avaient près de vingt minutes d'avance. Wisting téléphona à Adam Dudek de la voiture. Aussitôt après, une porte s'ouvrit et Dudek leur fit signe d'entrer.

À l'intérieur, il y avait une petite salle de séjour avec un canapé et deux fauteuils. Wisting et Stiller s'installèrent sur le canapé.

En 2001, Adam Dudek avait été entendu au sujet de Jan Hansen. L'interrogatoire était axé sur son impression générale, la perception qu'il avait de son collègue, mais aussi, plus concrètement, sur les jours précédant le meurtre de Pernille Skjerven. Cette fois, Wisting voulait revenir sur 1999.

« De quoi s'agit-il, au juste ? demanda Adam Dudek. J'ai entendu dire que Jan était mort.

— Comment l'avez-vous su ?

— Les gens en parlaient au magasin. Il est enterré au cimetière de Hedrum, quelqu'un de l'administration avait vu sa tombe.

— Aviez-vous eu des contacts avec lui pendant sa détention ?

— Non. Pourquoi j'en aurais eu ? Je ne lui devais rien. On travaillait ensemble, c'est tout.

— Vous travailliez ensemble l'été 1999 aussi ?

— Je suis ici depuis 1997, répondit le Polonais. Je l'accompagnais dans le camion presque chaque fois qu'il y avait un meuble lourd ou encombrant à livrer chez un client. Un canapé, une armoire, des choses comme ça.

— Vous a-t-il jamais raconté qu'il avait été entendu par la police ?

— Je ne pense pas qu'il m'en aurait parlé.

— Ce n'était pas parce qu'il avait commis un acte illégal, précisa Wisting. Il s'agissait de la disparition d'une jeune femme. Jan Hansen était l'une des personnes qui l'avaient vue avant qu'elle disparaisse.

— Vous croyez qu'il aurait pu faire ça aussi ? demanda Dudek.

— Il ne s'agit pas exactement de cela. Un autre homme a été arrêté pour l'enlèvement. Cela nous intéresserait simplement de savoir si Jan Hansen vous en avait parlé. »

Adam Dudek n'en avait pas souvenir.

« Mais c'était il y a longtemps, souligna-t-il. Ça s'est passé où ?

— À Bamble.

— On livrait beaucoup de meubles à Bamble, on descendait jusqu'à Kragerø. »

Wisting fit plusieurs tentatives pour le ramener en pensée dans le temps, il lui parla du Bamblegrill, de la jeune femme à vélo sur la route. Après avoir été entendu par la police, il aurait été naturel que Jan Hansen le mentionne en passant à cet endroit.

« Il avait l'habitude de siffler les filles, vous savez, commenta Dudek. Chaque fois qu'on en dépassait une qui pédalait ou qui marchait au bord de la route. Pas de façon qu'elle l'entende, mais il s'avançait au-dessus du volant et il sifflait. Parfois, il klaxonnait aussi, pour qu'elles se retournent. »

Stiller se mêla à la conversation.

« Vous avez d'autres souvenirs ? »

Adam Dudek relata quelques anecdotes de livraisons et des choses que Jan Hansen avait racontées, notamment l'histoire d'un chien écrasé et celle d'une voiture qui était sortie de la route et avait atterri sur le toit après un tonneau, épisode qu'il avait relaté à plusieurs reprises, chaque fois qu'ils étaient passés devant le lieu de l'accident. À la fin, Wisting se sentit convaincu que Jan Hansen n'avait jamais fait mention auprès de son collègue du jour où Tone Vaterland avait été tuée.

Une sonnette retentit dans le bâtiment. Adam Dudek devait s'occuper d'un client venu chercher une commande.

« Nous avons terminé », déclara Wisting en se levant.

Stiller et lui se dirigèrent vers la voiture.

« Qu'en pensez-vous ? demanda Stiller lorsqu'ils reprirent la route. Être entendu par la police dans une affaire qui se révèle ensuite être une affaire de meurtre n'est pas monnaie courante. En temps normal, ce serait un événement qu'on raconterait à sa famille, à ses amis et à ses collègues de travail, non ? »

Wisting était d'accord. Jan Hansen ne l'avait pas fait et cela le laissait songeur.

34

La pluie avait cessé et les nuages, changé de forme. Formant initialement une masse nébuleuse grise, ils s'étaient mués en monceaux ténébreux qui auguraient de précipitations plus importantes.

Depuis qu'il recevait les lettres anonymes, Wisting sentait poindre le sentiment qu'il se faisait piéger. Cette intuition ne faisait que se renforcer alors qu'ils approchaient de la scène de crime de Bamble : il ne savait pas vers quoi ils se dirigeaient, il n'avait aucune maîtrise de la situation. Comme à bord d'un navire sans gouvernail, le cap était à la merci des vagues et du vent.

Vingt-cinq minutes plus tard, ils arrivèrent à leur destination. Wisting indiqua à Stiller où bifurquer pour rejoindre l'ancienne route. Ils se garèrent là où il s'était arrêté avant le week-end.

Il faisait lourd, l'air était saturé d'humidité. Des mares s'étaient formées dans les creux de l'asphalte endommagé. Une grenouille fit quelques bonds avant de disparaître dans l'herbe qui poussait sur le bas-côté.

Stiller prit un appareil photo dans sa voiture et

suivit Wisting. Après un semblant de virage, le vieux garage émergea sur la droite. Des graffitis délavés, qui avaient autrefois recouvert les murs, étaient peu à peu recouverts de mousse et occultés par les plantes grimpantes qui se cramponnaient aux fissures.

« Tone Vaterland a été retrouvée deux cents mètres plus loin, expliqua Wisting. Le garage a été examiné de près en 1999.

— La photo a dû être prise à l'arrière », commenta Stiller.

L'épaisse couverture d'orties hautes et de mauvaises herbes diverses collait au pantalon.

Le terrain en pente était accidenté. Wisting dut prendre appui sur le mur du garage pour garder son équilibre quand ils le contournèrent.

Ils aperçurent la plaque rouillée, exactement comme sur la photo, et allèrent se positionner juste devant. Autour d'eux, les arbres dégouttaient, un oiseau émettait un sifflement mélancolique.

La photo était restée dans la voiture, mais Wisting était certain qu'elle datait d'une période où la végétation était moins luxuriante. Il se tourna pour regarder dans leurs pas ; aucune trace ne suggérait le passage d'autres gens. Elle devait remonter au début de l'été, voire de l'année précédente.

Stiller prit une photo. Wisting enfila des gants jetables et bascula la plaque, révélant une ouverture dans la façade. Un cadre en bois avait été inséré dans la maçonnerie. L'ouverture carrée d'environ vingt centimètres de côté était habillée de grillage.

« Une aération », conclut Stiller.

Wisting éclaira l'intérieur avec la torche de son téléphone. Des toiles d'araignée scintillèrent, un arthropode fila se cacher. Pour le reste, il n'y avait pas grand-chose à voir. C'était un vide sanitaire, d'environ cinquante centimètres de haut. La portée du faisceau lumineux n'était pas très longue, mais près de l'ouverture, en tout cas, se trouvait une sangle ou une ceinture.

Il dut se mettre à plat ventre pour mieux voir. L'humidité du sol traversa ses vêtements. Il colla sa joue contre le mur pour voir à l'oblique, de l'autre côté.

« Il y a quelque chose. Juste sur l'intérieur. »

Le grillage était fixé sur le bois avec des clous à grosse tête plate. Autour, le béton s'était un peu effrité. Wisting saisit le cadre. Il ne tenait pas. Quand il le retira, des fragments d'enduit et de béton suivirent.

Après un regard à Stiller, qui lui donna son assentiment d'un signe de tête, il passa le bras à travers l'ouverture. Dans le vide sanitaire, l'air était sec et statique, inodore.

En tâtonnant, il sentit une boule molle, informe. Il tira sur un pan de quelque chose qu'il n'identifiait pas et ramena dehors un tissu poussiéreux. Il brandit à la lumière un pull violet passé, couvert d'auréoles. Sur la poitrine, à gauche, était inscrit *Bamblegrill* en lettres jaunes.

« C'est le pull de Tone Vaterland, affirma-t-il. Elle était nue quand elle a été découverte. »

Il regarda par la petite ouverture dans le mur.

« Il y a autre chose. »

Stiller s'agenouilla pour regarder aussi.

« Nous ne pouvons pas nous en charger nous-mêmes, il faut laisser cela à d'autres. »

Wisting était d'accord avec lui. Les vêtements avaient pu être placés là par le tueur, ne pas avoir été touchés depuis 1999, ils contenaient peut-être encore des traces pouvant indiquer ce qui s'était passé. Stiller et lui ne disposaient ni de l'équipement nécessaire ni des compétences requises pour les manipuler convenablement.

Stiller reposa la plaque en métal afin de protéger l'ouverture au cas où il pleuvrait de nouveau.

Wisting replia le pull du Bamblegrill et l'emporta dans la voiture. Stiller arracha quelques pages d'un carnet et les aligna sur la banquette arrière pour que Wisting pose le vêtement dessus. Puis il appela le centre de commandement, expliqua la situation et demanda qu'on envoie une équipe de la police technique et scientifique.

Ils s'installèrent dans la voiture pour attendre. Les vitres s'embuèrent. Stiller alluma la ventilation en laissant le moteur tourner à vide.

Une grosse goutte de pluie atteignit le pare-brise, suivie d'une autre. Wisting déplaça son regard de l'une à l'autre jusqu'à ce que la pluie se déchaîne.

« Qui pouvait être au courant de cela, de ces vêtements, ici ? demanda Stiller. Après tant d'années ? »

Wisting mit de l'ordre dans ses pensées. A priori, une seule personne.

« Celui qui les y a mis, répondit-il.

— Le tueur… »

S'il ne voyait pas d'autre solution réaliste, Wisting s'expliquait difficilement pourquoi on le menait aux vêtements tant d'années plus tard et, d'ailleurs, il avait aussi de la peine à déterminer qui ce « on » pouvait être.

L'explication logique dépendait largement de l'identité du meurtrier.

Si Danny Momrak avait tué Tone Vaterland et glissé ses vêtements derrière le garage, il n'avait aucune raison de mener la police à davantage de preuves, au contraire, la chose rationnelle aurait été d'éliminer les dernières traces pour pouvoir clamer son innocence.

Quant à Jan Hansen, il était mort, l'hypothèse la plus pertinente le concernant était que, à un moment donné, il s'était confié à quelqu'un qui ne souhaitait pas être impliqué dans ces histoires. Il en allait de même pour l'Américain.

Quoi qu'il en soit, l'auteur des lettres devait être quelqu'un qui connaissait suffisamment l'affaire pour avoir les références des preuves.

La pluie brouillait le pare-brise. Stiller activa les essuie-glaces.

« Vous disiez que la scène de crime se trouvait deux cents mètres plus loin ? »

Wisting le confirma.

« Pourquoi cacher les vêtements ici ? »

La question resta en suspens. Une voiture de police arrivait derrière eux. Elle se porta à leur hauteur. Stiller baissa sa vitre, se présenta.

Le véhicule des techniciens ne devait pas être très loin, leur expliqua-t-on.

Les deux policiers en tenue sortirent de la voiture, enfilèrent des vestes imperméables. Le tronc d'arbre qui barrait la route était fendillé et sec, ils parvinrent à l'écarter et purent ainsi rouler jusqu'au garage.

Les techniciens arrivèrent vingt minutes plus tard. En premier lieu, ils dressèrent un auvent pour travailler à l'abri de la pluie. Il n'était pas fermé sur les côtés, mais l'espace était suffisamment vaste pour permettre à Wisting et Stiller de s'y abriter aussi sans pour autant être dans le passage.

La pluie tambourinait sur la toile en plastique rigide. Les techniciens montèrent une petite table avant de procéder de façon méthodique : ils mesurèrent l'ouverture dans le mur, la photographièrent, puis recouvrirent le sol d'une bâche. Avant de toucher quoi que ce soit dans le vide sanitaire, ils y introduisirent une perche terminée par une caméra et une petite lampe puissante. Les images étaient retransmises sur un écran au niveau de la poignée. Tous quatre se rassemblèrent autour. Wisting vit une chaussure. La caméra tourna sur le côté, l'image devint floue, mais la mise au point se refit sans tarder. Il y avait là un petit sac à dos en tissu, avec des sangles et des boutons. Pour le reste, il s'agissait de vêtements, mais il était difficile de les identifier avec plus de précision.

D'abord, ils sortirent une chaussure en toile bleue, lacée et à semelle plate. Hormis ses œillets corrodés, elle était en bon état.

« Il fait sombre et sec là-dedans, commenta l'un des techniciens. C'est bien ventilé, il n'y a ni moisissures ni humidité, pas de grandes variations de température, c'est un peu comme un cellier. »

La chaussure fut dûment photographiée, emballée, étiquetée.

Ensuite vint le sac à dos. Son passage dans l'ouverture du vide sanitaire entraîna la chute de morceaux d'enduit.

Le tissu était piqueté de moisissures. Le cordon de fermeture était défait. Les techniciens photographièrent le sac et le répertorièrent avant de le vider de son contenu : un flacon de shampoing, un maillot de bain, une paire de chaussettes, un T-shirt, une petite trousse à fermoir et un portefeuille.

Ils laissèrent Wisting ouvrir le portefeuille. C'était celui de Tone Vaterand. Un badge scolaire, une carte de bus et une carte de vidéoclub. Dans une poche, deux billets de cent couronnes de la série précédant celle qui était en circulation actuellement et deux tickets de caisse d'un magasin de vêtements.

La trousse contenait du maquillage, des antalgiques et une plaquette de pilules contraceptives.

L'objet suivant était une serviette de bain à motif floral. Toute moisie, elle devait être encore humide quand elle avait échoué dans le vide sanitaire.

À l'avant du garage, une portière claqua, des voix retentirent.

Une femme en surpoids qui approchait de la cinquantaine s'engagea dans la pente mouillée. Elle glissa, essaya de se rattraper à une branche, tomba sur le dos. Wisting voulut l'aider, mais elle s'était relevée avant qu'il ne la rejoigne.

Un badge de police balançait à son cou.

« Tout va bien ? » s'enquit-il.

La femme s'essuya la main sur la cuisse, la lui tendit.

« Oui, oui. Kathe Ulstrup. »

Elle avait une tache de boue sur la joue.

Wisting reconnut son nom, il l'avait lu dans les documents de l'affaire. Elle travaillait au poste de Bamble et avait été responsable de l'enquête jusqu'à ce que Sten Kvammen la reprenne.

« S'agit-il de l'affaire Vaterland ? »

Il le lui confirma.

« J'ai lu dans la main courante que des techniciens étaient envoyés ici pour assister l'unité des *cold cases*, sans mention de l'affaire concernée, mais ça pouvait difficilement en être une autre, poursuivit-elle.

— Nous avons trouvé ses vêtements. »

Wisting la guida vers l'arrière du garage.

Elle salua de la tête les deux techniciens et serra la main de Stiller.

« J'ai travaillé sur l'affaire, précisa-t-elle encore. J'étais la première sur place quand le corps de Tone Vaterland a été découvert. »

Elle fit un geste vers le lieu de la découverte.

Ils se rassemblèrent autour de l'ouverture du vide sanitaire. Les techniciens en retirèrent un chemisier d'été blanc. Il était déchiré par endroits, avait perdu ses boutons.

Kathe Ulstrup avança.

« Les boutons étaient restés sur la scène de crime, commenta-t-elle. On n'avait rien trouvé d'autre. »

Le chemisier fut déposé dans un sac en papier kraft, étiqueté, rangé dans une boîte. Ensuite, les techniciens produisirent un soutien-gorge.

La policière de Bamble se tourna vers Wisting.

« Qu'est-ce qui vous a fait chercher ici ?

— Une information. De source anonyme.

— Une information de source anonyme... Qui consistait en quoi ?

— En une simple indication de l'endroit où chercher. »

Elle recula, observa la façade du garage.

« Nous avions cherché ici, pourtant. Ce n'était pas une analyse de scène de crime, mais le garage avait été fouillé et nous avions passé au crible les bas-côtés. La conclusion finale était qu'il avait pris les vêtements pour s'en débarrasser ailleurs. »

Elle se tourna vers Stiller.

« Cela signifie-t-il que l'affaire est rouverte ?

— En tout état de cause, il faut rédiger quelques rapports supplémentaires », éluda-t-il.

Elle avança, s'accroupit et chercha à voir dans le vide sanitaire pendant que les techniciens sortaient la seconde chaussure.

« Depuis combien de temps travaillez-vous sur l'affaire ? » Elle leva les yeux sur Wisting. « À quel point avez-vous avancé ?

— J'ai reçu les documents mercredi dernier, répondit-il.

— Vous les avez lus ? »

Il hocha la tête.

Elle se releva.

« Qu'en pensez-vous ? »

Il hésita avant de répondre.

« Cette découverte ne change rien. Peut-être même au contraire. Danny Momrak connaissait cet endroit, il se servait du garage pour entreposer son stock de drogue. Le plus vraisemblable est que ce soit lui qui y ait mis les vêtements.

— Donc vous ne pensez pas que le coupable puisse être quelqu'un d'autre ? »

La question le surprit.

« Pourquoi ? Vous si ?

— L'instruction de chercher ici est-elle la seule information que vous ayez reçue ? demanda-t-elle à son tour au lieu de répondre.

— Comment ça ? »

Ulstrup sourit. De profondes fossettes creusèrent ses joues rondes.

« Je pense au fait que vous avez reçu les documents de l'affaire la semaine dernière et que vous avez donc eu le temps de les lire. Si on m'avait donné une info sur les vêtements d'une victime de meurtre, je n'aurais pas attendu une semaine, je serais tout de suite allée voir ce qu'il en était. Donc c'est autre chose qui a dû éveiller votre intérêt pour l'affaire. »

Wisting sourit aussi. Un bon raisonnement.

Elle n'attendit pas sa réponse.

« Je n'ai pas besoin de détails, mais si jamais le nom de Curtis Blair a fait surface, il est possible que je puisse apporter ma pierre à l'édifice. »

Il hocha la tête. Ils allaient être obligés de l'impliquer totalement.

« Il faut que nous en parlions ailleurs, dit-il.

— Nous pouvons nous réunir dans mon bureau », proposa-t-elle.

Un téléphone sonna. Wisting mit un certain temps pour comprendre que c'était le sien. Le numéro ne figurait pas dans ses contacts.

Il n'eut pas le temps de décrocher, l'un des agents qui montaient la garde de l'autre côté du garage les rejoignait.

« Une journaliste est passée, l'informa-t-il. Elle est arrivée juste avant Ulstrup. Elle est repartie, mais sa voiture est toujours là. C'est possible qu'elle fasse le tour. »

Ils regardèrent vers la forêt derrière eux, ne détectèrent aucun mouvement.

Le téléphone de Wisting sonna encore et cette fois, il eut le temps de répondre.

« Nous sommes au même endroit, vous et moi, déclara Ninni Skjevik au bout du fil. Vous avez la possibilité de me parler ?

— Où êtes-vous ? demanda Wisting en regardant entre les arbres.

— Je suis dans ma voiture, sur Gamleveien. On ne m'a pas laissée vous rejoindre.

— Ça ne tombe pas bien.

— J'ai parlé avec Danny Momrak. »

Il avait beau savoir que cela se produirait tôt ou tard, Wisting ressentit un certain agacement.

« Je vois. J'arrive. »

35

Le moteur tournait. Ninni Skjevik lui fit signe de s'asseoir sur le siège passager. Wisting s'exécuta. Elle était trempée jusqu'aux os. Une brindille, des aiguilles de pin et autres feuilles s'étaient emmêlées dans ses cheveux. Elle désigna une caméra dans un coin sur le tableau de bord.

« Ça ne vous embête pas que je filme ? »

Wisting lança un regard suspicieux sur l'appareil. Un voyant rouge était déjà allumé.

« J'aimerais documenter tout ce qui a un rapport avec Danny Momrak. Il n'est pas sûr que je m'en serve. Ça vient plus ou moins remplacer une prise de notes. De toute façon, vous aurez la possibilité de le valider.

— Vous nous avez déjà filmés ?

— Un court segment, admit-elle en retirant la végétation de ses cheveux. Vous avez du monde, là. Des techniciens en blanc, un auvent et tout. C'est du sérieux. Qu'avez-vous trouvé ?

— Comment saviez-vous que nous étions ici ?

— Par hasard, j'ai vu la voiture de police depuis la

route. » Elle désigna le véhicule. « Ça ne pouvait pas être une coïncidence. »

Un train routier passa sur la route principale. Ils ressentirent son souffle. Ninni Skjevik s'appuya contre sa vitre embuée.

« Que faites-vous ici ?

— Des examens.

— Vous m'aviez l'air d'avoir trouvé des vêtements. J'ai filmé la scène.

— De quoi avez-vous discuté avec Danny Momrak ?

— Son avocat l'avait déjà informé. Il lui avait parlé de votre visite et de Jan Hansen. »

Wisting secoua la tête, il s'en voulait. Il avait commencé par le mauvais bout. Il aurait dû aller directement trouver Danny Momrak, pour voir sa réaction de ses propres yeux.

« Il se souvient bien de Jan Hansen, en prison, poursuivit Skjevik, mais il n'avait rien de bon à dire à son sujet. Je doute qu'il y ait eu une quelconque forme d'échange d'informations ou de collaboration entre eux, si jamais vous aviez des idées de cet ordre. »

En effet, cela lui avait traversé l'esprit.

« Vous lui avez parlé de l'Américain ?

— Oui. J'avais peur que ça fasse trop d'un coup pour lui, mais le principal pour moi est de le faire participer au documentaire. L'existence de grosses lacunes dans l'enquête a piqué son intérêt.

— Vous avez eu l'impression qu'il en avait entendu parler par le passé ? »

Elle sembla avoir besoin d'un temps de réflexion.

« Non, je ne dirais pas ça.

— Comment était-il ?

— À quel point de vue ?

— Il a fait des commentaires ? Cela lui a inspiré des réflexions ? »

Elle réfléchit encore.

« J'ai senti une réticence de sa part. D'abord, il ne voulait pas me parler à moi non plus, mais maintenant je pense que vous aurez de meilleures chances. Il est investi. Il a clairement exprimé qu'il était innocent et avait l'air prêt à se battre.

— Il vit seul ?

— Oui. Très isolé. Sans voisins ni personne autour.

— Il a un emploi ?

— Non. »

Sous la pluie arrivaient Adrian Stiller et Kathe Ulstrup. Ils montèrent dans leurs voitures respectives. Ninni Skjevik activa ses essuie-glaces. Ils butèrent sur une fissure du pare-brise. Probablement un caillou qui avait giclé.

« Et lui, qui est-ce ? demanda-t-elle en regardant sous la fissure, à travers la partie non embuée du pare-brise.

— Adrian Stiller. De l'unité des *cold cases*.

— Donc l'unité est sur l'affaire ?

— Elle est en tout cas représentée ici. »

Ninni Skjevik s'enthousiasma.

« Cela signifie-t-il que l'affaire est officiellement rouverte ?

— Cela signifie que l'on examine la situation pour voir s'il y a une raison de le faire.

— Qu'est-ce que vous allez faire des vêtements ? Sera-t-il possible de relever de l'ADN après tant d'années ? »

Wisting avait posé la même question aux techniciens,

qui s'étaient montrés optimistes. Les vêtements étaient restés sur un sol en pierre sec.

« Ça reste à voir », répondit-il.

Skjevik bougea sur son siège.

« Avec tout ce qui se passe en ce moment, j'imagine que la décision de production tombera dans le courant de la semaine. Vous avez pu réfléchir un peu plus à la question de savoir si vous voulez participer ? »

Wisting saisit la poignée de la portière.

« S'il vous faut une réponse maintenant, c'est non. »

Elle prit la caméra, la posa sur ses genoux.

« Et hors écran, en off ? Vous pourriez me tenir au courant si jamais il y a des développements dans l'affaire ?

— Je n'en ai pas la possibilité, non. L'affaire n'est pas de mon ressort. Il faut vous adresser à Stiller. »

Elle observa la voiture devant eux.

« Vous pourriez me présenter ?

— Je lui ai parlé de vous, déclara Wisting en ouvrant. Il sait qui vous êtes. »

Il sortit, resta quelques instants sous la pluie, la main sur la portière.

« Il faut changer ce pare-brise », souligna-t-il avant de rejoindre au petit trot la voiture de Stiller.

« Que voulait-elle ? s'enquit ce dernier.

— Transformer tout ceci en télé. Elle a probablement réussi à embarquer Danny Momrak dans son projet. »

Kathe Ulstrup manœuvra sa voiture pour faire demi-tour, Stiller la suivit. Ninni Skjevik resta dans son véhicule à essuyer la buée du pare-brise.

« Comment a-t-elle su que nous étions ici ? interrogea Stiller.

— Elle passait en voiture et a vu une voiture de police. Elle était là aussi en 1999, quand le corps a été découvert. Elle s'est dit que ça devait avoir un rapport avec Tone Vaterland. »

Stiller regarda dans son rétroviseur.

« Vous croyez à cette explication ? »

Wisting se retourna sur son siège, regarda derrière. Skjevik arrivait.

36

Le poste de police de Bamble se trouvait dans un centre commercial. Kathe Ulstrup les fit entrer par la porte de service. Ils montèrent au dernier étage. Son bureau donnait sur les flots gris du Frierfjord. Un tanker disparut sous le pont de Grenland.

Wisting et Stiller s'assirent.

« C'était Ninni Skjevik ? voulut savoir Kathe Ulstrup. La journaliste en voiture ?

— Oui, répondit Wisting.

— Il me semblait bien l'avoir reconnue. J'ai eu pas mal affaire à elle quand elle travaillait pour *Porsgrunns Dagblad*. Elle écrivait sur toutes les affaires criminelles. Que voulait-elle, cette fois ?

— Elle souhaite tourner un documentaire sur Danny Momrak et l'affaire Vaterland. »

La policière prit un classeur sur une étagère basse.

« Elle avait écrit sur cette histoire à l'époque. Ce n'est pas quelqu'un à qui je ferais confiance d'emblée, déclara-t-elle en tournant les pages.

— D'une manière générale, il y a peu de journalistes à qui je fasse confiance, dit Wisting.

— Votre expérience avec elle n'est pas bonne ? » s'enquit Stiller.

Ulstrup décocha un sourire fugace et s'apprêtait à s'expliquer, quand elle trouva ce qu'elle cherchait dans son classeur.

« Que savez-vous au sujet de Curtis Blair ? demanda-t-elle à la place.

— Il était ici dans le cadre d'un programme d'échange en 1999, répondit Wisting. Son séjour a été écourté, il a été renvoyé chez lui.

— Exact. Il était venu par le Lions Clubs. Il vivait chez les Kronborg. Terje, Mona et leurs enfants, Peder et Janne. »

Wisting hocha la tête, mais il ne s'étendit pas sur les autres informations dont il avait connaissance.

« En 2001, on nous a appelés parce que Janne Kronborg s'était noyée dans son bain. Je m'y suis rendue avec un collègue. C'est sa mère qui l'avait trouvée et qui nous avait prévenus. À notre arrivée, Janne était toujours dans la baignoire, vêtue d'une robe longue. L'eau avait refroidi. Elle s'était probablement mise dedans quand sa mère était partie travailler. »

Kathe Ulstrup consulta ses papiers avant de poursuivre son explication lapidaire des événements.

« Le médecin est arrivé un quart d'heure après nous. Janne s'était tranché les veines des deux poignets, il y avait un couteau par terre, mais l'autopsie a montré qu'elle était morte d'une noyade entraînée par une surdose du somnifère de sa mère. Du Rohypnol. Le médicament n'avait pas encore été retiré du marché. »

Elle chercha des photos.

« La salle de bains était fermée de l'intérieur, sa mère avait dû forcer la porte. Janne n'avait pas laissé de lettre, mais on la disait déprimée. Nous n'avons pas poursuivi nos investigations, l'enquête a été rapidement bouclée, cependant le suicide a entraîné des rumeurs et des racontars. On disait que Janne avait été violée par Curtis Blair, qu'il avait été renvoyé aux États-Unis. Terje Kronborg ne voulait pas qu'on en parle, alors on n'en a pas parlé. »

Le téléphone d'Ulstrup sonna, elle jeta un coup d'œil à l'écran, rejeta l'appel.

« Vous savez ce que c'est, reprit-elle. C'est long d'obtenir les résultats d'examens toxicologiques. Le rapport d'autopsie final n'a été livré que deux mois après les funérailles. La mention des principes actifs du somnifère m'a donné un prétexte pour rendre de nouveau visite à la famille. J'ai pu les interroger sur l'histoire de Curtis Blair. Ils m'ont confirmé que leur fille avait été violée et qu'ils y voyaient la cause du suicide. Après coup, on peut toujours se demander ce qui a été le plus destructeur, le viol lui-même ou l'omerta qui a suivi, l'impossibilité de faire le travail nécessaire sur ce qui s'était passé. Quoi qu'il en soit, ce n'est pas là que je voulais en venir. L'aspect important pour moi est que le viol a eu lieu la nuit où Tone Vaterland a disparu. »

Elle se redressa, s'appuya contre son dossier.

« Mais vous le saviez peut-être ?

— Je ne connaissais pas les détails », répondit Wisting.

Elle se pencha au-dessus de son bureau.

« Certains individus de l'affaire Vaterland n'ont jamais été identifiés. Un jeune homme avec un appareil photo, un homme en veste de camouflage et un homme équipé pour la randonnée. »

Elle leur présenta l'une des photos que Wisting avait déjà vues : Curtis Blair en veste de camouflage, son appareil photo en bandoulière.

— Quelqu'un du Lions Clubs me l'a donnée, précisa-t-elle. La famille de Janne n'a pas suivi l'affaire Vaterland. Ils sont partis, ont emmené leur fille à leur chalet pour la protéger, en laissant leur fils à la maison.

— Qu'avez-vous fait de ces renseignements ?

— J'ai rédigé un rapport et l'ai remis à Sten Kvammen. C'est lui qui dirigeait l'enquête en 1999. Je pensais que ce serait intéressant de regarder l'Américain de plus près, de le mettre hors de cause, pour éliminer les questions qui perturbaient l'affaire.

— Qu'en a-t-il fait ?

— À ma connaissance, rien du tout. Je l'ai relancé par la suite. Apparemment, ça ne valait pas le coup d'y consacrer des ressources.

— Qu'avez-vous fait d'autre ?

— Comme je vous le disais, j'ai parlé avec des membres du Lions Clubs, ainsi qu'avec quelques amies de Janne Kronborg. Ça n'a rien donné, elle ne leur avait rien dit.

— Avez-vous tenté de trouver Curtis Blair ? De découvrir où il est et ce qu'il fait maintenant ? »

Elle secoua la tête en souriant.

« Le monde a rapetissé depuis 1999. Facebook et Google sont arrivés. J'ai tenté de le chercher, sans succès. Au-delà de cela, je n'ai ni les contacts ni le poste qui me permettraient d'aller plus loin. »

Elle lança un regard vers Stiller, comme si lui, en revanche, possédait ces ressources.

« Vous en avez parlé avec d'autres personnes ? demanda Wisting.

— Non. Pour tout le monde, ici, le dossier s'est refermé le jour de l'arrestation de Danny Momrak, mais moi, j'avais suivi l'enquête depuis le début, je vivais avec. J'en connais tous les détails. Je sais où se trouvent les points d'ombre. Ça ne présente aucun intérêt pour les autres, mais moi, j'aimerais bien connaître toutes les réponses. »

S'avançant sur sa chaise, Stiller joignit les mains et appuya les coudes sur ses genoux.

« Vous ne pensez pas que c'est Danny Momrak qui l'a tuée ? »

Kathe Ulstrup chercha un autre document dans son classeur.

« Je le croyais depuis le début. Tout correspond, tout colle, surtout la trace d'ADN, mais il y a près de dix ans, j'ai reçu ça. »

Elle tendit une feuille à Stiller. Wisting lut le document par-dessus son épaule. Il s'agissait d'une lettre de l'institut forensique annonçant l'annulation des résultats d'analyses ADN qui avaient été fournis dans trois enquêtes, au motif que les échantillons analysés avaient été intervertis ou contaminés.

« Je suppose que des erreurs peuvent se produire », commenta-t-elle.

Wisting ne mentionna pas que le prélèvement d'ADN effectué sur Tone Vaterland pouvait en l'occurrence venir d'un rapport sexuel consenti avec Danny Momrak cinq jours avant le meurtre.

« Et puis une question me hante depuis l'arrestation de Danny Momrak, enchaîna la policière. Qui d'autre cela pourrait-il être ? Si ce n'est pas Danny Momrak qui a tué Tone Vaterland, qui cela peut-il être ? »

Elle marqua une pause, observa Wisting, puis Stiller avant de revenir sur Wisting.

« Si vous rouvrez l'affaire, il doit bien exister une raison. Et si cette raison n'est pas Curtis Blair, il mérite au moins une place dans la nouvelle enquête. »

37

Ils roulèrent quelques kilomètres sans prononcer un mot. Stiller se déporta sur la gauche pour dépasser un camping-car.

« Comment s'appelle votre contact au FBI ?

— Maggie Griffin, au bureau de New York », répondit Wisting.

Stiller tambourina des doigts sur le volant.

« Il y a un vol demain à 11 heures. »

Wisting sourit.

« Pour les États-Unis ? »

Il rit doucement, mais comprit que Stiller ne plaisantait pas.

« Vous avez l'intention de vous y rendre ?

— Pas moi, vous. C'est vous qui avez pris le contact initial, c'est à vous d'assurer le suivi.

— Juridiquement, ce n'est pas de mon ressort. Je n'étais pas sur l'affaire en 1999 et, officiellement, je ne le suis pas aujourd'hui non plus. En plus, je suis censé être en vacances. »

Stiller regarda les voitures devant lui.

« Je pourrais vous attribuer une mission temporaire chez nous.

— À Kripos ?

— Dans mon unité. On m'a confié l'affaire Vaterland. »

En tant qu'organe national d'enquête criminelle, Kripos était la porte d'entrée norvégienne de la coopération policière internationale. Les postes disponibles et les transferts de personnel d'autres corps n'y étaient pas inhabituels, et instaurer une mission de courte durée était une simple formalité administrative.

« Le FBI peut nous envoyer les informations dont nous avons besoin, objecta néanmoins Wisting.

— Faire le déplacement pour les chercher nous-mêmes serait plus rapide que de demander une commission rogatoire internationale. En plus, vous connaissez l'affaire. Je veux que vous y alliez et que vous parliez en personne avec Curtis Blair.

— Nous ne savons même pas si c'est le bon Curtis Blair. Je ne peux pas…

— Vous avez un passeport en cours de validité ?

— Oui.

— Je vais m'occuper de vos billets et établir un contact officiel », trancha Stiller.

Ce que Wisting avait d'abord interprété comme une fantaisie peu réfléchie commençait à prendre forme dans son esprit. Quels que soient les progrès de la technologie, l'entretien resterait toujours l'outil principal de l'enquêteur. Et rien ne s'opposait à ce qu'il aille parler avec Curtis Blair ; excepté le déplacement plus lointain, cela ne différait en rien d'un entretien avec les autres personnes qui pouvaient apparaître dans l'enquête.

Il resta perdu dans ses pensées jusqu'à la fin du

trajet, se demandant d'abord comment il allait s'y prendre avec Curtis Blair avant de songer qu'il allait revoir Maggie Griffin.

Devant chez lui, ils s'attardèrent quelques instants dans la voiture pour discuter des autres tâches à accomplir. Stiller allait prendre en main les aspects techniques, demander une recherche d'empreintes digitales et d'ADN sur les lettres, préparer le laboratoire à recevoir les vêtements de Tone Vaterland.

« Je garde les documents de l'affaire visant Jan Hansen. » Stiller montra le coffre de sa voiture. « Je vais les lire. Je pars du principe que vous voulez garder l'affaire Vaterland ? »

Wisting acquiesça.

« Elle est au commissariat », ajouta-t-il.

Il voulait y passer pour photocopier les documents clés, afin de les avoir sur lui quand il rencontrerait Curtis Blair.

« Quels noms avez-vous sur votre liste ? demanda Stiller. Avec qui désirez-vous parler ?

— Jan Hansen fréquentait une femme pendant sa détention. Nous devrions nous entretenir avec elle, ainsi qu'avec un surveillant qui avait beaucoup de contacts avec lui. »

Stiller approuva.

« Vous avez le nom de la petite copine ?

— Non.

— Je peux essayer de nous trouver ça. »

La main sur la poignée, Wisting se préparait à descendre de voiture.

« En 1999, Danny Momrak avait invoqué un alibi, dit-il, un homme à qui il avait livré du haschich plus ou moins à l'heure du meurtre, mais cet homme avait nié la transaction. Nous devrions lui reparler. »

Le nom du témoin lui échappait, ces trous de mémoire de plus en plus fréquents commençaient à l'importuner.

Quand il fut dehors, Stiller pointa l'index sur la boîte aux lettres.

« Vous regardez si vous avez du courrier ? »

Wisting sourit, ferma la portière et se dirigea vers le poteau de clôture auquel était accrochée la boîte.

Vide.

Il rabattit le couvercle. Stiller redémarra.

Wisting entra chez lui. Il se souvint qu'il avait un médicament à prendre. Il l'avala, en laissa un pour le lendemain sur le plan de travail de la cuisine et rangea la plaquette dans sa trousse de toilette. Puis il sortit son passeport et un sac de voyage. Il n'avait besoin que d'un bagage à main, puisqu'il n'allait s'absenter que brièvement, dormir une nuit sur place et reprendre l'avion le lendemain soir.

Maggie lui avait parlé d'une vague de chaleur sur la côte Est. Il plia une chemise à manches courtes en se disant qu'il devait prévenir Line qu'il allait s'absenter deux jours.

Il boucla son sac, prit son parapluie et descendit chez elle.

Dans l'entrée, Amalie se précipita vers lui. Il la souleva en l'air et la chatouilla, avant qu'elle l'entraîne pour lui montrer une cabane qu'elle s'était fabriquée avec des couvertures qui pendaient de part et d'autre d'une table.

Wisting se mit à genoux pour regarder à l'intérieur

pendant qu'Amalie pérorait gaiement sur les poupées et nounours qui y vivaient.

Line les observait.

« Que voulait Stiller ? demanda-t-elle quand sa fille eut fini de parler. C'était au sujet du meurtre de Pernille Skjerven ? »

Il se releva. Après la visite de Ninni Skjevik, il avait parlé de l'affaire avec Line, mais ne lui avait pas tout raconté.

« Entre autres, oui. Je vais être obligé de partir pendant deux jours.

— Mais tu es en vacances !

— Je les rattraperai plus tard, quand il fera moins mauvais.

— Où vas-tu ?

— Aux États-Unis.

— Aux États-Unis ? Vous avez retrouvé l'Américain dont tu parlais ?

— Oui, répondit Wisting, sans préciser que l'homme en question était détenu pour meurtre.

— Tu as eu Maggie ?

— Oui.

— Tu vas la voir ?

— Je ne sais pas encore. C'est Stiller qui s'occupe des aspects pratiques avec la police américaine. »

Il s'accroupit devant l'ouverture de la cabane improvisée.

« Je serai de retour jeudi, dit-il en embrassant Amalie.

— Quitte à faire le voyage, tu devrais rester quelques jours de plus », conseilla Line.

Il l'embrassa aussi.

« Une autre fois.

Elle le raccompagna à la porte.

« Tu veux que je relève ta boîte ou que je fasse autre chose ?

— Non, ça ira, je ne pars pas longtemps. »

Sur le perron, il changea d'avis.

« Enfin, si, je veux bien. Envoie-moi un message si je reçois du courrier. »

Il ouvrit son parapluie et partit en hâte avant qu'elle n'ait le temps de l'interroger plus avant.

« Bon voyage ! » lui cria-t-elle.

Il ouvrit encore sa boîte avant de monter dans sa voiture. N'ayant pas suivi l'actualité dans la journée, il ne savait pas s'il y avait des développements dans l'affaire du meurtre d'Agnete Roll. Quand il se gara sur le parking du commissariat, certaines fenêtres du service d'investigation étaient allumées, mais pour le reste, les lieux paraissaient calmes.

En se dirigeant vers l'entrée, il consulta la presse sur son téléphone. Rien de neuf.

Le carton de l'affaire 1569 était là où il l'avait laissé. Il arracha le post-it avec l'instruction de le renvoyer et l'emporta dans la salle de photocopie. La grande majorité des six dossiers traitaient de Danny Momrak, ce qui ne présentait pas d'intérêt pour son voyage aux États-Unis. Wisting voulait privilégier les descriptions de la scène de crime et les déclarations des témoins qui avaient observé un homme en tenue de camouflage et muni d'un appareil photo.

Il feuilleta les papiers, ôta des agrafes, posa les documents pertinents dans le chargeur automatique du photocopieur. Tout se déroula sans encombre pour les cinq premiers rapports, puis le papier bourra.

Maren Dokken fit son apparition alors qu'il avait

ouvert la machine et s'efforçait d'extraire la feuille coincée sans l'abîmer davantage.

« Désolé, s'excusa-t-il. J'ai bientôt terminé.

— Pas de problème. »

Il parvint à sortir la feuille, retira les autres documents du chargeur et fit redémarrer l'appareil.

« Je t'en prie, dit-il en cédant la place à Maren Dokken.

— Merci.

— Il y a du nouveau ? Vous deviez interroger un homme. Un amant. »

Maren Dokken démarra le photocopieur.

« Jarle Schup. Agnete était chez lui la nuit du meurtre.

— Ah, ah !

— Il a mis du temps, mais il a fini par confirmer qu'ils avaient une liaison. Agnete Roll lui a envoyé un message sur Snapchat quand elle est partie du bar. Il n'a pas répondu, mais une demi-heure plus tard, elle était à sa porte. Ils sont restés assis dans la cuisine. Il vient de divorcer et c'était son tour d'avoir les enfants, alors ils s'en sont tenus là. Le plus jeune s'est réveillé, elle est partie au bout d'une demi-heure. Elle voulait rentrer avant son mari.

— Il est crédible ?

— C'est dur à dire, mais il comprend la gravité de la situation, il a accepté que les techniciens viennent se livrer à des examens chez lui. »

Wisting s'appuya contre un rayonnage.

« Depuis combien de temps durait leur liaison ?

— Environ six mois. Ils avaient eu un amour de jeunesse.

— Son mari a-t-il pu être au courant ?

— Je ne sais pas, mais elle, en tout cas, soupçonnait

son mari d'avoir une aventure extraconjugale. Elle l'avait confié aussi bien à Jarle Schup qu'à son amie en France. »

Elle termina ses photocopies et lui laissa la place. Elle montra les vieilles chemises en carton.

« Tu fais quoi ? Tu n'es pas en vacances ?

— J'ai un job d'été », répondit-il en souriant.

Elle le considéra d'un air interrogateur.

« Je regarde une vieille affaire, expliqua Wisting. À la demande de Kripos.

— C'est concluant ?

— Je ne sais pas encore », déclara-t-il en toute franchise.

Elle esquissa une grimace avant de repartir, comme si elle connaissait tout des difficultés que pouvait présenter une affaire.

Wisting remplit le chargeur, contempla les feuilles qui ressortaient de l'autre côté. Cette enquête était un labyrinthe, songea-t-il en les ramassant. L'issue en semblait introuvable.

38

5 juillet 1999, 20 h 47

Le car entra avec sept minutes de retard dans la gare routière. Le grand véhicule vibra et trembla, puis le moteur se tut. Pendant quelques secondes, Curtis Blair regarda fixement le logo du Lions Clubs sur le rabat de son sac à dos, puis il se coula hors de son siège, passa une bretelle du sac sur son épaule et descendit l'allée centrale. Il attendit un peu sur la dernière marche. Le chauffeur ouvrit les coffres, Curtis retira ses bagages.

Quand il avait téléphoné chez lui de l'aéroport de New York, c'était sa mère qui avait décroché, mais c'était son père qui était venu le chercher. Assis au volant, ce dernier ne semblait pas disposé à sortir de la voiture.

Curtis traîna ses valises derrière lui sur l'asphalte taché de gazole et les rangea dans le coffre de la Chrysler.

Son père ne prononça pas un mot lorsqu'il prit place sur le siège passager, à côté de lui. Il ne croisa pas son regard, se contenta de démarrer et de s'engager sur la route, les mâchoires crispées.

Curtis se demandait ce qu'on lui avait raconté au sujet de ce qui s'était passé en Norvège. Il avait envie de livrer sa version, mais quelle que soit la façon dont il la présenterait, il savait qu'on ne le croirait pas.

La nuit tomba avant leur arrivée à destination. Sa mère les accueillit dans la cuisine. Elle s'était toujours interposée quand son père voulait le sanctionner. Il avait espéré que les choses seraient plus faciles pour elle pendant son absence. Depuis qu'il était petit, Curtis avait le sentiment que c'était sa faute si son père la battait, qu'il cherchait à la punir de l'avoir mis au monde, mais il voyait à présent qu'il l'avait cognée même en son absence. Elle était plus pâle qu'à son départ, plus maigre, aussi. Ses hématomes avaient l'air frais du jour.

Le premier coup vint avant qu'il ait pu dire quoi que ce soit. Dès qu'il eut tourné le dos, son père le frappa du plat de la main au-dessus de l'oreille droite et l'expédia contre la table de la cuisine. Curtis était certain que son tympan avait éclaté. Il vit des étoiles, ses oreilles sifflèrent.

« Mais à quoi tu pensais ? » rugit son père en le frappant encore.

Curtis trouva une chaise, s'affala dessus, le sac à dos du Lions Clubs sur les genoux.

« Ce n'est pas… », commença-t-il avant d'être interrompu par un troisième coup.

Sa mère laissa échapper un sanglot. Elle approcha légèrement, mais ne s'interposa pas.

« Tu te rends compte de ce que tu as fait ?! La honte que c'est pour ta mère et moi ? »

Curtis était trop avisé pour le contredire. Il se contenta de lever les bras pour se protéger du coup suivant.

« Tu te rends compte que nous avons sué sang et eau pour ça ? Combien ça nous a coûté ? »

Le père frappa encore.

« Hein ? »

Il tira le sac.

« Tu en as la moindre idée ? Tu sais que je ne vais plus jamais pouvoir aller aux réunions du club ? Que je vais devoir renoncer à mes fonctions ? »

Il émit un rugissement guttural.

« Tu comprends bien que ça va être relayé dans toute l'organisation ? Au niveau mon-di-al ! Le président du Lions Clubs International va le savoir ! »

Il ouvrit le sac et le secoua pour en vider le contenu. L'appareil photo tomba par terre. Il le ramassa et dévissa l'objectif qu'il projeta au sol, le faisant voler en éclats.

« Va te faire foutre ! Espèce de merde, espèce d'ingrat ! »

Il saisit Curtis par le col, le hissa de sa chaise et le poussa en avant.

« Tu aurais dû rester là-bas ! Pourrir dans une prison norvégienne ! »

Son coup de pied atteignit Curtis dans les lombaires et l'envoya à terre.

« Robert, protesta doucement sa mère. Arrête, maintenant, Robert… »

Curtis se redressa à quatre pattes, crapahuta vers sa chambre. Un nouveau coup de pied l'atteignit au flanc, juste au-dessous des côtes.

« Tire-toi ! lui cria son père. Je ne veux plus te voir ! »

Sa mère prononça des paroles que Curtis ne comprit pas. Il se leva tant bien que mal, tituba vers sa chambre, referma la porte, s'allongea sur son lit et réfléchit à son avenir.

39

Par le hublot, Wisting observait la descente sur la ville. Il était surpris qu'on puisse la voir tout entière. Les gratte-ciel, les monuments qu'il n'avait vus qu'à la télévision. La statue de la Liberté, l'Empire State Building, Central Park, le pont de Brooklyn.

Cette vue ne tarda pas à disparaître. Le personnel de cabine préparait l'atterrissage. Wisting attacha sa ceinture de sécurité. L'avion exerçant toujours sur lui un effet soporifique, il avait dormi pendant la moitié du vol et se sentait reposé.

Dès que les roues touchèrent le tarmac, il alluma son téléphone. Après quelques instants de recherche de réseau, l'horloge se régla automatiquement à l'heure américaine. 15 h 45. En Norvège, il était 21 h 45.

Alors que l'avion se dirigeait vers le terminal, deux messages lui parvinrent. Tous deux d'Adrian Stiller. Le premier l'informait que Maggie Griffin l'attendait à l'aéroport, ils allaient se rendre directement à la prison pour s'entretenir avec Curtis Blair. Le second, qu'il avait lancé l'analyse des empreintes digitales sur les lettres, mais que les résultats n'arriveraient que le lendemain.

Wisting répondit succinctement qu'il venait d'arriver.

Il faisait étonnamment frais à l'aéroport. Un gigantesque drapeau américain recouvrait le mur derrière les guichets de contrôle des passeports. Wisting avait beau être sorti parmi les premiers de l'avion, les files d'attente étaient longues.

Elles progressaient lentement. Soudain un homme, chemise d'uniforme amidonnée, pistolet à la ceinture, arriva par le côté et le prit à part.

« Monsieur Wisting ?

— Oui.

— Veuillez me suivre, s'il vous plaît. »

Wisting le suivit vers un guichet réservé au personnel volant et aux fonctionnaires en déplacement professionnel. Les mains sur les hanches, Maggie Griffin l'attendait de l'autre côté. Elle portait un tailleur pantalon et un chemisier blanc. Sa veste tombait de telle façon qu'on voyait à sa ceinture son badge du FBI. Elle l'accueillit en souriant.

« Bienvenue aux États-Unis. Vous avez fait bon voyage ?

— Oui, merci. J'ai pu dormir. »

Ils échangèrent quelques phrases pendant qu'elle le précédait à travers la douane, puis hors du terminal. Elle était garée juste devant. Une fois dans la voiture, ils commencèrent à parler de l'affaire.

« On nous attend à la prison. » Elle démarra, l'air conditionné se déclencha. « En temps normal, le trajet dure environ deux heures, mais là, nous allons traverser le Bronx en pleine heure de sortie des bureaux. »

L'adresse de la prison était enregistrée dans le GPS sur la colonne centrale. La distance était indiquée en miles. Wisting calcula que cela devait faire un peu plus de deux cents kilomètres. Il demanda à Maggie si elle avait recueilli davantage d'informations sur Curtis Blair. Elle tendit la main vers la banquette arrière et lui donna une chemise en carton.

« J'ai un dossier pour vous. Curtis Blair est détenu pour le meurtre de son père.

— De son père ? »

Wisting s'était figuré que Curtis Blair purgeait une peine pour une affaire de l'acabit du meurtre de Tone Vaterland.

« Il l'a abattu à la carabine », confirma Maggie en bifurquant vers la I-78.

La chemise n'était pas épaisse. Elle contenait le jugement du tribunal d'instance de Waterbury et un extrait de casier judiciaire.

« Il a écopé de la peine minimale, vingt-cinq ans. Cela faisait plusieurs années que son père était violent envers lui et sa mère. »

Il parcourut la décision de justice. Robert Blair, quarante-huit ans, avait été tué avec sa propre carabine de chasse. L'acte était dépeint comme légitime défense. Le fils s'était interposé pour empêcher une attaque violente contre sa mère. Le tribunal lui reprochait néanmoins de n'avoir jamais pris contact avec la police pour dénoncer son père.

« Et dans votre affaire ? Que s'est-il passé ? s'enquit-elle. Il a dû y avoir un développement après notre conversation, puisque Kripos est impliqué et que vous venez ici à l'improviste. »

Wisting lui rendit compte des récents développements. Devant eux, la chaleur faisait vibrer l'air au-dessus de la route.

Ils traversèrent l'Hudson ; sur leur droite, les buildings de Manhattan grimpaient vers le ciel brumeux. De l'autre côté, la circulation se bouchait. D'énormes camions à museau crachaient des nuages de fumée de diesel.

Maggie dut récapituler ce qu'il venait de lui dire pour s'assurer qu'elle avait bien compris.

« Donc, juridiquement, l'affaire est close et personne n'a contesté la décision de justice, et cependant vous avez décidé de rouvrir l'enquête ?

— Certaines questions demeurent sans réponse. »

L'autoradio était allumé. Une publicité pour des matelas et des lits. Elle baissa le volume.

« Officiellement, c'est moi qui mène l'interrogatoire, mais il faut que ce soit vous qui posiez les questions. »

Il acquiesça ; cinq ans plus tôt, quand la traque d'un tueur américain recherché avait amené Maggie Griffin en Norvège[1], le FBI n'était officiellement présent qu'en qualité d'observateur. À présent, les rôles étaient inversés.

Ils franchirent la frontière d'État du Connecticut. La circulation se dénoua et la route rétrécit en une deux-voies bordée de part et d'autre par une forêt de feuillus.

Une heure et demie plus tard, ils s'arrêtèrent dans un restoroute. Wisting calcula qu'il était plus de minuit en Norvège, il ne se sentait pas fatigué, mais il n'avait pas non plus particulièrement faim.

Il prit un antibiotique pendant que Maggie allait se rafraîchir.

Sur la carte au choix varié, il commanda une escalope

1. Cf. *Le disparu de Larvik*, Gallimard, 2020. *(N.d'É.)*

de poulet, qui lui fut servie avec une garniture bien trop abondante. Maggie choisit du poisson.

« J'ai cru comprendre que vous rentriez dès demain et que nous n'aurions pas le temps de faire autre chose que travailler ?

— Oui, cette fois, ce sera le travail seulement, répondit Wisting en souriant.

— Où logez-vous ? Avec le décalage horaire, je suppose que vous voudrez aller vous coucher dès que nous aurons terminé.

— Dans un hôtel près de l'aéroport. Je pourrai prendre un taxi à notre retour.

— Je vous conduirai. »

Ils achevèrent leur repas en trente minutes et reprirent la route. Ils entrèrent dans Hartford, ville de taille moyenne au plan urbain rectiligne, juste avant 20 heures. La prison se trouvait dans une zone industrielle, côté nord. C'était un bâtiment relativement bas, derrière un mur d'enceinte gris doublé d'une clôture grillagée surmontée de barbelés.

Le parking était quasiment désert. Maggie Griffin se gara tout près de l'entrée. Il n'y avait pas un souffle de vent et la chaleur n'avait pas encore lâché prise.

Ils pénétrèrent dans une grande pièce équipée d'un portique de détection en forme d'arche et d'un appareil à rayons X. Derrière l'épaisse vitre blindée d'un guichet en béton était assis un agent au crâne chauve. Maggie lui montra son badge, donna son nom, celui de Wisting, et présenta les papiers justifiant qu'ils rencontrent Curtis Blair. Elle déposa son arme dans un passe-document en métal. L'agent disparut avant de reparaître au contrôle de sécurité. Maggie Griffin prit deux plateaux en plastique gris et en donna un à Wisting avant de vider ses poches.

Wisting envoya son passeport, son portefeuille et ses clés dans l'appareil à rayons X. De l'autre côté du portique, un autre agent prit le relais et les guida à travers les couloirs éclairés au néon. Le sol était revêtu de linoléum gris, les murs, peints en vert menthe. Alors qu'ils progressaient dans le bâtiment, ils entendirent le bruit des détenus. Hurlements et cris assourdis, coups contre le métal et le béton.

Au milieu d'un long corridor, l'agent les fit entrer dans une pièce cubique. Quatre chaises en bois entouraient une table munie d'un arceau sur le côté pour fixer des menottes. Ils restèrent seuls quelques instants, puis on leur amena le détenu.

Curtis Blair était menotté et portait la combinaison orange que Wisting avait pu voir dans les films américains.

Wisting et Maggie se levèrent. Maggie demanda qu'on lui enlève ses menottes. Le gardien les défit. Curtis Blair se frotta les poignets et resta debout jusqu'à ce qu'ils soient seuls.

« Vous avez été informé de notre venue », commença Maggie Griffin quand ils s'assirent.

Curtis Blair lança un regard à Wisting.

« Je ne comprends pas pourquoi. J'étais en Norvège il y a longtemps, il doit être trop tard pour m'incriminer de quoi que ce soit maintenant. »

Maggie précisa qu'il n'était ni soupçonné ni mis en examen, la police norvégienne souhaitait simplement lui parler de son séjour en Norvège.

« Ceci n'est pas un interrogatoire, vous n'êtes pas

obligé de nous aider, précisa-t-elle. Seriez-vous néanmoins prêt à parler avec M. Wisting?

— Ça dépend de ce qu'ils ont dit sur moi.

— De toute façon, ça nous intéresserait de savoir ce que vous, vous avez à dire», répondit-elle.

Il tourna la paume, l'invitant à poursuivre.

«Que voulez-vous savoir?»

Wisting ne voulait pas annoncer d'emblée que Janne Kronborg était morte. Si jamais Curtis Blair l'ignorait, il penserait sans doute que son récit sur son séjour en Norvège était vérifiable auprès de Janne et ne se permettrait pas de raconter des bobards.

«Avez-vous eu des contacts avec des personnes de Norvège après votre retour aux États-Unis?

— J'ai reçu une lettre de Janne. Je lui en ai écrit plusieurs, mais je ne pense pas qu'elles soient arrivées. En tout cas, je n'ai plus jamais eu de nouvelles d'elle.

— Qu'est-ce qui a provoqué votre départ?»

Curtis Blair s'affaissa quelque peu sur sa chaise, comme s'il se demandait par où commencer.

«Janne et moi nous sommes bien entendus dès que je suis arrivé dans la famille. Elle était pétillante, drôle, extravertie. Son frère avait mon âge, nous partagions certains centres d'intérêt, mais il était plus réservé. Il n'avait presque aucun copain et passait le plus clair de son temps dans sa chambre. Janne était curieuse de la vie. On pouvait parler de tout. C'était peut-être simplement qu'elle cherchait à progresser en anglais. Je ne sais pas.»

Il marqua une pause.

«Notre relation s'est transformée en une espèce de liaison. Quand ses parents l'ont découvert, ils n'ont pas voulu que je reste. J'ai été renvoyé chez moi.»

Cette version différait légèrement de celle que Wisting connaissait.

« Vous n'auriez pas pu trouver une autre famille d'accueil ? »

Curtis Blair changea de position sur sa chaise.

« Je crois qu'il y a eu méprise sur la situation. En tout cas, le père de Janne l'a présentée comme une agression, alors que ce n'en était pas une. »

Janne Kronborg avait quinze ans. Wisting ignorait quelle était la majorité sexuelle dans le Connecticut, mais en Norvège, les relations sexuelles à cet âge, même consenties, étaient passibles d'une sanction pénale.

« Pouvez-vous me parler du moment où vous avez été découverts ? »

Son interlocuteur prit une profonde inspiration et expulsa lentement l'air par le nez.

« Quand la maison a été silencieuse, je suis descendu au sous-sol, dans sa chambre, qui était la plus éloignée de celle de ses parents. »

Il se redressa légèrement.

« Ce n'était pas la première fois. On restait souvent au lit, à parler de toutes sortes de choses, et puis je remontais me coucher sur la pointe des pieds. Cette fois, on s'est tous les deux endormis. Je me suis réveillé parce que son père était dans la pièce. Il m'a envoyé dans ma chambre en me disant de faire mon sac. Et voilà. »

Wisting notait ses propos, sans trop savoir s'il s'agissait d'une version édulcorée des événements ou si la version qu'il avait entendue en Norvège était dramatisée.

« Et plus tôt dans la soirée ? »

Curtis Blair inspira encore, retint son souffle puis le relâcha d'une façon suggérant que la question l'exaspérait.

« Ça, je ne m'en souviens pas. J'ai probablement bouquiné ou alors j'étais sorti prendre des photos. J'en ai pris beaucoup pendant mon séjour en Norvège.

— Vous les avez toujours ?

— Je suppose qu'elles sont chez maman. J'avais un appareil numérique, un tout nouveau modèle. Je les téléchargeais sur mon ordinateur. Je ne sais pas ce qu'il est devenu, mais j'avais enregistré les photos sur des CD.

— En avez-vous pris au lac de Stokke ?

— Oui », répondit Curtis Blair, sans toutefois avoir l'air très sûr de quel lac il était question.

Wisting sortit une carte, montra le lac et l'endroit où habitait Janne Kronborg. Curtis Blair trouva ses repères, fit un signe de tête.

« Ici passe une route qui n'est plus utilisée, expliqua Wisting en désignant les endroits sur la carte. Il y a aussi un ancien garage, là. Vous vous en souvenez ? Vous y êtes allé ? »

Rien dans son attitude n'indiquait que Curtis Blair reconnaissait la zone décrite.

« Peut-être. »

Wisting trouva une photo du garage. Cela ne stimula pas la mémoire de Curtis Blair.

« Quel genre de vêtements portiez-vous quand vous sortiez faire de la photo ? »

Blair secoua la tête.

« C'est illusoire de penser que je vais me souvenir de ce genre de choses. Pourquoi ?

— Empruntiez-vous les vêtements du frère de Janne ?»

Curtis Blair secoua la tête une nouvelle fois.

« J'avais mes vêtements à moi », dit-il avec moins d'assurance.

Wisting avait des photos du barbecue du Lions Club. Il lui présenta celle sur laquelle ne figurait pas Janne Kronborg.

« C'est vous ?

— Oui, c'est moi. Et je porte sa veste de camouflage, en effet. Il s'appelait Peder. Je la lui empruntais de temps à autre. »

Il examina le cliché de plus près, sourit légèrement, comme si ce barbecue lui évoquait de bons souvenirs.

« Il y a d'autres gens que vous connaissiez ? »

Curtis Blair pointa l'index sur un homme à l'épaisse moustache blanche.

« Ça, c'est Charles Wright, il est du Massachusetts, de Boston, je crois, mais il vit en Norvège depuis des années, il est marié avec une Norvégienne. Nous devions fêter le 4-Juillet chez eux, mais ça ne s'est pas fait. C'est lui qui est venu me chercher après… J'ai passé la nuit chez eux, jusqu'à ce que tout soit réglé pour mon billet d'avion, et puis Charles m'a conduit à l'aéroport. »

Wisting reprit la photo, la rangea dans le dossier. S'il avait eu quelque chose à voir avec le meurtre de Tone Vaterland, Curtis Blair avait disposé de près de deux décennies pour fabriquer une histoire et saurait quoi répondre si jamais quelqu'un venait un jour l'interroger. Jusqu'ici, ses réponses avaient été vagues, le temps avait effacé la majeure partie de son séjour en Norvège.

Wisting montra une photo de Tone Vaterland en disant son nom.

« Vous la connaissiez ? »

Curtis Blair regarda attentivement, secoua la tête. Son visage n'exprimait rien d'autre que de la perplexité.

« Elle a disparu quand vous êtes parti de Norvège et on l'a trouvée morte quelques jours plus tard.

— À Bamble ? »

Wisting lui livra quelques détails. Curtis Blair s'appuya contre le dossier de sa chaise.

« Ah ben, merde ! Je n'en avais pas entendu parler. Personne ne s'est fait choper ? »

Puis, sans attendre de réponse, il poursuivit, en élevant la voix :

« Vous pensez que j'ai un rapport avec ça ?

— Un homme a été condamné, mais il se pourrait qu'on rouvre l'affaire. J'essaie de trouver des réponses à quelques questions restées en suspens lors de l'enquête initiale.

— Quelles questions ?

— Eh bien, entre autres, un homme avec un appareil photo a été repéré le jour où cette jeune femme a été tuée. La police ne l'a jamais identifié. Nous nous demandons si ça aurait pu être vous.

— Pourquoi… Je suis un suspect ?

— Nous vous rendons visite parce que, à l'époque, comme vous étiez reparti aux États-Unis avant l'ouverture de l'enquête, la police n'a pas pu vous parler », tenta d'expliquer Wisting.

Curtis Blair n'avait pas l'air convaincu. Maggie Griffin s'approcha légèrement de lui.

« Puis-je poser une question ? »

Wisting hocha la tête. Elle avait choisi un moment qui ne perturbait pas son interrogatoire.

« Vous avez dit que vous deviez fêter le 4-Juillet chez Charles Wright, mais que ça ne s'était pas fait.

— Oui. »

Maggie lança un rapide regard à Wisting.

« Le 4 juillet, c'est le jour de l'indépendance américaine, expliqua-t-elle avant de se tourner de nouveau vers Curtis. Pourquoi cela ne s'est-il pas fait ? »

Il ne semblait pas saisir la question.

« À cause de ce qui s'est passé. »

Maggie Griffin interrompit sa prise de notes.

« Que je comprenne bien. Tôt le matin, vous avez été découvert dans le lit de Janne Kronborg. Vous deviez quitter la maison et Charles Wright est venu vous chercher dans la matinée. La célébration du 4-Juillet prévue pour le soir a été annulée et le lendemain, on vous a mis sur un vol à destination des États-Unis ?

— C'est exact. »

Maggie se rassit. Wisting sentit sa gorge s'assécher. La chronologie ne tenait plus. Tone Vaterland avait été tuée le soir du 4 juillet.

« Se pourrait-il que la célébration du 4-Juillet ait été prévue un autre jour ? demanda-t-il.

— Comment ça ? Le 4-Juillet, c'est le 4 juillet. »

Wisting acquiesça, il mesurait la bêtise de sa question. La fête nationale norvégienne du 17 mai ne se célébrait pas à une autre date, ni en Norvège ni à l'étranger.

« Êtes-vous resté chez Charles Wright pendant toute la soirée du 4 juillet ?

— Oui.

— Vous n'êtes pas sorti?
— Non.»

Wisting posa son stylo en ressentant un mélange d'agacement et de honte. Il comprenait. Les conjectures sur un possible rapport du lycéen américain avec l'affaire Vaterland étaient peut-être survenues dès 1999, s'étaient taries avec l'arrestation de Danny Momrak, pour se ranimer ensuite avec le suicide de la fille Kronborg. Ce qui n'était qu'une rumeur sans fondement s'était nourri des questions laissées sans réponse lors du procès, puis du silence de la famille autour du suicide et des circonstances du retour de Curtis Blair aux États-Unis.

Ce n'était pas la première fois qu'il assistait à ce phénomène. Quand une rumeur se mettait à circuler, la réalité était distordue, les détails, ajustés, la chronologie, déformée, et on arrangeait les faits de la manière qui convenait le mieux au récit collectif.

Quoi qu'il en soit, il devait vérifier les renseignements, parler avec la famille de Janne Kronborg et avec Charles Wright. Peut-être pourrait-il retracer le vol par lequel Curtis Blair était rentré aux États-Unis. Toutes tâches qu'il aurait pu accomplir avant son voyage, qui auraient pu être accomplies en 2001, quand les rumeurs étaient parvenues aux oreilles de Kathe Ulstrup et qu'elle en avait fait part à Sten Kvammen.

Maggie tenait son calepin sur ses genoux. La couverture était marquée du sceau du FBI. Wisting se sentait comme un amateur. Il avait envie de mettre un terme à l'entretien, mais s'attarda encore près d'une heure dans la salle exiguë pour recueillir les explications de Curtis Blair.

Quand il referma son carnet, Maggie se leva pour appeler le gardien. Curtis Blair écarta légèrement sa chaise de la table.

« Vous avez parlé avec Janne ? »

Il semblait avoir retenu sa question pendant longtemps, et la posait maintenant avant qu'il ne soit trop tard.

Maggie se rassit, observa Wisting.

Lequel dodelina de la tête.

« Janne Kronborg est morte », dit-il avant de préciser qu'elle s'était suicidée.

Les mâchoires de Curtis Blair se contractèrent.

« Pourquoi ? »

Wisting fit un geste, comme pour signifier que c'était une bonne question.

« Et son père ?

— Quoi, son père ? »

Le regard de l'Américain papillota.

« Pourquoi pensez-vous qu'il soit entré dans la chambre de Janne au milieu de la nuit le jour où il m'y a découvert ? Vous vous imaginez que c'était la première fois ? »

Des clés cliquetèrent de l'autre côté de la porte.

« Pourquoi pensez-vous qu'elle avait sa chambre à l'autre bout de la maison, là où personne ne pouvait rien entendre ? Je n'ai jamais couché avec elle. Elle n'était pas prête pour ça. J'allais juste dans sa chambre la nuit. Quand j'y étais, il ne pouvait rien lui faire. »

La porte de la salle d'interrogatoire s'ouvrit. Un gardien entra, fit signe à Curtis Blair de se lever.

« Pourquoi croyez-vous qu'on m'a renvoyé chez moi ? »

Wisting se leva en même temps que lui. Le gardien demanda à Curtis de tendre les mains.

« Vous ne comprenez pas ? » fit Curtis.

Le métal des menottes cliqueta.

« Il la voulait pour lui tout seul.

— Je comprends », assura Wisting avant de prier le gardien d'attendre.

Il comprenait pourquoi Janne n'avait plus eu la force de vivre. Avant que Curtis ne reparte, Wisting eut le temps de lui expliquer que Terje Kronborg était atteint de démence sénile sévère et serait sans doute cantonné pour le restant de ses jours dans l'unité fermée d'une maison de retraite.

La nuit était tombée lorsqu'ils quittèrent la prison.

Wisting jugea nécessaire de s'excuser auprès de Maggie de lui avoir fait perdre son temps et celui du FBI en suivant une piste qui ne menait nulle part.

« C'est notre travail, assura-t-elle en s'installant au volant de sa voiture. Nous regardons les personnes intéressantes et parfois nous les mettons en examen, parfois nous les mettons hors de cause. Si vous n'étiez pas venu, vous n'auriez pas pu mettre Curtis Blair hors de cause. Maintenant vous allez pouvoir vous concentrer sur d'autres pistes. »

Elle avait raison, mais le voyage lui paraissait néanmoins être du gâchis.

Le GPS leur indiqua le nombre d'heures qu'ils avaient devant eux dans cette voiture. Pendant les premiers miles, la conversation fut facile, puis Wisting commença à ressentir le manque de sommeil. À deux reprises, son menton retomba sur sa poitrine, puis il posa la tête contre la vitre et s'endormit.

40

De sa chambre d'hôtel, Wisting voyait les avions atterrir et décoller. Il lui restait dix heures avant le départ du sien.

Avant de se coucher, il avait envoyé un message à Stiller au sujet de son entretien avec Curtis Blair. Il n'avait pas reçu de réponse.

Il brancha son ordinateur, eut un peu de mal à se connecter à l'Internet de l'hôtel. Une fois la connexion établie, il constata que Stiller lui avait envoyé deux e-mails. Le premier était une réponse à son texto, Stiller allait essayer de mettre la main sur une liste de passagers de 1999. Doutant que ce soit faisable, Wisting avait l'intention de prendre contact avec le trésorier du Lions Club de Bamble : le billet ayant été acheté avec l'argent du club, les probabilités de trouver une date de voyage dans la comptabilité étaient bonnes.

Le deuxième e-mail était arrivé quatre heures auparavant. Il contenait les résultats des analyses d'empreintes digitales sur les lettres anonymes. Sur trois d'entre elles, on avait relevé plusieurs empreintes d'une seule et même personne. La recherche dans le fichier n'avait donné aucune correspondance. Cela excluait donc Danny Momrak. Ce n'était pas non plus Ninni Skjevik, les empreintes des lettres avaient été comparées à celles relevées sur l'article qu'elle avait apporté à Wisting. De plus, son profil génétique figurait dans le fichier en raison d'un délit d'usage de stupéfiants.

Wisting consulta la presse norvégienne, mais il n'y avait aucun développement de ce que les médias appelaient désormais l'affaire de Stavern.

Il était près de 9 heures. Le buffet du petit déjeuner resterait ouvert un peu plus de soixante minutes. En Norvège, la journée de travail était presque terminée.

Il appela Adrian Stiller de son ordinateur. Le visage de son interlocuteur ne tarda pas à s'afficher sur l'écran. Wisting lui rendit compte de son entretien avec Curtis Blair.

« Je vous écrirai un résumé dans le courant de la journée, conclut-il.

— Que pensez-vous des empreintes sur les lettres ? Vous avez d'autres candidats à proposer comme expéditeur ?

— C'est forcément quelqu'un qui connaît bien l'affaire, quelqu'un qui connaît le référencement des preuves et des documents du dossier.

— Vous avez vu l'avocat », rappela Stiller.

Wisting secoua la tête.

« Non, là, je croirais plutôt à un autre acolyte du cercle de Danny Momrak, ou alors c'est une simple coïncidence. Les feuilles utilisées pourraient avoir été prises sur un lieu de travail, et les empreintes seraient celles d'un employé qui les aurait mises dans le tiroir d'alimentation de la photocopieuse, par exemple.

— Quand avez-vous prévu de vous entretenir avec Momrak ?

— Bientôt. »

Son téléphone vibra sur le bureau. Line lui avait écrit un message.

Une lettre pour toi.

Le message était accompagné d'une photo. Line levait l'enveloppe devant l'objectif. Seulement son nom, et cette écriture anguleuse désormais familière.

« Une nouvelle lettre est arrivée, dit-il en regardant Stiller. Je vais devoir vous rappeler. »

Il coupa la communication avec Stiller pour appeler Line. Elle répondit de la cuisine, apparemment aux fourneaux.

« Alors, les États-Unis, c'est comment ? »

Wisting sourit.

« Exactement comme à la télé.

— Tu as pu faire ce que tu voulais ?

— Oui, je rentre à la maison demain matin. »

Line remua une spatule dans une casserole.

« Tu as vu Maggie ?

— Oui, elle m'a aidé à aller à droite à gauche.

— Dis donc, cette lettre est un peu particulière. » Elle retira la casserole du feu. « Tu veux que je l'ouvre ?

— Oui, mais il faut mettre des gants.

— Tu crois que ça pourrait avoir un rapport avec l'affaire ? Ce sur quoi tu travailles en ce moment ?

— Oui. J'ai reçu des lettres similaires la semaine dernière.

— De la part de qui ?

— Je ne sais pas. Il n'y a pas de nom d'expéditeur. »

Line dénicha une paire de gants de vaisselle.

« C'est un peu glauque, commenta-t-elle. Quelqu'un a dû venir la déposer dans ta boîte.

— Je sais. » Wisting songea à sa voiture, qui était garée à l'aéroport avec la dashcam sur le pare-brise. « Tu n'as vu personne ? Tu n'as pas remarqué de véhicule ? Rien de notable ?

— Non. On est sorties vers midi, avec Amalie, pour aller chez Sofie et Maja, j'ai ouvert la boîte en rentrant. »

Elle sortit un couteau à fruit. Wisting entendait Amalie chantonner. Line regarda dans la direction du salon.

« Ça pourrait être dangereux ? demanda-t-elle. De la poudre blanche ou quelque chose comme ça ?

— Non, répondit-il. C'est probablement un simple message.

— Bon, attends une seconde, alors. »

Elle posa le téléphone et le positionna en biais pour permettre à Wisting de voir.

Le bruit d'un gros avion qui décollait résonna dans la chambre d'hôtel.

Line ouvrit l'enveloppe, reposa le couteau et regarda à l'intérieur avant de la renverser pour faire tomber le contenu.

Wisting n'était pas en mesure de voir ce que c'était.

« C'est des trucs chrétiens, annonça-t-elle.

— Montre-moi. »

Line braqua le téléphone au-dessus de la table pendant qu'elle dépliait une feuille qui semblait avoir été arrachée d'un magazine.

« Ça doit être une espèce d'énergumène religieux. »

La lumière créait un reflet sur le papier glacé. Au sommet de la page était photographié un homme âgé à la barbe et aux cheveux gris, en chemise bleue et veste en cuir noir, une grosse croix autour du cou.

Foi, espoir et amour était le titre. Le texte sur quatre colonnes était trop petit pour que Wisting puisse le déchiffrer, mais il nota que quelques mots étaient surlignés en jaune.

« Qu'est-ce qui est surligné ?

— Son nom. Thorleif Fjellbu. C'est une interview dans une revue paroissiale. Il a travaillé comme aumônier de prison pendant trente ans.

— Où ça ? demanda Wisting, mais il connaissait la réponse.

— À Ullersmo. Il raconte qu'il a été médecin des âmes de tueurs et autres détenus. Ça te dit quelque chose ?

— Oui. Ça me dit à qui je vais devoir parler à mon retour. »

41

L'avion atterrit à l'heure. Wisting avait dormi pendant la majeure partie du voyage et pris un petit déjeuner à bord.

Il ne pleuvait pas, mais la piste était mouillée et le ciel, encore gris.

Il alluma son téléphone, vit deux messages d'Adrian Stiller. Le premier était bref. *Thorleif Fjellbu peut vous recevoir.*

Suivi de l'adresse. Il était question d'un petit crochet d'une demi-heure sur la route du retour.

Le second message concernait la petite amie de Jan Hansen. Hanne Blom. Elle était plus jeune que lui. Jan Hansen était mort à cinquante et un ans, Hanne Blom venait d'en avoir quarante-sept. Elle vivait à Skjetten, aux abords d'Oslo, et avait signé trois livres sur le tricot. Pendant un temps, elle avait eu un magasin de laine, mais avait depuis opté pour la vente en ligne et travaillait de chez elle. Un mariage de courte durée lui avait donné une fille, qui était maintenant adulte et ne vivait plus à la maison.

Wisting se rendit directement chez l'aumônier et y fut moins d'une heure après sa descente d'avion.

La longue barbe broussailleuse de Thorleif Fjellbu avait poussé depuis l'interview. Une cafetière à filtre à moitié pleine était posée sur son bureau. Sans demander l'avis de Wisting, il poussa une tasse vers lui.

« J'ai cru comprendre que vous désiriez parler de Jan Hansen, dit-il en versant le café.

— J'étais en charge de l'affaire en 2001. Ces deux dernières semaines, j'ai reçu des renseignements selon lesquels il pourrait être l'auteur d'un autre crime grave. Un crime pour lequel il aurait pu éprouver le besoin de demander pardon quand il était mourant.

— L'acte d'aumônier de prison repose largement sur la confiance. Je l'ai appris tôt : si je voulais que les détenus me confient leurs tourments intérieurs, il fallait qu'ils sachent que je garderais leurs confidences pour moi.

— Et si vous apprenez que quelqu'un est injustement détenu, pour un crime commis par un autre ? Si un innocent a été condamné, n'auriez-vous pas le devoir moral de réparer ? De transmettre les informations à qui de droit ? »

Le vieil aumônier but un peu de café.

« Tout dépend de la possibilité de réparer l'injustice commise.

— Que voulez-vous dire ?

— Si l'innocent a purgé sa peine, on ne peut pas remplacer le temps perdu. Expier les péchés d'autrui peut être un privilège. »

Il changea de position sur son siège avant de poursuivre.

« Si on me relate une telle vérité, cela ne change rien. Pour moi, il s'agit de prendre du recul, d'avoir une vue d'ensemble. La confiance n'est pas distribuée avec le col romain, elle se gagne, on l'instaure et on doit l'entretenir.

— Vous êtes retraité, protesta Wisting. Vous ne travaillez plus en prison.

— Mais je n'en reste pas moins un homme qui souhaite tenir parole. »

Wisting fit signe qu'il comprenait.

« En réalité, je ne vous demande pas sur quoi il s'est confié. Je voudrais simplement savoir s'il l'a fait, s'il a commis un acte qui n'a pas été sanctionné. »

Thorleif Fjellbu hocha la tête pensivement. Wisting le prit comme une confirmation.

« Jan Hansen a détruit de nombreuses vies, finit par dire le pasteur. Cela lui a causé des difficultés spirituelles qui ont nourri chez lui un sincère et profond besoin de parler, mais il ne voulait pas faire connaître les circonstances sur lesquelles il s'est confié, même après sa mort. Je ne peux pas les divulguer. »

Au moment de sa condamnation, Jan Hansen avait aussi été soupçonné de six viols. Les affaires avaient toutes été classées. Étaient-ce là les circonstances qu'il avait éprouvé le besoin de raconter ? Il pouvait aussi s'agir de l'affaire Vaterland. Quoi qu'il en soit, Wisting n'avancerait pas davantage sur ce point. Il changea de sujet.

« Vous est-il arrivé de parler ensemble de sa petite amie ? Hanne Blom ?

— J'ai cru comprendre qu'il avait été contacté par une femme et qu'ils avaient entretenu une liaison. Je suis content pour lui, tout le monde a besoin d'un tel point d'ancrage dans sa vie. Mais nous ne parlions pas d'elle, non. J'ignore ce qu'elle lui a apporté. »

Wisting s'avança sur sa chaise, changea le cap de la conversation.

« Pouvez-vous m'assurer que vous serez aussi discret concernant notre entretien d'aujourd'hui que vous l'étiez avec les détenus ?

— Ce ne serait nullement dans mon intérêt d'en parler.

— Il s'agit de Danny Momrak. Il a passé près de dix-sept ans à Ullersmo. L'avez-vous rencontré ? »

Le vieil aumônier de prison but, reposa sa tasse.

« Je vois qui c'était, mais il ne faisait pas partie des personnes qui recherchaient le type d'attention que je pouvais offrir. »

Ses doigts pianotèrent sur le côté de la tasse qu'il tenait toujours dans sa main.

Wisting but à son tour. Thorleif Fjellbu pouvait être l'auteur des lettres anonymes, il pouvait s'agir pour lui d'une façon de braquer les projecteurs sur une injustice sans toutefois rompre des liens de confiance invisibles. De prime abord, l'idée semblait tirée par les cheveux. Pourquoi envoyer une interview dans laquelle il se nommait lui-même ? Cela pouvait toutefois être une manœuvre efficace pour vérifier si les lettres bénéficiaient d'un suivi.

« Puis-je vous demander un post-it ? »

Wisting désigna un petit bloc jaune sur la table.

Fjellbu parut surpris, mais il détacha la feuille du dessus et la lui tendit.

Wisting la prit, ouvrit son calepin, colla le post-it dedans et fit mine de noter quelque chose dessus.

« Vous n'avez jamais parlé avec Danny Momrak d'innocence et de culpabilité ? demanda-t-il pour empêcher l’aumônier de lui poser des questions sur le post-it.

— Non. »

Wisting referma le calepin. Il n’obtiendrait rien de plus.

42

3 mars 2012, 13 h 27

Danny Momrak versa un peu d'eau savonneuse sur le sol et passa la serpillière d'un geste lent et expert. Il la promena de droite à gauche.

La porte de la 6 était entrebâillée. La cellule était vide depuis deux jours. Il se demandait qui allait la prendre. D'ordinaire, il ne fallait pas plus de vingt-quatre heures pour qu'une place libre soit à nouveau occupée.

Tom lui manquait déjà. Il avait toujours de nouvelles anecdotes à raconter, même après huit ans de détention. Les jours de Tom en prison avaient été comptés, tandis que les siens restaient innombrables.

En réalité, le sol était propre, mais cette heure de ménage en milieu de journée faisait partie de son quotidien.

Il avança dans le couloir, souleva la serpillière de la pointe de sa chaussure et la laissa retomber dans un seau avant d'en prendre une autre pour les espaces communs.

Il entendit des rires dans la salle des gardiens. Frankmann et Lasson.

Danny termina sa tâche, poussa le chariot de ménage et s'arrêta à cinquante centimètres du seuil.

« J'ai fini. »

Frankmann se leva dans un cliquetis de clés.

Danny le suivit dans le couloir des parloirs.

C'était la pire partie du travail : nettoyer derrière des détenus qui avaient de la visite.

Lui-même en recevait rarement. Sa mère venait pour son anniversaire et avant Noël, point final. Quelques années plus tôt, il avait rencontré des visiteurs de la Croix-Rouge, mais l'atmosphère était artificielle, bizarre. Tous ses amis avaient coupé les ponts. D'ailleurs, c'était réciproque. Il n'avait ni écrit ni envoyé la moindre lettre. Pendant la période suivant le procès, il y avait beaucoup songé, mais ça ne s'était jamais concrétisé.

Il changea le sac-poubelle, entreprit d'essuyer les sièges en cuir.

On aurait dit que personne ne savait qu'il était ici.

Geir Atle de la cellule 8 avait été interviewé dans le magazine féminin *Det Nye*. Il y racontait sa vie en prison et évoquait l'homme qu'il avait tué. Pendant les semaines suivantes, il avait reçu un tel courrier qu'il ne parvenait pas à y répondre. Danny aussi avait été sollicité par le quotidien régional et par le magazine pour hommes *Vi Menn*, mais son histoire n'étant pas du tout la même, il ne s'était même pas donné la peine de répondre à ces demandes d'interviews. Geir Atle avait été victime d'agressions sexuelles de la part de son grand-père quand il était petit, presque jusqu'à l'âge de quatorze ans. À dix-neuf ans, il avait abattu ce vieux porc avec sa propre carabine. L'histoire éveillait la compassion et la sympathie. Celle de Danny n'avait rien à voir. Il était déjà bien assez difficile de se faire accepter par ses codétenus avec une condamnation pour viol et meurtre. Et personne n'avait envie de l'entendre dire qu'il n'en n'était pas capable.

L'interview de *Vi Menn* devait s'inscrire dans une série sur *ce qui* s'était *réellement passé*. Il en avait lu certains articles. Des détenus qui, à leur procès, avaient nié avoir commis un braquage, de l'extorsion de fonds, un meurtre, et qui disaient bel et bien la vérité. Il n'avait pas envie de donner là-dedans. Il avait déjà raconté ce qui s'était passé.

Il y eut de la friture sur la radio de Frankmann : à l'accueil, un nouveau détenu était prêt, il fallait venir le chercher. C'était un transfert de la prison de Skien.

Frankmann pria Danny de se dépêcher et le raccompagna ensuite dans la zone commune pour qu'il puisse ranger son chariot.

La lourde porte en métal de la division s'ouvrit. Un homme en pantalon de jogging et T-shirt blanc, portant un sac-poubelle noir comme un balluchon par-dessus l'épaule, entrait avec deux gardiens.

Lasson sortit de la salle des gardiens, un mince dossier bleu à la main.

« Jan Hansen ? »

Le nouveau détenu confirma son identité et posa le sac par terre.

Danny s'attarda devant la porte de sa cellule. Le regard de Jan Hansen erra avant de croiser le sien.

Frankmann agita ses clés.

« Fermeture », déclara-t-il en envoyant Danny dans sa cellule.

43

La recherche de photos de Hanne Blom sur Internet se révéla fructueuse. La plupart la présentaient vêtue d'un pull tricoté main dont elle avait elle-même créé le modèle. Elle était légèrement ronde, mais d'apparence ordinaire. Blonde, yeux bleus, lunettes à épaisse monture noire. Rien ne suggérait qu'elle n'aurait pas pu trouver un compagnon hors d'une prison.

Wisting se rendit chez elle sans annoncer sa visite. Il se gara devant sa maison. La porte d'un grand garage double était ouverte et la femme transportait des colis postaux vers une camionnette. Le garage semblait faire office d'entrepôt.

Elle lui lança un regard surpris.

Il se présenta, en se demandant comment elle allait réagir.

« Je viens à propos de Jan Hansen. J'étais en charge de l'enquête dans l'affaire le concernant. »

Elle fit un signe de tête, comme si elle avait aussitôt compris qui il était et quel rôle il avait joué dans la vie de Jan Hansen.

« Vous avez cinq minutes ?

— Bon, alors allons à l'intérieur. »

Elle referma la portière latérale de la camionnette puis la porte du garage et le précéda vers la maison.

« J'ai cru comprendre que vous lui aviez souvent rendu visite en prison, commença Wisting lorsqu'ils furent assis à la table de la cuisine.

— On était en couple », déclara Hanne Blom sans timidité.

Elle empila quelques magazines.

« Mais je ne comprends pas pourquoi vous venez maintenant. Ça fait plus d'un an qu'il est mort.

— Son nom est apparu dans une autre vieille affaire.

— Une affaire criminelle ? Il est suspecté de meurtre ? »

Wisting effectua un léger mouvement de tête, qui pouvait s'interpréter comme une dénégation aussi bien que comme une confirmation.

« Un homme a déjà été condamné dans l'affaire, mais des accusations ont été dirigées contre Jan Hansen et je dois les examiner de plus près. »

Hanne Blom saisit rapidement la situation.

« Donc l'autre homme pourrait avoir été condamné alors qu'il était innocent ?

— C'est la teneur de ces accusations. »

Elle se leva, se dirigea vers la cafetière.

« Avant que je le rencontre, c'était un autre homme. Café ? »

Wisting accepta.

« Comment vous êtes-vous rencontrés ?

— J'ai répondu à une annonce. À l'époque, les petites annonces, c'était dans les magazines, pas seulement sur Internet, auquel on n'a pas accès quand on est en prison. »

La machine à café se mit à bourdonner, Hanne Blom resta à côté.

« On a correspondu pendant un certain temps et puis j'ai commencé à lui rendre visite. À l'époque, il était incarcéré à Skien. Ensuite, il a demandé son transfert à Ullersmo pour être plus près de moi.

— Il vous avait exposé le motif de sa détention ?

— Il m'a parlé en toute franchise dès le début.

— A-t-il fait une quelconque forme d'aveux auprès de vous ?

— Que voulez-vous dire ?

— Avec moi, il a toujours maintenu qu'il était innocent, mais vous n'aviez pas la même relation. »

Elle posa les tasses sur la table.

« Notre relation n'aurait pas fonctionné sans franchise.

— Cela signifie-t-il qu'il vous a fait des aveux ?

— Cela signifie que je n'avais pas de raison de douter de ce qu'il me disait. »

Buvant une gorgée de café, Wisting sentit que son estomac protestait. Il ne savait pas exactement comment interpréter la réponse, mais si jamais Hanne Blom avait été attirée par le crime brutal de Jan Hansen, l'entendre clamer son innocence lui aurait fait perdre tout intérêt pour lui.

« Vous avait-il parlé d'autres affaires que celles pour lesquelles il avait été condamné ? »

Elle éluda la question.

« Ce qu'il a fait et n'a pas fait restera entre le Seigneur et lui. Je ne veux pas être celle qui le livre en pâture de quelque façon que ce soit. »

Wisting songea à l'aumônier de prison.

« A-t-il changé après être tombé malade ?

— Il était malade bien avant que la prison ne

prenne les choses en main. Quand le diagnostic a été posé, il était trop tard. La fin est arrivée vite.

— Parlait-il des autres détenus ?

— Parfois. Il y en avait un avec qui il jouait souvent aux échecs. Ingar. Et puis un cuisinier espagnol avec qui il cuisinait beaucoup.

— Et Dan Vidar Momrak ? Il était surnommé Danny. »

Elle secoua vivement la tête.

« Je ne me souviens pas de ce nom. Il y avait un néonazi qu'il évitait. Je ne sais pas comment il s'appelait.

— Avez-vous eu des contacts avec les autres détenus ?

— Et pourquoi en aurais-je eu ?

— Je pensais que certains auraient pu venir à son enterrement, par exemple.

— Non. L'aumônier avait organisé sa propre commémoration dans la chapelle de la prison. »

Le téléphone de Wisting sonna. Il le sortit, lut le nom de Stiller et déclina l'appel.

« Parlez-moi de l'autre affaire, demanda Hanne Blom. De quoi Jan est-il accusé ? »

Elle avait usé de circonspection dans ses réponses. Si elle savait quelque chose, elle ne semblait pas prête à le partager. Wisting ne voyait pas de raison de s'étendre sur le motif de sa visite.

« Il faudrait éventuellement que j'y revienne plus tard », répondit-il, se servant de l'appel de Stiller comme d'une excuse pour partir. « Je dois y aller. Merci d'avoir pris le temps de me parler. » Il repoussa sa tasse au centre de la table.

Elle le raccompagna à la porte et resta les bras

croisés sur le perron tandis qu'il sortait en marche arrière de son stationnement.

Il roula sur environ deux cents mètres avant de tourner dans la première rue latérale, où il s'arrêta pour rappeler Stiller.

« Le service forensique a terminé les analyses ADN, l'informa ce dernier. Il y a du sang et du sperme sur les vêtements du vide sanitaire. Ils ont un profil ADN complet, qui est en cours de transfert vers le fichier. Nous aurons un nom dans la journée.

— Du sang aussi ?

— En petite quantité. Ça pourrait être son sang à elle. Ils ont donné la priorité au prélèvement de sperme. »

Wisting sentit que le message lui mettait du baume au cœur. Le sac à dos et les vêtements étaient en bon état, mais ils étaient tout de même dehors depuis des années, il n'avait pas vraiment espéré que les résultats seraient fructueux.

« Où êtes-vous en ce moment ?

— À Kripos. Au bureau de Bryn.

— Je vais venir. J'ai des empreintes digitales à faire examiner. »

Après son coup de fil, Wisting resta encore près de dix minutes moteur coupé, plongé dans la lecture des journaux en ligne. Rien de nouveau sur Agnete Roll.

Il dut s'y reprendre à deux fois pour faire demi-tour dans la rue exiguë, puis il retourna chez Hanne Blom. La petite camionnette n'était plus là.

Il se gara dans la rue, prit une paire de gants en latex et laissa son moteur tourner pendant qu'il se dirigeait vers deux poubelles contre la clôture. L'une était destinée au carton et au papier. Il leva le couvercle. Elle était presque pleine. Il dut fouiller un peu sous les prospectus publicitaires pour trouver ce qu'il cherchait : un magazine sur papier glacé. Un numéro d'été de l'hebdomadaire *Hjemmet*. Trois magazines en un, était-il écrit en haut à droite. La revue était assortie d'un supplément mots croisés et d'un supplément cuisine, comportant d'alléchantes recettes estivales. Trois magazines en un, cette mention signifiait qu'ils avaient été emballés ensemble sous plastique quand Hanne Blom les avait achetés. Selon toute vraisemblance, elle était la seule à les avoir feuilletés.

Il regarda autour de lui avant de prendre le magazine. Personne ne semblait l'avoir remarqué.

44

Adrian Stiller le retrouva à la réception du bâtiment de Kripos.

« Vous devriez avoir un badge d'accès, maintenant que vous êtes employé ici ! » plaisanta-t-il.

Ils franchirent la sécurité ensemble et montèrent au cinquième étage en ascenseur. Les couloirs étaient silencieux, c'étaient les vacances.

Stiller travaillait dans un cadre impersonnel, la pièce abritait quelques étagères où étaient rangés des classeurs, un bureau presque vide sur lequel trônait un ordinateur, une affiche d'art abstrait ornant un mur.

Wisting posa le magazine déniché dans la poubelle de Hanne Blom sur le bureau. Il avait retiré le post-it de l'aumônier de son calepin et l'avait collé sur la page trois.

Stiller prit un sachet de scellé dans un tiroir, le référença.

« Je vais apporter tout ça au laboratoire.

— Le pasteur comme la petite amie sont en position d'avoir des informations, mais ils ne souhaitent certainement pas montrer leur jeu. »

Le téléphone de Stiller sonna, il regarda le numéro, leva les yeux sur Wisting.

« Le fichier des empreintes génétiques », annonça-t-il avant de répondre.

Il communiqua de façon monosyllabique avec son interlocuteur, se tourna vers son écran et se connecta pour voir les résultats d'analyse.

« D'accord. Je vois. Je vous remercie. »

Wisting s'avança, mais l'écran était trop loin pour lui permettre de lire.

Stiller reposa son téléphone, se tourna vers lui.

« Jan Hansen, déclara-t-il. Concordance pour cinq prélèvements sur cinq. »

Wisting avait la gorge sèche. Il se leva pour regarder l'écran. Stiller s'écarta pour lui faire de la place.

Cinq lignes simples dans la rubrique de conclusion, une pour chaque prélèvement. Toutes indiquaient *identique au profil de la personne inscrite dans le fichier d'identité sous le nom de HANSEN, Jan*.

Il n'avait pas souvenir d'avoir jamais vu de résultat aussi univoque par le passé.

« Parlez-moi des prélèvements », demanda-t-il.

Stiller avait des documents dans des chemises en papier. Il les tendit à Wisting.

« Ce ne sont que des examens préliminaires. »

Wisting lut pendant que Stiller les lui expliquait.

Sur le chemisier blanc de Tone Vaterland, l'examen par phosphatases avait permis de mettre en évidence plusieurs taches de liquide organique, trois prélèvements étaient du sperme, deux autres, un mélange de sperme et de sang. Les cinq échantillons avaient tous donné un profil ADN.

Les autres vêtements avaient été examinés aussi, mais les résultats étaient négatifs.

D'après le rapport concernant le chemisier, deux prélèvements positifs avaient été effectués sur la poitrine, un sur le ventre, un sur le côté droit et un sur le dos. La répartition du sperme sur l'ensemble du chemisier et l'absence de sperme sur les autres vêtements suggéraient à Wisting que Jan Hansen s'était servi du chemisier pour s'essuyer quand il eut terminé.

« Avez-vous des photos des vêtements ? »

Stiller les afficha sur son écran. Wisting rapprocha sa chaise.

Les premières étaient des vues d'ensemble du garage et de l'ouverture dans la façade. Ce qui l'intéressait c'étaient celles de l'intérieur du vide sanitaire, avant que le sac à dos et les vêtements n'en soient retirés.

Le chemisier blanc était tout au fond, comme s'il avait été lancé avec plus de force que tout le reste. Il était recouvert d'une pellicule ressemblant à de la poussière de ciment, ainsi que de quelques saletés et de morceaux d'enduit tombés du plafond.

« Pourrais-je avoir des copies ? Des photos et des rapports, j'entends ? »

Stiller prit une enveloppe sur le bureau et la lui tendit.

« Votre accès est rétabli. Voici vos nouveaux mots de passe. »

Wisting le remercia.

« Quelque chose ne va pas ? s'enquit Stiller.

— Je ne sais pas. Je trouve simplement ces résultats d'analyse étourdissants. C'est bien plus que ce à quoi je m'attendais. »

Il emprunta la souris de Stiller et cliqua sur d'autres photos, examinant le moindre détail.

« Toute cette affaire est un coup monté depuis le départ, affirma-t-il. Une mise en scène avec des lettres anonymes. Je subodore une anomalie. Quand quelque chose est trop beau pour être vrai, c'est souvent faux.

— De toute façon, nous devons établir une feuille de route pour la suite et informer le procureur et les autorités policières locales. Et puis aussi l'avocat de Danny Momrak.

— Attendons encore un peu, suggéra Wisting. La condamnation de Danny Momrak a apporté de nombreuses années d'apaisement à la famille et aux proches de Tone Vaterland. Si nous devons agir d'une façon qui va bousculer leur vision du monde, il faut d'abord que tout soit bien en place, que nous disposions de toutes les réponses.

— Je vais être obligé d'avertir le procureur dans la journée. Je ne suis pas sûr que nous puissions nous permettre d'attendre très longtemps. »

Wisting se leva.

« Avant de divulguer la moindre information, nous devrions déterminer qui est l'auteur des lettres anonymes. »

Stiller prit le scellé contenant le magazine de Hanne Blom.

« Et Danny Momrak ? demanda-t-il.

— Je vais aller lui parler. »

45

La chaussée avait séché. Wisting rentrait chez lui, le soleil en pleine face. Il sentait que la perturbation de son horloge interne l'affectait et ressentait vivement les effets du décalage horaire, mais le repos n'était pas une option.

Entendant que le bulletin d'information commençait, il augmenta le volume de la radio. Il se pencha vers le volant quand il fut question du meurtre d'Agnete Roll à Stavern. Un individu était mis en examen pour témoignage mensonger et placé en garde à vue. Christine Thiis, responsable de l'action publique, avait refusé de commenter l'affaire, mais on annonçait un communiqué de presse dans l'après-midi. « Au terme de trois jours de recherches, Agnete Roll a été retrouvée tuée il y a une semaine », conclut le journaliste.

Wisting roula jusqu'à une bretelle de sortie et se gara sur une aire latérale. Il tapa un message et l'envoya à Hammer : *Le mari ?*

La réponse ne vint pas tout de suite. Il réintégra l'autoroute. Il regrettait son message, c'était une intrusion malvenue.

Cinq minutes plus tard, son téléphone sonna. Hammer.

« C'est bien Erik Roll, oui, confirma-t-il. Nous l'avons interpellé hier, mais j'ai bien peur qu'il nous échappe.

— Vous avez quoi ?

— Notre point de départ est sa déclaration inexacte concernant son retour chez lui la nuit de la disparition d'Agnete. Il a finalement admis ne pas être allé directement du bar à la maison et être passé chez sa collègue avec qui il avait eu une liaison. »

Wisting se souvenait de son nom : Benedikte Lindhjem.

« Cela lui donne peut-être un mobile, mais ça ne le rapproche pas du meurtre.

— Et le bidon d'essence ? Maren m'a dit que le bidon d'essence de la tondeuse avait disparu. »

Hammer soupira.

« Erik Roll pense qu'il a été volé. Ce n'est pas particulièrement crédible, mais l'abri de jardin n'était pas verrouillé et, en l'occurrence, des vols d'essence ont été signalés dans les environs.

— Vous avez autre chose ?

— Maren travaille sur une ou deux pistes. Elle a trouvé de la cendre sur les chaussures d'Erik Roll.

— Il a expliqué qu'il était allé sur le terrain du sinistre quand il cherchait sa femme, rappela Wisting.

— Justement, elle s'occupe de la datation. »

Wisting regarda le micro au plafond de sa voiture.

« Dater de la cendre ? s'étonna-t-il. C'est possible, ça ? »

Il lui sembla entendre quelqu'un entrer dans le bureau de Hammer.

« Elle pourra te l'expliquer elle-même, dit ce dernier, soudain pressé. Elle a une hypothèse selon laquelle Erik Roll aurait caché le corps de sa femme sur le terrain du sinistre avant de revenir incendier les lieux.

La radio se ralluma à la fin de la communication. Wisting l'éteignit en essayant de concentrer ses pensées sur Danny Momrak. Tous les indices et preuves le désignaient. Le jugement le décrivait comme dépourvu de toute crédibilité. Cependant, il ne s'agissait pas de cela dans une affaire criminelle. Dans une affaire criminelle, il s'agissait de découvrir la vérité.

Il était près de 15 heures quand il arriva chez lui. Il avait besoin de se sustenter et de prendre deux heures pour préparer sa rencontre avec Danny Momrak.

Sa boîte était vide. L'herbe du jardin avait déjà bien poussé. Il aurait été avisé de tondre avant qu'il ne repleuve.

Il entra dans la maison avec son sac de voyage. En le déballant, il s'aperçut qu'il n'avait pas pris ses antibiotiques conformément aux indications du médecin. Pendant son séjour aux États-Unis, il avait perdu la notion du temps. Il se dépêcha d'en avaler un et plaça la plaquette à côté du lavabo de la salle de bains.

Son réfrigérateur n'offrait qu'un choix limité. Wisting finit par réchauffer une poêlée de pommes de terre surgelées, qu'il accompagna de deux œufs au plat. Line fit son apparition pendant qu'il mangeait.

« Bienvenue à la maison », déclara-t-elle en souriant avant de poser son courrier sur la table.

La lettre anonyme était glissée dans un sachet en plastique transparent.

« Merci ! »

Line s'assit.

« Comment est la forme ? s'enquit-elle. Tu as l'air fatigué.

— Je sens que j'ai voyagé loin.

— Ton séjour a été profitable ? Tu as pu parler avec l'Américain ?

— Oui. Il y a probablement eu un malentendu. Ce n'est pas certain qu'il se soit trouvé en Norvège au moment concerné.

— Et tu as dû aller jusque là-bas pour le découvrir ? »

Il haussa les épaules.

« Reste à vérifier si c'est effectivement le cas.

— Mais pourquoi fallait-il absolument le voir ? »

Il termina son assiette et entreprit de desservir.

« Nous pensions qu'il s'inscrivait dans une chronologie », répondit-il en consultant sa montre.

Il n'avait pas parlé à Line de Danny Momrak et ne le fit pas cette fois non plus. Elle se figurait toujours qu'il s'agissait de Jan Hansen et du meurtre de Pernille Skjerven en 2001.

« Où est Amalie ? demanda-t-il.

— Chez Sofie et Maja. Je pars la chercher.

— Je dois sortir, moi aussi. »

Il l'accompagna jusqu'à la porte, mais retourna dans la cuisine pour prendre ses notes. L'un des outils les plus importants d'une enquête était la chronologie, surtout dans des affaires complexes impliquant de nombreuses personnes et comprenant plus d'un crime. Rien ne se passait dans un vide parfait. Pour chaque événement, il y avait un avant et un après. La procédure habituelle était de retracer tout ce qui précédait un meurtre pour découvrir ce qui avait conduit au crime fatal, mais souvent, ce qui le suivait pouvait également donner des indications et des réponses.

Comme il expliquait à Line que l'Américain ne s'inscrivait pas dans la chronologie, son cerveau avait réagi, il s'était senti interpellé. Il ne savait pas par quoi.

La chronologie qu'il avait établie s'étirait sur près de vingt ans. Le point de départ était le meurtre de Tone Vaterland en 1999. Deux ans plus tard, Pernille Skjerven avait été tuée. En 2005, Jan Hansen s'était mis en couple avec Hanne Blom et en 2012, il avait été transféré à la prison d'Ullersmo. Jusqu'à la libération de Danny Momrak, les deux hommes avaient été détenus dans la même division. L'été précédent, Jan Hansen était mort. Et maintenant, un an plus tard, Wisting avait commencé à recevoir des lettres désignant Hansen comme véritable coupable de l'affaire Vaterland. Entre ces points principaux, la ligne reliait un ensemble de petits et de grands événements. Janne Kronborg s'était suicidée, Curtis Blair avait été condamné pour le meurtre de son père, Ninni Skjevik avait tourné un documentaire sur la prison, Sten Kvammen avait fait carrière, Thorleif Fjellbu avait pris sa retraite d'aumônier, l'avocat Bohrman avait communiqué les documents de l'affaire. Tout un réseau de lignes et de connexions. Il ne savait toujours pas qui tirait les ficelles.

46

18 janvier 2014, 18 h 15

Le papier avait perdu ses couleurs et était devenu cassant. Quand Danny le déplia, il crépita entre ses mains.

Ninni changea de position sur le canapé en cuir, regarda entre les barreaux de la petite fenêtre. La neige avait ajouté près de cinquante centimètres au mur extérieur.

L'article de commentaire datait de la veille du jugement de Danny. C'était l'une des rares choses qu'elle ait emportées en quittant le quotidien régional. Elle y avait passé près de six ans, livrant chaque jour deux ou trois articles, mais lors de son départ, elle n'avait eu droit ni à un gâteau ni à des discours. Tout ce qu'elle avait obtenu était une attestation indiquant les dates de début et de fin de contrat et énonçant quelques caractérisations simples : « Autonome et entreprenante, dotée d'une grosse capacité de travail et bonne plume. » C'était déjà ça.

« Je ne comprends pas, dit Danny en levant les yeux.

— Je pensais que vous étiez innocent et j'avais préparé un article pour le cas où vous seriez acquitté. »

Il regarda encore le papier.

« Je continue de le croire, précisa-t-elle. Je pense qu'il est possible de convaincre d'autres gens.

— Comment ? »

Ninni s'avança, baissa la voix, comme si on pouvait les entendre.

« En découvrant qui l'a réellement fait.

— Et comment ? »

Elle lui expliqua qu'elle souhaitait réaliser un documentaire consacré exclusivement à son affaire, souligna combien il était bon à l'écran dans leur production en cours et gonfla sa propre expérience de journaliste d'investigation.

« J'ai déjà un nom sur mon calepin, conclut-elle. Un violeur qui vivait à Bamble à l'époque, mais qui n'a jamais été entendu.

— Qui ça ? »

Elle ne voulait pas livrer son nom avant d'avoir convaincu Danny de participer afin d'éviter qu'il en parle à son avocat.

« Un étudiant américain. Il a quitté la Norvège le lendemain du meurtre. Je suis en train de retrouver sa piste aux États-Unis. »

Danny se leva. Il fit les cent pas dans la pièce, mais s'arrêta comme Ninni se mettait à fouiller dans son sac.

« Elle a été prise en Norvège, trois mois avant le meurtre », expliqua-t-elle en lui tendant la photo de Curtis Blair.

Elle vit qu'il comprenait ce que cela signifiait.

L'homme à l'appareil photo et aux vêtements de camouflage que la police n'avait jamais retrouvé.

« Si je dois continuer de travailler là-dessus, je suis tributaire de votre collaboration. Et il ne faut pas en parler du tout. Ni à votre avocat ni à d'autres journalistes. Ni à personne d'autre. »

Danny avait mille questions en tête.

« Marché conclu ? » demanda-t-elle.

Il acquiesça.

« Dites-moi simplement ce que vous voulez que je fasse. »

47

Eu égard à la nature de sa visite, Wisting n'avait pas prévenu Danny Momrak de sa venue. Bien des informations pouvaient être perdues au téléphone, les expressions du visage, les émotions, les nuances.

Il s'était familiarisé avec les environs en consultant une carte en ligne. Danny Momrak vivait à l'écart, près de l'ancien tracé du chemin de fer entre Larvik et Porsgrunn. Wisting ne s'était pas rendu dans le coin depuis des décennies. Il ne subsistait pas grand-chose du village peu peuplé. L'école était fermée, plusieurs habitations étaient inoccupées.

D'après les éléments qu'il avait pu trouver, Momrak avait emménagé au domicile de son oncle, resté vide depuis sa mort quatre ans auparavant. Il repéra ce qu'il pensait être la bonne sortie et cahota sur un chemin de terre qui se terminait devant une maison isolée, à la lisière de la forêt. Une façade ocre se cachait derrière des échafaudages. Devant étaient garées trois épaves de voitures et une vieille Volkswagen Touran grise. Wisting releva le numéro d'immatriculation avant de descendre.

Le moteur de son véhicule émit quelques claquements

secs. Un chat noir allongé par terre se leva et le regarda, la queue dressée.

Danny Momrak apparut à la porte, en vêtements de travail. Il avait pris quelques années, mais ressemblait aux photos d'autrefois.

Wisting le salua d'un signe de tête. Le chat trottina à sa rencontre, suivi de Momrak, quelques pas derrière.

« Vous êtes de la police, constata-t-il. William Wisting, c'est ça ? Mon avocat m'a dit que vous étiez passé le voir.

— C'est exact. Il y a eu un nouveau développement depuis notre rencontre. Pourrions-nous avoir une petite conversation ? »

Momrak l'emmena à l'arrière de la maison, où il se livrait à des travaux de terrassement. Des piles de dalles d'ardoise s'élevaient sur le chantier, mais il avait déjà couvert quelques mètres carrés en bordure du bâtiment. Wisting souligna l'envergure de l'entreprise.

« Je le fais par petites étapes. Mon oncle travaillait à l'ardoisière. D'aussi loin que je me souvienne, j'ai toujours vu ces pierres ici. »

Deux oiseaux s'envolèrent d'une brouette rouillée pleine d'eau de pluie. Le chat n'y prêta pas attention.

Ils s'assirent de part et d'autre d'une table de jardin bancale.

« Vous allez avoir une belle terrasse, nota Wisting.

— Oui, mais les oiseaux dégueulassent tout », se plaignit Momrak en balayant les fientes séchées de la table.

Le chat se coucha à ses pieds. Wisting sortit son calepin.

Quelles que soient les questions auxquelles pouvait

répondre une analyse en laboratoire, parler avec des gens restait primordial. C'était le cœur de toute enquête. Les explications des témoins et des suspects étaient la source de la connaissance ; ensemble, ils constituaient une histoire hétéroclite, complexe, qu'il s'agissait d'interpréter et de resituer dans une globalité.

Ayant le soleil dans les yeux, Momrak se décala légèrement.

« Donc, si je comprends bien, vous travaillez officiellement sur l'affaire, maintenant ? »

Wisting confirma et expliqua qu'il effectuait une mission pour l'unité des *cold cases*.

« Ça ne vous dérange pas que j'enregistre notre entretien ? demanda-t-il en préparant la fonction enregistrement de son téléphone.

— C'est un interrogatoire ? Je devrais avoir mon avocat avec moi ?

— Je pense que nous sommes du même côté dans cette histoire. »

Momrak hocha la tête, se pencha pour caresser l'encolure du chat.

« C'est Jan Hansen qui l'a fait ? »

Wisting démarra l'enregistrement.

« Il est trop tôt pour le dire.

— Mais vous avez trouvé de nouvelles preuves ? À part qu'il était là-bas quand Tone a été tuée ? »

Wisting ne voulait pas parler des vêtements de Tone Vaterland et de la recherche d'ADN.

« Le fait qu'il soit mort complique tout, répondit-il.

— Mais il n'est pas trop tard, si ? Vous pouvez découvrir des choses quand même ? L'ADN, les empreintes digitales et tout ça, je veux dire. Ce n'est pas effacé des fichiers parce qu'il est mort ?

— Pas avant quelques années, non. »

Momrak tira de sa poche un paquet de cigarettes et un briquet puis en alluma une.

« Vous étiez en détention ensemble. Quel genre de contacts aviez-vous en prison ?

— Le strict minimum. J'ai tout de suite compris quel genre de gars c'était. Avec lui, c'était tout par en dessous. Un vrai sournois. Il rusait toujours pour obtenir des choses, ne partageait jamais. Étant le plus vieux de notre division, il pensait tout savoir mieux que les autres.

— Vous arrivait-il de parler des affaires qui vous avaient fait condamner ?

— Non.

— Donc il ne savait pas pour quoi vous étiez en prison et réciproquement ?

— Je savais qu'il était incarcéré pour meurtre. Il avait aussi été question de plusieurs viols. Je gardais mes distances.

— Qui avait parlé de viols ?

— Un des mecs, mais je n'en sais pas plus. Quand on est en prison, on ne peut pas aller sur Google pour faire des recherches. »

Les passereaux revinrent se percher sur la brouette, burent en effleurant la surface de l'eau du bec. Le chat se leva, mais se contenta de les observer.

« J'ai vu le documentaire dans lequel vous étiez », déclara Wisting.

Ils parlèrent un peu de la façon dont Momrak avait été amené à y participer. Malgré ses réticences initiales, il était en fin de compte satisfait du résultat.

« J'ai cru comprendre que vous aviez parlé avec la réalisatrice, dit Momrak. Ninni Skjevik. Elle est venue ici lundi. Elle a couvert toute l'affaire en 1999. Je n'avais pas accès aux journaux à ce moment-là, j'étais en détention provisoire, mais mon avocat avait conservé une grande partie des articles de presse de l'époque et j'ai tout lu avant le procès en appel. Globalement, c'était très frustrant et énervant de voir comment les journalistes avaient abordé les choses, mais ce qu'elle avait écrit, elle, ça allait. Elle ne prenait pas parti. »

Le chat se dirigea vers le bois, mit le cap sur un sentier. Au bout, Wisting voyait scintiller un plan d'eau.

Momrak tapa la cendre de sa cigarette sur le côté de sa chaise.

« Et l'Américain ? Vous avez examiné son cas ?

— Nous y travaillons. » Wisting réorienta la conversation. « Pouvez-vous me parler du jour où Tone a été tuée ? »

Son interlocuteur poussa un soupir.

« Je l'ai fait tellement de fois. Vous n'avez qu'à lire ma déclaration. L'histoire n'est pas différente aujourd'hui.

— Commencez donc à partir du moment où vous étiez dans votre voiture à la station-service », insista Wisting, visualisant la photo extraite des enregistrements de la caméra de surveillance.

Momrak pinça sa cigarette entre deux doigts avant de lâcher le mégot sur les dalles d'ardoise.

« J'ai pris Gamleveien, je me suis garé devant le garage, je suis allé chercher les trucs et je suis ressorti. C'est tout.

— Les trucs ?

— Le shit.

— Vous avez mis combien de temps ?

— Un quart d'heure.

— C'est long. »

Momrak haussa les épaules.

« J'en avais presque cinquante grammes au garage. J'ai coupé mon bloc en barrettes de cinq grammes. Il a fallu peser, emballer, ça a pris un peu de temps.

— Où cachiez-vous le haschich dans le garage ? »

Momrak hésita un peu. Wisting n'avait rien lu sur le sujet dans les déclarations.

« Pas dans le garage même. Dans la pente à côté, il y avait des vieux pneus et c'était dans un de ces pneus.

— Et la balance ?

— Je l'apportais. »

Cela correspondait au fait qu'elle figurait dans le rapport répertoriant les saisies effectuées dans le véhicule de Momrak.

« Jan Hansen conduisait un camion caisse blanc avec hayon. » Wisting savait qu'il ne pouvait en aucun cas se souvenir d'une chose pareille, mais ne put s'empêcher de poser la question malgré tout. « Avez-vous vu un tel véhicule ?

— Pas sur Gamleveien. C'est écrit dans les procès-verbaux d'auditions. Je n'ai vu ni Tone, ni son vélo, ni quoi que ce soit d'autre. Mais vous savez… »

Il marqua une courte pause, comme pour clarifier ses pensées.

« Avant de m'engager sur Gamleveien, je restais toujours un moment dans ma voiture pour observer les véhicules qui passaient, au cas où. Il pouvait y avoir des voitures ou des piétons qui prenaient cette route pour descendre se baigner. Je voulais m'assurer que j'étais seul et qu'il n'y avait pas de policiers dans les parages. Parfois des voitures de police affectées à la circulation routière se retrouvaient à la station-service, des voitures banalisées aussi. Alors je regardais autour de moi. »

Il s'arrêta encore.

« J'y ai beaucoup pensé, reprit-il. C'est un soir auquel j'ai beaucoup réfléchi pour essayer de me souvenir d'autres éléments. Je revois tout, et il me semble que quand j'étais à la station-service, il y avait aussi un camion caisse, avec un nom sur le côté, je ne me souviens plus de ce qui était écrit, mais je me souviens d'une photo de fauteuil. »

Wisting regarda son téléphone pour s'assurer que l'enregistrement fonctionnait.

Jan Hansen conduisait le même utilitaire quand, deux ans plus tard, il avait enlevé et tué Pernille Skjerven. *Mobilier Larsen* était écrit sur le côté, avec une photo de fauteuil Stressless.

Rentrant de sa promenade, le chat attaqua sa toilette.

« Je ne peux pas l'affirmer, continua Momrak, mais c'est en tout cas une image que j'ai. De l'endroit où il était garé, il suffisait de traverser l'E18 pour être à la bifurcation de Gamleveien, où Tone arrivait à vélo. »

Wisting nota quelques mots clés. Il pouvait s'agir d'un souvenir recréé, ou d'une invention pour renforcer le soupçon contre Jan Hansen. Lors de l'arrestation de ce dernier, son camion avait été montré à la télévision, dans les journaux. Le numéro d'immatriculation n'était pas systématiquement flouté.

« Que savez-vous du meurtre pour lequel Jan Hansen a été condamné ? demanda-t-il.

— Pas grand-chose d'autre que ce que Ninni Skjevik m'a raconté. Ce n'est pas évident de trouver des informations sur Internet, ça commence à faire longtemps.

— Vous saviez qu'il avait une petite amie ?

— Oui. Elle lui rendait visite en prison. Quand elle venait, on était tous au courant, parce que ça empestait l'après-rasage dans toute la division, et parfois on les entendait jusque chez nous.

— Vous avez eu des contacts avec elle ?

— Moi ? Pourquoi j'en aurais eu ? »

Wisting ne répondit pas. Il cherchait à découvrir des connexions, des connivences. Il essayait d'imaginer qui avait pu envoyer les lettres anonymes.

« Et avec Thorleif Fjellbu ?

— L'aumônier ? Je ne suis pas croyant. Je n'avais rien à lui dire. »

Le soleil s'était déplacé au cours de leur conversation, Momrak fit de même.

« La personne avec qui vous devriez parler, c'est Jonas Haugerud. À l'époque, il s'était débiné, il n'avait pas osé admettre qu'il m'avait acheté du haschich, mais il y a prescription, et d'après ce que j'ai entendu, il a été condamné pour des trucs plus graves par la suite. Peut-être qu'il pourra répondre honnêtement maintenant. »

Le chat disparut sous la table. Wisting le sentit se frotter contre ses jambes pendant qu'il scrutait son interlocuteur, en essayant d'envisager quel effet une peine de dix-sept ans avait pu lui faire. Momrak avait un regard assuré, qui transpirait l'autosatisfaction, mais une certaine crispation de sa bouche suggérait que tout n'était pas dit. En même temps, il avait un côté soumis, qui pouvait s'interpréter comme une forme d'indifférence ou une espèce de mépris des autres résultant d'un long séjour en prison. On sentait en lui un acharnement haineux.

48

Rétablir son accès au réseau informatique ne fut pas un processus simple. Wisting dut s'identifier sur chacun des fichiers, et chaque fois entrer le mot de passe automatiquement généré avant d'en choisir un autre. Quand il arriva au bout de l'opération, la nuit était tombée. Il resta dans la lumière bleuâtre de son écran à lire le rapport sur la correspondance entre l'ADN des cinq échantillons prélevés sur le chemisier de Tone Vaterland et le profil génétique de Jan Hansen. Une lecture attentive lui révéla qu'il s'agissait d'analyses plus approfondies qu'il ne l'avait supposé de prime abord. On avait notamment découvert la présence d'ADN féminin sur les sous-vêtements. L'empreinte génétique de Tone Vaterland n'était pas disponible sur le réseau interne de la police, pour obtenir confirmation que cet ADN était le sien, il fallait chercher son profil dans les bases de données de l'institut forensique.

Il ressortit le rapport sur les examens biologiques de 1999. La liste était longue. On avait effectué des prélèvements sur la vulve, dans le vagin, dans l'anus, sur la poitrine, sur le cou, dans la bouche, sur les bras, sur les mains, sur les pieds, sur les doigts et sur les ongles. Les seuls examens qui avaient donné des résultats étaient ceux des prélèvements internes.

Il nota le nom de la laborantine qui venait d'effectuer les nouvelles analyses des vêtements. Les conditions n'étaient pas du tout les mêmes qu'en 1999, mais il avait néanmoins des questions à lui poser. Il serait intéressant de faire examiner les anciens prélèvements avec de nouvelles méthodes.

Avant de se déconnecter, il vérifia où en était l'affaire visant Erik Roll. D'après ce qu'il voyait, ce dernier était encore en garde à vue, dans une cellule du commissariat de Tønsberg.

Dans le courant de la journée, plusieurs nouvelles auditions avaient été consignées. Wisting ouvrit la dernière. Jan Ove Bergene Larsen, un garçon de seize ans, avait été entendu en présence de ses deux parents. D'après l'explication introductive, il était le dernier d'une bande de quatre garçons à être interrogé. Ses copains avaient déjà avoué avoir volé de l'essence pour leurs deux-roues. Un soir, ils avaient fait le mur et écumé le voisinage à la recherche de bidons d'essence. Ils avaient fouillé des abris de jardin et des garages non verrouillés, emportant parfois les bidons entiers, ou versant l'essence dans les jerrycans à moitié pleins qu'ils avaient récupérés. La razzia avait été effectuée la nuit de la disparition d'Agnete Roll. L'abri de jardin des Roll figurait parmi les lieux visités.

Wisting lut aussi les déclarations des autres garçons. L'un d'eux était un ami du fils d'Ole Lind, qui tondait chez Erik et Agnete. L'accompagnant un jour où il œuvrait chez une vieille dame de Vardeknausen, le garçon avait vu un jerrycan de dix litres dans l'abri de jardin. Cela lui avait donné cette idée. Des litres et des litres de carburant étaient facilement accessibles. Très peu de gens s'apercevraient de l'absence de deux ou trois litres d'essence dans leur bidon et, quand bien même un bidon entier aurait disparu, il demeurait peu probable qu'ils se donnent la peine de porter plainte.

Un rapport évoquait une cachette derrière le collège, où avaient été remisés trois bidons vides. Deux d'entre eux étaient semblables à celui qu'Erik Roll affirmait lui avoir été volé. La police les avait saisis pour une recherche d'empreintes digitales.

L'affaire était en train de changer de direction. La crédibilité d'Erik Roll était renforcée. Il serait libéré le lendemain. Ce qui aurait pu être une percée dans l'affaire était devenu un pas en arrière.

49

En attendant de pouvoir appeler le service forensique, qui n'ouvrait qu'à 8 heures, Wisting prit son petit déjeuner en lisant les journaux en ligne.

Quand il réussit enfin à contacter l'institut médico-légal, il dut patienter pendant que la laborantine essayait de déterminer si les traces de 1999 étaient toujours conservées chez eux. Il s'agissait de prélèvements sur cotons-tiges, de rognures d'ongles, de poils et de cheveux. Lorsqu'elle revint en ligne, elle l'informa que tout avait été renvoyé à la police à l'issue de la procédure judiciaire.

Ensuite, il rappela Stiller, qui avait cherché à le joindre à deux reprises pendant qu'il était au téléphone.

« De nouvelles lettres ? » voulut savoir l'enquêteur de Kripos.

Wisting avait ouvert sa boîte peu après 7 heures.

« Non, répondit-il. Quand aurez-vous une réponse pour la dactyloscopie ?

— Avant le déjeuner. »

Wisting se rendit sur sa terrasse, tâta un coussin. Il les avait oubliés dehors. Les trois jours de pluie les avaient laissés trempés, mais il les redressa contre les dossiers des fauteuils pour les faire sécher au soleil.

« Je me suis entretenu avec le procureur et je lui ai envoyé un rapport préliminaire, l'informa Stiller. Il va en parler avec la police locale aujourd'hui, mais pense que nous ne pouvons pas temporiser davantage avant de contacter les avocats de Momrak et de Hansen et toutes les parties concernées.

— Ce qui signifie que Sten Kvammen sera au courant aussi.

— Vous voulez lui parler vous-même ? »

Wisting réfléchit. Il se demandait comment il aurait réagi si on lui avait signalé qu'il n'avait pris que des mauvaises décisions. La réouverture d'anciennes affaires était à double tranchant. Pour l'unité des *cold cases*, c'était une victoire, pour ceux qui avaient détenu la responsabilité initiale de l'enquête, une défaite.

« Pas aujourd'hui. Il y a une ou deux choses sur lesquelles je voudrais avancer. »

Il lui relata sa visite de la veille à Danny Momrak et expliqua qu'il fallait en assurer le suivi en interrogeant à nouveau l'homme qu'il avait présenté comme son alibi en 1999.

« Je pensais passer voir Kathe Ulstrup d'abord. Je trouve qu'elle devrait être tenue au courant.

— Vous voulez que je vienne ?

— Non. Elle pourra m'accompagner, elle connaît l'affaire. »

Tout en parlant, il rangea son ordinateur et ses notes dans une sacoche. Il raccrocha alors qu'il montait dans sa voiture.

Kathe Ulstrup avait déjà répondu à son message l'informant qu'il souhaitait la voir pour lui communiquer les derniers développements de l'affaire. Elle était disponible et pouvait le recevoir.

Au poste de Bamble, Wisting s'assit sur la même chaise que la fois précédente. Ulstrup avait préparé une thermos de café et était descendue à la galerie marchande acheter un gâteau à la boulangerie.

« Nous avons trouvé Curtis Blair.

— Vous lui avez parlé ?

— Oui. Il se trouve qu'il est incarcéré aux États-Unis. Condamné pour le meurtre de son père. »

Il remarqua que l'information générait en elle une myriade de questions, mais il ne lui laissa pas le loisir de s'exprimer. Sans mentionner qu'il s'était lui-même rendu aux États-Unis, il expliqua que Curtis Blair avait été entendu et affirmait avoir quitté Bamble la veille du meurtre de Tone Vaterland.

« Kripos a été en contact avec la compagnie aérienne, qui n'a conservé aucune liste de passagers de cette époque. »

Kathe Ulstrup poussa les tranches de gâteau vers lui.

« Je me demandais si vous auriez la possibilité de vous renseigner auprès du trésorier du Lions Club, poursuivit-il. Ce doit être lui qui avait acheté le billet d'avion, il dispose peut-être encore d'un justificatif. »

Elle acquiesça en notant.

« Quand Janne s'est suicidée, a-t-on eu la moindre indication que tout ne tournait pas tout à fait rond chez les Kronborg ? »

Elle le dévisagea.

« Si tout avait été normal, elle ne se serait peut-être pas suicidée, si ?

— Vous disiez que Janne avait avalé les somnifères

de sa mère. Savez-vous depuis combien de temps elle en prenait ?

— J'ai eu l'impression que ça faisait longtemps. À quoi pensez-vous ? »

Il lui fit part des insinuations de Curtis Blair au sujet de Terje Kronborg,

« C'est la première fois que j'en entends parler, mais ça ne me surprendrait pas. Terje Kronborg était un homme dominateur. Mais maintenant, il est en maison de retraite avec un Alzheimer. »

Elle se servit une part de gâteau.

« Quand aurez-vous les résultats d'analyse des vêtements ?

— Ils sont arrivés hier.

— Alors ?

— On a de l'ADN dans des taches de sperme et de sang. »

Kathe Ulstrup semblait déconcertée.

« On a regardé s'il y avait une correspondance avec le profil de Danny Momrak ?

— Ça ne vient pas de lui, mais il y avait une autre concordance dans le fichier.

— Qui ? »

Ne répondant pas tout de suite, il lui tendit une photocopie du procès-verbal d'interrogatoire de Jan Hansen, effectué par elle en 1999.

« Vous l'aviez entendu. »

Elle lut son nom à voix haute.

« Jan Hansen… »

Elle parcourut les déclarations qu'elle avait autrefois consignées par écrit.

« Je m'en souviens, déclara-t-elle. Il avait vu Tone partir du Bamblegrill.

— Deux ans plus tard, il a été arrêté pour le meurtre de Pernille Skjerven à Larvik», précisa Wisting.

Elle en resta bouche bée. Il eut l'impression de la voir assimiler la possibilité de s'être trouvée face au réel tueur.

«Je me souviens de cette affaire, finit-elle par dire. Pernille Skjerven. Elle était à vélo, comme Tone. Le nom de Jan Hansen était sorti dans les médias, non?

— Ils l'ont tenu secret jusqu'au jugement, mais de toute façon, Jan Hansen, c'est un nom courant. Il n'y avait pas de raison pour que vous ou d'autres enquêteurs fassiez le rapprochement.

— Et maintenant, qu'allez-vous entreprendre? Vous lui avez parlé?

— Jan Hansen est mort l'été dernier. Cancer de la prostate métastasé.»

Ulstrup toussota, elle avait du mal à formuler les questions qui se pressaient.

«Mais comment… Son nom était-il mentionné dans les informations que vous avez reçues? Vous connaissiez son existence quand vous êtes allés explorer le vide sanitaire?»

Wisting le confirma, lui parla des lettres anonymes.

«Donc Danny Momrak est innocent, récapitula-t-elle. Sten Kvammen est-il au courant?

— Nous n'avons pas encore tiré de conclusion. Le procureur va l'appeler, et pour le reste, nous attendons avant d'informer Momrak et la famille Vaterland.

— Que reste-t-il à faire?

— En premier lieu, j'aurais bien aimé connaître l'identité de l'auteur des lettres anonymes, mais je voudrais aussi faire réanalyser les prélèvements de l'époque à l'aide des technologies actuelles.»

Il précisa que le service médico-légal les avait renvoyés à la police de Porsgrunn.

« Pourriez-vous déterminer s'ils sont toujours conservés quelque part ?

— Bien sûr. Je peux faire autre chose ?

— Oui. Savez-vous où trouver Jonas Haugerud ? Danny Momrak pense qu'aujourd'hui, il confirmerait l'histoire de vente de haschich.

— Il est à Langesund. Il achète et il vend depuis cette époque. Cela ne fait pas plus de trois semaines que nous l'avons interpellé.

— Vous pourriez m'accompagner ? »

Kathe Ulstrup se leva.

« Entendu. »

50

Ils prirent la voiture de Wisting pour se rendre à Langesund. Kathe Ulstrup le guida vers l'une des ruelles de la petite ville.

« Il vit avec son père », précisa-t-elle, lui faisant signe de se garer devant une maison à un étage, dont les corniches et encadrements découpés témoignaient d'un passé où l'on avait le goût de la menuiserie et le temps de travailler.

Un petit chien noir jappait derrière un portail. Ils entrèrent en veillant à ce qu'il ne sorte pas.

À l'arrière, un homme torse nu se levait d'une chaise de jardin. Ce devait être Jonas Haugerud. Il avait l'air tendu, comme s'il s'interrogeait sur l'opportunité de prendre la fuite.

Il resta immobile pendant que Kathe Ulstrup faisait les présentations. Ensuite, elle laissa la parole à Wisting.

« Il s'agit d'une vieille affaire. Danny Momrak. »

Haugerud sembla aussitôt se détendre, mais prit une mine agacée.

Wisting écarta un fauteuil libre, s'assit. Cela incita

Haugerud à l'imiter. Il était sec et tendineux, arborait un hâle intense.

« Vous lui avez parlé depuis sa libération ? »

Haugerud souffla par le nez. Démonstration dont l'interprétation restait libre.

« Il continue d'affirmer qu'il n'a rien à voir avec ce qui s'est passé en 1999 et nous a demandé de vous parler à nouveau.

— Je n'ai rien de plus à raconter qu'à l'époque. Ni à vous, ni à Danny, ni à qui que ce soit.

— Cela signifie-t-il que vous en avez parlé avec Danny ? demanda Ulstrup.

— Il était là où vous vous tenez maintenant. »

La policière s'assit aussi.

« Quand ça ?

— Il y a quelques semaines.

— Que voulait-il ? »

Haugerud cracha par terre.

« Il a dit qu'une fille de la télé souhaitait me parler. Je lui ai répondu que ça ne m'intéressait pas, mais elle est venue quelques jours plus tard. »

Wisting lança un regard à Kathe.

« Vous lui avez parlé ? demanda-t-il.

— Oui, mais je n'avais rien à lui dire. Et à vous non plus, d'ailleurs.

— Pouvons-nous néanmoins revoir quelques détails ? » insista Wisting.

Il sortit des copies des déclarations de 1999. Haugerud avait expliqué qu'il connaissait Danny Momrak et qu'ils s'étaient vus le 4 juillet, mais plusieurs heures avant que Tone Vaterland ne parte du Bamblegrill à la fin de son service. Quoi qu'il en soit, il ne lui avait pas acheté de haschich.

« Je n'ai rien à ajouter ni à retrancher », affirma Haugerud.

Il se racla la gorge et produisit un crachat vert qui glissa entre des cailloux.

Wisting n'abandonna pas entièrement la partie, il posa de nouvelles questions, en reformula d'anciennes, mais Jonas Haugerud maintenait l'explication qu'il avait donnée en 1999. Si c'était un mensonge, il s'était ancré en lui. Il avait vécu longtemps dessus et n'aurait rien à gagner à revenir sur ses propos.

« Ça pourrait être qui d'autre ? finit-il par demander en esquissant un geste de la main. Elle venait de quitter Danny. Il ne l'a pas supporté.

— Depuis, vous vous êtes fait prendre pour consommation, acquisition et vente de stupéfiants, dit Wisting. Était-ce quelque chose que vous faisiez à l'époque aussi ? »

Jonas Haugerud jeta un coup d'œil vers les fenêtres du premier étage.

« Ma mère est morte quand j'avais cinq ans. Globalement, j'ai dû me débrouiller tout seul depuis. J'ai commencé à fumer à douze ans, et à quatorze ans, j'ai essayé le shit. »

Le téléphone de Wisting sonna. Stiller. Il coupa le son, laissa l'appareil vibrer dans sa poche.

« C'est Danny qui vous fournissait ?

— Ça n'a jamais été un problème de m'en procurer. Cette ville n'est pas aussi innocente qu'il y paraît.

— Mais vous en achetiez à Danny ? »

Jonas Haugerud se mit à tirer sur un fil du jean découpé qui lui servait de short.

« Ça m'arrivait, oui.

— Et le 4 juillet ? »

Le fil se détacha. Haugerud secoua la tête.

« Pas ce jour-là.

— Vous en êtes tout à fait sûr ? »

Haugerud poussa un soupir démonstratif.

« Il l'a violée et tuée. Il y avait de l'ADN et tout. Je ne comprends pas pourquoi vous venez me poser ces questions maintenant.

— Vous êtes tout à fait sûr que vous ne vous êtes pas revus ce soir-là ? répéta Wisting.

— Oui. »

Son ton était catégorique, mais son corps disait autre chose. Son regard fuyait, ses doigts étaient revenus sur les franges de son short.

« Écoutez, je n'ai jamais porté de montre. » Il leva son bras gauche, secoua le poignet. « Je sais que nous nous sommes vus ce jour-là, mais je ne sais pas quelle heure il était. C'était le plein été. Il fait jour presque vingt-quatre heures sur vingt-quatre. Il était peut-être 17 ou 19 heures, 21 heures même. J'en sais rien. »

Il se leva.

« D'ailleurs, c'est ce que j'ai dit à la fille avec la caméra, ajouta-t-il. Et c'est tout ce que j'ai l'intention de dire. »

Ils n'iraient pas plus loin.

« D'accord », fit Wisting en se levant.

Jonas Haugerud resta assis à les regarder partir.

Le téléphone de Wisting sonna de nouveau. Encore Stiller.

« J'ai reçu une réponse pour l'analyse des empreintes digitales. Je sais qui vous a envoyé les lettres anonymes. »

51

Après avoir roulé pendant près de trois heures, Wisting était de retour chez Hanne Blom, à Skjetten. Ses empreintes avaient été relevées sur trois des cinq lettres anonymes. Ainsi, considérait Adrian Stiller, toutes les pièces du puzzle s'assemblaient. À la fin de sa vie, Jan Hansen avait dû lui confesser ses actes ; le fardeau était trop lourd à porter pour elle, mais elle ne voulait pas non plus être la personne qui révélait les renseignements au grand jour.

Wisting n'avait pas d'arguments à opposer à Stiller. Certes, l'une des lettres faisait référence au numéro de saisie du coton-tige utilisé pour l'examen gynécologique lors de l'autopsie de Tone Vaterland, ce qui signifiait a priori que l'auteur des lettres avait accès aux documents de l'affaire, mais après tout, le numéro de scellé, ce G-11, était indiqué dans le jugement en premier ressort condamnant Danny Momrak et dans plusieurs comptes rendus de presse.

Il s'apprêtait à couper le contact, mais l'indicatif du bulletin d'information l'incita à attendre : la police avait requalifié la mise en examen du mari d'Agnete Roll.

Wisting augmenta le volume.

Erik Roll était désormais mis en examen pour le meurtre de sa femme et placé en détention provisoire. Son avocat était surpris de ce développement. Son client ne comprenait pas.

L'information n'était pas explicitée davantage. Wisting était déconcerté. D'après son survol de l'affaire Roll la veille, il n'y avait aucun fondement pour incarcérer le mari. De nouvelles preuves avaient dû apparaître, mais il ne voyait pas ce que ça pouvait être.

Il se remobilisa sur sa mission et alla sonner à la porte. Hanne Blom arriva par le côté de la maison.

« Encore vous ? Il me semblait bien avoir entendu une voiture.

— Il y a du nouveau. Vous avez un peu de temps ? »

Elle acquiesça et le conduisit vers le jardin. Son tricot était posé sur une chaise. Elle le déplaça, s'assit. Wisting s'installa en face d'elle et alla droit au fait.

« Je ne vous en ai pas parlé hier, mais j'ai reçu des lettres anonymes qui désignent Jan Hansen comme le tueur dans une affaire de 1999. »

Elle ne sembla pas surprise. Elle s'apprêta à parler, mais Wisting ne voulait pas la laisser s'empêtrer dans des justifications.

« Une recherche d'empreintes digitales a été effectuée sur les lettres, poursuivit-il. Les vôtres ont été relevées.

— Ce doit être une erreur.

— Non. Ça a été vérifié. »

Le but de la conversation était que Hanne Blom admette avoir envoyé les lettres et divulgue ce qu'elle savait d'autre. Wisting devait éviter d'en faire une confrontation.

« Tant qu'elles ne contiennent pas de menaces, envoyer des lettres anonymes n'est pas illégal. Je comprends tout à fait cette façon de procéder, dit-il.

— Je n'ai pas envoyé de lettre, réitéra-t-elle. Ce doit être un malentendu. Une confusion, je ne sais pas. »

Elle eut un soudain haut-le-corps, comme si un souvenir lui revenait à l'esprit.

« D'où tenez-vous mes empreintes digitales ? »

Wisting ne voulait pas lui dire qu'il avait fouillé dans sa poubelle. De plus, il se rendait compte qu'il existait une possibilité que les empreintes ne soient pas celles de Hanne Blom.

« Nous pouvons faire les choses formellement, proposa-t-il. Auquel cas, nous devons aller les prendre officiellement au commissariat. »

Elle l'ignora.

« Ça vient de mon passeport ? »

Wisting secoua la tête, la police n'avait pas accès aux données biométriques du fichier des passeports, mais Hanne Blom sembla tirer cette conclusion malgré tout.

« Enfin, ce doit être une erreur, insista-t-elle. Une confusion. J'envoie plusieurs dizaines de colis par la poste toutes les semaines. Des pelotes de laine et des modèles de tricot. »

Elle montra le garage, qui lui servait d'entrepôt, comme si ses empreintes avaient pu passer d'un colis à un autre.

« Il est question de plusieurs envois, souligna Wisting, bien que l'explication de Hanne Blom soit absurde. Les empreintes ont été relevées sur les lettres mêmes. »

Elle n'était toujours pas prête à reconnaître qu'elle était l'autrice des lettres.

« D'où ont-elles été envoyées ?

— Il n'y a pas de cachet indiquant le lieu d'expédition.

— Elles ne sont pas arrivées par la poste ? »

Wisting lui expliqua que la première l'était, mais que la seconde avait été glissée directement dans sa boîte.

« Quand les avez-vous reçues ?

— La première mardi dernier.

— La semaine dernière, donc. J'étais à Bergen. Je m'y suis rendue le lundi et je suis rentrée le vendredi.

— À Bergen ?

— J'ai une amie là-bas. Vous pouvez lui demander. »

Elle donna spontanément le nom et le numéro de téléphone de son amie. Wisting ne doutait pas de la véracité de son affirmation. Cela signifiait ou bien que Hanne Blom était complice de la personne qui avait livré les lettres ou bien qu'on s'était servi d'elle d'une manière ou d'une autre.

Il songea avec quelle facilité lui-même s'était procuré un hebdomadaire comportant ses empreintes digitales.

« Quelqu'un pourrait-il avoir mis la main sur du papier à lettres avec vos empreintes ? »

Elle secoua la tête.

« Qu'est-il écrit dans ces lettres ? interrogea-t-elle avant de se lever subitement en se prenant la tête entre les mains. Les papiers !

— Quels papiers ?

— Il y a quelques mois, quelqu'un s'est mis à

déposer des papiers sur mon pare-brise. La première fois, c'était un jour où je sortais de la poste. J'ai d'abord cru à de la publicité, mais la feuille était blanche.

— Qu'en avez-vous fait ?

— Je l'ai jetée.

— Où ?

— J'étais garée près de l'entrée. Il y avait une poubelle. J'ai chiffonné la feuille et je l'ai jetée dedans. »

Les lettres qu'il avait reçues étaient couvertes de marques de plis, comme si le papier avait été froissé puis lissé.

« Combien de fois est-ce arrivé ?

— Sept ou huit fois. Ça commençait à être désagréable. Quelqu'un devait me suivre. Je suis passée à plusieurs endroits et chaque fois que je ressortais, j'avais un nouveau papier sur mon pare-brise.

— Vous en avez parlé autour de vous ?

— Oui, entre autres à Nora de Bergen. La dernière fois, j'ai pris une photo. »

Elle la chercha sur son téléphone. Une feuille blanche sous l'essuie-glace de sa camionnette. La photo datait du 3 avril.

Il resta à l'examiner avant de se carrer dans le fauteuil de jardin.

Cela s'inscrivait dans le tableau général. Tout était planifié, préparé de longue date.

52

Arrivant droit sur son pare-brise, le soleil bas du soir l'éblouissait. Wisting relâcha la pédale d'accélérateur et abaissa le pare-soleil. Il parcourut encore une vingtaine de kilomètres, plongé dans ses pensées, avant d'appeler Stiller à propos des empreintes digitales. La première réflexion de l'enquêteur de Kripos corrobora les siennes.

« Ça fait trois mois. Il est trop tard pour le découvrir. »

En théorie, il était possible de déterminer qui avait mis les feuilles sur le pare-brise de Hanne Blom. Wisting avait passé une demi-heure à retracer aussi précisément que possible où et quand les feuilles blanches étaient apparues. Ils auraient pu consulter les données de trafic pour dresser une liste des numéros de téléphone utilisés à ces moments-là et à ces endroits-là et la comparer à celle des personnes impliquées dans l'affaire, mais les traces électroniques étaient automatiquement effacées au bout de trois mois.

« Ce pourrait être une coïncidence, souligna Wisting.

— Ou un calcul, rétorqua Stiller. La première lettre

est arrivée pile trois mois après l'effacement des données. Je trouve que, dans cette affaire, de nombreux éléments suggèrent que la personne qui se tient derrière tout cela connaît les méthodes de travail de la police. »

Un animal mort gisait sur la chaussée. On aurait dit un blaireau. Wisting l'évita.

« Nous sommes arrivés aussi loin que nous le pouvions, poursuivit Stiller au téléphone. Dans n'importe quelle autre affaire, nous serions allés trouver le procureur pour lui proposer de déclencher des poursuites. Nous avons un suspect. Jan Hansen. Son sperme a été relevé sur les vêtements de la victime, il se trouvait à proximité de la scène de crime au moment du meurtre, et il a commis d'autres crimes similaires. »

Wisting n'était pas convaincu.

« C'est un peu trop facile.

— Dur ou facile, le résultat est le même. C'est la conclusion à laquelle nous sommes parvenus.

— Justement. Depuis la première lettre, tout pave la voie vers ce résultat.

— Vu qu'on ne peut pas se servir des empreintes digitales pour identifier l'auteur des lettres, qui soupçonnez-vous ?

— Le candidat évident est Danny Momrak. C'est lui qui aurait le plus à gagner si quelqu'un d'autre était désigné coupable. »

Il y eut un blanc.

« Vous semblez penser qu'il pourrait y avoir un problème avec la preuve ADN, une anomalie », finit par répondre Stiller.

Wisting se déporta pour dépasser une voiture qui tirait une caravane. Il était évident que les vêtements de Tone Vaterland étaient dans le vide sanitaire au-dessous du garage depuis 1999, et Jan Hansen était mort depuis plus d'un an, mais l'idée d'une anomalie lui était effectivement venue et il n'arrivait pas à s'en défaire.

« J'ai besoin du week-end pour tout revoir », déclara-t-il.

Il reçut une notification d'appel entrant. C'était Kathe Ulstrup. Le temps qu'il échange encore quelques paroles avec Stiller, elle avait raccroché et il dut la rappeler.

« Je viens de m'entretenir avec le trésorier du Lions Club. Il a retrouvé le justificatif de paiement. La déclaration de Curtis Blair est exacte.

— C'est bien d'en avoir la confirmation. Et les scellés d'origine ?

— Ils ont été détruits en 2008. Sans doute quand les polices de Porsgrunn et Skien ont été réunies dans un même bâtiment. Une note dans le protocole indique que Sten Kvammen a donné son feu vert et c'est justifié par l'existence d'une décision de justice définitive. »

Wisting tourna vers une station-service. Aucune législation n'encadrait la conservation des preuves d'affaires classées. Refaire des examens en 2008 n'aurait pas apporté de réponses différentes mais depuis, la technologie s'était améliorée. De nouvelles méthodes d'analyse auraient pu consolider les liens de Jan Hansen avec le meurtre.

« Je vous envoie un rapport sur les deux sujets.

— Merci. »

Il fit le plein, acheta un hot dog et un sachet de petits pains à la cardamome et aux raisins secs.

Pendant qu'il était dans le magasin, il avait reçu un message de Line, qui voulait savoir s'il était chez lui.

L'horloge du tableau de bord indiquait 19 h 45.

Il téléphona à sa fille pour l'informer qu'il serait rentré d'ici une demi-heure.

« Pourquoi me posais-tu la question ?

— Je me demandais si tu voulais venir dîner à la maison, répondit-elle. J'ai préparé une salade et il me reste quelques saucisses qu'Amalie n'a pas mangées. »

Wisting jeta un coup d'œil sur le sachet de petits pains qu'il avait posé sur le siège passager, mais accepta l'invitation. Ces derniers temps, il n'avait pas assez vu sa fille et sa petite-fille.

À son arrivée, Amalie était au lit.

Line avait mis le couvert dehors.

« Tu as relevé ton courrier avant de venir ? »

Il secoua la tête. Ayant été retardé par un accident sur l'E18, il s'était rendu directement chez elle en se garant dans la rue.

Line alluma le barbecue au gaz, y déposa quelques saucisses.

« Tu as trouvé qui t'avait envoyé les lettres ?

— C'est compliqué. »

Il lui avait seulement raconté une partie de l'histoire. Cette fois, il lui parla de Danny Momrak et de l'affaire de 1999. Il la vit tour à tour surprise et fascinée.

« C'est le sujet du documentaire de Ninni Skjevik.

— Mais c'est une histoire incroyable ! Je donnerais beaucoup pour un coup pareil…

— Comment ça va, le boulot, d'ailleurs ? s'enquit Wisting, qui songeait au fait que Cederik Smith était aussi l'un de ses directeurs.

— Il faut que je cherche autre chose. Ça ne va pas marcher de travailler sur les mêmes projets. »

Ne souhaitant manifestement pas s'étendre sur ce qui avait mal tourné entre eux, elle lui fit part de ses réflexions sur l'affaire 1569.

« Ce doit être lui qui se tient derrière tout ça. On a plus facilement confiance en un auteur de lettres anonymes qu'en quelqu'un qui a été condamné pour meurtre.

— Mais si tel est le cas, d'où tient-il ses informations ? Quelqu'un a dû lui dire où étaient cachés les vêtements.

— Se pourrait-il qu'ils se soient parlé en prison ?

— Rien ne suggère qu'ils aient eu tellement de contacts.

— Jan Hansen pourrait l'avoir dit à d'autres détenus, qui l'auraient ensuite rapporté à Danny.

— C'est une possibilité.

— Vous avez parlé avec le personnel de la prison et avec ses codétenus ?

— Pas encore. »

Elle réfléchit.

« Ce sont peut-être des manigances d'avocats. On pourrait imaginer que Jan Hansen avait tout raconté à son défenseur, qui, à sa mort, a relaté le tout à celui de Danny. Et puis ils ont élaboré un stratagème pour transmettre l'information sans se faire prendre pour violation du secret professionnel. »

Wisting n'y avait pas pensé.

« Qui sont leurs avocats ? demanda Line.

— Danny Momrak fait appel à Cristian Bohrman. Jan Hansen était défendu par Reidar Heitmann.

— Comme Erik Roll maintenant. »

Il en prit note mentalement. Il n'avait pas lu les nouvelles depuis plusieurs heures.

« Tu sais s'il est placé en détention provisoire ? l'interrogea-t-il.

— Oui, pendant quatre semaines. Rien n'est sorti sur les motifs. »

Line commença à desservir, revint avec une coupelle de chocolats.

« Tu fais quelque chose dimanche ?

— Je n'ai rien de prévu. » Il se doutait de ce qu'elle voulait. « Baby-sitting ?

— Juste quelques heures le soir. J'ai besoin de sortir un peu de la maison. Quelqu'un a donné des billets de concert à Sofie. Ça t'irait ? »

Wisting prit un chocolat. Il avait le week-end pour faire le tri dans tout ce qui concernait Jan Hansen. Il courait le risque de se trouver face à un imprévu, un élément qui ferait surface, mais il n'avait pas envie d'émettre de réserves.

« Bien entendu ! » répondit-il.

Ils restèrent à bavarder. L'air fraîchissait. Line voulut aller chercher un plaid dans le salon, mais Wisting se leva.

« Il faut que je rentre. »

Elle le raccompagna à sa voiture. Il fit la centaine de mètres qui le séparait de chez lui, se gara en marche arrière et vérifia que sa dashcam fonctionnait.

Sa boîte était à moitié pleine. De la publicité pour l'essentiel. Pas de nouvelle lettre. En revanche, un papier était glissé entre le battant et l'encadrement de la porte d'entrée.

Il l'attrapa d'un geste vif et le déplia. Un jeune homme proposait ses services de tonte et de jardinage, il avait dû faire un tour du quartier à vélo et sonner là où le jardin semblait avoir besoin d'entretien.

Wisting entra dans la maison, s'installa dans le salon, son ordinateur sur les genoux. L'incarcération d'Erik Roll avait piqué sa curiosité et il voulait voir quels étaient les éléments à charge. Il tapa ses identifiants, mais ne parvint pas à se connecter sur l'espace enquête. Il songea qu'il s'était fait exclure de nouveau, mais il avait accès à d'autres fichiers et bases de données. Il s'agissait peut-être d'une erreur temporaire. Toujours est-il que, pour l'heure, il devait se contenter de ce qu'il trouvait dans la presse pour connaître les développements de l'affaire.

L'audience devant le juge des libertés s'était déroulée à huis clos. Christine Thiis, substitut du procureur, avait exprimé en tournures évasives que certaines circonstances autour de la déclaration du mis en examen ne concordaient pas avec le reste de l'enquête. Reidar Heitmann, lui, s'était exprimé en termes catégoriques au nom de son client, comme il l'avait fait à l'époque où il avait défendu Jan Hansen.

Des photos avaient été prises devant la salle d'audience. Heitmann pouvait passer pour arrogant, ses commentaires sur la police, livrés d'un ton docte, étaient souvent condescendants, mais Wisting le percevait néanmoins comme quelqu'un de droit. Il espérait que Hammer et les autres enquêteurs avaient des preuves solides.

Tard le soir, le vent se leva. Dans son lit, Wisting écoutait la drisse qui battait contre le mât de pavoisement du voisin.

Vers 4 heures du matin, il se réveilla, fit un tour à la salle de bains et se rendit compte qu'il avait oublié de prendre son médicament. Il éjecta un comprimé de la plaquette. Les antibiotiques n'avaient pas eu l'effet qu'on lui avait fait miroiter, mais il ne les avait pas absorbés régulièrement. Il compta combien il en restait. Le nombre ne correspondait pas. Il avait dû les oublier une fois ou deux.

Lorsqu'il se recoucha, les oiseaux chantaient dehors et il savait qu'il aurait du mal à se rendormir. Une voiture passait doucement dans la rue. On aurait dit qu'elle s'arrêtait et restait quelques instants moteur allumé avant que le contact ne soit coupé.

Wisting se redressa sur son oreiller, guettant un bruit de portière. Rien.

Il écarta sa couette, se leva, enfila un pantalon.

La voiture était visible de la fenêtre de la cuisine, mais il ne voyait personne à l'intérieur.

Le SUV noir, une BMW, était certainement le véhicule qu'il avait entendu, Wisting ne l'avait pas vu plus tôt dans la soirée et ce n'était la voiture d'aucun voisin. S'il venait de se garer, le conducteur avait dû sortir discrètement et refermer la portière sans bruit.

Wisting ne voyait pas le numéro d'immatriculation.

Après quelques minutes d'observation, il trouva un pull, se chaussa et sortit. Sur le seuil, il entendit un claquement de portière. La voiture repartit avant qu'il arrive dans la rue.

Sa boîte était vide. Il alla donc chercher ses clés de voiture pour regarder les enregistrements de la caméra. La voiture était filmée à son arrivée. Wisting fit un arrêt sur image. On ne pouvait pas voir le conducteur, mais le numéro d'immatriculation était lisible. Il le reporta sur un papier avec un stylo qu'il avait déniché dans la console centrale.

Une fois rentré dans le salon, il se connecta au fichier des immatriculations. La personne indiquée comme propriétaire du véhicule était Cederik Smith. Le petit ami de Line jusqu'au week-end précédent…

Cela l'inquiéta. Que le type fasse irruption ainsi était de mauvais augure. Cela l'incita à ressortir et à descendre dans la rue. La maison de Line était plongée dans le silence, mais des traces se distinguaient dans l'herbe nimbée de rosée. Quelqu'un avait fait le tour de la maison. Son pouls s'accéléra.

Il monta les marches du perron, la porte était verrouillée. Puis il passa lui aussi de l'autre côté de la maison. La fenêtre de Line était entrebâillée pour aérer la chambre. Les rideaux et le store étaient en ordre.

Il continua d'avancer, discerna le contour d'empreintes mouillées sur la terrasse où ils avaient dîné quelques heures auparavant. Leurs verres vides étaient toujours sur la table. Les empreintes de pas continuaient jusqu'à la porte de la terrasse. Wisting vérifia sans bruit qu'elle était verrouillée aussi.

La scène était malsaine. Un ex-petit ami venait chez elle la nuit, rôdait autour de sa maison, la surveillait. Il se sentit mal, ne savait pas comment aborder la situation.

Il regarda dans la boîte aux lettres de Line. Elle était vide.

Avant qu'il n'arrive à sa propre porte, ses pensées bifurquèrent vers une remarque de Stiller au sujet de l'auteur des lettres anonymes : celui-ci avait dû le surveiller pour s'assurer qu'il était bien chez lui et n'était pas parti en vacances. Il l'avait peut-être même observé quand il relevait son courrier.

Le raisonnement était logique. Tout ce stratagème reposait sur la condition que Wisting reçoive et lise les lettres, de préférence dans l'ordre prévu.

Wisting songea qu'il avait reçu la première lettre anonyme le mardi, elle était arrivée par la poste et avait dû être envoyée au plus tard la veille. Il n'était pas impensable que l'expéditeur ait passé le week-end à s'assurer qu'il était bien chez lui.

Il se rassit avec son ordinateur et se replongea dans l'affaire Roll. Étape standard de toute enquête d'une certaine envergure sur une affaire où l'on recherchait un coupable inconnu, les enquêteurs avaient requis auprès des opérateurs les données téléphoniques du week-end où Agnete Roll avait été tuée. L'ensemble, considérable, comprenait tous les numéros de portable utilisés à Stavern pendant cette période, que ce soit pour téléphoner, envoyer un message ou aller sur Internet.

Les données remontaient à quatre heures avant la dernière observation de la victime et allaient jusqu'à vingt-quatre heures plus tard.

Wisting eut l'idée de faire un essai en cherchant son propre numéro et obtint quatre résultats, des messages échangés avec Line.

Il ouvrit son calepin, trouva les coordonnées de Ninni Skjevik et tapa son numéro. Aucun résultat.

Sur la page suivante, il avait inscrit celles de Danny Momrak. Cette fois, il obtint douze lignes de données de trafic.

Momrak n'avait passé aucun coup de fil, ni communiqué par message, mais il avait utilisé huit mégabytes de son abonnement, commençant juste avant minuit et s'arrêtant à 1 h 47.

Wisting s'éloigna de l'écran. Il était impossible d'obtenir une localisation plus précise que la zone d'antenne relais qui couvrait le centre de Stavern et ses alentours, mais il en ressortait que Danny Momrak avait donc été en ville la nuit du meurtre d'Agnete Roll.

53

Wisting supposait que Hammer et les autres enquêteurs seraient sur le pont tôt le matin. À 8 h 30, il pénétra dans le commissariat et monta dans son service, où il croisa une foule de personnes qui sortaient de la salle de réunion de personnes. Certaines, qu'il ne connaissait pas, étaient sans doute venues d'autres commissariats pour apporter leur assistance dans la phase de frénésie qui suivait toujours une arrestation ou un placement en détention provisoire.

Nils Hammer et Maren Dokken étaient restés au bout de la table de conférence, parmi des piles de documents.

« Félicitations pour cette percée », lança Wisting en guise de salutation.

Hammer le remercia.

« Tout le mérite revient à Maren », précisa-t-il.

La jeune enquêtrice sourit, l'air confuse.

Wisting se dirigea vers le coin cuisine, prit une tasse dans le placard.

« Quels sont les éléments qui l'incriminent ?

— Plusieurs choses, répondit Hammer, mais principalement des échantillons de terre et une analyse électrique.

— Une “analyse électrique”?»

La notion lui était étrangère.

«Oui. Maren va t’expliquer.»

Celle-ci déplia un document. Wisting se servit du café et alla se placer à côté d’elle. La bande de papier mesurait près de deux mètres de long et était subdivisée en heures et minutes.

«Voici la chronologie du soir et de la nuit du meurtre. Nous nous sommes fondés sur les traces électroniques et la déclaration d’Erik Roll.»

Elle montra une ligne rouge horizontale. Quelques points indiquaient les heures auxquelles Agnete et Erik Roll étaient sortis de chez eux le soir, avaient quitté le pub, été filmés par la dashcam.

Au-dessus de la ligne rouge, une ligne bleue montait et descendait en courbes abruptes entre de longs segments plats.

«Qu’est-ce que c’est? demanda Wisting.

— C’est l’analyse électrique, leur consommation telle qu’indiquée par leur compteur électronique.»

Il hocha la tête. Le réseau électrique avait été modernisé. Tous les foyers étaient désormais équipés de nouveaux compteurs enregistrant la consommation sur une base horaire. Le fournisseur d’électricité en avait installé un chez lui plus d’un an auparavant. On prétendait qu’ils permettaient de réduire les coûts car les prix variaient dans la journée. Le nouveau compteur enregistrait la consommation réelle au lieu de calculer une moyenne. Jusqu’ici, son expérience personnelle était que ses factures avaient augmenté. Selon lui, le seul avantage du nouveau compteur était qu’il lui évitait d’avoir à relever et envoyer les chiffres.

«Ici, la consommation est régulière, autour de

200 watts, expliqua Maren en passant l'index sur la ligne bleue à partir de 16 heures. Quelques lampes sont allumées, un téléphone est en charge, ce genre de choses. »

Wisting trempa les lèvres dans son café.

« À 19 heures, on a un pic de consommation. D'abord 2 200 watts, puis encore 1 000 watts de plus, et ça retombe. Cela concorde avec l'explication d'Erik Roll selon laquelle il aurait fait cuire une pizza surgelée pendant qu'Agnete se douchait. C'est la consommation du four, puis le chauffe-eau qui s'y ajoute.

— Des traces électroniques, commenta Hammer. Littéralement. »

Maren suivit la ligne bleue.

« Ici, ils sont partis en ville. Il n'y a plus personne à la maison. La consommation est faible, seuls le chauffage par le sol de la salle de bains et quelques lampes fonctionnent. »

À 22 heures se produisait une légère augmentation de la consommation.

« C'est l'éclairage extérieur qui s'allume automatiquement. Un total de six lampes. 40 watts. »

Wisting avait compris ce qu'impliquait l'analyse de la consommation électrique. Dans sa dernière déclaration, Erik Roll affirmait être rentré vers 1 heure du matin. Cela cadrait avec l'enregistrement de la dashcam et la déclaration de Benedikte Lindhjem, selon qui il s'était présenté à sa porte aux alentours de minuit et demi. Mais à 1 heure du matin, la consommation électrique ne subissait aucun changement. Ce n'était qu'à près de 3 heures que quelqu'un semblait rentrer à la maison et allumer la lumière. Ensuite, un bond indiquait que le chauffe-eau s'était rallumé, puis venait une consommation de 2 500 watts pendant deux heures.

« Erik Roll a dit qu'il était rentré juste après 1 heure du matin. Agnete n'étant pas là, il partait du principe qu'elle avait dû aller chez une copine. Dans ses déclarations, il dit être allé se coucher tout de suite.

— Et là, que fait-il ? »

Wisting désigna le pic de consommation à 3 500 watts.

« Il met en marche le lave-linge.

— D'accord. Donc, il rentre deux heures après ce qu'il a indiqué en interrogatoire, il prend une douche et lance une machine ? récapitula-t-il.

— C'est ça.

— Comment l'explique-t-il ?

— Pendant l'audience devant le juge des libertés, il a rectifié sa déclaration et dit qu'il s'était assis dans un fauteuil de jardin devant la maison pour attendre sa femme. Il a bu quelques bières et s'est endormi. Quand il s'est réveillé, il est rentré se doucher. Il avait renversé de la bière sur ses vêtements et les a balancés dans le lave-linge. C'est plausible, mais pas particulièrement crédible, intervint Hammer.

— Vous parliez d'échantillons de terre ?

— Prélevés sur ses chaussures, expliqua Maren. On a trouvé de la cendre, des bactéries et de la terre riche en azote et en potasse.

— Du guano, suppléa Hammer. En plus de marcher dans la cendre, il a piétiné de l'engrais.

— La cendre, nous étions au courant, dit Wisting. D'où vient l'engrais ?

— Du jardin d'herbes aromatiques d'Anne, qui est sur le terrain voisin des Kleiser », répondit Maren.

Hammer s'avança.

« La cendre, il a pu l'expliquer en disant qu'il était passé à la maison des Kleiser quand il cherchait Agnete le lundi. Les fientes de poulet, il a eu plus de mal.

— C'est naturel de traverser le jardin d'herbes aromatiques, commenta Wisting.

— Il prétend que c'est ce qu'il a fait, renchérit Maren. Il serait passé par le champ du bas, où on ne pouvait pas le voir depuis les maisons. »

Wisting ne comprenait pas pourquoi.

« Tu as vu *Gladiator* ? » lui demanda Hammer.

Wisting savait qu'il s'agissait d'un film historique sur la grandeur de l'Empire romain, mais il ne pensait pas l'avoir vu.

« Dans l'une des scènes de combat du Colisée, on voit un avion, expliqua Hammer. On le remarque à peine, mais il n'aurait pas dû y être.

— De l'engrais a été épandu sur les cultures d'herbes aromatiques le mardi, précisa Maren. Le lendemain du jour où il dit être allé là-bas, mais avant le second incendie de la maison Kleiser.

— S'il disait la vérité, il n'aurait pas eu de guano sur ses semelles, nota Hammer.

— Quand a eu lieu l'épandage précédent ?

— En avril, juste après la fonte des neiges, répondit Maren. Mais d'après les spécialistes, les niveaux d'azote étaient trop élevés pour provenir de cet épandage-là.

— Le potassium et l'azote ne sont-ils pas tous deux des éléments chimiques qui pourraient aussi provenir d'ailleurs ? » proposa Wisting.

Ni Hammer ni Maren ne purent lui répondre.

« En plus, on a décelé des traces d'essence sur ses

semelles, ajouta Maren. Mais il suffit sans doute d'avoir mis les pieds dans une station-service pour en avoir, il y a souvent des petites flaques de carburant entre les pompes.

— Qu'en dit-il, lui-même ?

— Qu'en cherchant Agnete, il a dû passer à un autre endroit où de l'engrais avait été épandu récemment, répondit-elle. Il aurait fait le tour de tout le quartier, serait allé voir dans les jardins, sous les buissons et tout, pour vérifier qu'elle ne s'était pas sentie mal et allongée quelque part.

— Plausible, mais pas crédible, répéta Hammer.

— Donc vous n'avez rien de concret sur lui ? » conclut Wisting.

Maren Dokken semblait déçue de ne pas obtenir de validation du travail qui avait conduit à une percée dans l'affaire.

« Mais c'est concret, protesta Hammer. On a vu des condamnations avec des preuves plus minces que ça.

— Tu as raison. » Wisting but un peu de café. « Qu'avez-vous en termes d'enregistrements vidéo ?

— On en a des heures et des heures, répondit Hammer.

— Je peux regarder ?

— Que vas-tu rechercher ? »

Wisting hésita. Il ne voulait pas raconter qu'un homme autrefois condamné pour meurtre était en ville la nuit où Agnete Roll avait été tuée.

« C'est en marge de l'affaire. Je vous expliquerai plus tard. »

Ils ne lui posèrent pas d'autre question.

« Les enregistrements sont sur un disque à part, précisa Maren. Je peux te les montrer. »

Elle rassembla ses papiers et l'accompagna à la section médias. Wisting prit place sur une chaise devant le grand écran, tandis que Maren saisissait la souris.

« Tu ne penses pas que nos éléments suffisent ? demanda-t-elle. Pour le faire condamner ?

— Pris isolément, ça devrait marcher, vous avez un mobile, il n'a pas d'alibi et il s'est fait prendre à mentir, mais tout dépend de la possibilité ou non d'une autre explication, d'un autre coupable. »

Elle tapa ses identifiants. Son regard s'attarda un instant sur l'écran, puis elle tourna la tête vers lui.

« C'est ce que tu vas chercher maintenant ? »

Il ne répondit pas.

« Vous avez mis hors de cause l'homme chez qui elle était la nuit du meurtre ?

— Jarle Schup ?

— Il est le dernier à l'avoir vue en vie, rappela Wisting. L'endroit où elle a été retrouvée n'est qu'à quelques centaines de mètres de chez lui.

— Ce n'est pas lui qui a mis le feu à la maison Kleiser, en tout cas. Il est parti au Danemark avec ses enfants le lundi matin et est rentré le vendredi. »

Wisting hocha la tête. Maren se redressa.

« Mais nous avons examiné ses chaussures, ajouta-t-elle en souriant. Ni cendre ni guano. »

Elle le laissa devant l'écran, referma la porte derrière elle.

Pour échapper au bruit des ventilateurs de la baie de brassage au mur, Wisting rapprocha sa chaise de l'écran. On avait recueilli les enregistrements de six caméras de surveillance de lieux publics, à quoi s'ajoutaient ceux non édités de la dashcam de la voiture de Brunlaveien.

Wisting commença par la station-service qui, malgré son statut de centre névralgique de la petite ville, ne capturait avec ses caméras que le moment où les véhicules s'arrêtaient aux pompes.

La caméra à l'entrée du pub avait enregistré l'arrivée d'Agnete et d'Erik Roll puis leurs départs, elle avait filmé toutes les voitures qui roulaient dans cette rue à sens unique.

Wisting avait inscrit sur un papier le numéro de la Touran grise de Danny Momrak. L'immatriculation était au nom de sa mère.

Il posa le papier devant lui, mais avait déjà mémorisé le numéro. En multipliant la vitesse de lecture par quatre, il lui fallut une heure pour visionner les images de ce qu'il considérait être la fenêtre de temps d'actualité. La voiture de Momrak n'était pas passée.

Les autres enregistrements étaient ceux d'une caméra à l'entrée de l'espace de formation et d'entraînement du ministère de la Justice, situé sur Helgeroveien, et des caméras du centre commercial Staverntunet, où se trouvaient le Vinmonopol et la pharmacie, de l'hôtel Wassilioff, d'une maison particulière de Prinsensgate et du port de plaisance.

La seule caméra qui aurait pu filmer la circulation en provenance ou en direction du secteur où vivait Wisting était la dashcam qui avait saisi Agnete et Erik à leur retour du pub. Il regarda donc les enregistrements effectués à partir de 23 heures, et reconnut le cadrage des captures d'écran que lui avait montrées Maren. La voiture étant garée face au sens de circulation, la caméra ne filmait que l'avant des voitures qui arrivaient.

Il y en avait peu, environ autant que des piétons

et des cyclistes. Leurs phares, en face de l'objectif, rendaient les plaques d'immatriculation difficiles à lire. Celle de Momrak se terminait par 01. Wisting se concentra sur les deux derniers chiffres des plaques des voitures qui croisaient la caméra. À deux reprises, il fit un arrêt sur image, mais ce n'était pas le bon véhicule.

À 0 h 04, Agnete Roll entrait dans le champ. Elle marchait tête baissée, bras croisés sur la poitrine. Sept minutes plus tard, elle était ressortie du champ.

Wisting supposait que Maren Dokken ou un autre enquêteur avait étudié ces images. Les automobilistes passés dans les quinze minutes précédentes et suivantes étaient des témoins potentiels, ils avaient très certainement été contactés et entendus.

Il traça une barre pour chaque voiture. La première était un taxi. Il en était à trois quand il appuya sur pause et s'avança vers l'écran. Sur l'image arrêtée, le numéro d'immatriculation était encore moins net, mais il semblait se terminer par 801. Les trois derniers chiffres de la plaque de Momrak.

La photo était prise en oblique. On devinait les contours d'un individu au volant, et peut-être aussi d'un passager à côté.

Wisting repassa le segment une première fois, puis une seconde, il n'avait pas de certitude, mais une réelle conviction que le numéro finissait par 801. Le début de l'immatriculation était indéchiffrable, mais il entrevoyait le V et le W du logo Volkswagen au-dessus du numéro.

L'heure de passage était 0 h 09. Cinq minutes après Agnete Roll.

Il imprima la capture d'écran, plia la feuille et se rendit dans le bureau de Maren Dokken.

Elle leva le nez de ses papiers.

« Tu as trouvé ce que tu cherchais ?

— Peut-être. Vous avez les données des péages ?

— Bien sûr. »

Il y avait des péages automatiques à l'entrée et à la sortie de la ville. La requête des listes de passages était une étape habituelle dans les enquêtes sur des meurtres, pour le cas où le coupable aurait été en transit.

« Tu peux me faire une recherche ? »

Elle se positionna devant son ordinateur, ouvrit le fichier. Wisting lut le numéro.

« Deux résultats. »

Ce n'était pas une surprise, mais il sentit néanmoins que l'information l'atteignait au plexus solaire.

Il passa de l'autre côté du bureau et se plaça tout à côté de Maren pour voir les résultats de ses propres yeux. Une feuille Excel emplissait l'écran de colonnes de numéros d'immatriculation, d'heures de passage, de montants prélevés, de numéros de badges et d'autres informations techniques.

« Passage à E18 Sky direction nord à 23 h 47, lut Maren.

— Il vient de Porsgrunn, conclut Wisting.

— Retour direction sud à 2 h 11. »

Wisting posa la capture d'écran qu'il avait imprimée sur le bureau. Maren y jeta un coup d'œil, sans plus, comme si elle préférait ne pas avoir affaire à cela.

« Qui est-ce ? demanda-t-elle.

— Le conducteur s'appelle Danny Momrak. Condamné pour meurtre en 1999. Il a été libéré il y a deux ans. »

Elle s'affala sur sa chaise, le regard incrédule et stupéfait.

« Comment as-tu… Tu veux dire qu'il pourrait avoir tué Agnete Roll ? »

Wisting repassa de l'autre côté du bureau.

« Il n'y a aucune raison de le croire, mais j'aimerais bien savoir ce qu'il faisait là cette nuit-là.

— Moi aussi. Nous devrions le convoquer pour l'entendre.

— Oui, faites-le, dit Wisting. Préviens-moi quand ça aura lieu. »

54

À la fenêtre de son bureau, Wisting attendait que Stiller décroche. La traînée de condensation d'un avion se délitait dans le ciel clair. Il se demandait si, en fin de compte, il n'avait pas vu le film de gladiateurs dont Hammer lui avait parlé, simplement il n'avait pas noté le détail de l'avion qui apparaissait dans le champ.

« Du nouveau ? » voulut savoir Stiller dès qu'il répondit.

Wisting s'assit. Officiellement, il travaillait pour Adrian Stiller et cela lui paraissait inhabituel de livrer son rapport à un directeur qui était de près de vingt ans son cadet.

« Je crois savoir qui est l'auteur des lettres anonymes. »

Il exposa sa découverte.

Il y eut un blanc.

« Ils vont le convoquer pour une audition de routine dans le cadre du meurtre d'Agnete Roll, poursuivit Wisting.

— Le mari est mis en examen, non ?

— C'est une audition de témoin. En théorie, il a

pu voir Agnete Roll et son mari. Enfin, c'est surtout une manœuvre pour lui faire dire ce qu'il fabriquait là-bas. Cela nous placera en position de lui poser la question des lettres anonymes.

— Je vois.

— Il n'était pas seul. Sur les images de la dashcam, on aurait dit qu'il y avait deux personnes dans la voiture. Il a un complice.

— Qui ça ?

— Je ne sais pas. Ce pourrait être un copain, sa mère, quelqu'un d'autre. Je n'en sais pas assez sur son compte, mais la candidate la plus évidente est Ninni Skjevik.

— La journaliste ? Elle ne travaillait pas sur la piste américaine ?

— Si, et je l'ai vérifiée pour elle. De toute façon, il serait intéressant de voir qui il contacte en sortant de l'interrogatoire.

— Vous pensez à une mise sur écoute ?

— Nous n'avons pas de fondement juridique. Non, je me demandais plutôt si nous pourrions le filer. »

Adrian Stiller inspira profondément.

« Nous n'avons pas d'équipe de filature en ce moment. À cause des vacances.

— Je vais voir ce que je peux faire avec les gens d'ici.

— Je peux descendre, si vous voulez. Tenez-moi au courant. »

Après ce coup de fil, Wisting garda son téléphone à la main pour essayer de retrouver dans son répertoire un nom qui lui échappait.

À ses débuts d'enquêteur, il pouvait appeler n'importe quel responsable de dossier et se faire donner des renseignements par téléphone. Désormais, la protection des personnes étant renforcée, la recherche d'informations s'était bureaucratisée ; au fil des ans, il s'était toutefois constitué un réseau auquel il recourait pour les choses importantes, et ces précieux contacts permettaient de mettre de l'huile dans les rouages.

Il trouva le nom. Gustav Bolk.

Ils ne s'étaient jamais rencontrés en personne, n'avaient fait que se parler au téléphone ou correspondre par e-mail.

Gustav Bolk travaillait pour la société de gestion des péages de l'autoroute qui traversait le Vestfold et le Telemark. Il était en mesure de lui indiquer si les passages de la voiture de Danny Momrak correspondaient aux moments où il avait reçu les lettres anonymes.

De toute évidence, le numéro de Wisting figurait dans son répertoire : il décrocha en lui demandant en quoi il pouvait l'aider.

« J'ai besoin de savoir si une voiture en particulier a franchi le péage entre Larvik et Porsgrunn la semaine dernière, dans la nuit de mercredi à jeudi », expliqua Wisting.

Son interlocuteur ne répondit pas tout de suite.

« J'imagine que c'est urgent, vu que vous appelez un samedi. »

Wisting avait perdu le fil des jours de la semaine.

« Vous avez accès au système depuis chez vous ?

— Oui, mais c'est le genre de recherches non autorisées qui pourrait générer des questions.

— Je n'ai pas besoin de connaître le numéro d'immatriculation ni le propriétaire. J'ai un numéro de badge et je souhaite l'heure de passage.

— Attendez un peu. »

Comprenant qu'il se connectait sur un ordinateur, Wisting prépara le numéro d'abonné Autopass.

« Allez-y », fit Bolk quand il fut prêt.

Wisting lui dicta les seize chiffres.

« Le voilà… De quel jour parlons-nous ?

— De la nuit du mercredi 12 au jeudi 13 juillet, dit Wisting en revenant en arrière dans son calepin.

— Alors j'ai un passage direction nord au péage de Sky à 0 h 02 et un retour direction sud à 0 h 34. »

Wisting avait inscrit qu'il avait entendu le claquement métallique du couvercle de la boîte à 0 h 17. Cela concordait.

« Et plus tard dans la journée ? »

Il avait trouvé la troisième lettre en rentrant l'après-midi, après être allé, entre autres choses, sur la scène de crime de Bamble.

— Il y a plusieurs enregistrements dans le courant de la journée dans différentes stations, mais je vois un passage équivalent l'après-midi. Direction nord à 16 h 38, retour direction sud à 17 h 05. »

Wisting fit glisser son doigt sur la page de son calepin. La quatrième lettre était dans sa boîte quand il avait trouvé Adrian Stiller devant chez lui le lundi 17 juillet, et Line était allée chercher ce qui, pour l'heure, était la dernière lettre le mercredi 19 juillet.

Il obtint les confirmations nécessaires.

« Pouvez-vous m'envoyer une liste complète ? »

Gustav Bolk eut une hésitation, avant d'accepter.

Ayant reçu une notification d'appel sur son téléphone, Wisting s'apprêtait à conclure, mais une autre idée lui vint.

« Et le 12 juillet ? Est-il allé dans le Vestfold ce jour-là ? »

C’était le jour du second incendie de la maison Kleiser.

« Non. Pas dans cette voiture, en tout cas. »

Wisting le remercia.

C’était Sten Kvammen qui avait cherché à le joindre. Il redoutait un peu de le rappeler, mais reçut un SMS avant d’en arriver là.

On peut se voir ?

55

Le climat de gêne fut vite perceptible lorsque Wisting accueillit Sten Kvammen devant le commissariat. Ils se jaugèrent du regard, mais ni l'un ni l'autre ne s'exprima sur ce qui s'était produit depuis leur rencontre précédente.

« Montons », proposa Wisting en le précédant vers son bureau.

Kvammen s'assit. Il se présentait cette fois avec une humilité qui mettait Wisting mal à l'aise.

« Le procureur m'a informé, commença-t-il. J'ai cru comprendre que de nouvelles preuves étaient apparues et qu'elles pourraient avoir un impact sur la question de la culpabilité.

— Aucune conclusion n'a été tirée pour l'instant.

— Quoi qu'il en soit, je serais le premier à battre ma coulpe. J'avais des enquêteurs bien intentionnés, qui travaillaient consciencieusement, et je faisais pleinement confiance aux techniciens de la police scientifique, aux médecins légistes et au tribunal, mais si je pouvais faire quelque chose pour réparer cette situation, je voudrais que vous sachiez que ce serait ma priorité absolue. Cette défaillance du système m'a tenu éveillé toute la nuit. Cela va être un avertissement pour tout le corps de police, nous devrons en tirer des enseignements. »

Wisting l'observa. Quand une enquête tournait mal, c'était souvent parce que ceux qui la dirigeaient se montraient pleins d'assurance, peu ouverts et sans désir ni volonté de corriger le tir en cours de route. À entendre Kvammen, on aurait pu penser qu'il s'agissait d'un pur accident, et Wisting comprit ce qui l'amenait : il flairait le vent. Toute cette histoire allait être très médiatisée et il risquait de devenir la cible de la presse. Il venait donc imputer la responsabilité au système, tout en donnant l'impression qu'il prenait les choses en main, agissait.

« C'est à moi de régler cela. J'aimerais être la personne qui informe Danny Momrak et la famille de Tone Vaterland.

— Il est trop tôt.

— Mais le jour venu. Je m'en suis entretenu avec le procureur.

— Ça ne dépend pas de moi. C'est l'unité des *cold cases* de Kripos qui dirige l'opération.

— J'ai pris rendez-vous avec la direction de Kripos la semaine prochaine, mais je voulais vous parler d'abord. C'est à vous que revient le mérite de cette découverte.

— Nous ne sommes pas encore arrivés au but, certaines questions restent sans réponse. »

Kvammen s'avança légèrement.

« Quelque chose pourrait-il modifier l'affaire telle qu'elle se présente actuellement ? »

Wisting hésita.

« Vous avez vu *Gladiator* ?

— Le film ?

— L'action se déroule vers 180 après Jésus-Christ, mais dans une scène, un avion passe dans le ciel. »

Kvammen ne commenta pas. Wisting prit le rapport d'analyse ADN indiquant la concordance avec le profil de Jan Hansen et les photos des vêtements trouvés sous le garage de Gamleveien.

« C'est l'ADN de Jan Hansen, il n'y a pas de doute là-dessus. Il n'y a pas non plus de doute sur le fait que c'est le chemisier de Tone Vaterland. Il manquait cinq boutons sur huit. Les trois restants sont du même modèle. Le fabricant a été contacté, la production de ce chemisier a cessé en 1998. Tout ce qu'on a trouvé portait la marque du temps et était très vraisemblablement dans le vide sanitaire depuis 1999. »

Kvammen examina les photos.

« J'avais donné l'ordre de fouiller les environs proches, dit-il. Y compris avec des chiens. Je ne comprends pas comment ces vêtements ont pu nous échapper.

— L'ADN de Jan Hansen a été relevé dans du sperme sur le chemisier. On a aussi décelé des quantités microscopiques de sang. La présence de sang dans le sperme peut être un symptôme de cancer, mais la cause la plus fréquente est la biopsie de la prostate. »

Sten Kvammen semblait ne pas saisir où il voulait en venir.

« Jan Hansen est mort d'un cancer, non ? »

Wisting croisa les jambes sous son bureau.

« Le diagnostic a été posé il y a deux ans. C'est comme l'avion dans le film. Le sang n'aurait pas dû se trouver dans le sperme prélevé, pas si ce sperme date de 1999. »

L'ancien directeur d'enquête s'humecta les lèvres.

« Qu'êtes-vous en train de dire ? La trace d'ADN aurait pu être placée après coup ?

— Il est trop tôt pour l'affirmer. Il pourrait y avoir des explications naturelles à la présence du sang, mais nous avons lancé d'autres analyses pour rechercher les cellules cancéreuses et les marqueurs sanguins dont nous savons que Jan Hansen les avait dans le corps quand il était malade.

— Mais il est mort il y a plus d'un an, non ?

— Tout dans cette affaire paraît soigneusement planifié. Un temps important a été consacré aux préparatifs. Si ces traces d'ADN ont été ajoutées après coup, il fallait que la poussière du vide sanitaire ait le temps de se poser de nouveau, que l'herbe pousse le long des murs. En plus, Jan Hansen devait mourir avant l'exécution du plan. Il est toujours plus facile d'accuser un homme mort.

— Qui pourrait être l'artisan de tout ce stratagème ?

— À strictement parler, ça ne peut être qu'une seule personne. La personne qui savait où se trouvaient les vêtements de Tone Vaterland. Le véritable tueur. »

Sten Kvammen inspira profondément avant de relâcher son souffle dans un long soupir.

« Danny Momrak », dit-il.

56

Wisting regagnait sa voiture quand une Mercedes noire s'engagea sur le parking du commissariat. Reidar Heitmann tenait le volant.

L'avocat se gara sur une place réservée aux voitures du personnel et aux véhicules de service, mais Wisting s'abstint de lui en faire la remarque.

« Ils vous ont fait venir aussi ? On m'a dit que vous étiez en vacances.

— Non, non, je ne fais que passer. Je n'ai rien à voir avec l'affaire visant Roll. »

L'avocat ôta sa veste de costume, la posa sur la banquette arrière.

« C'est sans doute aussi bien pour vous, commenta-t-il en retroussant ses manches. Les preuves sont maigres.

— Vous venez assister à une audition ?

— Non, je vais voir Hammer, chercher les derniers documents. »

Wisting saisit l'occasion pour dévier la discussion vers sa propre affaire.

« J'ai entendu dire que Jan Hansen était mort.

— Il est décédé l'été dernier, oui. Un cancer.

— Avez-vous eu des contacts avec lui à la fin ?

— Moui. Pendant les années qui ont suivi sa condamnation, il s'est entêté, il me téléphonait, il m'écrivait des lettres. Il exigeait la réouverture de l'affaire, voulait la conduire devant la Cour européenne des droits de l'homme à Strasbourg. J'ai tout simplement fait traîner tout cela en longueur. L'affaire n'y avait pas du tout sa place. Il a fini par ne plus donner de nouvelles. Il n'avait jamais avoué et ne clamait pas non plus son innocence. Il estimait simplement avoir été traité injustement.

— Comment ça ?

— La liste des griefs était longue, expliqua Heitmann. Votre nom figurait dans la plupart des chefs d'accusation. Dans les interrogatoires, notamment, il invoquait que vous lui posiez des questions dont vous connaissiez la réponse. Vous le meniez en bateau, vous interprétiez des malentendus et des imprécisions comme des mensonges, etc. Mais vous n'étiez pas le seul, il en avait après tout le système. Il se sentait insulté, condamné d'avance, et il avait le sentiment de n'avoir pas bénéficié d'un procès juste. »

Wisting ne se reconnaissait pas dans cette description.

« Je lui ai demandé de contacter un journaliste ou un écrivain. Quelqu'un pour écrire toute son histoire, de son point de vue.

— Il l'a fait ?

— Je ne crois pas. Il n'avait pas beaucoup de respect pour les journalistes. Personne n'avait rien écrit de très positif sur lui. Il n'avait pas tort sur ce point, d'ailleurs. Au moment des faits, la couverture de l'affaire n'avait pas été d'une impartialité à toute épreuve.

— Ç'aurait pu être intéressant d'entendre son histoire. J'ai cru comprendre qu'à la fin, il avait entretenu des relations nourries avec l'aumônier de la prison, qu'il éprouvait le besoin de parler de certaines choses.

— Je le crois sans peine. Il a aussi pris contact avec moi quand il est tombé malade. C'était pour des questions pratiques. J'ai rédigé une demande de suspension de peine et je lui ai établi un testament simple et un mandat de protection future.

— Il paraît qu'il avait une petite amie ? »

Heitmann afficha un grand sourire.

« Il n'avait pas de patrimoine à transmettre, mais la prison a ainsi eu une adresse à laquelle envoyer ses effets personnels. »

Une voiture de police entra sur le parking, avança jusqu'à la porte du garage. L'avocat consulta sa montre.

« Jan Hansen est mort plein d'amertume, conclut-il. Bon, je vais y aller. »

Ils se séparèrent.

Wisting monta dans sa voiture et se mit en route. Il prit l'E18, direction nord, vers Oslo. Une heure et demie plus tard, il pénétra dans un quartier de grandes maisons mitoyennes neuves à Bekkestua.

La grosse BMW était garée dans la rue. Wisting se rangea derrière et resta quelque temps dans son véhicule avant de sortir.

Cederik Smith eut l'air perplexe quand il ouvrit la porte.

« Je suis le père de Line, précisa Wisting pour le cas où cela lui aurait échappé. Vous êtes venu chez moi, je vous avais invités à dîner. »

L'homme acquiesça d'un signe de tête, mais ne

dit rien. Il ne manifesta aucune intention de le faire entrer.

« Elle ne sait pas que je suis ici et j'ignore pourquoi vous vous êtes séparés, mais j'ai besoin de vous parler.

— Je n'ai rien à vous dire. Ni à vous ni à Line. »

Wisting fit un pas en avant.

« Je dors mal la nuit. Je me lève souvent autour de 5 heures du matin. La nuit dernière, j'ai vu votre voiture dans la rue. Ça ne m'a pas plu. Je viens vous demander de vous tenir à l'écart de Line.

— Vous avez dû mal voir. En plus, ma relation avec Line ne vous regarde absolument pas.

— Je suis son père. Et votre relation est terminée. Je sais ce que j'ai vu et vous allez garder vos distances.

— Vous vous trompez. Vous devriez peut-être faire un test de vue ou quelque chose ? »

Wisting avait l'habitude des arguments hors de propos, il se contenta de secouer résolument la tête. Cederik Smith descendit une marche du perron.

« Je veux que vous partiez, déclara-t-il.

— Je m'en irai dès que nous serons tombés d'accord sur le fait que vous allez vous tenir à l'écart de Line, ne pas prendre contact avec elle et ne pas aller la trouver chez elle. »

Le visage de Smith s'assombrit, quelques sillons creusèrent son front, ses lèvres se pincèrent.

« Tirez-vous ! » fit-il en posant les paumes sur la poitrine de Wisting pour le pousser.

D'un geste appris à l'époque où il patrouillait les rues, Wisting dégagea ses mains.

« Du calme, dit-il. Je ne sais pas ce qui s'est passé entre Line et vous, mais… »

Le coup fut parfaitement inattendu, mais il eut le

temps de réagir. Il l'esquiva en penchant la tête sur le côté, si bien que le poing de Smith ne fit qu'effleurer son oreille gauche.

Wisting exploita la force du coup mal placé à son propre avantage. Il pivota sur lui-même, attrapa le poignet de Smith de la main gauche et, appuyant sur son coude de la main droite, lui fit perdre l'équilibre. Il profita ensuite de l'élan qu'avait pris Smith pour le plaquer au sol. Son visage heurta le gravier. Smith cria de douleur quand Wisting lui tordit le bras dans le dos, enfonça son genou dessus, et de son autre main lui appuya le visage sur les gravillons. Il tint fermement le jeune homme et se baissa vers son oreille.

« Vous n'avez pas besoin d'avouer quoi que ce soit, articula-t-il. Vous n'avez pas besoin de présenter vos excuses ni de demander pardon. Je veux simplement que nous soyons d'accord pour que vous gardiez vos distances. »

Il resta assis sur lui. Cederik Smith geignit. De l'écume se déposa autour de ses lèvres, mais aucune réponse ne vint.

Wisting remonta son bras plus haut.

« D'accord, gémit Smith. De toute façon, elle ne m'intéresse pas. »

Il pouvait bien avoir le dernier mot. Wisting n'éprouvait pas le besoin de le défier davantage. Cela n'apporterait rien de bon. Il le relâcha, se leva et regagna sa voiture sans se retourner.

57

Il ressentit une certaine tension dans la nuque en tirant sa ceinture de sécurité. Il avait dû se froisser un muscle.

Leur rencontre ne s'était pas déroulée exactement comme prévu, mais il se sentait relativement certain que Cederik Smith n'approcherait plus de Line et d'Amalie.

Son téléphone sonna. Maren Dokken.

« Danny Momrak vient pour une audition demain à 14 heures, l'informa-t-elle.

— Pas de protestations ?

— Il avait de nombreuses questions, mais il nous a crus quand nous lui avons dit que c'était une audition de routine.

— Bien. Je viendrai à midi et on pourra passer en revue ce que je voudrais que tu lui demandes.

— Où es-tu actuellement ?

— En route pour Ullersmo. Je vais voir le surveillant qui a eu le plus de contacts avec Momrak pendant sa détention. J'avais simplement une affaire personnelle à régler d'abord.

— Bon, s'il y a quelque chose, je reste au bureau encore quelques heures.

— Il y a du nouveau dans l'affaire visant Erik Roll ?

— Du bon et du mauvais.

— Quelles sont les mauvaises nouvelles ?

— Heitmann a recruté un chercheur de l'Université des sciences de la vie pour examiner l'engrais sur ses semelles. Il a la réputation d'être le meilleur dans son domaine. Après son examen, il n'est pas certain que cette piste soit aussi forte qu'avant. L'analyse électrique pourrait être affaiblie aussi. Depuis l'installation du compteur automatique, la consommation a augmenté. C'était Agnete Roll qui payait les factures et elle s'est adressée plusieurs fois à la compagnie d'électricité pour demander s'il n'y avait pas un problème de compteur. »

Wisting voyait déjà ces deux preuves solides partant en miettes devant un tribunal.

« Et les bonnes nouvelles ?

— Nous avons terminé une analyse d'activité. »

Il dut lui demander de quoi il s'agissait.

« Nous avons extrait les données de l'appli de suivi d'activité installée sur le téléphone d'Erik Roll. Entre 1 et 3 heures du matin, près de cinq mille pas ont été enregistrés. »

Wisting regarda son téléphone, sur la console centrale. C'était une nouvelle forme de traçage électronique.

« Vous savez où il est allé ?

— Non.

— Mais vous savez qu'il a été en mouvement, alors vous ne pourriez pas trouver l'information ?

— Aucun service de localisation géographique

n'était actif. Le podomètre utilise le gyroscope et l'accéléromètre pour la détection d'impacts et de mouvement. »

Tout cela était du charabia pour lui, mais le travail était à l'évidence sérieux et la conclusion, parfaitement claire. Erik Roll était en mouvement au moment du meurtre.

« Et son téléphone à elle ?

— On l'a retrouvé dans les décombres de l'incendie, mais il est irrécupérable.

— Je vois. Vous prévoyez une nouvelle audition ?

— Je vais d'abord finir de travailler sur la trace d'essence. Si son propre bidon a été volé par les garçons en scooter, il a dû se procurer l'essence ailleurs. Nous sommes en train de consulter les ventes de jerrycans et d'essence à la pompe de moins de dix litres dans toutes les stations-service.

— Bien ! »

On parlait là d'une piste d'enquête traditionnelle qu'il comprenait.

« J'aurais fait pareil », ajouta-t-il.

Au terme de leur conversation, Wisting consulta sa montre et constata qu'il avait tout son temps.

À la prison, il avait rendez-vous avec un employé nommé Arild Frankmann. Lequel commençait son service à 15 heures, mais avait quelques tâches à accomplir avant de le recevoir.

À 15 h 30, Wisting se gara sur le grand parking devant le mur d'enceinte gris et se présenta à l'entrée des visiteurs. Après quelques instants d'attente, on lui répondit à l'interphone. Il déclina son nom, précisa qui il venait voir. Encore un peu de temps s'écoula avant le déclic du tourniquet.

Il dut patienter encore, et plus longtemps cette fois, avant d'entendre le bourdonnement de la grande porte coulissante. Dès que l'ouverture fut suffisante, un homme apparut, les manches de sa chemise d'uniforme retroussées.

« Je suis Frankmann. Je nous ai réservé un bureau dans le bâtiment central. »

Son trousseau de clés cliqueta alors qu'il précédait Wisting pour lui montrer le chemin.

« Vous disiez qu'il s'agissait de Danny Momrak et de Jan Hansen ? demanda-t-il en ouvrant une porte.

— J'ai cru comprendre qu'ils étaient dans la même division.

— J'ai eu affaire à l'un et à l'autre. Jan Hansen est mort l'an dernier. À la fin, il n'était plus ici. Et Momrak a été libéré il y a deux ans. »

Ils se retrouvèrent dans un bureau exigu, où Frankmann s'était déjà connecté sur l'ordinateur et avait ouvert une page avec une photo de Momrak.

« Comment était-il ? » demanda Wisting.

Frankmann haussa les épaules.

« Nous avons toutes sortes de détenus ici. La plupart d'entre eux parviennent à accepter la situation, avec des stratégies d'adaptation variables. En ce qui le concerne, Danny Momrak est devenu un manipulateur.

— Comment ça ?

— Il se servait des autres pour obtenir des avantages. Il savait convaincre les détenus et les membres du personnel de faire des choses qui lui étaient profitables. Enfin, il n'était pas le seul. La manipulation est une conséquence naturelle de l'enfermement. C'est le pouvoir qui leur reste quand nous détenons tous les autres.

— Concrètement, ça signifie quoi ?

— Des bricoles. Il baratinait pour obtenir le droit de téléphoner en dehors des heures autorisées, pour pouvoir laver ses vêtements plus souvent, pour avoir davantage d'activités de loisir que les autres et pour obtenir le travail dont il avait envie. Et c'est comme ça qu'il travaillait à la fois au magasin de la prison et comme garçon de couloir.

— Ce sont des postes convoités ?

— Au magasin, on peut manger les chips d'un paquet qui s'est déchiré, par exemple, et on s'occupe de la vente de tabac, donc on pique quelques feuilles de papier à rouler par-ci, une pincée de tabac par-là. En procédant comme ça sur cinq ou six paquets, on arrive à se rouler deux ou trois cigarettes. La fonction de garçon de couloir est bien payée et il y a peu de travail. Il faut nettoyer les toilettes, les espaces communs et le sol des cellules. En général, ça ne prend pas plus de deux heures, alors que les autres travaillent toute la journée. Après le comptage des détenus du matin, il pourrait en fait aller se recoucher. La seule chose qui soit requise de lui est que la tâche soit accomplie dans le courant de la journée. En plus, vous avez la possibilité de vous servir dans ce qui appartient à la collectivité, de prendre quelque chose dans le frigo ou encore de fureter dans les cellules des autres.

— Danny le faisait ?

— Tous les garçons de couloir se font accuser de voler dans les cellules de leurs codétenus. Je ne crois pas que Danny se soit jamais fait attraper. »

Wisting nota ce qu'il disait.

« Parlait-il de son affaire ?

— Très peu. Nous savons pourquoi ils sont ici, mais nous ne leur en parlons pas, et ce n'est pas non plus un sujet dont les détenus discutent entre eux. Tout le monde sait qu'untel est condamné pour meurtre, untel pour trafic de drogue et untel pour braquage. Un tueur a un certain statut social auprès de ses codétenus, mais il le perd dès lors qu'ils apprennent que la victime était sa petite amie mineure qui l'avait quitté.

— Donc il n'a jamais prétendu avoir été condamné alors qu'il était innocent ? »

Frankmann sourit.

« La plupart des détenus clament leur innocence. Momrak le faisait aussi.

— Comment cela se manifestait-il ?

— Je le percevais comme amer et haineux, il en voulait au système en général et à la police en particulier. Ce qui n'avait rien d'exceptionnel, mais je me souviens d'un soir où presque tous les détenus de la division étaient rassemblés dans la salle commune. Ils regardaient les infos à la télé et, dans un reportage, un policier commentait une enquête en cours. Danny Momrak s'est levé du canapé, s'est approché du poste et lui a craché dessus. C'était l'enquêteur qui avait eu la responsabilité de son affaire.

— Sten Kvammen ?

— Je ne sais pas comment il s'appelait. Les autres détenus ont poussé des vivats. Je lui ai demandé d'essuyer l'écran, mais il a refusé. J'ai renvoyé tout le monde dans les cellules et imposé deux jours d'écran noir.

— Et Jan Hansen ?

— Il était plus introverti, mais je crois qu'il faisait

partie de ceux qui ont jubilé le plus bruyamment quand Momrak a craché sur le téléviseur. Lui aussi en voulait ouvertement à la police, mais ça avait un côté maniaque.

— Comment ça ?

— Il ne clamait pas directement son innocence, mais il jugeait que la police n'était pas fiable. Chaque fois qu'il lisait un article parlant d'une erreur de la police, il le découpait pour l'ajouter à sa collection. Il se préoccupait beaucoup des erreurs judiciaires et s'engageait pour les autres aussi.

— Danny Momrak et lui avaient-ils des contacts ?

— Ils étaient tous les deux dans une division pour détenus purgeant une peine longue. Il y a seulement douze places. Ils ont tous des contacts les uns avec les autres.

— S'engageait-il pour l'affaire de Momrak ? »

Le surveillant de prison haussa les épaules.

« Non. Enfin d'une manière qui impliquait le personnel, en tout cas, nous n'étions pas au courant.

— Jan Hansen n'a pas participé au documentaire qui a été tourné ici pendant sa détention.

— C'est vrai. Je ne sais pas pourquoi. Ils avaient parlé avec tous les détenus de la division avant de commencer le tournage, mais ils ont fini par ne choisir que deux ou trois profils. Danny Momrak, notamment.

— Aviez-vous été en relation avec les gens de la production ?

— Non, le responsable était Peter Lasson, mais il y avait une femme qui venait sans cesse.

— Vous lui aviez parlé ?

— Non, je me tenais à l'écart de ces trucs-là.

— Et les visites ? »

Frankmann désigna son écran.

« J'ai la liste ici. Je peux vous l'imprimer si vous voulez. »

Wisting accepta. Frankmann navigua dans le système informatique et une imprimante rangée contre le mur se mit à travailler.

« C'est Jan Hansen qui avait le plus de visites. Il avait une petite amie qui venait toutes les semaines. Danny Momrak voyait sa mère de temps en temps, et ses visites se résumaient à ça, je crois. »

Il attrapa les feuilles, les tendit à Wisting. Deux noms revenaient. Hanne Blom et Esther Momrak. Quelques autres étaient inscrits comme chercheurs, étudiants ou représentants de diverses organisations.

« Pas d'avocats ? s'étonna Wisting.

— Les visites d'avocats et de policiers sont un peu à part.

— Comment fonctionne le système de visite ?

— Un prérequis est que le détenu la souhaite. Il dresse alors une liste de quatre personnes maximum dont il désire la visite. Celles qui veulent venir doivent en faire la demande. On vérifie leur casier judiciaire et elles passent par le contrôle de sécurité à leur arrivée. Il y a un parloir dans chaque division. Chaque détenu peut recevoir une visite par semaine, pendant un maximum d'une heure.

— Exercez-vous une surveillance ?

— Tout dépend. Si à la fois le détenu et le visiteur ont eu un rapport avec les stupéfiants, il peut arriver que la visite se déroule en présence d'un membre du personnel. Dans certains cas, on utilise des pièces avec une paroi vitrée.

— Et Jan Hansen et sa petite amie ?

— Sans surveillance.

— Pour qu'ils puissent être en privé ? Relations sexuelles ?

— Certainement.

— Dans le parloir ? »

Frankmann sourit.

« Il y a du lubrifiant et des préservatifs dans les placards. »

Wisting nota.

« Les visiteurs sont-ils contrôlés à la sortie ?

— Non. Tous leurs sacs, montres, clés, téléphones, médicaments doivent être déposés à l'entrée. En plus, les visiteurs doivent passer par un portique détecteur de métal. Vestes et chaussures sont contrôlés dans l'appareil à rayons X. »

Frankmann reçut un signal d'appel sur la radio à sa ceinture. Quelqu'un parla de livraison de marchandises. Wisting comprit qu'il devait abréger.

« Une dernière chose, dit-il en lorgnant l'ordinateur. Avez-vous une liste des permissions ? »

Frankmann relança l'imprimante et donna les documents à Wisting. Sa radio émit un nouveau signal.

« Je vais devoir y aller », annonça-t-il.

Wisting avait terminé, il hocha la tête. Une idée de ce qui s'était passé commençait à prendre tournure dans son esprit.

58

Debout à la fenêtre de la grande salle de réunion, Wisting observait la place devant le commissariat. Danny Momrak se gara sur une place libre avant de se diriger vers l'entrée. Wisting ramassa ses notes et se rendit dans la salle de contrôle, d'où il pouvait assister à l'audition par écran d'ordinateur interposé.

Déjà installé, Hammer avait tout préparé pour l'enregistrement.

Ils durent attendre près de cinq minutes avant de voir Maren Dokken pénétrer dans la salle d'interrogatoire, suivie de Danny Momrak.

Celui-ci regarda autour de lui, puis ils s'assirent de part et d'autre de la table. Maren lui exposa les aspects pratiques et le cadre formel de l'audition.

« Vous savez que le mari d'Agnete Roll a été mis en examen et placé en détention provisoire pour le meurtre de sa femme, mais comme je vous l'ai dit au téléphone, nous sommes encore en train de recenser tous les déplacements dans Stavern autour de l'heure du meurtre, et nous cherchons d'autres témoins potentiels.

— Comment savez-vous que j'y étais ?

— Nous disposons de toutes les données de télécommunications la nuit du meurtre. Cela fait partie de ce recensement des déplacements. Votre numéro est apparu sur la liste.

— J'y étais, mais je ne me suis pas servi de mon téléphone.

— Le trafic de données ne comprend pas uniquement les conversations téléphoniques et les SMS. Si vous ouvrez votre boîte e-mail ou que vous allez sur Internet, c'est enregistré, et il en va de même quand vous prenez des photos qui sont automatiquement stockées sur le cloud, par exemple. »

Momrak hocha la tête, comme s'il voyait maintenant de quoi il retournait.

« D'ailleurs, on n'a même pas besoin d'utiliser son téléphone activement, poursuivit Maren. Ça peut venir d'une mise à jour effectuée en tâche de fond.

— Vous parlez avec tout le monde ou vous vous intéressez particulièrement à moi ?

— Je sais que vous avez eu une condamnation pour meurtre. Cela rend particulièrement important pour nous de vous parler. Nous voulons éviter que l'avocat d'Erik Roll puisse vous désigner en faisant des insinuations. C'est pourquoi nous sommes obligés de nous livrer à un travail particulièrement approfondi. Nous devons savoir pourquoi vous étiez à Stavern et ce que vous y faisiez. »

Danny Momrak ne semblait pas avoir de difficulté à le comprendre.

« Il n'y avait aucune raison particulière et je ne faisais rien de spécial. Je suis insomniaque. La nuit, je roule souvent en voiture, surtout le week-end, quand les gens sortent. »

Maren l'interrogea d'abord sur la voiture, qui la possédait, combien de conducteurs la conduisaient. Ensuite, elle lui fit préciser à quelle heure il était parti de chez lui et quand il avait quitté Stavern. Ses réponses concordaient avec les franchissements de péage.

« Pourquoi vous êtes-vous rendu à Stavern ? Vous n'auriez pas pu aller plus près de chez vous ? À Porsgrunn, Bamble ou Skien ?

— Je ne connais personne à Stavern. Ça m'évite d'avoir à parler avec des gens.

— Vous étiez seul dans la voiture ? »

Wisting s'avança un peu plus près de l'écran pour observer Momrak : au-dessus de son col de T-shirt, sa pomme d'Adam voyageait.

« Pas tout le temps. Quand j'étais sur la place du marché, une femme est venue me demander si je pouvais la conduire chez une copine.

— Et vous l'avez fait ?

— Oui.

— Quand était-ce ?

— Autour de minuit, par là.

— Où habitait sa copine ?

— Je ne sais pas. Elle m'a guidé pendant qu'on roulait. C'était dans un lotissement, à cinq, six minutes de distance.

— Vous pourriez retrouver le chemin ? »

Il secoua la tête.

« Je ne l'ai pas déposée devant la porte. Elle m'a demandé de la laisser à une intersection.

— Vous pourriez repérer cette intersection sur une carte ?

— Peut-être. »

Maren s'était munie d'une carte. Elle la déplia sur la table. Hammer zooma avec la télécommande.

« Ce devait être quelque part par ici. » Momrak traça avec son index un cercle autour du quartier de Wisting. « J'ai eu un peu de mal à retrouver mon chemin ensuite.

— Elle vous a payé ?

— Elle m'a donné un billet de cent.

— En liquide ? »

Hammer avait dézoomé. Momrak hocha la tête.

« Pourriez-vous la décrire ? »

Il essaya et finit par brosser le portrait vague d'une quadragénaire aux cheveux foncés.

Maren tira la carte vers elle, examina la zone qu'il avait désignée.

« Êtes-vous sorti de la voiture ? »

Il réfléchit.

« Je ne crois pas. »

Hammer se tourna vers Wisting.

« Qu'est-ce que tu en penses ?

— Rien de ce qu'il dit n'est vérifiable. Il pourrait avoir fait n'importe quoi pendant les heures qu'il a passées là. »

Dans la salle d'interrogatoire, la conversation entra dans une autre phase. Maren présenta à Momrak une photo d'Agnete Roll prise par la caméra de surveillance à la sortie du pub. C'était celle qui avait été publiée dans les médias.

« Vous l'avez vue ? »

Il mit longtemps pour répondre, comme s'il lui importait de montrer qu'il réfléchissait soigneusement.

« Non, finit-il par conclure. En tout cas, ce n'est pas elle que j'ai conduite. »

Maren lui montra les images de la dashcam, à la fois d'Agnete Roll et de sa propre voiture.

« Vous l'avez peut-être croisée. »

Il examina ces nouvelles photos.

« C'est bien possible, mais je n'en ai pas souvenir. »

Elle lui posa d'autres questions de routine, puis ils reprirent depuis le début. Elle lui posait les mêmes questions, formulées un peu différemment, il lui adressait les mêmes réponses.

« Êtes-vous retourné à Stavern après la nuit du vendredi 7 juillet ?

— Comment ça ? fit Momrak, l'air soudain revêche. Ça a un rapport avec l'affaire ?

— Ça pourrait en avoir un. En tout cas, si j'étais l'avocat d'Erik Roll, je poserais la question. Quatre jours après son meurtre, Agnete a été découverte dans les décombres d'un incendie. Nous avons des raisons de croire que la personne qui l'a tuée est aussi celle qui a allumé le feu. »

Wisting but une petite gorgée de son café désormais froid. Il garda la tasse à la main tout en suivant ce qui se passait sur l'écran. Maren s'appuyait contre le dossier de sa chaise, elle avait l'air détendue. Elle s'apprêtait à faire ce qu'on appelait « créer de l'incertitude » pour inciter Momrak à prendre contact avec son complice après l'interrogatoire. L'utilisation de son téléphone étant ce qui l'avait amené ici, il n'allait probablement ni téléphoner ni envoyer de message, mais plutôt chercher à voir cette personne.

« J'ai fait quelques tours dans le coin, oui, répondit-il. C'était quel jour, l'incendie ?

— On nous en a informés mercredi matin.

— Je me perds un peu dans les jours, mais je suis relativement sûr que je ne suis pas venu le matin.

— Et la nuit ? »

Momrak semblait mal à l'aise. Un tendon saillit dans son cou. Il serra les poings et les rouvrit avant de répondre.

« Suis-je suspecté de quelque chose ? »

Maren l'ignora et ressortit sa carte.

« Êtes-vous revenu dans cette zone ? »

Elle montra le quartier de Wisting.

« Je ne sais pas. Je ne connais pas bien les lieux.

— Quand vous êtes revenu ici, vous est-il arrivé de sortir de votre voiture ? »

Il serra les poings, les rouvrit. Wisting avait l'impression de déceler l'incertitude dans son regard. L'auteur des lettres anonymes savait bien qu'il avait pu être observé, nier être sorti de son véhicule pouvait se retourner contre lui ultérieurement. Dans l'affaire de 1999, on l'avait pris plusieurs fois à mentir. Ce n'aurait pas été très malin.

« Peut-être, répondit-il, de l'irritation dans la voix. Je ne vois pas en quoi c'est pertinent pour l'affaire. »

Wisting détacha la radio qu'il avait à sa ceinture.

« L'audition se termine, déclara-t-il. Nous l'avons amené là où nous voulions l'avoir.

— Reçu, répondit Stiller. Je suis en position. »

59

Danny Momrak n'avait fait que quelques pas à l'extérieur quand il s'arrêta, puisa un paquet de cigarettes dans sa poche et le secoua pour en sortir une.

Wisting l'observait par la fenêtre.

Le briquet de Momrak ne fonctionnait pas bien, il dut s'y reprendre à deux fois pour obtenir du feu. Quelques grosses bouffées plus tard, il s'installa au volant de sa voiture.

« Départ ! » annonça Wisting sur la radio.

Stiller, puis Kathe Ulstrup accusèrent réception du message. Postée à quelques dizaines de kilomètres au sud, Ulstrup allait relayer Stiller si Momrak venait dans sa direction.

Nils Hammer n'allait pas tarder à sortir à moto et Maren Dokken suivrait aussi, mais venant de terminer son face-à-face avec Momrak, elle devait rester discrète. Wisting aussi était exposé, Momrak savait sans doute quelle voiture il conduisait. Il avait donc procédé à un échange de véhicule avec Line et dirigerait l'opération en gardant ses distances. Il avait transféré sa dashcam dans la voiture de Line, mais à part ça, il ne disposait d'aucun système de pistage électronique qui aurait pu leur indiquer la position de la voiture de Momrak. C'était de la filature de la vieille école, comme Hammer et lui en avaient souvent fait.

Momrak recula hors de son stationnement, tourna et partit vers Storgata.

Trente secondes plus tard, Stiller suivit, à deux voitures de distance. Ils se dirigèrent vers l'E18.

Wisting descendit, monta en voiture et se mit en route.

Momrak prit l'E18 direction sud. Stiller signala qu'il était toujours deux voitures derrière lui et qu'ils roulaient à la vitesse des autres véhicules.

Hammer suivait à un kilomètre, mais pouvait les rattraper rapidement. Wisting était le troisième du cortège. Maren annonça qu'elle allait bientôt démarrer.

Stiller les informait à intervalles réguliers. Ils franchirent le tunnel de Pauler, le pont Vassbotnbrua, dépassèrent Solum, Langangen. Kathe Ulstrup attendait à Solum, au poste de contrôle de la Direction nationale des routes.

« Il passe, annonça-t-elle. Je prends la suite. »

Wisting roulait près de cinq minutes derrière. Il accéléra. Tous ses sens étaient en éveil. Kathe Ulstrup annonça que Momrak descendait la pente de Lillegårdskleivene. Deux kilomètres plus loin, il allait pouvoir prendre la direction de Porsgrunn ou continuer tout droit vers Bamble. S'il bifurquait, cela pouvait signifier qu'il rentrait chez lui.

« Il continue tout droit », dit-elle.

La voix de Nils Hammer se fit entendre. La liaison

avec son casque de moto était mauvaise, il y avait de la friture et on entendait la route.

« Quels contacts a-t-il dans cette direction ?

— Ninni Skjevik, répondit Wisting. Documentariste. »

Il avait trouvé l'adresse de son père, chez qui elle passait l'été.

« Rådhusbakken 9 à Stathelle », précisa-t-il.

Ulstrup restait quelques voitures derrière Momrak, donnait les positions. Ils traversèrent les tunnels de Hovet et Brattås.

« Il continue tout droit à la sortie de Heistad. »

Ils traversèrent le pont Grenlandsbrua, puis le tunnel de Bamble, ils approchaient de la scène de crime de 1999.

« Il sort de l'E18, je vais le lâcher à la première intersection. Qui prend le relais ? »

Stiller se proposa, Kathe Ulstrup partit de son côté, tandis qu'il suivait Momrak en direction de Stathelle.

« J'arrive, prévint Hammer.

— À droite au premier rond-point, répondit Stiller. Je vois un centre commercial sur ma gauche. Brotorvet. Circulation dense. »

Dès lors qu'on quittait l'autoroute, la filature devenait un exercice plus ardu.

« Il continue sur Sundbyveien, vers Langesund.

— Je peux prendre la suite, offrit Hammer.

— Qui avons-nous à Langesund ? » demanda Stiller.

Ulstrup répondit avant que Wisting n'ait eu le temps d'ouvrir la bouche.

« Jonas Haugerud. Copain d'enfance. »

Wisting avait réussi à gagner un peu de terrain, il

quitta l'E18. Maren Dokken signala qu'elle était deux minutes derrière.

« Il prend à gauche. » Hammer garda le bouton émetteur enfoncé jusqu'à ce qu'il ait lu l'écriteau. « Vers Ekstrand. »

Wisting ne comprit pas le nom de lieu.

« Répète.

— À gauche, direction Ekstrand. Direction Ekstrand. Je dois le lâcher. »

Stiller prit la suite, Kathe Ulstrup était juste derrière.

« Son avocat vit à cet endroit, informa Wisting. Cristian Bohrman. »

Ulstrup exposa ce qu'elle savait du secteur.

« C'est une grande zone d'habitation, avec seulement deux voies qui en sortent. Je couvre la sortie du bas. »

Stiller annonça qu'il était obligé de laisser Momrak, qui avait emprunté une ruelle. Wisting chercha l'adresse de l'avocat. Il se souvenait que les rues portaient des noms de rois norvégiens, et il lui revint finalement que Bohrman vivait dans celle de Håkon le Bon.

« Je vais passer devant. »

Aussitôt après, il les informa que la voiture de Momrak était garée au numéro 44.

« Aucun signe d'activité devant la maison. »

Suivit alors une discussion par radio interposée sur la raison pour laquelle Momrak se rendait chez son avocat.

« Il s'est sans doute senti suspecté pendant l'audition », estimait Maren Dokken.

Descendu de moto, Nils Hammer s'entendait plus distinctement.

« Quel rôle l'avocat a-t-il joué dans l'émergence des nouveaux éléments ?

— Un rôle passif », répondit Wisting avant de préciser que l'implication de Bohrman s'était limitée à prêter les dossiers de l'affaire à Ninni Skjevik.

Ils attendirent, deux unités à chaque sortie, tandis que Maren Dokken restait à distance. Tous les quarts d'heure, ils passaient à tour de rôle devant la maison pour s'assurer que la voiture y était toujours.

Il s'écoula près de quarante minutes, puis Kathe Ulstrup annonça brusquement l'arrivée de la voiture de Momrak à la sortie du bas.

Hammer couvrait la sortie avec elle, mais il resta légèrement à la traîne car il devait enfiler son casque. Stiller et Wisting étaient de l'autre côté de la zone d'habitation.

« J'ai dû laisser passer un bus entre nous, donc je n'ai pas de contact visuel », précisa Ulstrup.

Wisting franchit un dos d'âne à grande vitesse en serrant les mâchoires. Hammer expliqua qu'il zigzaguait dans la circulation et voyait Ulstrup et le bus en question.

« Je le rattrape. »

Le message fut à moitié avalé par le bruit de l'accélération et du moteur en surrégime. Quelques instants s'écoulèrent, puis Hammer revint sur la radio.

« Je suis juste derrière lui. » Il lâcha un juron. « Il s'est rangé sur le côté et m'invite à le dépasser. Je suis obligé de le doubler. »

Cela n'aurait posé aucun problème qu'une unité soit devant l'objet de filature si les autres membres de l'équipe avaient été en position, mais le fait que Momrak souhaite qu'il le dépasse signifiait que Hammer était grillé. Même s'il ne soupçonnait pas qu'il était suivi, Momrak l'avait remarqué, et on ne pouvait donc plus faire appel à lui.

« Je ne peux pas doubler le bus », déclara Ulstrup.

Hammer suivait manifestement dans ses rétroviseurs.

« Il continue en direction de Stathelle. Je ne suis pas loin d'une intersection avec un cimetière sur la gauche. Je continue tout droit. » Il y eut une seconde de silence. « Il prend à gauche. Je répète : à gauche au cimetière. »

Wisting s'adressa à Maren Dokken.

« Il se peut qu'il vienne dans ta direction.

— Reçu. »

Kathe Ulstrup estima qu'il rejoindrait sa position dans moins de deux minutes.

« J'ai dépassé le bus. Je suis une minute derrière lui. »

Devant, Wisting vit le véhicule se rabattre vers un arrêt pour prendre des passagers. Il le doubla promptement et constata dans son rétroviseur que Stiller en faisait autant.

Une bonne minute s'écoula avant que Maren ne signale qu'elle voyait Kathe Ulstrup approcher. Momrak avait dû prendre une autre route.

« Reste dans ta position, demanda Wisting. Guette-le. »

Ulstrup les informa qu'elle se postait à un endroit où il aurait été naturel que Momrak reprenne l'E18.

Wisting entra l'adresse de la maison d'enfance de Ninni dans son GPS. Suivant les indications, il se perdit dans un entrelacs de rues étroites et escarpées. Il avait espéré y tomber sur la voiture de Momrak, mais ce ne fut pas le cas. Ils l'avaient perdu.

60

Assis sur les marches de la terrasse, Wisting et Amalie dégustaient une glace. Amalie mangeait la sienne tout en pérorant et en chantant. Le cornet partait en morceaux et la crème fondue coulait le long de ses bras et gouttait sur ses jambes. Wisting essayait de l'essuyer avec une serviette quand Stiller téléphona.

Ils s'étaient aussi assurés que Momrak n'était pas allé rendre visite à sa mère, mais la voiture n'y était pas. Quand ils avaient constaté qu'ils l'avaient bel et bien perdu, tous étaient rentrés, sauf Stiller. Wisting lui avait expliqué comment se rendre chez Momrak, lui conseillant de se garer à une certaine distance du chemin et de rejoindre la maison à pied, mais Momrak n'y était pas non plus. Ensuite, Stiller avait surveillé le chemin depuis son véhicule.

« Il vient d'arriver. »

Wisting termina sa glace et consulta sa montre. Près de quatre heures s'étaient écoulées. Il avait envie de demander à Stiller de rester pour voir si leur cible recevait de la visite ou repartait, mais entendant le moteur en bruit de fond, il comprit qu'il était déjà reparti.

« Vous n'aviez pas un contact à la société de péage ? Ça pourrait être intéressant de savoir dans quelle direction il allait quand nous l'avons perdu.

— Je peux me renseigner », dit Wisting.

Amalie avait également fini sa glace, dont la majeure partie se répandait sur l'escalier. Wisting plaqua le téléphone contre son oreille pour pouvoir lui essuyer les doigts.

« Bon, alors vous me donnerez des nouvelles après, conclut Stiller. Nous devrions tout revoir depuis le début, de nombreux points restent à éclaircir. »

Après le coup de fil, Wisting accompagna Amalie dans la salle de bains et l'aida à se laver.

« On fait une promenade en voiture ? » proposa-t-il.

Le visage de la petite s'illumina. Wisting verrouilla la porte de la terrasse et ils sortirent de la maison.

Line était en ville avec une copine, elle n'aurait pas besoin de sa voiture dans l'immédiat. Il entra chez elle, trouva les clés et lui envoya un message pour le cas où elle serait surprise de ne pas voir son véhicule en rentrant.

Amalie eut le droit d'occuper le siège avant à côté de lui.

Pendant qu'ils roulaient, il appela Maren Dokken pour lui communiquer à quelle heure Momrak était rentré chez lui.

« Tu es toujours au bureau ?

— Je suis en train de boucler. Pourquoi ? »

Il lança un regard vers la caméra du pare-brise.

« Je me suis acheté une de ces dashcams, tu sais. Je pensais laisser ma voiture à Oklungen, pour surveiller les allées et venues chez Momrak.

— Je vois.

— Comme la voiture va rester sur place, j'aurai besoin de quelqu'un pour passer me prendre et me reconduire à la maison.

— D'accord. Je peux venir te chercher. »

Il lui expliqua le chemin. Wisting et Amalie jouèrent à un jeu : elle collectionnait les voitures rouges qu'ils croisaient, lui, les jaunes. Lorsqu'ils arrivèrent à leur destination, l'avantage était à Amalie, avec un score de 8-0.

Wisting décrocha vers la petite aire qu'il supposait avoir été le poste d'observation de Stiller. La distance jusqu'au chemin menant chez Momrak était de cent cinquante mètres. La caméra était munie d'un zoom. Le chemin était de l'autre côté de la route, mais il subsistait néanmoins un risque que Momrak remarque la voiture si elle restait trop longtemps à cet endroit, voire qu'il découvre la caméra en regardant plus attentivement, mais Wisting disposerait alors d'images et saurait au moins que Momrak se doutait de quelque chose.

Maren Dokken arriva au bout d'un quart d'heure. Ils transférèrent le siège enfant et Amalie à l'arrière de sa voiture et repartirent.

« Du nouveau en ce qui concerne Erik Roll ?

— J'ai peut-être trouvé une information intéressante, répondit-elle.

— Ah oui ?

— La trace d'essence. Les garçons à scooter ont avoué avoir volé sept jerrycans. Nous en avons retrouvé trois dans les bois près de leur collège. »

Wisting acquiesça, il avait lu le rapport.

« Nous avons fait une enquête de voisinage dans

le quartier et ce sont en fait huit jerrycans qui ont été volés. »

Elle le regarda en souriant.

« Erik Roll a pu prendre le dernier jerrycan et mettre le feu à la maison Kleiser.

— Il est possible que les garçons ne se souviennent pas bien. Sept ou huit…

— Non. Le huitième a été volé dans une dépendance de la ferme d'herbes aromatiques. Les garçons sont absolument certains qu'ils n'y sont pas allés. »

Il fit encore un signe de tête. Maren avait raison. Elle avait peut-être trouvé une information intéressante.

61

Amalie s'était endormie sur le chemin du retour. Wisting la porta au lit. Ensuite, il s'installa sur la terrasse avec son ordinateur.

Dans sa boîte de réception se trouvait l'e-mail de Gustav Bolk, qui lui avait envoyé la liste des franchissements de péage de Danny Momrak. Il l'ouvrit et répondit en s'enquérant s'il y en avait eu ce jour-là.

Le document attaché énumérait davantage de passages que Wisting n'en avait demandé. Les horaires étaient indiqués à la seconde. Il les survola, rien ne le frappa particulièrement.

Après avoir marqué les passages pouvant être reliés à la livraison des lettres anonymes, il examina les autres.

Le jeudi 13 juillet, Momrak avait quasiment fait la navette. Entre les passages marqués, avant et après la lettre reçue vers minuit, et lors de la livraison de la troisième enveloppe l'après-midi, il y en avait quatre autres. Il passait direction nord juste avant 8 heures du matin, mais ne revenait pas avant midi et quart. Ensuite, il franchissait deux fois un péage du nouveau tronçon d'autoroute de Bamble Ouest.

Il était difficile d'en déduire quoi que ce soit, mais cela inspira une idée à Wisting.

Quand il avait acheté sa nouvelle voiture et y avait transféré le badge collé sur le pare-brise de l'ancienne, il avait dû aller sur le site Internet de la société de péage et se connecter sur son profil afin d'enregistrer le changement de véhicule. On pouvait aussi y consulter la liste des passages effectués et les montants prélevés.

Le jeudi 13 juillet, il s'était rendu à Bamble, avait vu Sten Kvammen à son chalet, était allé sur la scène de crime de 1999 et avait rendu visite à l'avocat Cristian Bohrman.

Le récapitulatif montrait qu'il avait franchi le péage de Sky direction sud à 12 h 19 min 43 s.

La liste de Momrak indiquait un passage sept secondes plus tard.

Wisting ferma les yeux, les rouvrit. Il avait l'impression qu'un muscle ou un nerf bougeait dans sa nuque.

Danny Momrak était d'abord passé chez lui vers minuit, pour y laisser une lettre anonyme, il avait ensuite dû revenir dans la journée pour le surveiller, et l'avait suivi.

En allant au chalet de Kvammen, Wisting avait emprunté le péage de Bamble, son passage était enregistré à 12 h 46 min 23 s. Danny Momrak était passé à 12 h 46 min 27 s.

Il avait dû rouler juste derrière lui.

L'entrevue de Wisting avec l'ancien directeur d'enquête avait duré près d'une heure. L'horaire de passage en sens inverse était 14 h 04 min 23 s, Danny Momrak suivait cinq secondes plus tard. Dans la direction de Larvik, en revanche, Momrak était passé cinq minutes avant lui. Il avait dû le doubler et avoir ainsi le temps de glisser la troisième lettre dans sa boîte avant son retour.

Momrak l'avait suivi toute la journée, sans qu'il ne s'aperçoive de quoi que ce soit.

Il regarda si cela s'était produit d'autres jours aussi, mais ce n'était pas le cas.

Il s'apprêtait à appeler Stiller pour lui faire part de sa découverte quand il reçut un message sur son téléphone. De la part de Maggie Griffin.

Appelez-moi quand vous pourrez.

Il se connecta aussitôt sur Skype. Elle était tout près de son ordinateur. Son visage emplissait presque l'écran. Le peu qu'on voyait derrière était plutôt anonyme et ne révélait pas grand-chose, mais on aurait dit une chambre d'hôtel.

« Bonjour ! Comment allez-vous ? »

Wisting allait bien, merci, il s'excusa de n'avoir pas eu davantage de temps quand ils s'étaient vus.

Elle se rapprocha encore plus.

« Vous êtes dehors ? »

Il lui expliqua qu'il faisait chaud et qu'il était chez lui, sur sa terrasse.

« Nous avons reçu les résultats d'analyse ADN des vêtements que nous avons trouvés. Il y a concordance avec le profil génétique de Jan Hansen, dit-il.

— Donc Curtis Blair est hors de cause ?

— Eh bien, nous avons aussi obtenu confirmation de la date à laquelle Curtis Blair a quitté la Norvège.

— C'est donc vérifié et contre-vérifié, conclut Maggie. Je suis de retour dans le Connecticut. J'ai vu sa mère. »

Ils étaient convenus qu'elle assurerait un suivi de

leur entretien avec Curtis Blair en recueillant la déclaration d'Ann Blair, mais Wisting s'était figuré qu'elle chargerait un agent local de cette mission.

« Elle se souvenait que l'annonce du renvoi de Curtis aux États-Unis avait gâché leurs célébrations du 4-Juillet.

— Oui, nous savons que c'est exact maintenant. J'aurais dû vous prévenir, Maggie. »

Elle regarda son téléphone qui sonnait, le repoussa dans un coin.

« Ann Blair avait les CD de photos de Curtis. J'ai pu les prendre et je suis en train de les examiner. »

Elle avait dû trouver quelque chose, puisqu'elle l'avait contacté.

« Alors ? demanda-t-il.

— Les indications de date ne s'appliquent qu'au transfert sur CD, pas à la prise de vue même, mais elles ont clairement été prises en Norvège. Il y a de nombreuses photos de nature. »

Wisting attendit qu'elle en vienne au fait.

« Je vais vous en envoyer une. Elle fait partie d'une série de trois, presque identiques, mais c'est celle-ci la meilleure. »

Instantanément, il reçut une notification d'e-mail sur son ordinateur. Il l'ouvrit, ainsi que la photo en pièce jointe.

On voyait un jeune homme en veste de camouflage, un appareil photo à la main.

« Vous avez ouvert la photo ? »

Maggie avait disparu de l'écran.

« Oui.

— Qui est-ce ? J'ai d'abord cru que c'était Curtis

Blair. La photo date de près de vingt ans. Il a pu changer.

— Ce n'est pas lui. »

Elle était du même avis.

« Curtis doit être le photographe, mais alors qui est cet homme en veste de camouflage ?

— Le frère. Ce doit être le frère de Janne Kronborg. »

Son nom lui échappait.

« Curtis Blair lui empruntait parfois sa veste », ajouta-t-il.

Il essayait de se souvenir de son nom, quand une remarque de Blair à son sujet lui revint à l'esprit. Malgré quelques centres d'intérêt communs, ils avaient eu relativement peu de contacts. Wisting ne l'avait pas interrogé sur ces centres d'intérêt, mais il pouvait s'agir de la photographie.

« Il me semble qu'il s'appelait Peder, dit Maggie. C'est ça ?

— Oui, c'est exact. Il avait trois ans de plus que sa sœur. »

Il se leva de sa chaise de jardin.

« Attendez une seconde », demanda-t-il avant de partir chercher son calepin dans la cuisine.

Il tourna les pages jusqu'à la chronologie des événements précédant la mort de Tone Vaterland en 1999. Il avait utilisé un code couleur : noir pour les événements confirmés, bleu pour tout ce qui restait à confirmer. Initialement, il avait écrit en bleu que Curtis Blair avait été chassé de la maison Kronborg et que Charles Wright était venu le chercher, mais il était repassé en noir par-dessus.

Il consulta ensuite les notes de sa première

conversation avec Kathe Ulstrup. Il ne l'avait pas écrit, mais il lui semblait qu'elle avait mentionné que les parents de Janne n'avaient pas suivi l'affaire Vaterland. Sitôt Curtis Blair parti, ils avaient emmené Janne à la montagne, où ils étaient restés dans leur chalet pendant une semaine, tandis que le frère demeurait à la maison.

« Que faites-vous ? » s'enquit Maggie.

Il se rassit devant l'ordinateur, lui exposa la situation.

« Il reste une ou plusieurs personnes non identifiées dans la zone autour de la scène de crime. Notamment un homme en veste de camouflage avec un appareil photo. Ç'aurait pu être Peder Kronborg.

— S'il n'y avait pas eu les preuves ADN, vous auriez pu avoir un nouveau suspect… »

Il n'eut pas le temps de répondre, le téléphone de Maggie sonnait de nouveau.

« Il faut que je réponde, s'excusa-t-elle. Tenez-moi au courant.

— D'accord. »

Ils coupèrent la communication et la photo de Peder Kronborg revint sur l'écran.

Wisting le chercha sur le réseau interne de la police. Kronborg vivait à Skien, n'était pas marié, n'avait pas d'enfants. Dans le fichier des condamnations pénales, il avait simplement une mention pour infraction routière, mais Maggie avait raison. Sans cette concordance d'ADN, ils auraient eu un nouveau suspect.

62

Amalie se servit elle-même du muesli. Les céréales débordèrent et se répandirent tout autour de son bol. Première debout, Line alla chercher un chiffon et essuya la table.

« Ça s'est terminé tard, hier soir ? demanda Wisting.

— Plus tard que prévu. »

Le plan initial était un baby-sitting de quelques heures, mais Wisting avait proposé qu'Amalie reste jusqu'au lendemain matin. Line venait maintenant prendre le petit déjeuner avec eux.

Quand elle eut mangé la moitié de ses céréales, Amalie commença à montrer des signes d'impatience et à se tortiller sur sa chaise. Wisting la laissa sortir de table et desservit son couvert.

« Je dois faire un tour à Skien.

— Quand vais-je récupérer ma voiture ?

— Quand en as-tu besoin ?

— Pas avant demain, à vrai dire.

— J'irai la chercher avant », assura-t-il.

Elle croqua dans sa tartine.

« Tu vas faire quoi à Skien ? Il y a des développements dans l'affaire ?

— Peut-être. »

Il lui rapporta la découverte de Maggie Griffin sur le frère de la jeune femme que Curtis Blair aurait violée en 1999.

« Et toi ? Des développements concernant Cederik Smith ? »

Il n'avait pas eu l'intention de lui poser la question, mais elle s'inscrivait à point nommé dans la discussion.

« En tout cas, ça fait deux jours que je n'ai pas eu de ses nouvelles. C'est un changement. »

Ayant chargé le lave-vaisselle, Wisting se rassit. Si sa fille voulait lui raconter ce qui s'était passé, elle allait le faire maintenant.

« J'ai fait une bêtise », lâcha-t-elle.

Elle réchauffa ses mains autour de la tasse de café. Wisting sentit l'angoisse l'étreindre, mais attendit la suite.

« Je lui ai prêté de l'argent. Entre la pension alimentaire et ses frais pour s'installer dans un nouveau logement, son divorce lui coûtait cher et il avait du mal à s'en sortir. Il devait me rendre cet argent au bout d'un mois, quand il percevrait les bénéfices de la boîte de production, mais il a touché moins que prévu et dépensé son fric autrement. Ensuite, il devait recevoir un bonus dans le cadre de la vente d'une production à l'étranger. Là non plus, je n'en ai pas vu la couleur. Il avait toujours des excuses et des prétextes. En me renseignant, je me suis aperçue qu'il devait de l'argent à tout le monde. Je ne pouvais pas rester dans une situation pareille. Je ne peux pas avoir ce genre de problèmes dans ma vie. J'ai besoin d'ordre autour de moi, à tous égards.

— Je comprends. »

Il s'interrogeait sur le montant dont il était question, mais garda le silence.

« Il n'a pas accepté que je le quitte. Il me téléphonait, m'envoyait des messages. Il insistait, me menaçait, me suppliait, mais maintenant, ça s'est arrêté. »

Elle lança un regard vers sa fille qui jouait dans l'herbe.

« Et Amalie a cessé de s'enquérir de Pia, sa fille.

— Ça m'a l'air d'être une expérience cher payée, mais j'ai l'impression que tu es en train de mettre ça derrière toi et que tu es prête à aller de l'avant. »

Line sourit.

« La dernière fois que je l'ai vu, je lui ai fait signer une reconnaissance de dette avec un taux d'intérêt de 12 % et un plan de remboursement. Je n'en aurai pas terminé avec lui dans l'immédiat. »

Elle l'observa et comprit quelle question il se posait.

« Nous parlons de cent trente mille couronnes. D'abord quatre-vingt-dix mille, puis encore quarante mille. Toutes mes économies. Et maintenant, je me retrouve sans revenus, parce que ça va m'être impossible de travailler avec lui. »

Wisting posa la main sur son bras, resta quelques instants sans rien dire. Il avait lui-même un solide matelas pour les coups durs. Son emprunt immobilier était remboursé, il avait un poste bien payé, du moins à l'échelle de la police. Il n'effectuait pas tellement de dépenses au-delà de ses frais fixes. Il se leva.

« Dis-moi si tu as besoin d'argent. »

Il vit qu'elle appréciait sa proposition, mais était

conscient qu'elle attendrait la dernière extrémité avant de lui en demander.

« Je ne vais pas te retenir », dit-elle.

Elle alla ranger sa tasse vide dans le lave-vaisselle et appela Amalie. Wisting les raccompagna dehors et s'installa dans sa voiture.

Son GPS le conduisit à une maison mitoyenne aux rideaux fermés en périphérie de Skien. Il dut sonner deux fois avant que le rideau le plus proche de l'entrée ne s'écarte. Le visage d'un homme aux cheveux courts et raides apparut. Wisting lui fit signe de venir à la porte.

« Peder Kronborg ? »

L'homme confirma. Wisting se présenta et demanda à entrer.

« De quoi s'agit-il ?

— De nouvelles questions sont apparues dans une vieille affaire. Tone Vaterland a été tuée en 1999. Danny Momrak a été condamné pour son meurtre, mais certaines questions demeurent sans réponse. »

Ils s'installèrent à la table de la cuisine. Une odeur de nourriture indéfinissable subsistait dans la pièce. Peder Kronborg débarrassa deux assiettes sales.

« Ce n'est pas Danny qui l'a fait ? demanda-t-il.

— Vous le connaissez ?

— On était dans la même école primaire et le même collège, mais pas dans la même classe et on ne traînait pas ensemble. »

Wisting hocha la tête, l'interrogea sur ce qu'il pensait de Danny Momrak, sans obtenir de réelle réponse.

« Dans ces cas-là, la police recense tous les mouvements autour de la scène de crime. Vous vous souvenez du jour où ça s'est produit ?

— Pas vraiment. Un hélicoptère volait bas, mais je n'ai pas su pourquoi avant d'arriver au supermarché. Ils la cherchaient.

— L'opération de recherche n'a vraiment commencé que le lendemain du jour où elle a été tuée. Le 4 juillet. »

Peder Kronborg acquiesça. Wisting bougea un peu sur sa chaise. Il était obligé de poser des questions orientées.

« Vous vous souvenez si vous étiez seul à la maison ce jour-là ? Si vos parents et Janne étaient partis ou s'ils étaient, eux aussi, à la maison ?

— J'étais seul. Ils étaient au chalet. »

Wisting hocha la tête, cela concordait avec la chronologie tracée.

« J'ai cru comprendre qu'un jeune homme américain vivait chez vous à ce moment-là.

— Curtis. Il était reparti.

— Pourquoi ?

— Il y a eu des histoires. Il avait essayé de séduire ma sœur, elle n'avait que quinze ans. Ça n'a pas plu à mon père et Curtis a dû repartir de façon anticipée. C'était en même temps que tout le reste, Tone Vaterland, l'hélicoptère et tout. Quand je me suis levé, Charles était déjà passé le prendre. Papa, maman et Janne partaient à la montagne. »

Wisting lui posa d'autres questions et tira de la succession des événements la conclusion que Curtis Blair était parti avant la disparition de Tone Vaterland.

« J'ai revu toute l'affaire, mais je n'ai lu nulle part que la police vous avait parlé à l'époque.

— Pourquoi l'aurait-elle fait ?

— Les policiers ont interrogé tout le monde, en

particulier les personnes qui s'étaient trouvées dans la zone où elle a disparu. »

Peder Kronborg ne semblait pas saisir la logique de son propos.

« Plusieurs témoins ont vu un individu avec un appareil photo et une veste de camouflage l'après-midi et le soir du 4 juillet. Était-ce vous ? »

Kronborg parut déconcerté.

« Ça se peut, répondit-il néanmoins.

— Car vous preniez des photos cet été-là ?

— Oui, pourquoi ?

— Et vous portiez une veste de camouflage à l'époque ?

— J'en avais une, en tout cas. On l'avait achetée avec papa dans un surplus militaire. »

Wisting lui présenta la photo que lui avait envoyée Maggie Griffin.

« C'est vous, déclara-t-il sur le ton du constat plus que de la question.

— Je ne l'ai jamais vue.

— Curtis Blair l'a prise en 1999. Vous aviez l'habitude de vous munir aussi d'un sac à dos lors de vos sorties photo ?

— Ça m'arrivait. C'était un sac avec une chaise pliante pratique pour attendre une opportunité.

— D'accord. »

Il avait déterminé que l'homme à l'appareil photo, à la veste de camouflage et au sac à dos évoqué dans les témoignages avait pu être Peder Kronborg.

« Des gens vous ont vu. Ce que je me demande, maintenant, c'est ce que vous, vous avez vu. Avez-vous pu voir Tone Vaterland ou Danny Momrak, ou remarquer autre chose ? »

Kronborg secoua la tête.

« Où sont vos photos de l'époque ?

— Je ne sais pas. Pas ici, en tout cas. Maman les a peut-être gardées, ou alors elle les a jetées quand elle a déménagé. »

Wisting changea de sujet.

« Des accusations ont été proférées à l'encontre de votre père.

— Quel genre d'accusations ?

— À propos de Janne. »

Peder Kronborg crispa les mâchoires, prit un air récalcitrant.

« Mon père est malade, dit-il, sans demander ce que recouvraient les accusations ni nier que quelque chose s'était passé. Vous ne pouvez pas parler de cela avec lui, ni avec maman. Elle a des problèmes de nerfs. Elle en a toujours eu.

— Mais vous, qu'avez-vous à en dire ? »

L'atmosphère avait changé dans la pièce. Peder Kronborg secoua la tête.

« Je n'ai rien de plus à dire. » Il se leva. « Ça remonte à loin. Parler de ça maintenant, c'est stérile. Rien de ce qui s'est passé ne peut être changé. »

Wisting baissa les yeux sur la table, décida de ne pas poursuivre sur le sujet. Ce qui avait été infligé à Janne Kronborg ne concernait pas son affaire.

Il repartit, sans être pleinement satisfait du résultat de la visite. De nombreuses questions restaient en suspens.

63

Pendant qu'il était chez Peder Kronborg, la voiture était restée au soleil. Wisting démarra et ouvrit toutes les vitres. Une fois l'air renouvelé, il les referma et téléphona à Adrian Stiller.

« Je crois que nous avons largement de quoi conclure que Peder Kronborg est l'individu observé le jour du meurtre en 1999, conclut-il. Certains l'ont vu avec un appareil photo, d'autres avec une veste de camouflage et un sac à dos.

— Vous en avez informé Sten Kvammen ?

— Non. Je ne vois pas de raison de le faire. Pas tout de suite. Je préférerais avoir d'abord les résultats de l'analyse approfondie des traces relevées sur le chemisier de Tone Vaterland. En revanche, je pense que nous devrions prendre rendez-vous avec Danny Momrak et son avocat pour leur exposer ce que nous savons. »

Adrian Stiller était du même avis.

« Le procureur voudrait que cela se termine. Mes supérieurs aussi. Quand pensez-vous que nous en saurons davantage ?

— Aujourd'hui. »

Stiller lui demanda de le tenir au courant.

Wisting envisagea ensuite d'appeler Sten Kvammen, malgré tout. Les nombreux témoins oculaires qui avaient observé un homme avec un appareil photo avaient dû lui causer un sacré mal de tête en 1999. Il serait probablement intéressé de savoir que cet individu était désormais identifié. À défaut d'autre chose, Wisting devait reconnaître qu'il éprouverait une certaine satisfaction à lui expliquer qu'il avait découvert une chose qui lui avait échappé à l'époque.

Son numéro était enregistré dans son répertoire. Il laissa sonner, mais Kvammen ne décrocha pas.

L'appel de l'institut forensique ne survint qu'en fin de journée. Wisting était de retour chez lui. Line lui avait de nouveau laissé Amalie pendant qu'elle faisait un saut au supermarché. La fillette ayant soif, il venait de lui préparer un verre de sirop à l'eau.

« Nous avons analysé le sang du prélèvement initial et il semblerait que vous ayez raison », l'informa la laborantine.

Wisting coinça le téléphone entre son oreille et son épaule et sortit sur la terrasse avec le verre de sirop.

« Ça va être technique, mais nous avons trouvé un taux élevé de phosphatases alcalines. Cela peut arriver quand le cancer se diffuse dans le corps. En plus, il y a dans le cytoplasme un nombre notable de structures ressemblant à des bâtonnets d'Auer. C'est un autre indicateur fort. »

Wisting posa le verre sur la table, mais Amalie était trop absorbée par ses jouets pour venir le boire.

« Donc les prélèvements proviennent d'un homme souffrant d'un cancer ?

— Je ne peux pas poser de diagnostic, mais ils

proviennent en tout cas d'un homme qui n'était pas en bonne santé. »

Wisting chassa une guêpe qui tournoyait autour du verre.

« Je vois. Vous m'envoyez votre rapport aujourd'hui ?

— Je peux vous envoyer les résultats d'analyse, mais j'ai besoin d'un peu plus de temps pour rédiger ma conclusion. Nous avons aussi fait d'autres observations qui pourraient être intéressantes pour vous.

— Lesquelles ?

— Nous avons relevé la présence d'une substance étrangère dans les échantillons. »

Amalie déboula et saisit son verre à pleines mains.

« Une substance étrangère ? C'est-à-dire ?

— Une substance non corporelle, qui ne provient pas des testicules. Il s'agit d'un composé synthétique contenant notamment du silicium.

— Vous savez d'où elle vient ?

— Nous en avons vu par le passé, dans des variantes diverses. Il s'agit probablement de restes d'un lubrifiant à base de silicone issu d'un préservatif. »

Wisting s'appuya contre le dossier de sa chaise, ferma les yeux et visualisa comment l'ADN de Jan Hansen avait été transporté hors du parloir d'Ullersmo.

« On en voit rarement quand on a aussi du sperme, expliqua la laborantine. D'ordinaire, c'est plutôt dans des affaires d'agressions sexuelles où il n'y a pas de traces biologiques, justement, et la découverte permet de montrer que le coupable a utilisé un préservatif. »

Wisting voulut s'assurer que ce résultat figurerait dans le rapport.

« Bien entendu, répondit-elle. Vous aurez les taux

aujourd'hui, mais j'en rendrai compte plus précisément dans le rapport final.

— Merci. »

Amalie l'appela, elle voulait qu'il la regarde faire des galipettes dans l'herbe. C'est seulement à ce moment-là qu'il nota que la pelouse était impeccable. Line avait dû passer la tondeuse pendant son absence.

Il poussa quelques exclamations enthousiastes devant les culbutes de sa petite-fille, puis il téléphona à Stiller.

« Hanne Blom, fut la première réaction de Stiller à ce qu'il lui racontait. Sa petite amie. »

Wisting avait envisagé une autre option.

« Je pensais à Danny Momrak. Il était chargé du ménage dans le parloir, il a pu en rapporter un préservatif usagé contenant le sperme de Jan Hansen et le faire passer dehors. J'ai la liste de ses permissions et celle des visites de Jan Hansen. L'une de ses dernières permissions commence le lendemain d'une visite de Hanne Blom. C'était peu de temps après le diagnostic de cancer de Hansen. »

Stiller ne répondit pas tout de suite. Il intégrait ce raisonnement.

« Ça a du sens. Mais pourquoi se donner la peine de placer les empreintes de Hanne Blom sur les lettres anonymes ?

— Pour pouvoir désigner une autre direction plausible en cas d'échec du plan pour une raison x ou y.

— Et ce plan a maintenant échoué. Nous avons ce qu'il nous faut pour le mettre en examen pour fabrication de preuve.

— Je ne pense pas que ces dispositions s'appliquent ici. Ce qu'il a fait, c'est introduire des fausses pistes dans une affaire sur laquelle l'enquête était terminée et qui avait été jugée. D'un point de vue pénal, il s'agit plutôt d'une tentative d'escroquerie. Une réouverture du dossier et un acquittement ouvriraient droit à réparation. »

Stiller redevint songeur.

« Que sait son avocat, au juste ?

— Je ne saurais dire, mais je pense que nous devons renverser le jeu.

— Comment ?

— Il est trop tôt pour arrêter Momrak. Nous l'empêchons de progresser dans ses plans, mais en l'état actuel des choses, l'affaire n'arriverait jamais dans un tribunal, elle partirait en eau de boudin. C'est seulement dès lors que l'ADN de Jan Hansen sera invoqué comme nouvelle preuve pour faire réexaminer l'affaire que Danny Momrak franchira une limite. Il a joué à un jeu avec nous, mais maintenant, nous avons le dessus.

— Que voulez-vous faire ?

— Ce que l'on attendrait de nous si la nouvelle preuve ADN était authentique. Je veux convoquer Danny Momrak et son avocat pour un entretien au cours duquel je les informerai des nouveaux développements de l'affaire qui le visait. Ensuite, j'attendrai qu'ils déposent une demande de réexamen. Et là, nous serons en présence d'une escroquerie en bonne et due forme. »

Stiller n'aimait pas ce qu'il entendait.

« Je vais en parler avec le procureur. Je vous préviendrai quand vous pourrez lancer l'opération. »

Amalie poursuivait ses galipettes sur la pelouse tondue. Wisting regarda son podomètre. Il avait à peine fait mille pas.

64

« Tu lui as mis de la crème solaire ? Je t'en avais laissé. »

Quand Line était partie, le tapis sur lequel jouait Amalie était à l'ombre, mais à présent, la petite était assise en plein soleil.

Wisting plissa les yeux vers le ciel.

« Non. Je suis désolé. »

Line fit venir sa fille et l'enduisit de crème solaire.

Il se rendit dans la cuisine et revint avec un pichet de sirop à l'eau et des verres.

Une heure s'était écoulée depuis sa conversation avec Stiller. Il avait envie d'appeler Bohrman pour convenir d'un rendez-vous avant la fin de la journée de travail.

« Merci d'avoir tondu la pelouse, dit-il en s'asseyant.

— Il était temps de le faire. »

Au même instant arriva un message. Stiller l'informait que le procureur avait validé la procédure qu'il proposait.

Il attendit que Line et Amalie soient reparties et rentra dans la maison pour appeler Bohrman. L'avocat répondit sur un ton légèrement crispé, comme s'il était interrompu dans une activité. Peut-être était-il encore en train de repeindre sa façade.

« Ça tombe bien que vous appeliez, dit Bohrman. J'ai appris que vous étiez allé chez Momrak. Dorénavant, je crois que le mieux serait que la communication transite par moi.

— C'est en grande partie pour cela que je vous appelle. J'aurais besoin d'une réunion d'information. Si vous aviez la possibilité de faire un saut pendant vos vacances, j'apprécierais.

— Bien entendu. J'ai cru comprendre en parlant avec Kvammen qu'il y avait eu certains développements dans l'affaire.

— Kvammen ?

— Oui, c'était une conversation informelle. Il sortait d'un entretien avec vous. Tout cela paraît fort étonnant. »

Wisting sentit poindre l'agacement, il se demandait ce que Kvammen avait divulgué.

« Sten Kvammen ne travaille pas sur cette affaire. Ce ne serait pas naturel. Une large part de notre travail a consisté à rechercher des erreurs possibles dans l'enquête initiale.

— C'était justement ce dont il avait besoin de parler. Il voulait me dire qu'il ne s'était pas trompé.

— Comment ça ? »

Bohrman hésita.

« Il a sûrement outrepassé son mandat, mais il m'a expliqué qu'on avait trouvé les vêtements de Tone Vaterland et qu'on y avait relevé la présence d'ADN de Jan Hansen, mais que cet ADN avait dû y échouer récemment. Après qu'il avait développé un cancer. »

Si Sten Kvammen n'avait pas décroché quand Wisting l'avait appelé, c'était donc qu'il ne voulait pas lui parler. Non seulement il avait communiqué des renseignements concernant l'enquête en cours, mais encore il en avait anticipé la conclusion. Toutefois, l'erreur était celle de Wisting, qui n'aurait jamais dû l'informer.

« Il était très motivé pour que d'éventuelles erreurs de 1999 soient corrigées, mais entre les lignes il laissait entendre assez clairement que Momrak subirait un violent retour de bâton si, par exemple, il participait au documentaire de Ninni Skjevik.

— Comment ça ?

— Eh bien, la seule personne qui aurait quelque chose à gagner à introduire une fausse preuve serait Momrak. »

Wisting se prit le front. Quelque chose s'effondra en lui.

« Vous en avez parlé avec Danny Momrak ?

— Il est venu chez moi hier. Il arrivait d'un interrogatoire au commissariat.

— L'affaire Roll, confirma Wisting.

— J'aurais bien voulu être informé au préalable, souligna Bohrman.

— Je ne connais pas les détails de l'affaire, mais j'ai cru comprendre que c'était un témoin intéressant. »

L'avocat toussota.

« C'est ce que j'en avais déduit. Vu qu'il s'agit d'une réunion d'information, puis-je proposer que nous la tenions à mon bureau ? »

Wisting aurait voulu qu'ils se rencontrent dès le lendemain, mais ils se mirent d'accord pour que cela se passe en fin de semaine.

« Je vais convenir de quelque chose avec Momrak », conclut Bohrman.

Wisting resta le téléphone dans la main. Il se demandait s'il devait appeler Kvammen ou s'en abstenir, mais en vint à la conclusion qu'il lui fallait déterminer l'ampleur des dégâts, savoir ce que Kvammen avait raconté.

Il tomba sur son répondeur.

Il appela Stiller à la place. Trop furieux pour rester assis calmement, il le mit au courant tout en arpentant la pièce.

« Il pourrait s'agir d'un acte calculé, estimait Stiller. Sten Kvammen cherche à ce qu'il y ait le moins possible de bruit et d'attention autour de l'affaire. En jouant comme première carte le soupçon que la preuve ADN est fausse, Bohrman et Momrak ont gagné la possibilité de revenir sur leurs plans. Il les a réduits au silence. »

Wisting n'avait pas envisagé cette possibilité, mais Stiller avait raison. Ce pouvait être une fuite voulue pour enterrer toute l'affaire.

« J'ai besoin d'un peu de temps pour faire le point. Je vous rappelle demain. »

Il s'assit à la table de la cuisine pour se relever aussitôt, se remplit un verre d'eau au robinet. Par la fenêtre, il vit passer un homme qui marchait sur l'asphalte chaud avec un chien tout haletant. Au loin s'entendait une sirène de véhicule de secours. Ses modulations s'interrompirent net.

Wisting songea à prendre sa voiture pour descendre chez Kvammen, mais y renonça et se rassit devant son ordinateur. Il avait reçu les résultats d'analyse de l'institut forensique et, parmi d'autres e-mails sans intérêt, la réponse de Gustav Bolk, de la société de péage.

Son téléphone sonna avant qu'il n'ait pu l'ouvrir. C'était Kathe Ulstrup. S'il répondait, il devrait lui parler de la fausse preuve ADN. Ce qu'ils préparaient ne devait être connu que de ceux qui avaient besoin de savoir, mais il pouvait difficilement la maintenir hors du coup. Et encore moins ne pas répondre à son appel.

« En vitesse, juste un point, annonça-t-elle. Jonas Haugerud s'est fait prendre avec des amphétamines ce matin. Il a plusieurs affaires qui ne sont pas encore réglées et il est question de garde à vue. Il a demandé à vous parler.

— Ah bon ?

— J'arrive de sa cellule. Il voulait passer un marché, éviter la garde à vue, et il a quelque chose sur Danny.

— Quoi donc ?

— Il se baladait avec une arme. »

Wisting se redressa.

« Une arme ?

— Danny avait un pistolet à la ceinture de son pantalon quand il est allé chez Jonas il y a quelques semaines. Il ne l'a pas montré, mais il voulait que Jonas le voie et comprenne qu'il devait changer sa déposition de 1999. »

Wisting prit quelques instants pour digérer l'information.

« En temps normal, nous devrions réagir à ce genre d'information en arrêtant Danny Momrak et en fouillant sa maison, poursuivit Ulstrup, mais nous n'allons pas le faire si ça ruine votre plan. »

Il lui exposa les développements de l'affaire et le rendez-vous prévu avec l'avocat de Momrak.

« Les renseignements datent déjà de plusieurs

semaines, déclara-t-elle. Laissons s'écouler quelques jours. Après tout, Jonas Haugerud n'est pas quelqu'un de très digne de confiance. Il dirait n'importe quoi pour échapper à la garde à vue. »

Après cet appel, Wisting fit quelques pas. Il sortit sur la terrasse, revint à la table de la cuisine. Son ordinateur s'était mis en veille, il le ranima, cliqua sur le fichier que Gustav Bolk avait joint à son mail, la liste des franchissements de péage de Danny Momrak le jour précédent.

Huit minutes après qu'ils l'avaient perdu, sa voiture avait passé le péage direction sud. Une heure plus tard, elle était revenue.

Le pouls de Wisting s'accéléra peu à peu.

La dernière fois que Momrak était passé par ce péage, il avait suivi Wisting chez Sten Kvammen.

Il prit son téléphone, essaya encore de joindre l'ancien directeur d'enquête. Pas de réponse.

Un sentiment insidieux s'était logé dans son diaphragme. Il attrapa les clés de voiture sur la table, resta quelques instants assis à les serrer dans son poing noué, puis il se leva. C'était une simple supposition, un soupçon naissant, qui ne suffisait pas pour lancer l'alerte ou prévenir d'autres personnes, mais il ne pouvait pas rester les bras ballants.

65

27 février 2014, 13 h 50

Le parloir exigu n'était pas un lieu de tournage idéal, mais elle n'avait pas le choix.

« Vous avez trouvé d'autres informations sur lui ? » demanda Danny pendant qu'elle réglait l'exposition et faisait la mise au point.

Ninni secoua la tête. Elle avait découvert qu'il devait y avoir un malentendu, selon toute vraisemblance, Curtis Blair avait quitté la Norvège avant que Tone Vaterland ne soit tuée. Toutefois, elle ne voulait pas le lui dire. Pas tout de suite.

« Je vais sans doute devoir aller là-bas, déclara-t-elle, surtout pour l'impressionner.

— Aux États-Unis ?

— Oui, mais il y a autre chose. »

Danny attendit avant de l'interroger davantage. Il s'était habitué à ce qu'elle soit peu loquace avant que la caméra ne tourne. Il sentait son impatience, mais aussi qu'elle ne voulait rien perdre de la réaction qu'il aurait face à ce qu'elle allait lui révéler.

« Vous avez découvert quoi ? l'interrogea-t-il lorsque le voyant de la caméra s'alluma.

— Votre avocat m'a fourni les documents de l'affaire, expliqua-t-elle en s'asseyant. J'ai tout lu et j'ai relevé une information intéressante.

— Du nouveau ?

— Tout était là depuis le début, mais personne n'en a mesuré l'importance. »

Elle ouvrit un dossier, en tira le procès-verbal d'audition de Jan Hansen.

« Juste un point, fit-elle avant de lui tendre les papiers. Quand vous serez avec vos codétenus, surtout faites comme si de rien n'était, comportez-vous normalement. »

Elle lança un regard vers la caméra. Cette injonction serait coupée au montage.

« C'est compris ?

— D'accord. »

Danny prit le document, commença à lire. Il ne semblait pas en saisir l'intérêt. Elle aussi avait lu les premières auditions de cette façon, sautant le nom du témoin et les autres rubriques administratives pour aller directement à la déclaration. A priori, l'identité de la personne entendue importait peu, ce qui comptait c'était l'observation faite. Dans le cas présent, c'était le contraire.

« La solution pourrait être plus proche que nous ne le pensions. »

Danny ne comprenait toujours pas.

« C'est la déposition de Jan Hansen, de la cellule numéro 6, expliqua-t-elle. Il était là quand Tone a été tuée. C'est l'une des dernières personnes à l'avoir vue en vie. »

Danny resta immobile, puis vint la réaction. Un tressaillement, suivi d'un tremblement généralisé du corps. Une trépidation.

Elle captura le tout sur la pellicule avant de lui communiquer ce qu'elle savait sur Jan Hansen. Danny écouta, les lèvres pincées. Quand elle eut terminé, il regarda l'objectif.

« Coupez », dit-il.

Ninni s'exécuta. Elle avait découvert quelque chose qui allait ouvrir de vastes possibilités. Si elle menait sa barque convenablement, elle allait se faire connaître.

66

Le chien noir se leva, mais resta à l'ombre de la voiture de Sten Kvammen.

Wisting se gara au même endroit que la fois précédente. Le gravier crissa sous ses semelles lorsqu'il descendit de la voiture. Le chien ne bougea pas alors qu'il se dirigeait vers le chalet et le contournait pour accéder au côté mer. Un souffle frais apportait l'odeur saline et brassait légèrement l'air.

Sur la table à laquelle ils s'étaient assis lors de sa précédente visite s'étalait un journal. La baie vitrée coulissante du salon était ouverte, les voilages remuaient à peine.

« Il y a quelqu'un ? » cria Wisting.

Un goéland décolla d'une pile du ponton. Il entendit ses battements d'ailes. Par ailleurs, l'endroit était singulièrement silencieux.

« Kvammen ! » appela-t-il, sans obtenir de réponse.

Il se dirigea vers la baie vitrée, écarta les voilages.

Le plancher craqua alors qu'il traversait le salon désert. Dans le couloir, la porte d'une chambre à coucher était ouverte. Le lit était défait, mais la pièce, ordonnée.

Wisting appela encore tout en regardant dans les autres chambres, dans la salle de bains, dans la cuisine. Le chalet était vide.

Il ressortit sur la terrasse. Dans la pente menant au ponton, le soleil et la chaleur avaient aspiré la couleur de l'herbe. Le bateau tanguait sur les vagues molles.

Le chien arriva au petit trot. Il s'assit, l'observa la gueule ouverte, la langue pendante.

« Tu as soif ? »

Wisting regagna le chalet, retourna dans la cuisine, ouvrit le robinet, laissa l'eau couler jusqu'à ce qu'elle soit froide, en remplit un bol et l'apporta dehors.

Le chien lapa avec avidité. Wisting descendit sur le ponton. Rien dans le bateau. Autour, des grappes de varech suivaient le clapot. La main en visière, il scruta les rochers. Le couple de cygnes de la dernière fois apparut derrière un îlot. Il ne voyait rien d'autre.

Quelque chose n'allait pas.

Il refit un tour extérieur du chalet en cherchant des signes, des traces, mais ne trouva rien qui puisse lui indiquer ce qui s'était passé.

La chaleur plaquait sa chemise contre son dos.

Il vérifia la portière de la voiture de Kvammen. Verrouillée.

Il n'y avait rien ni sur ni entre les sièges, mais il lui semblait sentir une mauvaise odeur autour du véhicule.

Il trouva une pierre, la projeta contre la vitre latérale du conducteur. Elle rebondit en déclenchant l'alarme.

Il en prit une autre, un peu plus grosse, un peu plus pointue, l'abattit contre la vitre. À la troisième tentative, la vitre se fendit, à la quatrième, elle fut pulvérisée et s'effondra.

La chaleur et l'odeur de la voiture surchauffée l'assaillirent.

Il se baissa pour ouvrir la portière de l'intérieur. Il ne connaissait pas ce modèle de voiture, mais partait du principe qu'il y avait un mécanisme d'ouverture du coffre depuis la place du conducteur. Il le trouva, tira dessus et, entre les hurlements de l'alarme, il entendit le bruit sec attendu.

Sten Kvammen avait les jambes relevées contre la poitrine. Sa tête pendait entre ses genoux. Lorsque Wisting parvint à ouvrir la cage à chien, une jambe en sortit. Wisting saisit l'autre et tira Kvammen à demi hors de l'ouverture. Sa tête se renversa en arrière. Elle était violacée, boursouflée, couverte de cloques éclatées et de plaies ouvertes.

Attrapant un bras, Wisting réussit à haler le corps jusqu'à l'ombre et à l'étendre à plat sur le sol.

Sachant que l'opérateur du centre de commandement lui poserait la question, il appliqua deux doigts sur son cou. Sa peau était chaude, souple et moite, mais son pouls ne battait pas.

67

Un policier de la première voiture arrivée sur les lieux avait ouvert le capot et débranché les câbles de la batterie pour couper l'alarme. Ensuite, l'équipe avait bouclé le périmètre en attendant les techniciens de la police scientifique.

Wisting était descendu sur le ponton.

Sur la route qui l'amenait d'Oslo, Adrian Stiller l'appela pour prendre des nouvelles.

« Les techniciens viennent d'arriver, donc nous n'en savons pas plus, mais ma lecture de la scène est qu'il est entré dans la cage sous la menace et qu'on l'y a laissé.

— Ça a dû se passer hier, estimait Stiller. Pendant que j'attendais que Momrak rentre chez lui. Ça fait vingt-quatre heures.

— Il a pu survivre pendant la soirée et la nuit, mais il était sûrement mort bien avant mon arrivée. »

Stiller relâcha son souffle dans un long soupir.

Wisting avait enquêté sur une mort similaire par le passé. Il s'agissait d'un accident, un saisonnier roumain qui faisait la cueillette de framboises dans une ferme de Brunlanes avait mis des vêtements de pluie pour se protéger des épines de framboisiers. Il faisait près de 30 degrés à l'ombre ; victime d'une insolation, il s'était évanoui, mais plusieurs heures s'étaient écoulées avant qu'on ne le découvre. À son arrivée à l'hôpital, sa température corporelle était de 41,8 degrés. La plupart de ses organes étaient déjà en insuffisance fonctionnelle. Il était décédé au bout de vingt-quatre heures de soins intensifs.

Dans la voiture de Kvammen, la température avait dû atteindre au moins quatre-vingt-dix degrés. C'était un véritable four. À un moment ou un autre, tout avait dû atteindre la même température.

« Je vous ai raconté qu'un jour, en prison, Momrak avait craché sur un téléviseur quand Sten Kvammen était apparu dans un journal télévisé ?

— Non », répondit Stiller.

Wisting lui relata l'histoire.

« Il avait dû projeter toute la responsabilité de sa propre situation sur Kvammen, développer de la haine.

— Hier, son avocat lui a fait savoir que son plan ne fonctionnerait pas, que la fausse preuve ADN avait été démasquée. Il a dû disjoncter. »

Le couple de cygnes approcha du ponton. Derrière, leurs petits avaient grandi et leur plumage, clairci.

« J'ai parlé avec Kathe Ulstrup, ajouta Wisting. Elle prépare une action. Le groupe d'intervention local va interpeller Momrak. »

Il consulta sa montre.

« Le lieu de rendez-vous est l'ancienne gare ferroviaire d'Oklungen, à huit cents mètres de sa maison.

— Je vous retrouve là-bas. »

68

Le chef d'opération télépilotait un drone, qui s'éleva d'abord suffisamment haut pour filmer les environs de cet endroit désert. La maison voisine la plus proche était située de l'autre côté d'une petite hauteur aux sapins desséchés, si loin que l'équipe n'avait pas besoin d'en tenir compte.

Wisting leva les yeux. Il n'entendait rien et n'aperçut l'appareil qu'une fois celui-ci établi en vol stationnaire à deux cents mètres d'altitude pour filmer la maison de Danny Momrak dans un axe oblique.

La voiture de Momrak était devant. Le drone descendit encore plus bas, traça un cercle autour de la maison. La porte d'entrée et la porte latérale étaient toutes deux fermées. La terrasse en construction, déserte.

Un ordre bref fut donné par radio.

« Exécution ! »

Wisting, Stiller et Ulstrup avaient la possibilité de suivre l'opération sur le moniteur du pilote de drone. Deux tout-terrain noirs soulevèrent des nuages de poussière alors qu'ils accéléraient sur le chemin de terre. Les portières s'ouvrirent avant même qu'ils ne s'arrêtent. Huit hommes de l'unité d'intervention en bondirent et se positionnèrent autour de la maison. Quatre d'entre eux avancèrent vers la porte d'entrée.

Le drone approcha. Les émetteurs radio furent réglés en mode conférence ouverte. L'un des policiers heurta le battant du poing, on entendit les coups, puis le nom de Danny Momrak fut crié, ainsi que l'ordre de sortir.

Cinq secondes passèrent et les quatre policiers forcèrent la porte au pied-de-biche. Ils se précipitèrent à l'intérieur. Chaque fois qu'ils entraient dans une pièce une indication retentissait dans le talkie-walkie : « Fin d'alerte ! »

Quand l'équipe eut investi cinq pièces vides, deux hommes furent envoyés au grenier.

« Fin d'alerte ! » fut le message qui venait de là-haut.

« Reçu. Retirez-vous ! » fut la réponse.

Le drone approcha encore. Les quatre policiers sortirent de la maison, passèrent leurs pistolets-mitrailleurs dans le dos et retirèrent leurs casques.

Le chef d'opération était resté à côté de la voiture du fond. Il avança et demanda un rapport de situation.

« Vide, lui dit-on. Personne sur site. »

Le dialogue ouvert de la radio fut déconnecté. On fit revenir le drone. Wisting se dirigea vers sa voiture.

Le chat arriva tranquillement du bois quand il se gara. Wisting voulait entrer dans la maison pour voir de ses propres yeux. Adrian Stiller le suivait.

L'habitation n'était pas seulement vide, elle avait l'air d'avoir été abandonnée. À la hâte.

Des mouches tournoyaient au-dessus d'une assiette

contenant une portion entamée de quelque potée. D'autres se livraient à la même activité au-dessus d'une casserole sur la cuisinière. Une cannette de Coca était ouverte sur la table, à côté d'un paquet de cigarettes, d'un briquet et d'un trousseau de clés.

Wisting examina les clés de plus près. L'une d'elles était la clé de contact d'une Mercedes, il pointa son index dessus.

« Sten Kvammen », déclara-t-il.

Ils parcourent la maison pièce par pièce, mais ne découvrirent rien qui puisse leur indiquer où était Danny Momrak. En sortant, Wisting s'arrêta devant le tableau électrique de l'entrée. Il l'ouvrit, photographia le compteur.

Le chef d'opération terminait une conversation téléphonique quand ils le rejoignirent.

« J'ai lancé la localisation de son téléphone. Nous l'aurons d'ici un quart d'heure. »

Wisting se rassit dans sa voiture et invita Stiller et Ulstrup à monter.

« Où allons-nous ? demanda Stiller.

— Pas loin. »

69

Wisting s'installa au volant de la voiture de Line, Stiller à côté de lui. Kathe Ulstrup se pencha entre leurs sièges. Bien que la voiture soit restée à l'ombre d'arbres hauts, il faisait chaud dans l'habitacle. Wisting tourna la clé de contact, poussa la climatisation à fond.

L'écran intégré de la dashcam étant petit, ils durent rapprocher leurs têtes. Les enregistrements étaient nombreux. Tout ce qu'il y avait en termes de voitures passées sur la route principale avait été filmé. Le premier segment montrait le véhicule de fonction de Maren Dokken s'éloignant la veille, Wisting et Amalie à bord.

Ils visionnèrent les enregistrements suivants. La circulation dans les deux sens avait été relativement importante, mais la tâche restait surmontable.

Une petite heure après que Wisting avait laissé sa voiture au bord de la route, venait un break gris qui ralentissait avant de tourner sur le chemin menant au domicile de Danny Momrak. Il était 18 h 34.

Wisting reconnut le véhicule. La taille de l'image ne permettait ni d'identifier le numéro d'immatriculation ni de déterminer si c'était bien une fissure qui barrait le pare-brise, mais c'était la voiture de Ninni Skjevik. Elle soulevait derrière elle un nuage de poussière.

Sur l'enregistrement suivant, une heure s'était écoulée.

Le terminal radio de Kathe Ulstrup s'anima. Le chef d'opération la contactait.

« Son téléphone n'est plus actif. La dernière position semble avoir été un peu à l'est de son domicile. Nous cherchons dans les environs. »

Wisting la regarda, il n'était pas certain de ce que pouvaient receler ces renseignements.

« Reçu », répondit-elle.

L'enregistrement suivant avait été déclenché par un chevreuil et ses deux petits qui traversaient la route. La voiture de Ninni Skjevik ne revenait pas avant 21 h 02. Elle s'arrêtait et attendait le passage d'un grumier avant de s'engager sur la route.

« Presque deux heures et demie », calcula Stiller.

Wisting revint au début et fit un arrêt sur image quand la voiture était immobile au carrefour. Il batailla quelque peu avec le réglage des paramètres pour zoomer. Des reflets sur les vitres empêchaient de voir combien de personnes se trouvaient à bord.

Le chef d'opération se fit de nouveau entendre. Un téléphone et des vêtements avaient été découverts sur le rivage du lac Farris.

Ils retournèrent à la maison de Momrak, empruntèrent le sentier forestier qui menait au lac.

Le chef d'opération tendit le téléphone à Kathe Ulstrup. Il était protégé par un sachet en plastique.

« Il était dans une poche de pantalon. »

Il désigna des vêtements sur une pierre, un jean

troué, un T-shirt, un boxer et des chaussettes, et contre la pierre, une paire de baskets.

Wisting promena son regard alentour. Les vagues clapotaient contre le bord, sur lequel s'étalait une couche de pollen jaune.

Le chef d'opération marcha sur une pierre instable pour leur montrer un endroit où l'on avait relevé une coloration.

« Probablement du sang. Nous avons demandé des plongeurs, ils seront là d'ici une heure.

— Je voudrais aussi la police scientifique, précisa Wisting.

— Ça ne peut pas attendre que nous le trouvions ? s'étonna Ulstrup.

— Le lac est profond, commenta un autre policier en contemplant la surface. Ce n'est même pas certain qu'on le retrouve un jour.

— Je voudrais savoir ce qui s'est passé ici au cours des dernières vingt-quatre heures, déclara Wisting en repartant sur le sentier vers la maison de Momrak.

— Où allez-vous ? s'enquit Kathe Ulstrup.

— Je voudrais parler avec Ninni Skjevik. »

Ulstrup hocha la tête.

« Je vous accompagne. »

70

Wisting démarra dans le crissement des graviers, qui jaillirent de ses pneus et furent projetés dans le logement des roues.

Kathe Ulstrup formula ce qui n'avait pas été dit.

« Vous pensez que ce n'était pas un accident ? Qu'il était venu se baigner ?

— Pas au milieu de son repas, sans serviette. »

Ses pneus adhérèrent à l'asphalte de la route principale. Il prit son téléphone, appela Maren Dokken.

« Comment dois-je procéder pour obtenir une analyse électrique ?

— Quel usage vas-tu en faire ? »

Il la mit au courant de la situation.

« J'ai besoin de savoir quand la cuisinière a été éteinte, à quelle heure son plat a fini de mijoter.

— Le plus simple serait que tu me fournisses le numéro du compteur. J'ai un contact qui pourra te donner ce dont tu as besoin dans le courant de la soirée.

— Merci. Je t'envoie une photo. »

Il tendit son téléphone à Ulstrup et lui demanda

d'envoyer la photo du tableau électrique de Danny Momrak.

« Je vous avais dit que Ninni Skjevik n'était pas quelqu'un de fiable, rappela Ulstrup en reposant le téléphone.

— Vous ne m'avez jamais expliqué pourquoi.

— Elle est insensible. Cynique. »

Wisting lui demanda d'approfondir.

« Un jour, j'ai enquêté sur une collision frontale. Une camionnette et une voiture. Un couple de personnes âgées est mort. Ça se passait sur la route à l'ouest du Frierfjord, où la circulation est faible. Ninni Skjevik est arrivée la première sur les lieux, ce n'est pourtant pas été qui a alerté les secours. L'un des véhicules avait pris feu et elle était trop occupée à photographier la scène. »

Ils rattrapèrent un camion, Wisting le dépassa sur un tronçon plat.

« La voiture suivante est arrivée sur site une ou deux minutes plus tard. La police a été avertie, et Skjevik a aidé à extraire le conducteur de la camionnette. On ne pouvait plus rien faire pour le couple de l'autre véhicule.

— Mais l'homme qu'ils ont sorti s'en est bien tiré ?

— Pas vraiment. Il était resté trop longtemps sans oxygène, ce qui a occasionné d'importantes lésions cérébrales. Il est probablement toujours dans une institution. Si Ninni Skjevik lui avait renversé la tête en arrière avant d'appuyer sur le déclencheur, il aurait pu respirer et serait en bonne santé aujourd'hui.

— Tragique, commenta Wisting.

— Sur les photos dans le journal, on peut voir

qu'elle a cassé quelques branches d'arbustes sur le bas-côté pour avoir les deux voitures dans son champ.

— Cela a-t-il été suivi de conséquences?

— Une plainte pour non-assistance à personne en danger a été envisagée, mais ça n'a pas abouti. Sans doute parce que l'homme de la camionnette était responsable de l'accident. Il avait près de deux grammes d'alcool dans le sang et roulait sur la file de gauche. Mais son rédacteur en chef et elle ont dû répondre à des questions. Peu de temps après, elle a déménagé et pris un nouvel emploi. Je ne sais pas si c'était lié. »

Ils restèrent sans rien dire pendant plusieurs kilomètres.

Parvenus à destination, ils virent Ninni Skjevik debout à côté de sa voiture. Wisting se gara derrière elle.

« Il est arrivé quelque chose? s'enquit-elle en rangeant un sac dans son coffre.

— Ça tombe bien que je vous trouve ici. » Wisting désigna le véhicule. « Vous partez?

— Je rentre à Oslo pour quelques jours. Il y a du nouveau?

— Danny Momrak a disparu. »

Elle lança un coup d'œil à sa caméra, mais la laissa dans le coffre et regarda Wisting.

« Disparu? Comment ça?

— La porte de sa maison n'était pas verrouillée, sa voiture était devant chez lui, son téléphone est mort », répondit Wisting.

Kathe Ulstrup les rejoignit. Elle avait préparé son calepin, mais elle laissa Wisting parler.

« À quand remonte la dernière fois que vous avez eu des contacts avec lui?

— À hier. Je suis allée à son domicile.

— Quand ça ?

— En début de soirée.

— Quand êtes-vous repartie ?

— Autour de 21 heures. On était censés tourner quelques plans, mais il n'était pas d'humeur.

— Pourquoi ? Vous a-t-il dit s'il y avait un problème ? »

Ninni Skjevik referma son coffre.

« Pas vraiment. Il avait eu un rendez-vous avec son avocat, qui lui avait donné de mauvaises nouvelles, ai-je cru comprendre, mais il ne voulait pas en parler et n'avait pas la force d'être filmé. À la place, on a bavardé, on a parlé de tout et de rien.

— Mais encore ?

— Des projets qu'il avait pour sa maison. De l'avenir. De rêves et de réflexions. C'est couru d'avance qu'il va toucher une grosse somme en réparation. »

Wisting lui posa d'autres questions, sauta d'un sujet à l'autre. Elle lui apprit qu'elle était arrivée vers 18 h 30 et qu'ils s'étaient assis dehors, derrière la maison, dans le soleil de la fin de journée. Ils avaient bu un Coca, mais n'avaient rien mangé.

« Vous a-t-il dit ce qu'il comptait faire après votre départ ? »

Elle regarda le sol, l'air de réfléchir.

« Il voulait se baigner, conclut-elle. Il dallait sa terrasse quand je suis arrivée. Il a continué un peu pendant qu'on discutait. Vous êtes descendus au lac voir si vous le trouviez ?

— Une opération de recherche est lancée.

— Je vois, fit-elle en jetant un nouveau coup d'œil sur son coffre, dans lequel se trouvait la caméra. Alors je devrais sans doute me rendre sur place. Avons-nous terminé ?»

Le téléphone d'Ulstrup sonna. Elle regarda l'écran et s'éloigna.

Wisting n'avait pas tout à fait terminé.

« Vous avez parlé de Sten Kvammen ?» demanda-t-il.

Ninni sourit.

« Ce nom était blasphématoire pour Danny. Comme un juron. Pourquoi ?

— On l'a retrouvé mort il y a quelques heures.»

Le sourire de Ninni s'évanouit brusquement. Elle tressaillit, comme effrayée.

« Comment ça s'est passé ?»

Wisting soupesa ce qu'il allait raconter, mais il voulait voir sa réaction.

« On l'avait enfermé dans une cage de chien, dans le coffre de sa voiture. Il est probablement mort de chaud.»

Elle resta bouche bée.

« Vous croyez que Danny… ?»

Wisting se retira vers sa voiture.

« Je ne sais pas.»

Kathe Ulstrup avait terminé son appel. Il ouvrit la portière.

« Bon, il faut qu'on y aille», dit-il en s'asseyant.

Ninni Skjevik les regarda partir.

« Ils l'ont retrouvé, annonça Kathe Ulstrup en fourrant son téléphone dans la poche de poitrine de son chemisier. À cinq mètres de profondeur.»

71

Lorsque Wisting revint à la maison d'Oklungen, on était en train de charger dans une ambulance la civière sur laquelle était allongé le corps de Danny Momrak.

Eh bien, Ninni Skjevik aura été privée de ses images, eut-il le temps de penser avant que la porte ne se referme.

« La pente du lac est assez abrupte », l'informa un technicien de la police scientifique locale.

C'était l'homme qui avait mené l'examen du garage de Gamleveien.

« Le corps était à près de sept mètres du bord, poursuivit-il, mais cela peut correspondre avec le fait qu'il a nagé. Les courants lacustres ont aussi pu l'entraîner quelques mètres à l'est de l'endroit où étaient ses vêtements.

— Vous avez parlé avec les gens de la médecine légale ?

— Ils vont commencer l'autopsie demain matin. Nous pourrions connaître la cause de la mort avant le déjeuner.

— Qu'en pensez-vous ?

— Il a une coupure à l'arrière de la tête, ça pourrait

correspondre à une chute sur la plage, mais on a aussi ça. »

Il brandit une dalle d'ardoise de forme rectangulaire. Elle tenait à peine dans le sachet de scellé.

« Les plongeurs l'ont trouvée à sept mètres de profondeur, à deux mètres du corps. Elle vient probablement de l'arrière de sa maison et a dû être lancée dans l'eau. »

Ils se rendirent sur la terrasse où Wisting s'était assis avec Momrak quelques jours auparavant. Les piles d'ardoise semblaient intactes. La brouette était telle que Wisting s'en souvenait. Il examina les dalles autour de la table et des chaises.

« J'aimerais que vous vous concentriez sur cette zone. Quand je suis venu jeudi, il y avait plein de fientes d'oiseaux, de cendres de cigarette, de mégots. On dirait que quelqu'un a fait le ménage depuis. »

Les plongeurs avaient remballé leur matériel, ils remontaient le sentier du lac Farris en tirant leurs bouteilles d'oxygène sur un chariot.

« Et là-bas, qu'avez-vous trouvé ? demanda Wisting.

— Rien pour l'instant, répondit le technicien. C'est une partie du sentier un peu humide, ça vient d'un ruisseau. Ailleurs, la terre est sèche et dure. On a bouclé la zone pour rechercher des empreintes de pas.

— Regardez s'il n'y a pas aussi des traces de roue de brouette. S'il a été mortellement frappé, il a dû être transporté jusqu'au lac. »

Il se dirigea vers la vieille brouette. Lors de son passage, elle était pleine d'eau, les oiseaux s'y baignaient. À présent, elle était vide.

Un véhicule contenant l'équipement nécessaire

recula aussi loin qu'il le pouvait sur les herbes hautes. Les techniciens installèrent des projecteurs, tendirent des rubalises et revêtirent des combinaisons de protection neuves.

Wisting les observa. Des papillons de nuit voletaient dans la lumière de leur lampe de travail, en ressortaient. Le chat vint se frotter contre ses jambes, mais prit peur et s'enfuit lorsque Stiller les rejoignit.

« Quand on rouvre des affaires anciennes, il se passe toujours des choses imprévues », déclara ce dernier.

Accroupi par terre, un technicien grattait entre deux dalles, mais semblait ne rien trouver d'intéressant.

Wisting rapporta à Stiller ce que lui avait raconté Ninni Skjevik.

« Vous pensez qu'elle était au courant pour Sten Kvammen ? demanda Stiller.

— Je ne sais pas. »

Wisting lança un regard vers la porte de la cuisine où il avait trouvé les clés de Kvammen.

« Il voulait peut-être que Kvammen sache quel effet cela faisait d'être enfermé, suggéra Stiller. Il n'avait peut-être pas l'intention de le tuer. Il pensait peut-être l'y laisser quelques heures et revenir le libérer. »

Wisting avait eu la même idée. Il glissa les mains dans ses poches, fut saisi d'un frisson. La nuit s'annonçait longue.

72

Au commissariat de Skien, une salle avait été affectée à l'opération. Administrativement, Oklungen relevait de ce commissariat et les techniciens qui y étaient intervenus en provenaient. Se sentant étranger dans les locaux, Wisting restait à l'arrière-plan.

Juste après minuit, il reçut un coup de fil de Maren Dokken, qui l'informa qu'elle lui avait envoyé une analyse électrique préliminaire.

« Pour une analyse complète, il faudrait d'abord effectuer une mesure de référence des appareils électriques de la maison, mais la consommation dans la tranche horaire entre 17 h 30 et 18 h 30 correspondrait à celle d'une plaque de cuisson électrique, ce qui devrait répondre à ta question. »

Il voulut davantage de détails et ils parvinrent à la conclusion que la cuisinière avait dû être allumée après 18 heures, puis le feu avait été baissé au bout d'une dizaine de minutes et coupé dix minutes plus tard.

« Vers 20 heures, on constate un nouveau pic. 1 000 watts.

— Qu'est-ce que ça pourrait être ?

— Je n'en sais pas assez ni sur cette affaire ni sur la maison, mais dans l'affaire visant Erik Roll, en tout cas, on voyait ce genre de consommation quand la résistance du chauffe-eau entrait en action.

— Donc quelqu'un aurait tiré de l'eau chaude ?

— On dirait, oui. »

Il la remercia, inscrivit les renseignements sur un tableau chronologique. Il envisagea de rentrer chez lui pour dormir quelques heures avant la livraison du rapport d'autopsie, mais il était trop tôt. Kathe Ulstrup lui téléphona pour lui demander de descendre avec Stiller à la salle d'informatique.

« Avant que Momrak soit emmené, ils ont ouvert son téléphone pour changer son mot de passe. »

Ils avaient dû se servir des empreintes digitales du défunt ou recourir à la reconnaissance faciale.

« Le contenu a été synchronisé sur un disque dur et nous pouvons regarder ce qu'il y a. »

La pièce se trouvait à l'étage inférieur. Les ventilateurs des ordinateurs bruissaient, les voyants lumineux clignotaient. L'air sec piquait la gorge.

Le technicien affecté à l'analyse avait laissé l'un des plus grands écrans à Kathe Ulstrup, qui était déjà en train de parcourir le journal des appels.

Au cours des dernières vingt-quatre heures, l'activité se résumait à deux appels en absence de la mère de Danny Momrak. L'après-midi du jour précédent, il avait eu une conversation de près de trois minutes avec Ninni Skjevik.

Pour le reste, les contacts semblaient limités. Ils repérèrent le numéro de Maren Dokken, qui l'avait convoqué en interrogatoire, et celui de son avocat. Les autres n'appartenaient pas à des personnes connues de leurs services.

Kathe Ulstrup passa aux messages. Plusieurs avaient été échangés avec Ninni Skjevik, mais ils ne contenaient rien de révélateur. Il s'agissait d'heures de rendez-vous, de retours sur des conversations antérieures.

« Regardons les photos », proposa Wisting.

Elles apparaissaient par ordre chronologique. Photographe prolifique, Momrak n'avait pas fait de gros efforts de classement et de nettoyage. L'appareil contenait un total de 1 722 photos, souvent du même sujet.

Il semblait s'être attaché aux situations du quotidien. Son chat était un modèle fréquent, il y avait aussi de nombreuses photos de plats qu'il avait consommés, d'endroits où il s'était rendu, dans la nature, en ville. Peu de personnes. Une série montrait Ninni Skjevik installant sa caméra et son projecteur dans le salon de Momrak, comme pour préparer une interview. Elle datait de la veille du départ aux États-Unis de Wisting. L'une des photos avait dû être prise par Ninni : Danny était devant la caméra et on le voyait en même temps sur le petit écran derrière.

« Je peux ? » demanda Wisting en prenant la souris.

Il chercha la nuit du meurtre d'Agnete Roll. Momrak avait pris deux photos. Deux photos de la maison de Wisting. Sur l'une, on distinguait sa silhouette à la fenêtre de la cuisine, là où il avait coutume de se tenir pour jeter un coup d'œil sur la maison de Line avant de monter se coucher.

Il n'y accorda pas trop d'importance et s'intéressa aux photos prises trois ou quatre mois auparavant.

Il y trouva davantage qu'il n'espérait.

L'une d'elles avait de toute évidence été prise du

siège passager d'une voiture. Le téléphone était tenu légèrement en biais et le motif était donc de travers. Il s'agissait de la camionnette de Hanne Blom, au milieu d'un parking, avec un papier blanc fixé sur le pare-brise. La photo était barrée par la fissure du pare-brise derrière lequel se trouvait la personne qui avait appuyé sur le déclencheur.

« La photo a été prise de la voiture de Ninni Skjevik, constata Stiller. Elle est dans le coup depuis le début. »

Wisting s'adressa au technicien :

« Serait-il possible d'extraire les données de son podomètre ? »

Le technicien avança jusqu'à eux sur sa chaise à roulettes, prit la souris et afficha les données de l'appli d'activité. Les chiffres pouvaient être décomposés en jours et en heures. Les derniers pas avaient été enregistrés la veille, entre 19 et 20 heures. Onze pas seulement.

« Il ne s'agit pas forcément de pas réels. Il peut s'agir d'impacts quand le téléphone a été déplacé. »

L'heure précédente, cent soixante-quatorze pas avaient été enregistrés.

« Pourriez-vous déterminer à quelle heure la batterie du téléphone s'est vidée ? » demanda encore Wisting.

Le technicien trouva la réponse en quelques touches.

« Cette nuit, à 2 h 37. »

Wisting dut s'assurer qu'il avait bien compris.

« Donc après 20 heures, le téléphone n'a pas été en mouvement ? Il est resté au même endroit ? »

Le technicien le confirma.

« Ninni Skjevik n'est partie qu'à 21 heures », nota Stiller.

Kathe Ulstrup s'anima.

« Elle a dit qu'il avait prévu de se baigner quand elle partirait, dit-elle. Ce devait être un mensonge. On la tient ! »

Elle retourna au journal des appels et à la dernière communication téléphonique entre Ninni Skjevik et Danny Momrak.

« Momrak sortait de chez son avocat, il venait d'apprendre que son plan n'allait pas fonctionner, que le sperme prélevé sur les vêtements de Tone Vaterland ne pouvait pas dater de 1999. »

Wisting acquiesça, cela rendait le soupçon envers Ninni Skjevik plus concret, ça lui donnait un mobile.

« Ils étaient démasqués, affirma Kathe Ulstrup, mais les traces ne pointaient que vers Danny. Il était le seul qui puisse dire qu'elle était impliquée aussi.

— Elle va tout perdre, dit Stiller, son intégrité de journaliste. Si ses collègues se moquaient d'elle en 1999, ils vont la vilipender cette fois. »

Kathe Ulstrup se tourna vers Wisting.

« Quand l'interpellons-nous ?

— Demain. Quand nous aurons confirmation que ce n'était pas un accident de baignade. »

73

Il avait déjà fait près de six mille pas, la plupart en arpentant la salle de réunion.

Ils se trouvaient dans la zone fébrile d'une affaire qui se refermait.

Wisting tira une chaise et prit place à la table de conférence.

La commissaire s'assit en face de lui. Le soleil qui entrait par une latte cassée des persiennes lui arrivait droit sur le visage. Les chefs de brigade et d'autres membres de la direction du commissariat, qui précédemment n'avaient été informés de rien sur l'affaire, étaient eux aussi venus pour un récapitulatif. Plusieurs d'entre eux avaient travaillé avec Sten Kvammen au cours de leur carrière.

Wisting exposa le fond et les développements, puis le chef de l'équipe de techniciens de la police scientifique rendit compte des traits saillants du rapport d'autopsie.

Les suites des lésions à l'arrière de la tête avaient pu être mortelles, mais Danny Momrak était mort de noyade.

« On a découvert des particules de rouille dans

l'eau de ses poumons. Notre hypothèse est qu'il a été assommé avec une dalle d'ardoise chez lui et qu'on lui a enfoncé la tête dans l'eau de la brouette, d'où les particules de rouille. Ensuite, la brouette a été utilisée pour le transporter jusqu'au lac Farris.

— Avez-vous relevé des empreintes de la brouette sur le sentier ? » demanda Stiller.

Le technicien secoua la tête.

« Une fois que nous avions éliminé les empreintes de notre propre équipe, il n'en restait aucune. Même pas des semelles des chaussures de Momrak qui étaient restées au bord de l'eau. D'anciennes traces ont pu être recouvertes. Nous allons ressortir pour essayer de trouver des branches qui auraient pu servir à les balayer. »

En complément de son compte rendu, le technicien avait affiché sur un grand écran des photos des alentours de la maison de Danny Momrak ; l'auteur des faits avait pu agir incognito, sans crainte d'être dérangé ni par des voisins ni par des passants.

« On a trouvé des armes dans sa voiture, poursuivit le technicien en affichant une photo du Touran. Il y avait un Colt sous son siège. »

Sur la photo apparaissait le numéro de série gravé sur le canon de l'arme.

« Le pistolet est déclaré au nom de Halvor Momrak, oncle de Danny et ancien propriétaire de la maison. Il faisait sans doute partie de l'inventaire quand Danny s'y est installé. »

Le commissaire et plusieurs dirigeants de la police locale s'avancèrent. On imaginait aisément comment Sten Kvammen avait été menacé pour entrer dans sa propre cage de chien.

« Le chargeur est plein, l'arme ne porte pas de trace de mise à feu, en tout cas elle n'a pas été utilisée récemment. »

Le technicien passa la parole à l'un de ses collègues, qui leur apprit que, si la terrasse avait de toute évidence été nettoyée, on y avait néanmoins relevé du sang.

« Momrak a dû être déshabillé après avoir été tué. »

Il proposa ensuite une hypothèse selon laquelle son T-shirt avait dû être taché de sang et le coupable l'avait probablement remplacé par un T-shirt propre pris dans un tiroir.

« Où est passé ce T-shirt ? demanda quelqu'un.

— On ne l'a pas retrouvé. L'auteur ou l'autrice des faits l'a probablement emporté, de même que les chiffons utilisés pour faire le ménage. »

Il tourna les pages de son calepin.

« Nous avons visionné toutes les vidéos de la dashcam. » Il lança un regard dans la direction de Wisting. « La seule voiture qui soit allée chez lui et en soit revenue est celle de Ninni Skjevik, il n'y en a eu aucune autre. »

La commissaire s'adressa à Wisting. Il n'avait pas la responsabilité officielle de l'enquête, mais il était celui qui connaissait le mieux l'affaire.

« Où est Ninni Skjevik à cette heure ?

— Elle est en route pour le commissariat. »

74

Wisting se tenait debout devant l'écran sur lequel étaient retransmis en direct l'image et le son de la salle d'interrogatoire. Au début de sa carrière, lors de ses premières auditions, il avait été assis en face du suspect, consignant sa déclaration à la machine à écrire. Elle n'avait même pas de touche de correction. C'était en 1984, mais il ne se sentait pas vieux pour autant. Au cours des derniers jours, on lui avait présenté, et il avait employé, des méthodes d'enquête dont il n'avait jamais entendu parler et qu'il n'aurait jamais imaginées. Il les avait assimilées. Il comprenait ce qu'elles impliquaient, comment on pouvait collecter, analyser, utiliser des données de sources insoupçonnées.

Ninni Skjevik parlait à voix basse. On augmenta le volume. Elle répondit brièvement aux questions préliminaires. Wisting décelait une fragilité dans sa voix, de l'incertitude sur ce que savait la police.

Il avait grandi pendant la guerre froide. À la fin des années 1970, quand il était étudiant à l'école de police, il avait été secrètement critique envers la surveillance de la police, le fichage des sympathies, opinions et idéologies politiques, il jugeait ces pratiques intrusives et génératrices d'insécurité plus que de sûreté. Par la suite, elles s'étaient d'ailleurs révélées illégales.

Depuis, la surveillance avait changé de forme et de nature. Elle n'était plus imposée aux citoyens par les autorités, mais choisie par la plupart d'entre eux moyennant un clic sur un « OK ». Le moindre pas qu'ils faisaient était effectué sous surveillance, littéralement.

Il trouvait difficile d'avoir une opinion définie sur la société de surveillance. Il n'aimait pas l'idée de multinationales collectant et analysant des données le concernant, il n'aimait pas que le poste de commandement puisse à tout moment savoir où se trouvait sa voiture de fonction, ni que les gérants de son supermarché connaissent ses habitudes de consommation. Cependant, il aimait que l'on puisse surveiller les maris violents à l'aide d'un bracelet GPS, il aimait que l'on sache où se trouvaient des terroristes potentiels et que l'on soit au courant de leurs déplacements transfrontaliers, et aussi que l'on parvienne à identifier des agresseurs grâce au trafic de données, que les autorités de santé publique aient la possibilité de surveiller la diffusion de virus dangereux grâce au traçage des personnes contacts.

Kathe Ulstrup désigna une chaise libre, mais il resta debout.

Les haut-parleurs diffusèrent la lecture du motif de mise en examen. Sur l'écran, Ninni Skjevik secouait la tête. Dans quelques décennies, voire avant, de nouveaux journalistes viendraient sans doute requérir les images qu'elle avait tournées, et qui avaient été saisies par la police, et demander la mise à disposition du public des enregistrements vidéo de ses auditions, afin de s'en servir dans un nouveau documentaire.

Il se demandait s'il apparaîtrait aussi de nouveaux enquêteurs souhaitant employer de nouvelles méthodes et des technologies encore plus récentes pour essayer de résoudre des affaires qu'il avait dû laisser de côté, ou pour en examiner d'autres qu'il pensait avoir résolues.

Ninni Skjevik commença à s'expliquer. Elle choisit la voie la plus facile : nier.

Ce qu'elle expliquait n'avait aucune importance concrète. L'entrelacs de renseignements leur avait déjà donné les réponses ; cela avait été rapide une fois que l'affaire avait commencé à bouger. Tout s'était passé vite.

Wisting se retira vers la porte. Il l'ouvrit sans bruit et se faufila dans le couloir. On n'avait pas besoin de lui ici. D'autres forces, plus jeunes, pouvaient gérer la situation, sans doute mieux que lui. Elles feraient avancer l'affaire et la soumettraient au système judiciaire.

Il referma la porte, en sachant que, dans l'affaire 1569, la question de la culpabilité resterait inchangée.

75

Deux semaines plus tard

L'image sur l'écran papillota quelque peu, comme s'il y avait eu un faux contact quand Maren Dokken avait refermé la porte de la salle d'interrogatoire.

Erik Roll et son avocat levèrent les yeux. Maren s'assit et leur présenta la nouvelle preuve. Les empreintes digitales d'Erik Roll avaient été relevées dans une dépendance de la ferme d'herbes aromatiques, où un bidon d'essence avait été volé.

Wisting avait vu la scène se produire à maintes reprises. Un individu mis en examen se cramponnait à son explication et répétait la même histoire, mais à mesure qu'arrivaient de nouvelles informations, ses mensonges devenaient de plus en plus difficiles à défendre. Des modifications commençaient alors à intervenir. Des horaires étaient décalés, des détails, ajustés. De nouveaux éléments étaient introduits, d'autres, retirés. Des failles, des contradictions, des incohérences apparaissaient, des lacunes, des erreurs, des trous dans l'explication qui finissaient par être impossibles à reboucher. L'atmosphère de la salle d'interrogatoire changeait, la conversation prenait une nouvelle direction.

Il en avait été ainsi avec Ninni Skjevik. C'était maintenant le tour d'Erik Roll.

« Je savais qu'elle avait une liaison avec Jarle Schup. Comme elle n'était pas rentrée, je suis parti du principe qu'elle était au domicile de Schup. J'ai attendu devant chez lui jusqu'à ce qu'ils aient terminé et je l'ai suivie pendant un moment avant de la rattraper. »

À petits pas, Maren Dokken l'avait accompagné dans son récit des événements. Une version édulcorée et adaptée, dans laquelle Agnete avait initié une nouvelle dispute, l'avait poussé, ce à quoi il avait répondu en la poussant à son tour, sans aucune intention que les choses tournent si mal. C'était une version des événements qui ne pouvait être contredite.

La mémoire était traîtresse quand il devenait difficile de répondre aux questions. Par exemple, celles qui concernaient la dissimulation du corps, le retour pour y mettre le feu.

Ninni Skjevik aussi avait eu une version policée à présenter. Elle pensait que Danny Momrak était innocent, mais pendant le tournage du documentaire, des doutes étaient nés. Quand elle était finalement allée le trouver chez lui pour le confronter à la question, il avait réagi avec colère. Elle avait agi en légitime défense. Ensuite, elle avait paniqué et essayé de masquer ce qui s'était passé. Une fois l'enquête sur l'affaire terminée, tout avait pointé vers elle, jusqu'à l'analyse comparative de l'encre utilisée sur les lettres anonymes et de celle des feutres qu'elle avait chez elle. Au tribunal, elle se retrouverait dépourvue de toute crédibilité.

À un moment donné, Erik Roll s'était mis à pleurer. Les larmes n'étaient pas inhabituelles dans une salle d'interrogatoire, mais elles étaient rarement versées pour autrui. Elles survenaient quand l'individu entendu se rendait compte qu'il allait lui-même faire les frais de ses actes.

Wisting tourna le dos à l'écran, sortit de la salle de contrôle, monta sur le toit-terrasse. Il inspira profondément l'air frais avant de redescendre dans son bureau. Les vacances étaient terminées.

76

Un mois plus tard

Après le petit déjeuner, Wisting sortit dans son jardin pour ratisser la pelouse. Le fond de l'air était froid. Il travaillait lentement, il n'y avait pas d'urgence. Il rassemblait les feuilles jaunes en tas qu'il allait emporter ensuite à la déchetterie.

Line et Amalie arrivèrent. Amalie traversa la pelouse en courant pour se jeter dans le plus gros tas de feuilles. Elle les fit voler en gigotant, les pieds en l'air. Wisting rit avec elle et ratissa encore pour l'enfouir complètement. Dès qu'elle fut recouverte, elle bondit hors du tas.

Line avait apporté une thermos et trois tasses.

« Chocolat chaud ! » annonça-t-elle.

Les mains en appui sur son râteau, Wisting toussa dans l'air humide. Il avait un chat dans la gorge.

« Tu es malade ? s'inquiéta Line

— Mais non », répondit-il en souriant.

Il était en bonne santé. Tout à fait guéri. Il avait consulté son médecin la veille.

Ils s'installèrent sur la terrasse. Line les servit.

Wisting parla d'un écureuil qu'il avait aperçu et qui se cachait probablement dans un arbre.

Amalie reposa sa tasse et courut voir.

« Tu pourrais la garder vendredi ? » demanda Line.

Il goûta son chocolat, qui lui laissa une moustache au-dessus de la lèvre. Il s'essuya du revers de la main.

« Bien sûr. »

Il rattrapait quelques jours de vacances perdus comme le lui imposait la loi et n'avait aucun projet.

« Qu'as-tu prévu ?

— J'ai un entretien d'embauche. Septemberfilm constitue une rédaction qui va travailler sur une vieille affaire de disparition. C'est pour tourner une série de documentaires. »

Wisting but encore.

« Ce n'est pas là que travaille Cederik Smith ?

— Plus maintenant. Il n'y est plus. Je n'en sais pas davantage, mais peut-être que les gens de Septemberfilm ont eux aussi fini par comprendre sa vraie nature.

— Regardez ! »

Amalie pointait le doigt et criait avec enthousiasme. L'écureuil s'élança d'une branche à une autre, grimpa le long du tronc d'arbre et disparut dans la cime.

« Il va y en avoir d'autres, tu sais », déclara Line.

Il ne comprit pas ce qu'elle voulait dire.

« Des feuilles », précisa-t-elle en désignant les arbres du jardin.

Les branches étaient encore chargées de feuilles colorées.

Il se leva, saisit son râteau et sourit à sa fille.

« Je sais bien, dit-il en repartant dans le jardin. Et il y aura de nouvelles feuilles l'an prochain aussi. C'est un travail qu'on n'achève jamais. Simplement, j'aime abattre la besogne quand elle se présente. »

DU MÊME AUTEUR

Aux Éditions Gallimard

Dans la collection Série Noire

L'AUTRE ENQUÊTE, 2026.

FAUX-SEMBLANT, avec Thomas Enger, 2025.

LE DOSSIER 1569, 2025, Folio Policier n° 1062.

QUE LE MEILLEUR GAGNE, avec Thomas Enger, 2024, Folio Policier n° 1053.

LE MAL EN PERSONNE, 2023, Folio Policier n° 1040.

LA CHAMBRE DU FILS, 2022, Folio Policier n° 1007.

LE CODE DE KATHARINA, 2021, Folio Policier n° 951.

LE DISPARU DE LARVIK, 2020, Folio Policier n° 934.

L'USURPATEUR, 2019, Folio Policier n° 903.

LES CHIENS DE CHASSE, 2018, Folio Policier n° 878.

FERMÉ POUR L'HIVER, 2017, Folio Policier n° 852.

Dans la collection de livres audio « Écoutez lire »

FAUX-SEMBLANT, lu par Philippe Spiteri, 2025.

LE DOSSIER 1569, lu par Christophe Brault, 2025.

QUE LE MEILLEUR GAGNE, lu par Philippe Spiteri, 2024.

LE MAL EN PERSONNE, lu par Christophe Brault, 2023.

LE CODE DE KATHARINA, lu par Christophe Brault, 2022.

L'USURPATEUR, lu par Audrey Botbol et Christophe Brault, 2020.

LES CHIENS DE CHASSE, lu par Audrey Botbol et Christophe Brault, 2020.

LE DISPARU DE LARVIK, lu par Audrey Botbol et Christophe Brault, 2020.

FERMÉ POUR L'HIVER, lu par Audrey Botbol et Christophe Brault, 2020.

COLLECTION FOLIO POLICIER

Dernières parutions

712.	Georges Simenon	*Cour d'assises*
713.	Antoine Chainas	*Une histoire d'amour radio-active*
714.	Matthew Stokoe	*La belle vie*
715.	Frederick Forsyth	*Le dossier Odessa*
716.	Caryl Férey	*Mapuche*
717.	Franck Bill	*Chiennes de vies*
718.	Kjell Ola Dahl	*Faux-semblants*
719.	Thierry Bourcy	*Célestin Louise, flic et soldat dans la guerre de 14-18*
720.	Doug Allyn	*Cœur de glace*
721.	Kent Anderson	*Chiens de la nuit*
722.	Raphaël Confiant	*Citoyens au-dessus de tout soupçon…*
723.	Serge Quadruppani	*Madame Courage*
724.	Boileau-Narcejac	*Les magiciennes*
725.	Boileau-Narcejac	*L'ingénieur aimait trop les chiffres*
726.	Inger Wolf	*Nid de guêpes*
727.	Seishi Yokomizo	*Le village aux Huit Tombes*
728.	Paul Colize	*Un long moment de silence*
729.	F. G. Haghenbeck	*L'Affaire tequila*
730.	Pekka Hiltunen	*Sans visage*
731.	Graham Hurley	*Une si jolie mort*
732.	Georges Simenon	*Le bilan Malétras*
733.	Peter Duncan	*Je suis un sournois*
734.	Stephen Hunter	*Le sniper*
735.	James Sallis	*La mort aura tes yeux*
736.	Elsa Marpeau	*L'expatriée*
737.	Jô Soares	*Les yeux plus grands que le ventre*

738. Thierry Bourcy *Le crime de l'Albatros*
739. Raymond Chandler *The Long Goodbye*
740. Matthew F. Jones *Une semaine en enfer*
741. Jo Nesbø *Fantôme*
742. Alix Deniger *I cursini*
743. Anders Bodelsen *Septembre rouge (Rouge encore)*
744. Patrick Pécherot *La saga des brouillards*
745. Thomas H. Cook *Secrets de famille*
746. Ken Bruen *Chemins de croix*
747. David Ellis *La comédie des menteurs*
748. Boileau-Narcejac *À cœur perdu (Meurtre en 45 tours)*
749. Boileau-Narcejac *Le mauvais œil* suivi d'*Au bois dormant*
750. Ingrid Astier *Angle mort*
751. Carlene Thompson *Jusqu'à la fin*
752. Dolores Redondo *Le gardien invisible*
753. Dashiell Hammett *Le sac de Couffignal* suivi d'*Âmes malhonnêtes* et de *Tulip*
754. Mario Falcone *L'aube noire*
755. François Boulay *Cette nuit…*
756. Didier Daeninckx *Têtes de Maures*
757. Gunnar Staalesen *Face à face*
758. Dominique Manotti *L'évasion*
759. Laurent Guillaume *Black cocaïne*
760. Jô Soares *Meurtres à l'Académie*
761. Inger Wolf *Mauvaises eaux*
762. Jo Nesbø *Police*
763. Jonathan Ames *Tu n'as jamais été vraiment là*
764. Jack Vance *Méchant garçon*
765. John le Carré *L'appel du mort*
766. Bill Pronzini *Mademoiselle Solitude*
767. Franz Bartelt *Chaos de famille*
768. Thierry Bourcy *Les ombres du Rochambeau*
769. Georges Simenon *Nouvelles exotiques*
770. Jo Nesbø *L'inspecteur Harry Hole. L'intégrale, I*

771.	Lorenzo Lunar	*La vie est un tango*
772.	Nick Stone	*Cuba Libre*
773.	Jean-Claude Izzo	*Fabio Montale*
774.	Boileau-Narcejac	*Les intouchables*
775.	Boileau-Narcejac	*Les visages de l'ombre*
776.	Joe R. Lansdale	*Diable rouge*
777.	Fredrik Ekelund	*Blueberry Hill*
778.	Heinrich Steinfest	*Le poil de la bête*
779.	Batya Gour	*Meurtre en direct*
780.	Laurent Whale	*Les Rats de poussière I Goodbye Billy*
781.	Joe R. Lansdale	*Le sang du bayou*
782.	Boileau-Narcejac	*Le contrat*
783.	Boileau-Narcejac	*Les nocturnes*
784.	Georges Simenon	*Le bateau d'Émile*
785.	Dolores Redondo	*De chair et d'os*
786.	Max Bentow	*L'Oiseleur*
787.	James M. Cain	*Bloody cocktail*
788.	Marcus Sakey	*Les Brillants*
789.	Joe R. Lansdale	*Les Mécanos de Vénus*
790.	Jérôme Leroy	*L'ange gardien*
791.	Sébastien Raizer	*L'alignement des équinoxes*
792.	Antonio Manzini	*Piste noire*
793.	Jo Nesbø	*Du sang sur la glace*
794.	Joy Castro	*Après le déluge*
795.	Stuart Prebble	*Le Maître des insectes*
796.	Sonja Delzongle	*Dust*
797.	Luís Miguel Rocha	*Complots au Vatican I Le dernier pape*
798.	Caryl Férey	*Saga maorie*
799.	Thierry Bourcy	*Célestin Louise, flic et soldat dans la guerre de 14-18*
800.	Barry Gornell	*La résurrection de Luther Grove*
801.	Antoine Chainas	*Pur*
802.	Attica Locke	*Dernière récolte*
803.	Maurice G. Dantec	*Liber mundi I Villa Vortex*
804.	Howard Gordon	*La Cible*
805.	Alain Gardinier	*DPRK*

806. Georges Simenon — *Le Petit Docteur*
807. Georges Simenon — *Les dossiers de l'Agence O*
808. Michel Lambesc — *La « horse »*
809. Frederick Forsyth — *Chacal*
810. Gunnar Staalesen — *L'enfant qui criait au loup*
811. Laurent Guillaume — *Delta Charlie Delta*
812. Laurent Whale — *Les Rats de poussière II Le manuscrit Robinson*
813. J. J. Murphy — *Le cercle des plumes assassines*
814. Éric Maravélias — *La faux soyeuse*
815. DOA — *Le cycle clandestin, tome I*
816. Luke McCallin — *L'homme de Berlin*
817. Lars Pettersson — *La loi des Sames*
818. Boileau-Narcejac — *Schuss*
819. Dominique Manotti — *Or noir*
820. Alberto Garlini — *Les noirs et les rouges*
821. Marcus Sakey — *Les Brillants II Un monde meilleur*
822. Thomas Bronnec — *Les initiés*
823. Kate O'Riordan — *La fin d'une imposture*
824. Mons Kallentoft, Markus Lutteman — *Zack*
825. Robert Karjel — *Mon nom est N.*
826. Dolores Redondo — *Une offrande à la tempête*
827. Benoît Minville — *Rural noir*
828. Sonja Delzongle — *Quand la neige danse*
829. Germán Maggiori — *Entre hommes*
830. Shannon Kirk — *Méthode 15-33*
831. Elsa Marpeau — *Et ils oublieront la colère*
832. Antonio Manzini — *Froid comme la mort*
833. Luís Miguel Rocha — *Complots au Vatican II La balle sainte*
834. Patrick Pécherot — *Une plaie ouverte*
835. Harry Crews — *Le faucon va mourir*
836. DOA — *Pukhtu. Primo*
837. DOA — *Pukhtu. Secundo*
838. Joe R. Lansdale — *Les enfants de l'eau noire*
839. Gunnar Staalesen — *Cœurs glacés*

840.	Jo Nesbø	*Le fils*
841.	Luke McCallin	*La maison pâle*
842.	Caryl Férey	*Les nuits de San Francisco*
843.	Graham Hurley	*Le paradis n'est pas pour nous*
844.	Boileau-Narcejac	*Champ clos*
845.	Lawrence Block	*Balade entre les tombes*
846.	Sandrine Roy	*Lynwood Miller*
847.	Massimo Carlotto	*La vérité de l'Alligator*
848.	Benoît Philippon	*Cabossé*
849.	Grégoire Courtois	*Les lois du ciel*
850.	Caryl Férey	*Condor*
851.	Antonio Manzini	*Maudit printemps*
852.	Jørn Lier Horst	*Fermé pour l'hiver*
853.	Sonja Delzongle	*Récidive*
854.	Noah Hawley	*Le bon père*
855.	Akimitsu Takagi	*Irezumi*
856.	Pierric Guittaut	*La fille de la Pluie*
857.	Marcus Sakey	*Les Brillants III En lettres de feu*
858.	Matilde Asensi	*Le retour du Caton*
859.	Chan Ho-kei	*Hong Kong Noir*
860.	Harry Crews	*Des savons pour la vie*
861.	Mons Kallentoft, Markus Lutteman	*Zack II Leon*
862.	Elsa Marpeau	*Black Blocs*
863.	Jo Nesbø	*Du sang sur la glace II Soleil de nuit*
864.	Brigitte Gauthier	*Personne ne le saura*
865.	Ingrid Astier	*Haute Voltige*
866.	Luca D'Andrea	*L'essence du mal*
867.	DOA	*Le cycle clandestin, tome II*
868.	Gunnar Staalesen	*Le vent l'emportera*
869.	Rebecca Lighieri	*Husbands*
870.	Patrick Delperdange	*Si tous les dieux nous abandonnent*
871.	Neely Tucker	*La voie des morts*
872.	Nan Aurousseau	*Des coccinelles dans des noyaux de cerise*

873.	Thomas Bronnec	*En pays conquis*
874.	Lawrence Block	*Le voleur qui comptait les cuillères*
875.	Steven Price	*L'homme aux deux ombres*
876.	Jean-Bernard Pouy	*Ma ZAD*
877.	Antonio Manzini	*Un homme seul*
878.	Jørn Lier Horst	*Les chiens de chasse*
879.	Jérôme Leroy	*La Petite Gauloise*
880.	Elsa Marpeau	*Les corps brisés*
881.	Sonja Delzongle	*Boréal*
882.	Patrick Pécherot	*Hével*
883.	Attica Locke	*Pleasantville*
884.	Harry Crews	*Car*
885.	Caryl Férey	*Plus jamais seul*
886.	Guy-Philippe Goldstein	*Sept jours avant la nuit*
887.	Tonino Benacquista	*Quatre romans noirs*
888.	Melba Escobar	*Le salon de beauté*
889.	Noah Hawley	*Avant la chute*
890.	Tom Piccirilli	*Les derniers mots*
891.	Jo Nesbø	*La soif*
892.	Dominique Manotti	*Racket*
893.	Joe R. Lansdale	*Honky Tonk Samouraï*
894.	Antoine Chainas	*Empire des chimères*
895.	Jean-François Paillard	*Le Parisien*
896.	Luca d'Andrea	*Au cœur de la folie*
897.	Sonja Delzongle	*Le hameau des Purs*
898.	Gunnar Staalesen	*Où les roses ne meurent jamais*
899.	Mons Kallentoft, Markus Lutteman	*Bambi*
900.	Kent Anderson	*Un soleil sans espoir*
901.	Nick Stone	*Le verdict*
902.	Lawrence Block	*Tue-moi*
903.	Jørn Lier Horst	*L'usurpateur*
904.	Paul Howarth	*Le diable dans la peau*
905.	Frédéric Paulin	*La guerre est une ruse*
906.	Paul Colize	*Un jour comme les autres*
907.	Sébastien Gendron	*Révolution*
908.	Chantal Pelletier	*Tirez sur le caviste*

909. Sonja Delzongle — *Cataractes*
910. Elsa Marpeau — *Son autre mort*
911. Joe Ide — *Gangs of L.A.*
912. Francesco Dimitri — *Le livre des choses cachées*
913. Jo Nesbø — *Macbeth*
914. Dov Alfon — *Unité 8200*
915. Jérôme Leroy — *Un peu tard dans la saison*
916. Pasquale Ruju — *Une affaire comme les autres*
917. Jean-Bernard Pouy — *Trilogie spinoziste*
918. Abir Mukherjee — *L'attaque du Calcutta-Darjeeling*
919. Richard Morgiève — *Le Cherokee*
920. Antonio Manzini — *La course des hamsters*
921. Gunnar Staalesen — *Piège à loup*
922. Christian White — *Le mystère Sammy Went*
923. Yûko Yuzuki — *Le loup d'Hiroshima*
924. Caryl Férey — *Paz*
925. Vlad Eisinger — *Du rififi à Wall Street*
926. Parker Bilal — *La cité des chacals*
927. Emily Koch — *Il était une fois mon meurtre*
928. Frédéric Paulin — *Prémices de la chute*
929. Sonja Delzongle — *L'homme de la plaine du nord*
930. Sébastien Rutés — *Mictlán*
931. Thomas Cantaloube — *Requiem pour une République*
932. Danü Danquigny — *Les aigles endormis*
933. Sébastien Gendron — *Fin de siècle*
934. Jørn Lier Horst — *Le disparu de Larvik*
935. Laurent Guillaume — *Là où vivent les loups*
936. J. P. Smith — *Noyade*
937. Joe R. Lansdale — *Rusty Puppy*
938. Dror Mishani — *Une deux trois*
939. Deon Meyer — *La proie*
940. Jo Nesbø — *Le couteau*
941. Joe Ide — *Lucky*
942. William Gay — *Stoneburner*
943. Jacques Moulins — *Le réveil de la bête*
944. Abir Mukherjee — *Les princes de Sambalpur*
945. Didier Decoin — *Meurtre à l'anglaise*

946.	Charles Daubas	*Cherbourg*
947.	Chantal Pelletier	*Nos derniers festins*
948.	Richard Morgiève	*Cimetière d'étoiles*
949.	Frédéric Paulin	*La fabrique de la terreur*
950.	Tristan Saule	*Mathilde ne dit rien*
951.	Jørn Lier Horst	*Le code de Katharina*
952.	Robert de Laroche	*La Vestale de Venise*
953.	Mike Nicol	*L'Agence*
954.	Gianrico Carofiglio	*L'été froid*
955.	Sonja Delzongle	*Le dernier chant*
956.	Si-Woo Song	*Le jour du chien noir*
957.	Attica Locke	*Bluebird, Bluebird*
958.	Dolores Redondo	*La face nord du cœur*
959.	Olivier Barde-Cabuçon	*Le Cercle des rêveurs éveillés*
960.	Joe R. Lansdale	*Le sourire de Jackrabbit*
961.	Hervé Le Tellier	*La disparition de Perek*
962.	Antonio Manzini	*07.07.07.*
963.	August Cole – P. W. Singer	*La flotte fantôme*
964.	Paul Colize	*Toute la violence des hommes*
965.	Laurent Guillaume	*Un coin de ciel brûlait*
966.	Yûko Yuzuki	*L'œil du chien enragé*
967.	Jean-Bernard Pouy – Marc Villard	*La mère noire*
968.	Thomas Bronnec	*La meute*
969.	Chang Kuo-Li	*Le sniper, son wok et son fusil*
970.	Deon Meyer	*La femme au manteau bleu*
971.	Deon Meyer	*Jusqu'au dernier*
972.	Caroline De Mulder	*Manger Bambi*
973.	Elsa Marpeau	*L'âme du fusil*
974.	Tim Winton	*La cavale de Jaxie Clackton*
975.	Jacques Moulins	*Retour à Berlin*
976.	Jeon Gunwoo	*Les 4 enquêtrices de la supérette Gwangseon*
977.	Tristan Saule	*Chroniques de la place carrée II Héroïne*
978.	Jo Nesbø	*Leur domaine*
979.	Abir Mukherjee	*Avec la permission de Gandhi*

980.	Robert de Laroche	*Le maître des esprits*
981.	Frédéric Paulin	*La nuit tombée sur nos âmes*
982.	Gianrico Carofiglio	*Une vérité changeante*
983.	Sonja Delzongle	*Abîmes*
984.	Audrey Gloaguen	*SEMIA*
985.	Jérôme Leroy	*Les derniers jours des fauves*
986.	Sébastien Le Jean	*Minuit moins une*
987.	Jean-Bernard Pouy	*En attendant Dogo*
988.	Thomas Cantaloube	*Frakas*
989.	William Irish	*Le diamant orphelin*
990.	J. P. Smith	*La médium*
991.	Pierre Pelot	*Les jardins d'Éden*
992.	August Cole – P. W. Singer	*Control*
993.	Janice Hallett	*Le code Twyford*
994.	Attica Locke	*Au paradis je demeure*
995.	Chang Kuo-Li	*Le sniper, le président et la triade*
996.	Frederick Forsyth	*Les chiens de guerre*
997.	Hubert Maury – Marc Victor	*Des hommes sans nom*
998.	Jeff Lindsay	*Riley tente l'impossible*
999.	Paul Colize	*Un monde merveilleux*
1000.	DOA	*Rétiaire(s)*
1001.	Dror Mishani	*Une disparition inquiétante*
1002.	Thomas Bronnec	*Collapsus*
1003.	Deon Meyer	*Cupidité*
1004.	Gunnar Staalesen	*Grande sœur*
1005.	William R. Burnett	*Rien dans les manches*
1006.	Patrick Pécherot	*Pour tout bagage*
1007.	Jørn Lier Horst	*La chambre du fils*
1008.	Antonio Manzini	*Ombres et poussières*
1009.	Cyril Carrère	*Avant de sombrer*
1010.	Deon Meyer	*Les soldats de l'aube*
1011.	Antoine Chainas	*Bois-aux-Renards*
1012.	Abir Mukherjee	*Le soleil rouge de l'Assam*
1013.	John Brownlow	*L'agent Seventeen*
1014.	Clarence Pitz	*Meurs, mon ange*

Tous les papiers utilisés pour les ouvrages
des collections Folio sont certifiés
et proviennent de forêts gérées durablement.

Composition APS-ie
Impression Novoprint
à Barcelone, le 5 décembre 2025
Dépôt légal : décembre 2025
magasin@gallimard.fr

ISBN 978-2-07-313540-7 / Imprimé en Espagne.

676154